P
A

A

D1413670

UN AMOUR
D'ARRIÈRE-SAISON

Du même auteur
aux Presses de la Renaissance

L'Oiseau de Singapour, 1990

Les Amants de l'Equateur, 1992

FIONA BULLEN

UN AMOUR D'ARRIÈRE-SAISON

Traduit de l'anglais
par Evelyne Châtelain

belfond
216, boulevard Saint-Germain
75007 Paris

Cet ouvrage a été publié sous le titre original
A LIMITED SEASON
par Little, Brown and Company, Londres.

Si vous souhaitez recevoir notre catalogue
et être tenu au courant de nos publications,
envoyez vos nom et adresse, en citant ce livre,
aux Éditions Belfond,
216, bd Saint-Germain, 75007 Paris.
Et, pour le Canada, à
Edipresse Inc., 945, avenue Beaumont,
Montréal, Québec H3N 1W3.

ISBN 2.7144.3147.X

A Elizabeth,
avec mon affection.

1

Repulse Bay
Hongkong, 1969

Chantonnant doucement, Claudia creusait le sable de ses petits doigts potelés. Quand elle trouvait un coquillage, elle en ôtait soigneusement le sable, le lavait dans l'eau, et l'examinait sous toutes ses faces. A côté d'elle, assis sur les talons, avec ses cheveux noirs soyeux qui balayaient la peau douce et dorée de son visage, Harry la regardait.

— Il est cassé, Liddie, dit-il après une seconde d'hésitation et, en soupirant, Claudia jeta le coquillage brillant dans les eaux vertes.

Tout autour d'eux, une végétation dense, très haute, perlée de quelques maisons et de palmiers, encerclait la baie étincelante. Un faucon solitaire planait dans l'espace vide de nuages et de ciel, volant en spirale dans les courants, observant la mer de Chine qui s'étalait et scintillait en contrebas. Il faisait chaud sous le soleil brumeux, et les enfants transpiraient dans leurs maillots de bain, assis au bord de l'eau, pliés en deux, tout à leur tâche.

Près d'eux, un chien bâtard creusait le sable boueux et leur adressait de drôles de grimaces de loup. De temps à autre, les enfants levaient les yeux, et, sans enthousiasme, lui lançaient un bâton sur lequel il se précipitait, tout joyeux. Il revenait et posait le bâton à leurs pieds.

C'était la fin août, et Harry fêtait ses neuf ans ce jour-là. Le matin même, un cardigan négligemment passé par-dessus son uniforme noir et blanc d'*amah*, sa mère lui avait jeté une paire de souliers d'écolier à la figure. Comme elle trouvait qu'ils lui avaient coûté trop cher sur son maigre salaire, elle lui ordonna sèchement de ne pas les salir et l'envoya jouer dehors, le chassant de la cuisine. En silence, Harry avait rangé les chaussures dans la chambre qu'il partageait avec sa mère, où flottait l'odeur douce et âcre de l'encens et du parfum particulier, mélange de laque et de lotions qu'elle achetait chez l'herboriste.

Il était resté blotti un instant près du petit lit où il dormait dans la pièce minuscule, au sol de linoléum avec une haute fenêtre carrelée protégée par des barreaux, puis il était allé chercher Claudia. Et son amie avait supplié sa mère d'emmener Harry avec eux à la plage. C'était son anniversaire, avait-elle insisté, et Lucille Babcock, l'esprit ailleurs, avait cédé.

Mais à présent, installée un peu plus loin dans la courbe de la plage, à l'ombre de quelques arbres décharnés, elle observait les enfants, les yeux plissés. Quand Harry se leva en riant, brandissant un coquillage d'une forme parfaite, les lèvres de Lucille se crispèrent et son visage plutôt joli s'ombragea. Claudia passait beaucoup trop de temps avec le fils de leur *amah*, pensat-elle, furieuse. Elle avait sept ans à présent, elle était assez grande pour comprendre et se montrer plus raisonnable. Il y avait bien d'autres enfants tout à fait convenables, européens ou américains. Pourquoi fallait-il que Claudia s'intéresse tant à un serviteur eurasien? Elle était bien comme son père, aucun sens des convenances! Enervée, Lucille retourna vers le groupe d'autres femmes, une moue de contrariété sur les lèvres, s'éventant d'un air languide.

– Liddie, regarde! Regarde!

Harry lui tendit fièrement son trophée et Claudia s'assit à côté de lui, le coquillage délicatement posé sur sa paume. Les cheveux noirs et raides tirés derrière les oreilles, elle avait le visage absorbé dans sa contemplation. Tel un pétale de granite rose, le coquillage était si fin que, en le tenant à la lumière, la fillette voyait l'ombre de ses doigts à travers. Elle en resta bouche bée de ravissement.

– Tu peux m'en trouver un, Harry? Tu crois qu'il y en a d'autres?

Soigneusement, elle le lui rendit et regarda au fond du trou creusé dans le sable. Sa peau était couleur de miel dans le décolleté du dos de son maillot de bain, et ses vertèbres ressortaient en une série de petits nœuds. Pendant un instant, Harry regarda sa trouvaille en silence.

– Non, je ne crois pas. Prends-le, Liddie, c'est pour toi, dit-il après un moment de lutte contre lui-même.

Un large sourire éclaira son visage quand elle battit des mains et courut le montrer à sa mère. Un autre garçon, plus grand, aux cheveux couleur caramel clair et au visage vigoureux et intelligent, approcha en traînant les pieds dans le sable qu'il faisait voler dans l'eau. Sans prêter la moindre attention à Harry, il se mit à creuser. Harry l'observa.

Quand Claudia revint, le visage soigneusement dépourvu de toute expression, elle rendit le coquillage à Harry.

– J'oubliais. C'est ton anniversaire, Harry. Garde-le. J'en trouverai un autre.

Elle se détourna rapidement, pour qu'il ne puisse pas voir la déception lui déformer la bouche et la colère lui enflammer les joues. Pourquoi ne pouvait-elle pas accepter de présent de lui? Pourquoi?

Morose, elle regarda les murs blancs étincelants du club de sauvetage où flottait un drapeau dans la brise éphémère, puis elle dirigea son regard vers la grande statue qui se dressait devant le club. Elle réprima l'obscur désir d'être chinoise elle aussi, afin de pouvoir implorer la déesse des cieux de la laisser jouer avec qui elle voulait. Pendant un instant, elle se sentit étrangement inférieure, diminuée par les paroles de sa mère.

Un cri de joie retentit. Le garçon aux cheveux clairs creusait frénétiquement le sable mouillé, ses doigts fouillant désespérément tandis que la mer se déversait dans le trou et que le chien tournait en rond, aboyant allégrement. Enfin, il l'avait! Une magnifique étoile de mer. Il sourit. Claudia s'approcha et regarda le trophée d'un œil envieux, humant profondément la brise chargée de l'odeur de la mer, de la végétation, du sable chaud et de l'huile solaire.

– Oh, Tony! C'est beau! murmura-t-elle, hésitant avant de poser un doigt craintif sur l'étrange forme. Qu'est-ce que c'est?

Il rit à s'en étrangler.

– Une étoile de mer, idiote! N'aie pas peur, elle ne va pas te manger. Tiens, Liddie.

S'exprimant avec toute l'arrogance de ses onze ans, il mit l'étoile de mer dans la main de la fillette apeurée qui fit un pas en arrière et l'écarta loin devant elle.

– Harry, regarde, c'est une étoile de mer!

Claudia se tourna pour la montrer au garçon plus jeune qui, les yeux baissés, tenait fermement son coquillage dans son poing serré. A contrecœur, il leva les yeux et tendit des doigts délicats pour prendre l'étrange objet qui, visiblement, intéressait plus Liddie que son pauvre coquillage. Il lança un regard de jalousie à l'autre garçon, qui le prit de plein fouet.

– Hé, Liddie, je ne t'ai pas dit de la montrer à toute la plage. Rends-la-moi.

Tony attrapa l'étoile de mer avant que Claudia eût le temps de la montrer et la tint serrée contre lui tout en regardant l'autre garçon. Un regard de haine mutuelle passa entre eux, haine dont ils ne s'étaient pas aperçus auparavant mais qui devenait évidente à présent qu'ils rivalisaient pour obtenir l'attention de Claudia. Un peu abasourdie, Claudia regarda Tony, puis se détourna soudain, le visage indifférent.

– Eh bien, garde-la. Si tu crois que ça m'intéresse! Ta vieille étoile de mer pourrie! Je n'en veux pas de toute façon. Viens, Harry!

Elle s'écarta de Tony et courut au bord de l'eau en criant dans les petites vagues qui lui mouillaient le corps. Le sable mou s'enfonçait sous ses pieds. Elle cria de nouveau.

Harry la suivit, après avoir regardé le garçon à l'étoile de mer, comme s'il était transparent. Il ne le connaissait pas. D'ailleurs, il ne connaissait pas la plupart des amis de Liddie ou de son frère et de sa sœur. Ils suivaient des écoles différentes, allaient à des fêtes différentes. Différentes? Il n'allait à aucune fête, ni européenne, ni chinoise. Et il n'y avait pas d'entre-deux. Le garçon regarda Harry, le toisant fièrement. Harry sourit et courut dans l'eau.

– Attends-moi, Liddie. Je viens.

Harry n'était pas bon nageur. Il n'avait que rarement l'occasion d'apprendre. Il pataugea donc maladroitement jusqu'à l'endroit où Claudia sautait, cabriolait dans les vagues et plongeait, son corps mouillé luisant comme un poisson. Ils jouèrent ensemble, riant aux éclats quand les vagues leur balayaient le visage ou les faisaient tomber cul par-dessus tête, sous le regard de Tony qui les observait de la plage, l'air profondément vexé.

Il se détourna, alla se placer derrière une petite Chinoise qui creusait le sable avec sa pelle, mais son *amah* vint rapidement poser une main protectrice sur sa tête. Tony eut un sourire hésitant et l'*amah* se renfrogna. C'est avec soulagement qu'il repéra deux de ses camarades et lança un cri d'avertissement avant de courir vers eux pour les jeter à l'eau. L'étoile de mer était toujours abandonnée là où Tony l'avait laissée.

– Là, cette petite, ce n'est pas la fille de Reginald Hsu ? demanda Joanna Ingram, la mère de Tony, en s'installant plus confortablement sur sa chaise longue et en essuyant la transpiration qui lui coulait dans le creux du dos.

De ses yeux myopes, elle jeta un regard vers la plage, se demandant si elle pouvait prendre le risque de chausser rapidement ses lunettes. Oui, mais si Reginald était par là et qu'il la voyait ? Il pourrait la prendre pour une vieille rombière, comme cette horrible Lucille Babcock. Elle se badigeonna les bras et les épaules de lotion, s'attardant sur les douces rondeurs qui dépassaient de son haut de maillot de bain bleu marine à pois blancs. Ses cheveux, blonds comme ceux de son fils, étaient tirés en arrière sous un serre-tête blanc, soulignant les pommettes hautes et les grands yeux bleus. De loin, elle sourit à l'enfant.

– Portia. C'est bien comme cela qu'elle s'appelle ? Plutôt théâtral. Portia Hsu ? Je me demande si toute la famille est là, demanda-t-elle, obtenant pour toute réponse un grognement peu coopératif de son mari dissimulé sous le *South China Morning Post*, qu'il avait posé sur son visage. Bill ? Bill, tu m'entends ?

– Quoi ? grogna-t-il à nouveau, et Joanna soupira.

– Cette garce de Babcock est encore là, murmura-t-elle à voix basse à son mari. A faire tout un foin parce qu'un Eurasien a donné un coquillage à Claudia. Non, vraiment, elle exagère. Je ne peux pas la voir. Personne ne l'aime.

– Pourquoi ?

Bill sortit de son journal, rouge et impatient. Il claqua des doigts et son chauffeur se précipita sur le sable, malgré les chaussures et les longues chaussettes qui l'irritaient par cette chaleur.

– Oh, cette espèce de péquenot sort de son trou perdu dans le Sud, et il faut toujours qu'elle soit contente d'elle, de son mari, de ses amis, de sa vie. Je me demande si cela lui ferait plaisir d'apprendre que ce bon vieux Frank a une maîtresse chinoise ! dit Joanna en riant d'un profond rire de gorge. Ça ne manquerait pas de la faire courir « aux toilettes », comme elle dit ! Elle se lave sûrement chaque fois qu'elle leur sert la main et son mari en baise une ! Elle en ferait une maladie !

– Ne jure pas, c'est vulgaire. (Bill regardait le visage impassible de son chauffeur.) D'ailleurs, je l'aime bien, en fait. Elle a des forces cachées. (Il prit le gin tonique que le chauffeur lui mit dans la main avec un petit geste de remerciement, attendant que l'homme s'éloigne.) Et puis, elle n'a pas tort. Il ne faut pas laisser les enfants trop se lier. Je ne suis pas raciste, mais soyons réalistes, ce genre de choses ne marche jamais. Son mari n'est pas vraiment malin, ajouta-t-il après une pause, elle finira par l'apprendre un jour ou l'autre. Il la perdra, elle et les enfants. Et il adore la cadette.

– Claudia? Ce n'est guère surprenant quand on connaît les deux grands. De véritables monstres. Le garçon est un affreux loustic, et l'aînée! Elle n'a que onze ans, et tous les garçons lui tournent autour, comme autour d'une chienne en chaleur. Elle va s'attirer des ennuis, c'est sûr. Je m'arrangerai pour que Tony ne l'approche pas trop, à l'avenir. Je me demande comment Frank et Lucille ont pu avoir une fille comme Claudia. (Elle marqua également une pause, comme pour réfléchir.) Oh, je suppose qu'il s'adaptera de nouveau au célibat. C'est surprenant comme les pères s'y font facilement. Les mères aussi, j'en suis sûre.

Elle parlait d'une voix amère et Bill évita tout commentaire. Il savait à quoi elle faisait allusion : il la menaçait de lui retirer les enfants si elle ne mettait pas fin à ses propres frasques. Il se demandait si Reginald Hsu n'était pas une de ses conquêtes. Il s'éclaircit la gorge et but son gin tonique. Dieu, que cela faisait du bien!

– Tu m'en as commandé un aussi? demanda Joanna d'un ton sec, sachant qu'il n'en était rien.

Il hocha la tête.

– On part dans cinq minutes. Il fait trop chaud. Je ne sais pas pourquoi nous sommes venus, un dimanche, en plein mois d'août. C'est horrible. On serait allés à South Bay ou Middle Bay, si tu m'avais écouté. Ou mieux, on ne serait allés nulle part!

Il avait la peau brûlée, couleur écrevisse, comme seuls les Anglais à taches de rousseur peuvent brûler.

– Va chercher Tony et les filles, s'il te plaît.

– Oh, chéri, j'espérais qu'on irait prendre un verre à l'hôtel avant de partir.

Elle indiqua l'hôtel de Repulse Bay de l'autre côté de la courbe de la route, enfoui dans les palmiers et les bougainvillées, comme s'il n'avait jamais été témoin des horreurs qui s'y étaient produites.

Le père de Bill Ingram y avait été pendant la guerre. A

l'époque, c'était le QG de l'armée britannique, qui assurait la liaison entre Stanley et Aberdeen. Au bout de trois jours de combats, les Japonais avaient repris l'endroit et avaient exécuté les prisonniers, un peu plus haut sur la colline, à Eucliffe Mansion. Le père de Bill faisait partie des victimes, se souvint Joanna un peu tard. Elle ne fut pas surprise que son mari ne réponde pas.

— Tony! appela Joanna, d'une voix pointue et hachée. Tony, va chercher les filles. On s'en va.

Mais le garçon ne fit pas attention à elle, trop heureux de précipiter ses amis dans les vagues, avant d'y être jeté à son tour.

— Oh, pourquoi? Pourquoi faut-il qu'on parte? Tu ne pourrais pas faire quelque chose, pour une fois? dit-elle, exaspérée.

Levant les yeux, elle aperçut le père de Portia et sourit, contre toute attente.

— Bon, je suppose qu'il faut y aller, dit-elle en se levant agilement de sa chaise et en se caressant les cheveux, d'un geste significatif qui informa son mari qu'une proie était en vue, avant même qu'il eût aperçu Reginald.

Il se dissimula à nouveau sous son journal et soupira.

A l'ombre des arbres, Lucille chassait un moustique et appliquait de la lotion solaire sur sa peau blanche. Elle ne se mettait jamais au soleil, n'allait jamais se baigner. Cela ne convenait pas à son teint clair, dit-elle aux autres en montrant ses cheveux auburn.

— Je prendrais bien le risque si je pensais que le bronzage m'allait, mais j'ai l'air d'une vieille sorcière si je reste au soleil. Je ne comprends pas comment vous faites, ajouta-t-elle avec un petit rire sec qui signifiait tout à fait autre chose.

Les autres femmes eurent un sourire figé.

— Où est Frank? Il ne travaille quand même pas?

Une autre Américaine, Fran Clements, nouvellement arrivée de Boston, mais déjà lasse de Lucille Babcock, leva les sourcils. Tout le monde était au courant pour Frank. Tout le monde, sauf Lucille.

— J'ai bien peur que si. C'est un acharné du travail. Il est incapable de se détendre cinq minutes. Enfin, je suppose qu'à un poste si important...

Lucille soupira et haussa les épaules, et, avec un regard fort expressif, écarta un coolie qui vendait des nouilles, le visage luisant au-dessus des plats fumants.

– Non, merci. Pas pour nous. Non. *Mhaih, mgoi*, dit-elle, furieuse, en dialecte cantonais.

Les autres femmes se firent des clins d'œil.

Cecilia Hsu vit Joanna qui approchait, sourire aux lèvres, faisant des signes agités et enthousiastes, comme une fillette qui rencontre sa meilleure amie. Joanna se força à sourire, se força à s'arrêter, à manifester son affection. Elle aimait bien Cecilia, mais elle était vraiment idiote et trop prévisible. Peut-être était-ce un antidote à la frénésie de travail de Reginald? Un baume pour ses nerfs éprouvés? Diriger l'une des plus grandes sociétés de Hongkong ne devait pas être chose aisée.

– Bonjour, Cecilia. Quelle surprise! Je croyais que vous passiez tous les week-ends sur votre jonque. C'est un vrai marché à bestiaux ici. Qu'est-ce qui vous amène?

Elle embrassa le vide de chaque côté de la jeune Chinoise, admira son une-pièce vert jade d'un œil expert, qui ne laissa rien paraître. Cela avait dû coûter les yeux de la tête! Mais les Hsu n'avaient aucun souci d'argent. Ah, ne serait-ce pas agréable! pensa Joanna.

– C'est Reginald qui a insisté. Je ne comprends pas pourquoi. Comment allez-vous? Vous êtes splendide. Quel joli bikini! Où l'avez-vous déniché?

Cecilia était visiblement ravie de voir Joanna.

– Quoi? oh, ça? dit Joanna, feignant la surprise. A Stanley Market, en fouinant. Vous êtes gentille. Comment va Reginald? Oh, vous êtes là!

Elle se tourna dans son bikini horriblement cher, acheté dans une boutique du quartier chic et ouvrit grands les yeux face à l'homme qui se trouvait devant elle, la tête légèrement inclinée, un sourire assoupi sur le visage. Il portait ses lunettes, même sur la plage, et il était toujours aussi beau. A ses yeux du moins, même si autrefois elle avait trouvé sa bouche trop épaisse, ses sourcils trop fournis, et ce grain de beauté sur la lèvre supérieure assez répugnant. Il devait avoir du sang des Chinois du Nord dans les veines, pensa-t-elle alors qu'il se baissait de toute sa hauteur pour l'embrasser sur la joue, dissipant une bouffée de son parfum de luxe. Elle soupira profondément.

– Toujours aussi éblouissante, Joanna. Comment êtes-vous arrivée ici?

Il souriait rarement, mais à présent il arborait un large sourire. Le soleil se réfléchissait dans les montures d'acier de ses lunettes.

16

– C'est horrible, n'est-ce pas? Si les enfants n'avaient pas tant protesté, je ne les aurais jamais amenés ici un dimanche. Il fait si chaud, le sable colle, c'est bruyant! Et dire que Repulse Bay était si agréable, il y a encore quelques années. A présent, tout le monde y vient. Et la jonque n'était pas disponible ce week-end. Et, vous, qu'est-ce qui vous amène?

Ils s'étaient un peu écartés de Cecilia et leurs épaules qui s'étaient rapprochées l'excluaient de la conversation. Ils regardaient la gracieuse courbe de la baie, avec ses collines de verdure escarpées qui encerclaient les eaux étincelantes, parsemées de voiles et de skieurs. Derrière eux, des centaines de radio hurlaient, les coolies vantaient leurs marchandises. Cecilia se mordit les lèvres et détourna les yeux.

– Vous ne vous en doutez pas? dit Reginald, penché vers elle, les yeux écarquillés derrière ses verres de lunettes.

Il ne donnait absolument pas l'impression de souffrir de la chaleur, avec ses cheveux impeccablement tirés en arrière, dégageant un visage pâle et intelligent, et son maillot de bain écossais qui avait presque l'air de sortir du repassage. Comme s'il était sur le point de se rendre à une réunion du conseil d'administration, il émanait de lui ce sens du pouvoir et de l'autorité qui ne le quittait jamais. Elle rit brièvement.

– Vil flatteur!

Elle se pavanait et se passait la main dans les cheveux, se caressant, se croyant à l'abri des regards; plusieurs personnes échangèrent des regards entendus. Ça recommençait? Quand même pas? Elles firent des petits signes en direction de Bill, toujours sous son journal, et rirent doucement.

Lucille Babcock ne faisait pas preuve de la même discrétion.

– Mon Dieu, je me demande comment le pauvre Bill prend tout cela. Et puis, ce n'est pas comme si elle était belle! Je n'ai jamais aimé ce genre tape-à-l'œil.

Elle renifla de son long nez fin, qui semblait destiné à manifester le dédain. Lucille avait cette sorte de raideur qui s'installe après des années de renoncement à soi, dissimulée sous un maillot de bain à fleurs aux solides baleines qui aurait pu, comme les autres le disaient sur le mode de la plaisanterie, tenir debout tout seul. Ils haussaient les épaules devant sa conception des « convenances ». Dans une petite ville de province du Sud, peut-être, mais idées vraiment ringardes à Hongkong. Cependant Lucille, avec une sublime inconscience, réajusta son chapeau de paille et lança un regard réprobateur à Joanna.

– Bill est un faible, pourquoi la laisse-t-il se conduire comme ça en public? Je parie que tout le monde est au courant, jusqu'au gouverneur. Ça ne doit pas faire beaucoup de bien à sa carrière.

– A moins que S.E. ne l'aime bien, dit Sally Freeman, une habituée de Hongkong.

Elle aimait à la fois le gouverneur, S.E., Son Excellence, comme on l'appelait affectueusement, et Joanna. Ils donnaient du piment à la vie. Elle montra des dents imparfaites, le chicot de sa dent de devant ajoutant du piquant aux commentaires que Lucille, à la dentition parfaite, ne comprendrait jamais.

– Et c'est le cas, ajouta Sally.

– Je ne me laisserais jamais ridiculiser comme ça. Bill n'a donc aucune fierté?

Deux petites taches de colère rougissaient les joues de Lucille.

– Bill sait très bien comment s'y prendre avec sa femme. Lui et Joanna ont simplement des façons différentes de voir les choses. Ils s'aiment bien, malgré tout. On ne peut pas en dire autant de pas mal d'autres couples, répondit Sally, luttant contre la chaleur et le bruit, malgré son tempérament habituellement placide.

– Moi, je ne m'y ferais pas, répliqua Lucille obstinément. Si mon mari me trompait, je le quitterais avant qu'il ait le temps de dire ouf.

Elle s'éventa.

– Vous en êtes bien sûre, Lucille? demanda Fran Clements, le visage illuminé par un sourire entendu.

Elle fit signe aux autres qui regardèrent derrière Lucille. Tout le monde frissonna subitement, comme une rangée d'arbres soudain agités par la brise. Consternation, amusement, inquiétude se lisaient sur les visages. Lucille fronça les sourcils.

– Sûre de quoi? demanda-t-elle.

Maladroitement, elle se pencha pour regarder ce que tout le monde voyait derrière sa chaise longue.

Avec son large visage un peu maladif sous ses cheveux courts, Frank approchait, le bras toujours passé autour de la taille de sa maîtresse.

Joanna se détourna de Reginald Hsu, car on lui tirait violemment le bras. Tony, au visage généralement lumineux, avait une expression fermée et obstinée.

— Je croyais qu'on s'en allait, dit-il, sèchement.

— On devait partir mais ton père s'est rendormi... (Elle laissa retomber sa voix en regardant à la place où elle avait laissé son mari. Il n'y était plus.) Tu connais M. Hsu, n'est-ce pas ? Et Mme Hsu ?

Se souvenant de Cecilia au dernier moment, elle se tourna pour l'inclure dans le groupe. Mais Cecilia était allée admirer le château de sable de Portia, et Joanna se retourna de nouveau, souriant trop largement.

— Oui, bonjour, monsieur.

Tony tendit la main et Reginald fit un clin d'œil à Joanna en serrant poliment la main de son fils. Raide et maladroit, manquant étrangement de grâce, le garçon n'était que trop conscient de la situation. Il avait déjà entendu des rumeurs et ses camarades se moquaient de lui. Son attitude le trahissait.

— Papa est allé aider Mme Babcock, dit Tony, comme si cela devait persuader sa mère qu'ils devaient effectivement partir. Ça sent le roussi.

Ils se tournèrent vers le groupe qui se trouvait sous les arbres.

Plongée sous cinquante centimètres d'eau fraîche et limpide, Claudia surveillait son domaine. Il y avait plusieurs paires de jambes, étrangement blanches dans la lumière vacillante, et une étendue de sable ondulée, comme dans les paysages désertiques. Elle expira une chaîne de bulles, regrettant que Harry ne puisse pas la voir. Mais il insistait pour garder la tête au-dessus des vagues et s'était fermement débattu quand elle avait essayé de l'entraîner sous l'eau. Elle chatouilla les pieds les plus proches d'elle et fut surprise de les voir remonter rapidement. Un visage émergea soudain, visiblement en colère.

Claudia remonta à la surface, embarrassée.

— Excuse-moi, je t'ai pris pour Harry, expliqua-t-elle, les joues rouges, tandis que Tony, les sourcils froncés, rejetait ses cheveux mouillés en arrière.

— Il est sur la plage. Ta mère te demande. Je suis venu te chercher.

Il paraissait bizarre, pensa Claudia. Embarrassé et furieux, mais pas contre elle. Elle hocha la tête et il reprit sa respiration avant d'ajouter :

— Ils se font une sacrée scène. Ton père et ta mère. Mais ne t'inquiète pas, d'accord ?

La prenant par le bras, à l'ombre des arbres, il la conduisit jusqu'à sa mère à travers la foule bruyante de touristes irritables. Le père de Tony était là, lui aussi.

Claudia n'avait encore jamais vu sa mère pleurer. Elle n'était même pas sûre qu'il s'agisse vraiment de pleurs, car cela ne ressemblait pas à une crise de larmes habituelle. Elle était très pâle, avec quelques marbrures roses et blanches. Pourtant, elle avait des marques humides sur les joues, son nez coulait et elle paraissait étrange. Quand sa mère lui tendit la main, Claudia la prit, obéissante, mais fut surprise de la fermeté avec laquelle sa mère l'attirait vers elle.

— Regarde-la bien, Frank, dit-elle d'une voix très aiguë qu'elle forçait pour qu'on la comprenne malgré les larmes et le nœud qui s'était formé dans sa gorge. Regarde-la bien, car c'est la dernière fois que tu vois Liddie.

En levant les yeux, Claudia vit son père parmi la foule, l'air malheureux et gêné. Elle lui adressa un grand sourire.

— Papa!

Frank détourna les yeux.

— Calme-toi un peu, Lucille. Allez, rentrons à la maison, nous en parlerons plus tranquillement, d'accord, ma chérie? Inutile de laver son linge sale en public.

Il essaya de lui sourire, mais Lucille se contenta de rire, avec un son brisé et amer, qui fit souhaiter aux spectateurs involontaires de se trouver à des kilomètres de là. Quelques-uns, comme Fran Clements et Sally Freeman, s'éloignèrent, la tête basse.

— Tout le monde est déjà au courant, Frank. Tu t'es bien arrangé pour cela. Il n'y a rien à dire de plus. Et au fait, où est-elle passée, cette petite traînée?

Elle regarda tout autour d'elle, entraînant Claudia dans ses mouvements brusques. Elle ne remarqua pas le visage de Harry, qui observait, pâle et inquiet, derrière les grands corps d'Européens qui l'encerclaient. Et personne ne remarqua le chien collé derrière lui, à la fourrure poivre et sel qui lui donnait l'air d'un vieillard, et qui n'avait d'yeux que pour Harry.

— Je lui ai dit de rentrer chez elle. Lucille, sois raisonnable. Nous sommes adultes. Nous pouvons régler ça. Je sais que cela t'a fait un choc...

Lucille le choqua encore plus en utilisant un mot qu'elle croyait ne pas connaître. Elle attira Claudia plus près d'elle et jeta hâtivement son panier sur son épaule.

— Ne reviens pas à la maison, Frank. Je ne veux plus jamais

te revoir. Laisse-moi, Bill, je sais parfaitement ce que je fais. Laisse-moi partir.

Livide, fière, elle se fraya un chemin dans la foule, tirant Claudia derrière elle. La fillette se mit à gémir de détresse en voyant soudain son père s'éloigner dans l'autre direction. Elle ne savait pas très bien ce qui se passait mais sentait que c'était grave, si grave qu'elle était persuadée de ne jamais pouvoir oublier cette journée. Hésitant, Harry les suivit.

Elles étaient tout près de la voiture quand Tony se précipita vers elles, ses grands yeux lui mangeant tout le visage. Maladroitement, il tendit la main et mit quelque chose dans celle de Claudia. Elle regarda autour d'elle, cherchant quelque chose, quelqu'un. « Haarrryyy », s'écria-t-elle dans un éclat de voix qui se termina en plainte. Tony garda le silence alors que Lucille poussait Claudia en larmes dans la voiture et que le chauffeur démarrait. Le véhicule s'éloigna le long de Repulse Bay Road, tache blanche qui filait à travers les arbres et disparut dans le virage.

La gorge serrée, Tony se retourna et vit que le garçon avec lequel Claudia avait joué restait seul, les yeux fixés sur la voiture, son chien attendant patiemment, un pas en arrière. Les deux garçons se regardèrent en silence, puis le visage du plus jeune qui retenait ses larmes se tordit et se crispa.

— Elles sont parties sans moi? demanda-t-il à Tony, qui, les lèvres serrées, hocha maladroitement la tête, toute animosité oubliée devant l'énormité de cette trahison.

— Elles ont dû oublier. Viens, dit-il, en mettant la main sur l'épaule de Harry. Tu ferais mieux de venir avec nous.

Mais Harry se dégagea, furieux, les yeux brillants de larmes. Avant que Tony eût le temps de l'arrêter, il fut happé par la foule; pendant un instant, pris de panique, le chien se mit à hurler et à courir frénétiquement, à la recherche d'un visage familier.

Son aboiement transperça les oreilles de Tony qui s'accroupit et appela doucement l'animal. A contrecœur, celui-ci s'approcha, Tony l'attrapa par le cou, le caressa et le réconforta pour apaiser ses tremblements.

— Chut, voilà, ça, c'est un bon chien, allez, bien, viens avec moi. Tout va bien.

Une expression têtue sur le visage, il conduisit lentement le chien vers ses parents.

Dans la voiture, toujours en sanglots, Claudia regarda ce que Tony lui avait donné : l'étoile de mer.

— Mon Dieu, je ne pensais pas qu'elle le prendrait au sérieux! Je ne l'aurais jamais piégée, si j'avais su. Tout le monde couche avec tout le monde ici et... oh, bien sûr, ils sont un peu plus discrets que Frank...

Désemparée, Fran Clements écartait de son visage les cheveux soulevés par la brise marine. Elle marchait lentement le long de la plage, avec Sally Freeman à son côté.

— Comme Joanna, vous voulez dire...? Peut-être, mais tout le monde sait quand même ce qu'elle fait. Hongkong est une ville bien trop curieuse pour que cela puisse passer inaperçu longtemps. Lucille a une moralité un peu plus élevée que la moyenne de la ville, et elle en attend autant de son mari. Oh, quel imbécile! Comment a-t-il pu amener cette fille à Repulse Bay. Et un dimanche! Qu'est-ce qu'il cherche? A la montrer au monde entier?

Sally se sentait furieuse et coupable de n'avoir pas su limiter les dégâts.

— Exactement, Sally. Parader devant tous ses amis, n'est-elle pas jolie, ne suis-je pas le meilleur? Pourquoi n'a-t-il pas pensé que Lucille pouvait être là aussi...?

— Elle n'aime pas la plage, vous savez bien. Je suppose qu'il la croyait sagement à la maison avec les enfants. Mon Dieu, ce regard! J'ai cru qu'elle allait se transformer en pierre ou avoir une crise cardiaque. Pauvre femme! Que va-t-elle devenir?

— Et qu'est-ce que Frank va faire?

Fran Clements regardait les derniers rouleaux qui s'apaisaient avec l'approche du crépuscule.

— Installer sa maîtresse chez lui, sans doute, répliqua crûment Sally. C'est bien ce que font les hommes ici. Et tout continuera comme avant, Joanna continuera à draguer son beau... Reginald Hsu...

— Oh, quand même pas! Pas après ce qui s'est passé aujourd'hui. Elle ne prendra pas le risque de perdre Bill et les enfants.

— Bien sûr que si. Joanna est du genre à croire qu'elle s'en tirera toujours. Et en général, elle a raison. Cela fait un moment qu'elle a des visées sur Reginald Hsu, voyons la réalité en face, il est riche, il a une très bonne situation dans le commerce chinois et il a quelque chose... une sorte de, oh, je ne sais pas, l'air d'incarner la loi, d'être au-dessus des lois. Je comprends ce qu'il a d'attirant, dit Sally d'une voix abstraite, presque tentée.

– C'est pour les mêmes raisons qu'elle a épousé Bill? demanda Fran, interrompant les spéculations de Sally.

– Oh, alors, il n'y a pas que moi pour penser que Bill Ingram a un petit quelque chose en plus? (Sally rit brièvement, et lança à Fran un regard entendu.) Pour moi, ce n'est pas exactement le type du fonctionnaire. En fait, je ne serais guère surprise d'apprendre qu'il est mêlé à des affaires qui n'ont rien à voir avec la paperasse.

Son sourire espiègle découvrit sa dent écaillée et brillante. Fran leva les sourcils d'étonnement.

– Vous voulez dire... que c'est un...

– Un espion? Mon Dieu, cela paraît vraiment ridicule quand on le dit à voix haute. C'est peut-être une simple histoire de renseignements. Oui, peut-être, avança Sally en haussant les épaules. Je ne sais pas. Je suppose que personne ne sait... ou ne saura jamais...

Il était tard quand Harry rentra à la maison. Un vieux paysan l'avait fait monter dans son camion de bois qui cahotait dans les virages, bousculant les oies qui battaient des ailes et cacardaient dans leurs cages. Il avait déposé Harry près des quais. De là, le garçon avait marché le long de Victoria Peak jusqu'au Mid-Levels où vivaient les Babcock. Il arriva au beau milieu d'une scène d'apocalypse.

Dans la grande pièce, valises et cartons gisaient sur le sol, et sa mère, agenouillée, emballait la statuette habituellement posée sur la table, près de l'entrée. Elle leva timidement les yeux quand il passa la tête par la fenêtre, et son visage se détendit. Elle hocha la tête et, d'un geste, le renvoya dans leurs quartiers. A contrecœur, Harry obéit.

Claudia était assise par terre à la cuisine et son frère la tenait par l'épaule. Ils levèrent tristement les yeux quand la porte s'ouvrit.

– Harry! Tu es revenu! Je n'ai pas arrêté de dire à maman qu'elle t'avait oublié, mais elle ne m'a pas écoutée... (Se souvenant des raisons qui avaient empêché sa mère de l'entendre, elle éclata de nouveau en sanglots.) On s'en va, Harry. Maman nous emmène en Amérique.

– Non, pas moi! cria Mark, entre ses dents serrées. (Il ôta une mèche de cheveux blonds qui lui tombait sur les yeux et inspira profondément.) Je ne pars pas. Je reste avec papa.

– Mais maman a dit..., commença Claudia qui se fit immédiatement couper la parole.

— Elle ne peut pas me forcer. Papa veut que je reste. (Avec une détermination obstinée, Mark regarda sa petite sœur comme s'il réfléchissait.) Tu es une fille, il faut que tu partes avec maman, Peggy aussi. Mais je suis un garçon, je reste avec papa.

— Mais, Harry ? dit Claudia. C'est un garçon, et il vit avec sa mère.

Elle regarda Harry qui s'était assis par terre à côté d'eux et essayait de comprendre ce qui se passait.

— C'est pas pareil. Son père n'en voulait pas, dit Mark brutalement.

Harry se crispa.

— Est-ce que Harry et Ah Lin viennent avec nous aussi ? demanda Claudia, bouche ouverte, comme si une terrible peur avait absorbé tout l'air de ses poumons.

Elle regardait son frère avec de grands yeux inquiets.

— Ne sois pas idiote, Liddie. Harry et sa mère sont chinois. Ils restent.

Les traits fins de Harry tremblaient et ses yeux écarquillés trahissaient sa souffrance. Il s'éclaircit la gorge maladroitement.

— Mais Ah Lin ne restera pas ici, pas si papa amène sa... sa petite amie. Il faudra peut-être que Harry aille dans une autre maison. Je ne sais pas.

Mark haussa les épaules, comme s'il s'en moquait un peu, mais il se leva soudain, l'air renfrogné, en disant : « Je dois sortir », et Claudia le vit passer son bras sur son visage, d'un geste furieux.

— Mark, maman a dit d'aller nulle part, s'exclama Claudia, mais Mark continua à s'éloigner. Elle va être en colère si tu n'es pas là quand nous devrons partir.

— Tu lui diras que je ne viens pas, Liddie. (Mark parlait de dos, d'une voix haut perchée.) Tu lui diras que je ne veux plus qu'elle soit ma maman si elle quitte papa. Parce que, moi, je reste !

Il se précipita dehors et laissa la porte claquer derrière lui.

Blottis l'un contre l'autre sous la table de la cuisine, le visage crispé par une douleur qu'ils ne comprenaient pas totalement, Harry et Claudia savaient que leurs chagrins d'enfants n'étaient rien comparés à cette nouvelle souffrance. Quand Lucille vint chercher Claudia, Harry s'accrocha à elle et refusa d'en être séparé. Ce ne fut que lorsque sa propre mère le retint, en larmes elle aussi, que Lucille put reprendre Claudia.

Claudia entendit Harry crier : « Liddie, ne pars pas, Liddie... Liddie, t'en va pas, Liddie... »

2

Village Tai Chau
Nouveaux Territoires, 1972

Harry glissa quelques morceaux de porc emballés dans une épaisse feuille de vigne à l'intérieur de la crevasse du lion de pierre qu'il priait, puis recula rapidement en regardant derrière lui. Personne en vue. Harry poussa un soupir de soulagement avant d'incliner la tête devant le lion. De sa poche, il sortit un bâtonnet d'encens qu'il mit également dans la crevasse avant de l'allumer. Un léger nuage de fumée doucereuse s'éleva, Harry passa derrière la gueule du lion et disparut dans une vague de chaleur. Avec un grognement de satisfaction, il descendit la piste, regardant de temps en temps le lion par-dessus son épaule. Rien ne bougeait.

Au crépuscule, il arriva au village, éclairé par les lumières des chalutiers qui se balançaient dans les vagues. Les ombres s'étiraient dans les caniveaux, quelques chiens se pressaient autour d'un paquet de poisson séché à l'odeur puissante. En ouvrant la bouche, on pouvait en sentir le goût sur la langue. Harry pressa le pas.

– Ho Li? C'est toi?

C'était la meilleure approximation que les Chinois pouvaient obtenir de son nom européen. Une vieille femme percluse de rhumatismes assise dans l'ombre de la fenêtre s'occupait des ruches d'osier qui se balançaient sous les combles et recueillait habilement le miel des rayons. Harry passa son chemin, en restant à l'écart du bourdonnement des abeilles en colère. Il devinait le chapeau de paille qui protégeait la tête de sa grand-mère.

25

– Oui, c'est moi, grand-mère. Regarde, je t'ai rapporté du bois.

Il brandit le tas de branches de pin qu'il avait ramassées près du lion de pierre. Elle eut un petit rire de ravissement.

– Eh bien, ne reste pas comme ça. Va les ranger dans la remise. Et cache-les bien. On n'a pas les moyens de payer une amende.

Tout le monde volait les branches pour en faire du bois de chauffage, le policier du village le savait, mais pour faire croire qu'il surveillait, il donnait une amende de temps à autre à ceux qui transgressaient trop ouvertement la loi. Harry hocha la tête, grimpa les marches de bois et entra dans la boutique du village. Peu à peu, le bruit des abeilles fut couvert par celui de la boutique. Il y avait des gens partout, qui bavardaient, jouaient au mah-jong, écoutaient la radio ; un bébé nu dormait même dans une jarre de riz. Des enfants jouaient dans les marchandises, filets, savons, piles électriques, biscuits, fouillaient dans les jarres et les objets suspendus, repoussaient la paille et les paniers d'osier hors de leur chemin pour mettre la main sur une denrée particulièrement convoitée. Harry s'approcha d'un petit garçon de trois ans qui brandissait son argent en criant, parmi les jambes d'adultes rassemblés près du comptoir. Il arriva devant la porte de la remise et marqua une pause, regardant tout autour de lui.

Les différents groupes parlaient un mélange de hakka et de punti (ou de cantonais, comme on disait dans les villes) et Harry écoutait attentivement, espérant avoir des nouvelles de Hongkong, de l'autre côté de la baie, des nouvelles de sa mère. Mais ce n'étaient que des conversations de village, les marées, le temps, la récolte de riz, les difficultés provoquées par le riz bon marché importé de Thaïlande ou de Chine. En soupirant, il se retourna et, inquiet, s'écarta d'un garçon de la ville flottante, à peine plus vieux que lui. Le garçon grimaça.

Depuis trois ans, depuis que les Babcock étaient partis et que sa mère travaillait pour un autre patron, Harry vivait avec la famille de sa mère à Tai Chau. Cela faisait déjà trois ans qu'elle s'était débarrassée de lui. Il donna un coup de pied dans la porte, pour prouver au garçon de la ville flottante qu'il n'avait pas peur, mais aussi parce qu'il se sentait frustré d'être toujours là, malgré les prières qu'il adressait au lion de pierre.

Il n'aimait pas la vie du village. Il n'y avait jamais d'école car l'on ne trouvait pas de maître, et les grandes villes étaient trop éloignées pour qu'il s'y rende à bicyclette. Il n'y avait pas de magasins, à part celui de son oncle, pas de cinéma, pas de tramway, pas de glaces à la vanille, pas de distractions. Il n'y avait même pas l'électricité! Du travail, rien que du travail, ça, ça ne manquait pas : s'occuper des diverses récoltes, choux, aubergines, poivrons, maïs, cresson, poireaux, cela n'en finissait jamais; aider sa tante au magasin, aider sa grand-mère à la cuisine, aider son oncle à réparer les filets et remplir les rayons.

Du travail, et pas de Liddie pour le partager et le faire en deux fois moins de temps, pas de Liddie pour s'amuser, pas de Liddie vers qui se tourner quand la vie devenait intolérable. Il s'assit sur un sac de grain, s'appuya contre le mur et ferma les yeux pour revoir un instant la fillette aux cheveux noirs qui lui souriait, la tête inclinée. Mais l'image s'estompa, se brouilla et il n'arriva pas à la faire revivre. Il soupira.

Peut-être ses prières seraient-elles exaucées, cette fois? Peut-être que sa mère le rappellerait bientôt?

Les sarcasmes des autres garçons du village avaient cessé depuis longtemps. Ils avaient fini par l'accepter comme l'un des leurs, bien que son père portugais l'eût abandonné à la naissance. Sans que Harry sache pourquoi, cette reconnaissance le blessait plus encore que leur ostracisme des débuts. Il ne voulait pas être un des leurs. Il ne voulait pas vivre dans un endroit où il n'y aurait jamais de place pour quelqu'un comme Liddie, un endroit où elle ne voudrait jamais vivre avec lui. Il ne voulait pas être un paysan chinois.

Mais la vieille peur qui lui tiraillait les entrailles revint le tourmenter : oserait-il un jour être autre chose? Moitié ci, moitié ça, mais rien à fond. Un Européen sous la peau d'un Chinois. Pas un Européen. Il donna un coup dans la planche de bois. Pas comme son père.

La remise sombre sentait le renfermé, le chanvre sec et le grain, les épices et les vieux filets, l'écorce de mangrove et le sang de cochon. Il détestait cette odeur, mais c'était le seul endroit où il pouvait s'isoler totalement, se protéger des voix tonitruantes et des yeux scrutateurs des vieux qui chuchotaient et hochaient la tête à son passage, parfaitement conscients de la situation. Les vieux ne le comprenaient que trop. Harry n'était pas à sa place. Il pressa les branches de pin contre son nez et inhala leur parfum aigu qui prenait à la gorge.

On approchait l'époque de la moisson, et sa tante se fâcherait si elle ne le trouvait pas là où elle s'attendait à le voir, près du quai de pierre ou sur la plage, avec les autres garçons. Elle ne comprenait pas pourquoi il s'isolait toujours, pas plus que son oncle, un petit homme aux jambes arquées, avec des grandes oreilles décollées qui le faisaient ressembler à un gentil lutin.

Avec son visage flasque, sa tante était pourtant plus robuste que son mari, et se promenait fièrement dans son *siam-fu* noir, le visage à demi caché sous l'écharpe qui encerclait son chapeau de paille, ses pantoufles de bois claquant sur le plancher. Dans les champs, elle marchait pieds nus, comme tout le monde, mais au magasin, elle portait toujours des chaussures et arborait une expression sinistre et silencieuse.

Le village comportait un seul clan, les Tang, et Harry comptait ses nombreux cousins par douzaines. C'était un village pauvre, constitué de maisons de boue et de brique à un étage, avec des encadrements de porte, des piliers d'entrée et des linteaux de brique rouge. Les sols de terre battue étaient parfois recouverts de planches de bois, comme l'échoppe du village.

Les trottoirs et les rues étaient en béton ou en terre, avec des rigoles qui permettaient aux eaux de s'écouler vers le ruisseau qui délavait autour des maisons, entourées de prairies verdoyantes, entretenues à la main. Derrière le village, poussait un immense bosquet de banians, qui l'abritait du vent et de la poussière, où les hommes allaient jouer des parties de mah-jong interminables dans la chaleur de la journée.

Les bougainvillées couvraient les murs et de petits tombeaux à la mémoire des ancêtres se dressaient sous des portiques, une fumée doucereuse se diffusait sur l'autel rouge et or, souvent orné du portrait d'un grand-parent érigé à la place d'honneur. Ces temples ouverts étaient si minuscules qu'il était difficile d'y tenir à quatre, la pluie et le vent écaillaient la peinture dorée des parois de bois.

Des chiens galeux aux grands yeux erraient dans l'ombre, et, en permanence, l'air sentait la graisse et les odeurs de cuisine.

Les Tang étaient des Hakka, les descendants des immigrants de l'intérieur de la Chine, arrivés là il y avait plus de trois cents ans, mais le peuple flottant, qui vivait à côté du village, était constitué de Tanka, ou mangeurs d'œufs, comme on les appelait, car autrefois ils payaient leurs impôts avec des œufs, et non avec de l'argent. C'était une alliance contre nature, qui avait toujours existé, aussi loin qu'on s'en souvienne, mais les Tanka préféraient vivre sur leurs jonques et leurs sampans, communiquant par un labyrinthe de passerelles allant d'une embarcation à l'autre et de la côte à la mer.

Harry connaissait les légendes qui disaient que les Tanka avaient six doigts de pieds et mangeaient d'étranges nourritures qui lui révulsaient l'estomac rien qu'à y penser. Ils ne suivaient pas le culte au temple, mais vénéraient leurs propres dieux, les *tai wong he*, sur une autre partie de la côte. Autrefois, ils n'avaient pas le droit d'être fonctionnaires de l'Empire, de se marier avec des gens de la terre ni même de vivre sur terre. Les joues creusées de rides profondes, la grand-mère de Harry, à l'haleine parfumée à l'anis, lui murmurait d'étranges contes sur les Tanka qui le faisaient frémir de terreur la nuit, quand il devait aller vider les poubelles. Harry essayait de garder ses distances, même lorsqu'ils venaient faire des achats à la boutique.

Son oncle ne semblait pas en avoir peur et ne les faisait pas payer quand ils venaient stocker leurs matelas, leurs couvertures d'hiver ou leurs filets de rechange, contrairement à ceux du village qui exigeaient une redevance pour l'herbe ou le bois ramassés sur les collines, ou pour le droit de remonter les embarcations sur la plage, deux fois par mois. Son oncle prétendait que c'était injuste, mais tout le monde savait bien qu'il était trop bon et qu'il laissait toujours ses clients payer à crédit.

Essayant de compter leurs doigts de pieds tandis qu'ils examinaient les lignerolles, les hameçons, les globes de verre de lanternes, Harry et ses cousins les espionnaient et s'enfuyaient en criant si les Tanka les démasquaient.

Les garçons du peuple flottant de son âge, ou même plus jeunes, effectuaient un mouvement très particulier, le *yu loh*, maniant la rame agilement à deux mains, en naviguant entre leur maison et la côte. Harry et ses cousins les observaient, un peu mal à l'aise, influencés par la méchanceté et la méfiance de leur grand-mère.

Allongé sur son sac de grain, Harry repensait au garçon de la ville flottante qu'il venait de voir. Arrogant, laid, avec de grandes mains et de grands pieds, un nez aplati, ce dernier le dépassait d'une dizaine de centimètres. Méprisant, bien à l'abri dans l'obscurité, Harry imaginait les répliques acerbes et spirituelles qu'il aurait pu formuler, ce qu'il ne manquerait pas de faire la prochaine fois. Pourtant, malgré lui, il tremblait.

Il resta ainsi un moment, songeant à quel point ce serait agréable de retourner à Victoria, un beau quartier de Hong-kong, de bavarder longuement avec sa mère, d'aller à l'école, de devenir un homme important comme son père, d'acheter tout ce qu'il voudrait dans les boutiques de Wanchai et de Causeway Bay. Même en rêve, il ne lui venait pas à l'idée d'aller faire des courses à Central, le quartier des affaires, avec ses boutiques luxueuses réservées aux Européens et aux millionnaires. Non, il se promènerait dans les ruelles de Wanchai, admirerait les marchandises, les vêtements, les nourritures délicates des *dai pai dong*, en écoutant le chant des oiseaux qui égayaient le ciel dans leurs petites cages de bambou... Liddie serait revenue, exprès pour lui... Oh, ce serait formidable...

« Ho Li ? Hoollee ! » appela une voix lointaine, étouffée par les murs de la remise. Harry se raidit et se redressa, retenant son souffle. Stridente, la voix se rapprocha, et la porte s'ouvrit dans un grincement, laissant pénétrer une lumière jaune qui éclairait les sacs et les planches.

— Ho Li ? Qu'est-ce que tu fais ici ? Tu ne m'as pas entendue ? J'ai besoin de toi, viens tout de suite, cria sa tante, d'une voix pointue et irritée.

Elle fit un grand geste de son bras solide qui l'avait battu plus d'une fois. Harry se mit sur ses pieds.

— Excuse-moi, ma tante, je réfléchissais...

— Tu réfléchis toujours. A quoi cela sert, quand il n'y a personne pour aider à la boutique et que ton oncle est parti livrer des marchandises ! Je ne peux pas tout faire. Ta grand-mère se sent vieille ce soir, et j'ai le dîner à préparer, le nettoyage à faire. Tes cousins aident ton oncle et toi, tu restes là à rêvasser.

— Excuse-moi, ma tante, répliqua tristement Harry, n'essayant pas de discuter plus avant.

Il la suivit dans le bruit et la confusion de la boutique.

Il ne revit le garçon de la ville flottante que deux jours plus tard et il n'avait plus guère de raisons de prononcer ces paroles acerbes et cinglantes qu'il avait imaginées, car le jeune Tanka venait de le sauver de la noyade.

Il traversait la rivière, un peu plus haut dans la colline boisée, derrière le village et la vallée, tout près du lion de pierre qu'il priait quotidiennement quand il glissa sur la mousse humide et tomba, se heurtant la tête contre les pierres qui formaient une sorte de pont. Entraîné par le ruisseau, il roulait dans les cailloux et se serait noyé comme un petit chien dont on veut se débarrasser si le Tanka ne s'était pas trouvé dans un endroit où il n'avait rien à faire.

Le garçon le repêcha avec une longue branche et le ramena sur la rive où il lui donna de petites gifles pour l'aider à reprendre connaissance. Harry toussa et vomit du sang. Il détourna le visage pour éviter les coups, toussa encore et recracha de la bile mêlée d'eau. Il regarda à travers ses cheveux ensanglantés qui lui cachaient les yeux et vit le visage large et le nez plat de ses cauchemars, puis, à sa grande surprise, il aperçut une étincelle amusée dans les yeux sombres qui se penchaient sur lui. Le garçon tanka renifla et laissa sa main retomber.

— Tu ne sais pas nager? demanda-t-il, sur un ton arrogant empreint de pitié.

Pour un homme de la ville flottante, ne pas savoir nager, c'est comme ne pas savoir marcher. Impensable. Harry faisait des efforts pour comprendre l'hakka mutilé du garçon. Il hocha la tête.

— J'ai glissé et je me suis cogné la tête, dit Harry, comme pour excuser son manque de savoir-faire.

— T'es le fils de P'u Ch'ih, non? Celui qui tient la boutique du village.

Tap-tap, comme on appelait son oncle parce qu'il boitait, avait bonne réputation chez les Tanka. Harry toussa encore.

— Son neveu. Je suis eurasien, dit Harry, pressé de rétablir la vérité.

Il n'était pas le fils d'un quelconque marchand ignorant. Son père était avocat, pour le moins. Médecin peut-être. Il n'en était pas sûr, mais c'était un personnage important, ça, il le savait. Le Tanka sourit, ses yeux se réduisirent à des fentes, son nez se retroussa et s'aplatit davantage. Il arborait un sourire narquois.

— Eurasien, ah oui! Ton père est *pong-pan*, dit le garçon.

Harry rougit. Un *pong-pan* était un Occidental né à Hong-Kong qui avait épousé une Chinoise et parlait un dialecte local. Généralement, c'était un petit chef en uniforme, obséquieux envers le véritable patron, le *tai-pan*. Harry hocha la tête.

— Non, mon père était quelqu'un d'important, de très important. Il est portugais, mais il a dû... euh... partir. Il a dû rentrer à la maison, au Portugal.

— A la maison? Elle est ici, ta maison, sale crevette, et tu ferais bien d'apprendre à nager. Moi non plus, je n'ai pas de père. Il a été tué par l'orage, il y a des années. Alors, nous sommes pareils. Je dois apprendre à parler correctement punti, et tu dois apprendre à nager, à la chinoise.

31

De nouveau, le garçon rit en plissant le nez.

– Comment ça, à la chinoise? Nager, c'est nager, dit Harry sèchement.

Le garçon hocha la tête et se toucha la tempe du doigt.

– Il y a toutes sortes de façons de nager. Tu dois nager avec le banc de poisson, pas à contre-courant. Tu es hakka, tu parles hakka, tu vis avec les Hakka, alors tu dois apprendre à être hakka ou tu dois t'en aller et apprendre autre chose, quelque chose de mieux peut-être?

Il grimaça, découvrant de vilaines dents abîmées.

– Je suis à moitié européen.

C'était étrange comme Harry avait le souffle court, comme il avait peur. Ses mots étaient à peine audibles, tant il haletait.

– A moitié, cela n'est pas entièrement. A moitié, ce n'est pas assez. Il faut être quelque chose entièrement. Chinois, peut-être? Pas hakka, ni punti, ni tanka, simplement chinois. Peut-être.

Tête inclinée, le garçon observa Harry et haussa les épaules.

– Et, toi, qu'est-ce que tu es? Un simple Tanka! dit Harry avec mépris.

Le sourire du garçon s'évanouit.

– Je suis moi, cela me suffit. Tu es ce que les gens croient que tu es, mais, moi, je suis moi, je suis moi-même.

Il s'écarta fièrement, regardant Harry droit dans les yeux.

Harry rougit, baissa la tête, et le garçon rit.

Ce fut à ce moment que les cousins de Harry apparurent derrière les arbres dissimulés dans la brume matinale et noirs de rosée. Les trois garçons hésitèrent, se demandant qui étaient les silhouettes, mais quand ils virent le visage ensanglanté de Harry et le Tanka qui riait, ils volèrent au secours de leur cousin. Harry ne les vit pas, tant il réfléchissait à ce que le garçon venait de lui dire: « Je suis moi, cela me suffit. »

Avec un hurlement de fureur et de rage, les cousins se jetèrent sur le garçon, lui décochèrent des coups de pied et lui frappèrent la tête et les épaules avec les bâtons de bambou dont ils se servaient pour équilibrer leur chargement de bois, leurs cris se transformant en cris d'allégresse, leurs grognements se perdant dans l'air immobile et humide. Le garçon tomba par terre et se recroquevilla, les mains sur la tête, telle une figurine de singe en argile. Animés par la haine que leur avait inculquée leur grand-mère, ils prirent confiance en eux et frappèrent encore plus fort.

– Non! Lâchez-le! Non! criait Harry, d'une voix rauque et suppliante, repoussant ses cousins mais se faisant aussitôt écarter, les yeux brouillés par le sang et encore étourdi par le choc. Arrêtez! Arrêtez!

A contrecœur, les garçons reculèrent et regardèrent Harry. Pourquoi prenait-il la défense d'un Tanka? Un vaurien? Leur souffle embrumait l'air dense, leurs halètements résonnaient comme de sourds battements de cœur. Seul le Tanka ne faisait aucun bruit.

Lentement, il se releva à demi, regarda les visages penchés sur lui, lut la haine et la peur sur trois d'entre eux, et la consternation sur le quatrième. Menaçants, les cousins se dressaient au-dessus de lui dans la semi-obscurité. Il baissa les paupières pour dissimuler ses pensées. Il essaya de se mettre debout mais retomba sur le côté, et Ho Li tendit la main pour lui venir en aide. Le garçon de la ville flottante savait qu'il avait agi sans y penser, autrement il ne l'aurait pas touché. Ils se tinrent face à face, s'observant curieusement, puis le Tanka eut une étrange réaction. Il mouilla ses doigts avec le sang de ses égratignures et toucha le visage de Harry, encore ensanglanté. Il sourit, son nez bulbeux plus aplati que jamais obscurcissant presque les petits yeux vifs.

– Je m'appelle Yee Fong Lo, dit le garçon, très poliment. Souviens-toi de ce que je t'ai dit, si tu veux. Tu dois apprendre à nager.

Mais le sens de leurs paroles dépassait l'entendement des trois autres qui, mal à l'aise, se balançaient d'un pied sur l'autre, observant le Tanka d'un air soupçonneux.

– Je m'appelle Harry Braga. Merci de m'avoir sauvé la vie.

Pas Tang Ho Li, comme on l'appelait au village, mais Harry Braga, le nom qui cachait sa véritable identité. Ils se sourirent maladroitement, puis le Tanka se détourna et cracha aux pieds des trois autres avant de dévaler la colline en boitant pour rejoindre son véritable territoire, l'eau.

Furieux de ne pouvoir se venger puisque leur cousin leur avait dit de laisser ce garçon tranquille, immobiles, ils chuchotaient et se souvenaient combien au début ils s'étaient moqués de cet Eurasien qui ne faisait pas partie des leurs. A présent, il fréquentait les garçons de la ville flottante, se rendait à d'étranges rendez-vous dans des lieux à demi secrets! Leurs bouches se crispèrent et leurs visages se durcirent.

Après cet incident, ils se méfièrent autant de Harry que des

Tanka. Et Harry s'en trouva étrangement soulagé. Il n'était pas fils de marchand ; il n'était pas un paysan chinois. Il valait mieux que cela, et on le craignait. C'était agréable d'inspirer la peur.

Yee Fong Lo aussi aimait bien être craint. Non parce qu'il se croyait supérieur aux autres garçons du village, mais parce qu'il savait qu'ils le méprisaient et le maudissaient. Leur peur était sa seule consolation. Un jour, il serait vraiment craint ; craint, respecté et obéi. C'était son rêve. Il passa des mois à expliquer sa théorie à Harry, à apprendre au petit Eurasien que c'étaient la peur et la force qui induisait cette peur, et non le travail, qui incitaient les gens à vous respecter. Le travail, c'était tout juste bon pour les vieilles femmes !

Il se gagnerait les honneurs en rejoignant la Triade, ne cessait de répéter Yee, jusqu'à ce que cela devienne une sorte d'incantation nocturne, lorsqu'ils se retrouvaient pour leurs rendez-vous secrets. « A bas les Ming, vive les Ch'ing. » Ce mot d'ordre de la Triade n'avait guère de sens ni pour l'un ni pour l'autre, mais les deux garçons le répétaient incessamment, faisant rouler les syllabes dans leur bouche, se réjouissant de ses intonations macabres. Ils bavardaient à l'abri de l'atmosphère salée et putride d'un bateau sur cale et se confiaient leurs pensées et leurs ambitions.

Yee irait à Kowloon, rejoindre la Triade, derrière les enceintes de la ville. La loge 14K, peut-être, oui ! Ou la Wo On Lok – ils étaient intelligents, et s'occupaient de chantage à haut niveau, de kidnapping, de crimes financiers, disait-on. Et des prostituées thaïlandaises et malaises de Wanchai ! En souriant, il enfonçait son coude dans la poitrine de Harry, le visage flamboyant de joie, l'air d'en savoir long. Harry souriait timidement tandis que Yee poursuivait sa description des délices. Il irait peut-être jusqu'à Wanchai. Ou mieux encore, il rejoindrait le Sun Yee On. Ça, ce serait formidable. Il porterait de beaux habits, les gens s'inclineraient devant lui, lui manifesteraient leur respect, oui, là, il serait quelqu'un !

Il poussait Harry à partir avec lui. Qu'avaient-ils à perdre ? Quel genre de vie menaient-ils de toute façon ? Sa mère ne viendrait jamais le chercher, pas vrai ? Alors, pourquoi pas ? Mais Harry hésitait, pas très sûr de se sentir attiré par les Triades. Il incitait son ami à la prudence, mais un jour, à la faveur de la nuit, Yee disparut, et alla à Kowloon, à pied et en auto-stop.

De là, il ferait la traversée jusqu'à Hongkong en ferry, pensait Harry, seul cette nuit-là, se demandant où était Yee à ce moment précis. Etait-il déjà en train de se soumettre aux rites d'initiation d'une loge? Ou dormait-il sur un carton, dans les sombres ruelles près du port, dans le district ouest? Lui manquait-il autant que Yee lui manquait? Sûrement pas. Yee était du genre à foncer tout droit sans jamais regarder derrière lui.

Pendant des mois de solitude, jusqu'à son quatorzième anniversaire en fait, Harry continua à être négligé par ses cousins et houspillé par sa tante. Excités par les enfants, les chiens aboyaient à ses talons, les vieux reniflaient et criaient, car il n'était pas l'un des leurs et s'était lié avec un Tanka. Les Hakka le méprisaient d'être tombé si bas. Seul son oncle continuait à lui sourire d'un air distrait, mais personne ne respectait son oncle. Harry comprit qu'il fallait appartenir à un clan ou à quelque chose, sinon on n'était rien, on n'existait pas.

Il fut donc soulagé quand, enfin, sa mère vint le chercher. Bien qu'ils fussent tous deux très différents des images qu'ils gardaient dans leurs souvenirs, elle était toujours sa mère. Elle était sa famille. Mais les rêves de vie dans les îles de Hongkong, sur les pentes luxuriantes du Pic Victoria où habitaient les riches étrangers, n'étaient que des rêves. Sa mère avait quitté son travail d'*amah* pour se remarier.

Ils emménagèrent dans une petite île, Cheung Chau, entre les grandes îles de Lantau et de Lamma. Ce n'était guère qu'un village de pêcheurs, avec quelques artisans qui s'imaginaient échapper à la fureur de Hongkong. Pour Harry, c'était une nouvelle impasse.

La mère de Harry était bien sèche avec lui, irritée par sa maladresse, son manque d'éducation et de manières, l'odeur de poisson qui semblait lui coller à la peau. Morose, peiné par le nouveau mariage de sa mère, le premier en fait s'il voulait être honnête, avec un Anglais chauve et bedonnant, un *gweilo* – rien à voir avec son père, ah non –, Harry se demandait s'il n'aurait pas mieux fait d'aller rejoindre la Triade avec Yee. Il aurait appris les mystères de cette confrérie, il serait allé se mesurer à la sauvagerie de cet appel. Il aurait suspendu la lanterne bleue...

3

Devon, 1973

La mer brillait d'un éclat morne sous le ciel gris et s'étalait au loin sur les bancs de vase; seules les vagues proches donnaient un signe de mouvement. Elles grondaient en longs rouleaux suspendus dans les airs, défiant la loi de la gravité, puis, à contrecœur, s'écroulaient sur elles-mêmes, transformant la soie lisse en mousse et en écume, et s'écrasaient sur presque toute la largeur de la plage avant de se retirer. Agenouillé au bord de l'eau, Tony Ingram creusait le sable humide avec une sorte de truelle. De temps à autre, il sortait un clam, le rinçait dans l'eau et le plaçait dans son panier.

Sa chemise battait au vent, et il marqua une pause pour détacher son gros pull de sa taille et l'enfiler. Bien qu'il fît beau pour un jour de Pâques, l'air était frais au bord de l'eau, et Tony sautillait dans la brise pour se réchauffer, si bien que son pantalon roulé au-dessus des genoux retombait. Otter, la chienne labrador noire qui inspectait le travail de Plum, se mit soudain à courir sur la plage, sauta en l'air et vint danser avec lui, ravie.

— Vous avez fini? cria Tony en mettant ses mains autour de sa bouche pour se faire entendre dans le vent, ses cheveux ébouriffés dressés sur la tête.

Plum se redressa, brandit sa truelle et, un peu plus loin, Hattie abandonna son semblant de travail pour aller rejoindre les autres. Ils étaient seuls sur la plage.

— Brrr, quel froid tout d'un coup! On rentre? Maman a dit que son artiste allait venir prendre le thé. L'heure doit approcher, dit-elle, en mettant ses mains rougies par le froid dans ses poches.

— Où sont tes clams? demanda Tony, et Plum regarda sévèrement Hattie.

— Tu n'en as pas un seul, c'est ça? Depuis tout ce temps! Eh bien, si tu crois qu'on va te donner les nôtres...

Les adolescents empruntèrent le chemin de sable à travers les dunes qui menait à la baie, de l'autre côté, là où, à l'abri du vent, brillait l'éclat accueillant des fenêtres de leur cottage dans le crépuscule tombant.

— Maman a déjà allumé les lumières. Je jurerais que papa est sorti. C'est un tel radin qu'il n'aurait jamais allumé si tôt. Je parie qu'elle a fait du feu aussi. Enfin, tant qu'elle n'insiste pas pour nous lire son Arthur Ransome! Tout mais pas ça!

Ils se mirent à rire tous les trois et haussèrent les épaules à cette idée, avec de petits sourires vagues sur les lèvres, tandis qu'ils disparaissaient derrière la pente herbue et grimpaient les rochers qui entouraient la maison, suivis par Otter qui pataugeait dans la boue et s'ébrouait en les éclaboussant.

— Je crois qu'elle est amoureuse de lui, dit Hattie, en arrivant près de la porte.

Les autres la regardèrent.

— De qui? Du peintre? Tu plaisantes! Il est barbu!

Plum pouffa de rire et Tony, visiblement troublé, regarda sa sœur.

— Et il n'est même pas riche, ajouta-t-il, et les deux autres hochèrent la tête.

— Non, mais il est titré! Il y a anguille sous roche, j'en suis sûre, dit Hattie. Je l'ai surprise devant son miroir l'autre jour, avec un grand chapeau de plage qui murmurait d'une voix stupide: « Lady Joanna », en se tortillant les hanches.

— On ne l'appellerait pas lady Joanna d'ailleurs, c'est ridicule, mais lady Staves. C'est bien comme cela qu'il s'appelle, non? Terence Staves? Enfin, elle est bien trop bête pour le savoir, dit Plum d'un ton acide, et tous se mirent à rire.

— Papa est au courant? demanda Tony, mais Hattie fit signe que non, une moue sur les lèvres.

— Non, pauvre papa. Il croit que les vacances se passent comme sur des roulettes, comme d'habitude. Il a demandé à Staves de faire le portrait de maman.

— Nue, bien sûr, si elle arrive à ses fins.

À seize ans, Plum était impitoyable. Tony soupira.

— Bon, allons-y, on va lui montrer de quoi on est capables. Ça le fera réfléchir avant d'épouser maman.

— On ne fera pas partie du contrat, Tony. Papa ne le permettrait jamais de toute façon. Et maman ne voudra pas de nous. Elle ne supporte pas de nous voir grandir. Elle sera trop contente de se débarrasser de nous. Et puis, nous sommes presque tout le temps en pension, ça lui fera une bonne excuse.

Hattie, âgée de quatorze ans, traversait un stade de franchise brutale. Pris entre ses deux sœurs, Tony fut saisi d'une peur noire. Elles détestaient leur mère parce qu'elle était femme, et donc capricieuse, mais lui l'aimait toujours et lui pardonnait ses faiblesses. Allait-elle vraiment les quitter, cette fois?

Il se précipita en avant, avec son panier de clams qui lui battait les mollets et la chienne qui sautillait d'un côté à l'autre pour esquiver ses pieds, enchantée par ce nouveau jeu. Tony gronda Otter.

Quand ils arrivèrent au cottage, tout était étrangement silencieux. Les lampes étaient allumées, le feu crépitait, mais l'atmosphère n'avait rien de la gaieté habituelle des fins d'après-midi : pas de bouilloire sur le feu, pas de canapés ni de gâteaux sur la toile cirée, ni d'histoire d'hirondelles ou d'amazones racontées au désespoir des filles et au ravissement secret de Tony. Assis dans le grand fauteuil près de la cheminée, leur père regardait le feu, ses longues et belles mains, que tout le monde admirait et dont Tony aurait aimé hériter, serrées l'une contre l'autre. Bill Ingram ne leva pas les yeux et sembla se racornir sur lui-même.

Otter se glissa sur le tapis pour aller se faire cajoler par son maître, l'arrière-train tout frétillant de la joie de la journée et du plaisir de le voir. Il lui caressa doucement les oreilles.

— Allez, ça, c'est un bon chien. Du calme, du calme, dit Bill, mais quand le silence devint trop douloureux, il leva les yeux.

— Où est maman? demanda Hattie.

Les deux autres enfants détournèrent les yeux, le père sourit et força une voix qui venait du plus profond de lui-même.

— Partie, j'en ai bien peur, mes chéris. Euh... c'est un peu délicat. Elle veut devenir femme d'artiste. Elle est très attirée par la bohème... Je suis désolé, mais je crois que je me devais de vous dire la vérité. (Il marqua une pause, à court de mots, mais se reprit.) Bon, j'espère que nous apprendrons à nous débrouiller tous seuls. Cela nous rendra plus indépendants, n'est-ce pas? Et puis, vous verrez votre maman de temps en temps. Elle reviendra... de temps en temps.

Ils restèrent immobiles, l'air stupide, se sentant idiots d'être abandonnés, d'avoir l'impression que c'était leur faute.

– On ira toujours à Hongkong pour les grandes vacances? demanda Plum qui vit le visage de son père s'illuminer à cette pensée.

Elle fut prise d'une bouffée de haine pour sa mère.

– Bien sûr, mes chéris. Et à Pâques aussi, si vous voulez. Il fait un peu frais parfois dans ce pays, pas vrai?

C'était la première fois qu'il laissait transparaître qu'il n'aimait peut-être pas autant ces vacances de mer dans le Devon que les enfants le croyaient.

– Vous passerez Noël avec grand-mère, comme d'habitude. Elle serait trop triste sinon. Et vous verrez sans doute plus souvent votre mère pendant l'année scolaire. Les week-ends prolongés...

Il faisait beaucoup d'efforts pour eux, pensa Hattie. Elle regarda Plum dont les yeux exprimaient la même rage que la sienne. Seul Tony paraissait abasourdi. Les autres avaient leur colère et leur orgueil blessé pour se défendre. Tony ne souffrait que de sa perte.

– Elle va l'épouser? Ce Staves? demanda-t-il en essayant de ne pas croiser le regard de son père.

– C'est ce qu'elle dit, Tony, mais on verra bien. Les divorces sont souvent compliqués, et cela prend du temps.

Du temps pendant lequel Bill pourrait s'enfermer dans son travail et essayer d'oublier. Grâce à Dieu, son métier était exigeant et ne laissait pas de place à la rêverie et à la morosité...

– Allez, si on prenait le thé? Votre mère m'a dit qu'il y avait des biscuits dans la boîte verte. (Ses derniers mots, en fait? se demanda-t-il.) Vous en voulez?

Il se leva comme s'il venait de recevoir des ordres et était déterminé à y obéir, même s'il avait du mal à se souvenir qu'il fallait allumer le gaz sous la bouilloire et remplir la théière avant de mettre le thé. Hattie et Plum le poussèrent sur le côté si bien qu'il s'assit, le regard fixé sur les pommes cuites dans les assiettes. Tony s'assit lui aussi.

Pendant un instant, Tony se rappela cette scène qui s'était déroulée quelques années plus tôt, à Repulse Bay. Il se souvenait du visage de la petite fille, de son regard tragique car, si jeune déjà, elle savait qu'elle vivait un événement irrévocable et que plus rien ne serait jamais comme avant. Liddie. Oui, elle s'appelait Liddie. Et le garçon, le fils de l'*amah*? Oublié dans la bataille, et qui en avait abandonné son chien! Wolf était le seul à s'être bien remis de cette journée. Du moins avait-il retrouvé un foyer.

Tony sentait une boule se former dans sa gorge et faisait des efforts pour déglutir. Voilà où cela menait de faire confiance aux gens, pensait-il tristement. De leur faire confiance et de les aimer. Il connaissait bien sa mère, mais il l'aimait quand même. Et à présent, elle les avait trahis. C'était toujours pareil, s'il voulait bien regarder la réalité en face. Il était comme tout le monde.

Mais il se sentait différent. Il avait l'impression d'être le seul à souffrir, pourtant il ne pouvait pas pleurer, car ses sœurs ne pleuraient pas, et cela perturberait son père. Il serra si fort sa cuillère que sa forme s'imprima dans la paume de sa main.

4

Judson, Texas
Septembre 1973

Tout Judson avait son mot à dire sur le retour des Babcock, en particulier les gens du quartier du Ridge. D'abord, personne ne quittait jamais Judson, ou presque, et il était encore plus rare d'y revenir après la disgrâce du divorce. Cela faisait de Lucille Babcock et de ses deux filles l'objet de tous les ragots. Elles se faisaient remarquer, disait-on, elles n'étaient pas à leur place et n'essayaient pas de se couler dans le moule. Et Judson n'aimait guère les intrus.

La ville aurait peut-être adopté une attitude différente, se serait peut-être montrée plus compatissante si Lucille Babcock avait suffisamment baissé sa garde pour laisser voir son désespoir, mois après mois, lorsque la pension que Frank était censé payer n'arrivait pas. On l'aurait peut-être jugée moins sévèrement si elle avait montré la douleur qu'elle cachait si courageusement derrière un masque rigide et sans appel. Certaines personnes commencèrent même à avoir pitié d'elle, malgré elle, à cause de la conduite de sa fille aînée, Peggy. Cela devait être bien humiliant pour une femme aussi fière, disait-on.

Mais avant qu'une véritable sympathie pût se créer, on parla du garçon qui ne rentra jamais. Et cela, c'était un sujet de conversation en soi pour une petite ville comme Judson. C'était bizarre que le fils restât là-bas, dans un pays étranger. Les enfants habitaient avec leur mère, quoi qu'il arrive, murmurait-on, surtout quand le père était si loin et dans un pays païen! Mon Dieu, que deviendrait-il en grandissant? Plus chinois

41

qu'autre chose sans doute, et sa mère, pas meilleure qu'une autre, qui se promenait, fière comme Artaban, le nez en l'air, alors qu'elle avait abandonné son fils dans un pays de sauvages! C'était plus qu'on n'en pouvait tolérer, disaient les gens en hochant la tête, avec un sourire narquois.

Finalement, ce n'était que justice si elle était descendue des beaux quartiers pour s'installer au Ridge. Ainsi, la petite communauté de Judson prononçait son jugement sur la femme qui avait divorcé, abandonné son fils, et qui avait une fille telle que Peggy... Plus les commentaires allaient bon train, plus Lucille se raidissait et les ignorait; Peggy s'en moquait de toute façon; et Claudia était trop jeune pour se rendre vraiment compte de la situation. Pour le moment.

Dans le doux crépuscule, les tourniquets envoyaient leurs jets d'eau, le chant des cigales étouffait les voix des enfants qui jouaient et les cris de leurs mères qui les appelaient. Claudia rentrait chez elle, perdue dans ses pensées, sans se soucier de Judson qui épiait derrière les rideaux de dentelle, et susurrait... Elle était trop occupée à songer à ce que Harry pouvait faire à ce moment précis. Quelle heure était-il là-bas? Treize heures plus tard, c'était bien cela? 8 heures du matin alors, il devait être à l'école, parmi l'agitation et l'animation des rues de Hong-kong. Elle observa la tranquillité de Judson et soupira lourde-ment. Judson était une petite ville selon les critères du Texas, douze mille neuf cent sept habitants, si l'on en croyait le pan-neau qui vous accueillait à l'ouest, du côté de Hill Country, pays des chênes, des cèdres et des affleurements de grès couverts de bouteloue, avec quelques hauteurs ici et là; ou bien douze mille neuf cent huit âmes, si l'on se fiait au signal de l'entrée opposée, du côté des terres noires, des cultures de coton ou de sorgho. Personne ne savait quelle indication était la bonne, s'il y en avait une de bonne, car les chiffres ne changeaient jamais, en dépit des naissances et des morts annoncées dans le *Judson Herald*.

Entre ces deux extrémités, près du Colorado, mais pas tout à fait sur la rive, se blottissait Judson, son vieux quartier au style prétentieux, sa grand-place, avec d'un côté le tribunal de brique rouge surmonté d'une coupole blanche, et de l'autre, la biblio-thèque; une rangée de boutiques aux toits de bardeaux, avec leurs vérandas ombragées, un peu engoncées dans leurs pein-tures du dimanche, reliait les deux bâtiments.

Derrière la rue principale, au nord et à l'est, se trouvait la ville nouvelle, où des maisonnettes bien alignées s'étendaient le long de rues bétonnées, aux intersections régulières, comme il se doit pour toute nouvelle ville construite selon la théorie moderne. Au sud et à l'ouest, se trouvaient les banlieues plus opulentes, où vivaient les vieilles familles de Judson. C'était là que les Babcock habitaient avant de partir à Hongkong. Haskell Ridge se trouvait au-delà de la nouvelle ville, véritable ligne de démarcation entre les Blancs et les Noirs, les Noirs et les Hispaniques, les riches et les pauvres, les Babcock et leur ancienne vie.

Claudia pressa le pas, sachant que sa mère attendrait, indifférente à la beauté de cette fin de journée, à la lune fine comme une feuille de papier qui baignait dans la lueur humide du crépuscule, ne voyant que la nuit approcher. Elle sauta par-dessus les ruisseaux qui dévalaient une allée où l'on venait de laver une voiture. En voyant sa sœur apparaître au coin de la rue, avec son amie Elly, elle s'arrêta brusquement.

En jeans moulants, les deux filles déambulaient le long des jardins et riaient d'une voix aiguë. Les cheveux de Peggy étaient plus blonds que jamais, pensa Claudia en voyant sa sœur dans le halo d'un lampadaire. Les racines sombres formaient une entaille noire sur le crâne.

Claudia traîna le pas derrière elles, en souhaitant qu'elles se pressent un peu; il faisait noir et elles auraient des ennuis en rentrant à la maison. Mais les deux filles flânaient dans leurs bottes à bouts pointus, admirant leurs ongles vernis, s'extasiant sur la couleur, riant bruyamment et plaisantant sur ce qui avait été dit ou fait en classe.

– ...Tout le monde chantonnait, tout doucement, et Mlle Pickerin ne savait pas d'où venait le bruit! Elle n'arrêtait pas de se retourner comme une vieille toupie, pour trouver le coupable. Ça la rendait folle! J'ai cru me déchirer les boyaux en essayant de me retenir de rire.

Elles ricanèrent et, en se retournant, Peggy aperçut sa sœur. Son visage se durcit.

– Qu'est-ce que tu fais dans mon dos à m'espionner! Qu'est-ce que tu vas encore raconter à maman, sale rapporteuse. T'as appris quelque chose qui t'intéressait?

Elle parlait d'une voix forte et sèche, mais avec une nuance de peur qui intriguait Claudia. A contrecœur, elle les rattrapa.

– Je rentrais à la maison et je vous ai vues. Qu'est-ce que je devais faire? Me sauver et retourner au stade? Il n'y a pas que toi qui aies le droit de prendre cette route.

43

– Tu n'as pas besoin de nous espionner. Tu aurais pu dire salut, comme tout le monde. Mon Dieu, Elly, tu crois pas que j'ai assez de problèmes avec ma mère, mais non, faut encore que j'aie Liddie sur le dos en plus!

Elly se mit à rire sans prêter attention à Claudia qui passa devant, toute raide, les mâchoires serrées.

Les maisons bien proprettes se faisaient plus négligées, de l'herbe poussait entre les dalles de ciment fissurées. Le chiendent envahissait les craquelures de la rue pleine de nids-de-poule qu'on ne voyait qu'en y trébuchant car les lampes étaient brisées. Claudia fit un signe à la famille Jimenez qui mangeait et jouait au bingo sur le porche, riant et criant les numéros d'une voix forte dans l'odeur des épices et des *fajitas*.

Dans la brume violacée du coucher de soleil, sentant l'humidité alourdir ses vêtements et lui coller à la peau, Claudia pressa le pas. L'odeur d'essence se mêlait à celle des plantes et des eaux de ruissellement; Claudia inspira profondément pour s'imprégner de ces étranges parfums, se mouillant les lèvres pour en goûter toute la saveur. La lumière de son jardin était allumée, et elle accéléra.

Sa mère était à la cuisine, assise à la petite table de Formica où elles dînaient généralement afin que la table de la salle à manger reste impeccable pour les invités. Sauf qu'elles n'avaient jamais d'invités, car maman n'aimait pas les gens des environs et les gens qu'elle aimait, ses anciens amis des beaux quartiers, elle ne voulait pas les faire venir à Haskell Ridge. Et sûrement pas la nuit.

– Tu es en retard. Cela fait une demi-heure que je me ronge les sangs en t'attendant. Où étais-tu passée?

Sa mère avait la bouche pincée et soudain, le visage gris et crispé, elle lui parut étrangement vieille. Elle tenait à la main une lettre qui lui était revenue de Hongkong sans avoir été ouverte. Bon, pas de chèque de papa pour payer les factures du mois, pensa Claudia en soupirant. Elle évita le regard de sa mère.

– Excuse-moi, maman. J'étais à la bibliothèque et je n'ai pas vu la nuit tomber. J'ai couru aussi vite que possible. Tout va bien. Peggy va arriver. Je l'ai vue au coin de la rue.

Immédiatement, sa mère se montra soulagée et Claudia se sentit coupable de l'avoir inquiétée.

– C'est tout ce que tu fais, jouer les rats de bibliothèque, au lieu de t'amuser dehors avec tes amies par un beau temps pareil. Tu auras bien le temps de travailler quand tu seras plus grande. Quant à Peggy...

Mais sa mère se mordit les lèvres pour retenir ses paroles et regarda l'horloge.

— Il faudra que vous vous débrouilliez pour dîner. J'ai un cours de comptabilité dans vingt minutes et je vais sûrement être en retard à cause de vous. Je peux vous remercier...

Elle ferma les yeux et soupira avant de se lever et de prendre son sac et son imperméable, bien qu'il fît très beau et que rien ne laissât soupçonner la pluie.

— Je suis désolée, maman, dit Claudia, épouvantée. J'arriverai à l'heure à partir de maintenant. Je te le promets. Je te prépare un sandwich que tu pourrais emporter?

— Non, il est trop tard, il faudra que je m'en passe. Je sais que tu es désolée, mais cela ne sert pas à grand-chose quand je suis là à penser au pire. Le quartier n'est pas sûr, Liddie, tu le sais. Je te l'ai répété cent fois, je veux que vous soyez rentrées avant la nuit, toutes les deux.

Elle hocha la tête, comme si Claudia avait pour habitude de désobéir, alors qu'elle était en retard pour la première fois en six mois.

— Bon, fais bien tes devoirs, et empêche Peggy d'aller je ne sais où. Si elle s'en va, dis-le-moi, Claudia. Il faut que je le sache. Mon Dieu, il est tard! Comme si je n'avais pas besoin de courir toute la journée...

Elle claqua la porte, et Claudia s'assit à la table, se mordant les lèvres et balançant les jambes sous sa chaise.

Comment croire qu'elle allait dénoncer Peggy! A quoi pensait donc maman? Claudia débarrassa la table du petit déjeuner, mais aperçut le livre qu'elle lisait ce matin-là, toujours ouvert à la même page. Presque sans y penser, elle s'assit et lut.

Le bruit d'une voiture qui démarra puis fit marche arrière la rassura et elle s'installa plus confortablement dans sa chaise, se laissant enchanter par le monde des elfes et des hobbits, de Gollum et de Mordor. Mais la voiture s'arrêta, et des voix colériques retentirent. Elle entendit des mots comme « égoïste », « râleuse », si bien qu'elle se replia sur elle-même. La voiture s'éloigna en faisant presque crisser les pneus, et la porte claqua, comme sous le coup d'une explosion.

Le visage déformé par la colère, Peggy entra et recula en voyant sa sœur.

— Alors, petite sainte-nitouche, qu'est-ce que tu as encore été raconter à maman?

Elle avait un ton acerbe, mais Claudia la regarda froidement.

— Rien, je lui ai dit que tu arrivais. Elle était de mauvaise humeur parce qu'elle était en retard, c'est tout.

— Ça, ce n'est pas nouveau. Qu'est-ce qui se passe cette fois? Papa est encore en retard avec la pension, à moins qu'il n'ait cessé de payer complètement, dit Peggy en fronçant les sourcils à cette pensée. Je crève de faim! Qu'est-ce qu'il y a pour dîner?

Elle jeta son sac sur la table et Claudia soupira, car elle était si impatiente de replonger dans son livre qu'elle devait faire un effort pour parler.

— Des sandwichs, je crois. De la soupe peut-être, je ne sais pas. Qu'est-ce que tu veux?

— N'importe quoi. Je ne vois pas pourquoi je devrais prendre toutes les décisions. Tâche de trouver quelque chose, pour une fois, Liddie. Tu n'as qu'à t'en occuper, ça changera un peu. Il faut que je travaille. Tu as de la chance de ne pas être en troisième. Tout ce travail idiot, qui ne servira jamais à rien! Elly entre dans une école d'esthéticienne l'année prochaine et, dans six mois, elle gagnera une fortune. Pourquoi maman tient-elle tant à ce que je reste au lycée? C'est complètement stupide.

Peggy sortit de la pièce, balançant la porte contre le mur, et Claudia haussa les épaules en se demandant si sa sœur n'avait pas raison. La mère et la fille s'étaient souvent disputées à ce sujet, et personne ne semblait changer d'avis. Mais le lycée, c'était du gâchis pour des filles comme Peggy et Elly, et maman s'inquiétait simplement de ce que les gens diraient si sa fille abandonnait ses études. Maman ne pensait pas à Peggy. D'ailleurs personne n'y pensait, c'était une perte de temps.

Claudia alla vers le placard et regarda les rangées de conserves sans grand intérêt. Tomates, légumes, poulet et maïs doux. Elle prit des tomates et prépara le repas.

5

Cheung Chau
1975

La mère de Harry apporta la soupière fumante dans la salle à manger et la posa sur la table. Son fils resta avachi devant la télévision. Sa mère s'essuya les mains sur son tablier et l'appela sèchement.

– Harry, c'est l'heure du dîner. Eteins ça!

Elle lui parlait d'une voix dure à présent et aurait préféré qu'il ne soit pas là pour pouvoir profiter de sa nouvelle vie de femme mariée. Pour elle, Harry n'était plus son Harry, mais simplement un garçon maladroit et fruste qui, à près de seize ans, était plus une nuisance qu'une aide à la maison. Un garçon dont elle refusait de reconnaître les traits, car il était trop douloureux de se souvenir du modèle original, mort depuis longtemps à ses yeux.

Pourtant, c'était son fils, et elle ne pouvait pas le chasser. Une fois de plus, elle inspira une bouffée d'air entre ses dents, souhaitant pour la centième fois, non, la millième fois, n'avoir jamais rencontré le père de Harry, n'avoir jamais connu des émotions aussi troublantes que l'amour, la confiance, l'espoir, n'avoir jamais souffert devant ce sourire dévastateur... Ils vous laissent tomber, ils vous laissent toujours tomber... Elle n'éprouvait plus ces sentiments. Pour personne.

– Où est Jeremy? Sur la terrasse? demanda-t-elle quand Harry alla éteindre la télévision à contrecœur.

Il haussa les épaules.

— Tu veux bien aller voir? Et dis à tes amis de rentrer chez eux. Leur dîner les attend. Allez, partez.

Elle monta le ton et lança un regard hostile aux deux autres garçons, un Chinois et un Européen. Ils lui rendirent un sourire insolent et nonchalant.

— Allez, rentrez avant que vos mères ne viennent vous chercher. Harry, dit-elle en baissant la voix pour rester audible tout en signifiant que cette partie de la conversation était strictement privée. Tu sais que Jeremy ne les aime pas. Ne les invite plus ici.

Rouge et bouillonnant de honte, Harry pencha la tête et, d'un signe, indiqua la porte à ses copains.

— A plus tard. Vers 23 heures, au port.

Ils quittèrent la pièce et, les yeux mi-clos, Harry observa sa mère.

— Jeremy les a eus en classe, il devrait être content de revoir ses anciens élèves de temps en temps, dit-il avec ironie.

— Je ne veux plus qu'ils remettent les pieds ici. Et je t'interdis de les revoir. Ce sont de sales jeunes, des voyous, **des blousons noirs**, des loubards...

A court d'insultes, elle marqua une pause.

— Ce ne sont pas des fréquentations pour toi.

— Ils travaillent à l'usine, comme moi, je vois difficilement comment je pourrais ne pas les fréquenter. Ne sois pas stupide.

— Eh bien, change de travail. Trouve-toi une meilleure place. Jeremy t'a appris tout ce que tu avais besoin de savoir pour avoir une bonne situation.

— Mais je n'ai aucune qualification. Nous en avons déjà parlé.

— Eh bien, qualifie-toi, étudie et passe ton bac.

— Comment je pourrais passer mon bac, je n'ai même pas mon brevet! Je n'ai que le certificat d'études. Et ce n'est pas ma faute!

Exaspéré, Harry claqua sa main contre sa cuisse de manière emphatique avant de monter sur la terrasse.

En short délavé et maillot de corps, Jeremy Law jardinait sans prêter garde aux éclats de voix qui montaient du bas. Il ne se mêlait jamais de ces histoires, c'était plus facile ainsi.

— Le dîner est prêt. Maman est furieuse. Mieux vaut ne pas traîner.

Harry parlait d'un ton indifférent, mais en voyant les courbes molles et le creux aux fesses de son beau-père, il fut pris d'un léger frisson de dégoût.

— Je viens sur-le-champ, Harry. Peux-tu en informer ta mère?

Les voyelles rondes et les consonnes précises n'étaient pas une surprise. Jeremy Law était un homme bien élevé qui, depuis longtemps, avait perdu sa véritable place dans la société mais semblait heureux de vivre comme les événements en avaient décidé. Il regarda son beau-fils, inhala de ses petites narines bien sculptées.

– Donne-lui ceci, s'il te plaît, pour la table.

Il lui tendit quelques rhododendrons fraîchement coupés à la forte odeur épicée.

– Pourquoi est-elle furieuse?

– A cause de moi, de mes amis, de mon manque de perspectives, de ma paresse, de mon ingratitude.

– Rien de nouveau alors?

– Non, vous ne craignez rien, répondit Harry en riant. A condition de venir tout de suite. (Ils entendirent un gémissement et les deux hommes se raidirent.) Tout de suite, insista Harry.

– Tu devrais aller à Hongkong. Trouver un travail là-bas. Tu n'as rien à faire dans une petite île de pêcheurs.

Jeremy regarda les toits en terrasse qui les entouraient, patchwork de petits champs de ciment, encombrés de cages à poules, avec des enfants qui criaient et des nattes de bambou qui s'agitaient dans la brise parfumée.

– Il n'y a pas d'avenir pour toi ici. Mais tu pourrais aller loin.

– J'y arriverai peut-être. Je deviendrai peut-être agent de change pour Jardines. Qu'en pensez-vous? dit Harry avec un sourire moqueur.

– Tu peux, si tu veux. Fais ton chemin. Commence comme garçon de courses. Tu as tout ce qu'il faut, l'allure, le savoir, pas de diplôme, c'est tout. Tu iras loin.

– Je n'ai pas besoin de vos conseils, Jeremy. J'y arriverai tout seul. Ne commencez pas comme maman.

– Comme tu voudras.

Jeremy se tourna en caressant rapidement les cheveux de Harry au passage, vieux geste d'instituteur qui humiliait et blessait sans en avoir l'air. Pendant un instant, leurs regards furieux se croisèrent, et Jeremy baissa la tête si bien que son visage fut tout près de celui de Harry. Il sourit et dit doucement dans un souffle âcre :

– Tu ne connais pas tes talents, Harry. Mais, moi, je sais, oh, oui, je sais. Et je ne veux pas te voir les gâcher.

Puis, incapable de se retenir, de ses lèvres, il effleura la bouche de Harry.

Le garçon recula, une moue dégoûtée sur le visage, avec la sensation du contact de la chair qui lui collait à la peau.

D'un revers de main, il s'essuya les lèvres et regarda son beau-père.

– Va te faire foutre! Va te faire foutre!

Harry crachait les mots, comme s'il crachait la rage et le dégoût qui l'envahissaient. D'un bond, il descendit les marches et se dirigea vers la porte. Mains sur les hanches, sa mère l'attendait.

– Où va-t-il? demanda-t-elle, tandis que son mari descendait les marches.

– Au diable, sans doute. Je m'en fiche.

Mais les yeux humides étaient tristes et songeurs.

– Il reviendra.

6

Hongkong
Août 1975

Bill Ingram habitait dans un appartement de Old Peak Road.
« C'est pratique pour le travail », disait-il quand les gens regardaient les plâtres lépreux ou le jardin en friches. « A quelques
pas de la maison du gouverneur », précisait-il quand ils regardaient les taches d'humidité sur les murs. Mais les gens
aimaient Bill et cela ne dérangeait personne à part l'*amah* qui
levait parfois les bras au ciel et s'en allait passer une semaine
chez sa fille pour protester contre l'état de la cuisine, la climati-
sation qui avait lâché ou les ventilateurs qui tournaient aussi
paresseusement qu'une mouche à l'agonie. On préférait donc
l'inviter. La vie, ce n'était qu'une histoire d'aménagements
matériels, pensait Bill, en souriant intérieurement.

Il faisait des économies, bien sûr. C'était pour cela, tout le
monde le savait. Il faisait des économies pour sa retraite,
puisque Joanna était partie avec tous les bijoux de famille. Et en
plus, elle voulait un partage des biens! Il n'allait plus rester
longtemps dans l'Administration. Pas après tout ce chaos. Il
rentrerait dans quelques années. Conscient de ce qu'on
racontait, mais trop indifférent ou trop vindicatif pour rétablir
la vérité, ou pour des raisons qui ne regardaient que lui, Bill
continuait à vivre dans son appartement délabré, avec ses amis
les lézards, son perroquet et son labrador noir, Otter. Ce n'était
pas l'Otter qui vivait avec sa belle-mère en Angleterre, pourtant
la chienne offrait la même dévotion à toute épreuve. Wolf était
mort quelques années plus tôt, et son absence se faisait dure-

ment ressentir, mais c'était un soulagement pour l'*amah* qui n'avait jamais fait confiance aux bâtards.

Bill n'avait guère envie qu'on sache ce qu'il faisait vraiment. C'était le genre de métier où moins l'on en dit, mieux c'est. Si on le prenait pour un fonctionnaire dépassé, c'était parfait. Si on pensait que Joanna était une sangsue, parfait aussi, il n'allait pas prétendre le contraire. Ainsi, il pouvait se permettre de faire venir ses enfants deux fois par an et de les envoyer dans de bonnes écoles. C'était un excellent compromis.

Pourtant, Tony cesserait bientôt de venir. Bill regardait le jeune homme assis dans un fauteuil près de la porte vitrée, le front légèrement plissé. Perdu dans ses pensées? Ou se demandant simplement où il dînerait ce soir? Difficile à dire avec lui. A côté, une carpe semblait bavarde, tant il restait refermé sur lui-même sans jamais rien laisser paraître. Bill sourit.

La brise légère caressait les cheveux de Tony, comme pour le taquiner. Il n'en resterait plus grand-chose, une fois que les coiffeurs de Sandhurst seraient passés par là, songea Bill tristement.

— Tu fais quelque chose ce soir? Tu peux venir avec Plum et moi, tu sais. Sally sera enchantée de te voir. Elle se plaint toujours de ne pas te voir assez.

— Sally Freeman? C'est parce qu'elle a une fille moche à caser pour les vacances, papa, tu le sais bien. Non merci. J'irai voir ce qui se passe à Wanchai, ou peut-être à Kowloon. Il y a quelques night-clubs intéressants à Tsim Sha Tsui, il paraît.

Tony sourit et s'étira en faisant le dos rond.

— Comme il te plaira. Mais j'ai entendu dire qu'il y aurait quelques jolis brins de fille, là-bas, la jolie Silvia par exemple...

— Silvia? Celle qui est à moitié française? Je croyais qu'on l'avait enfermée dans un couvent et qu'on avait jeté la clé..., dit-il, visiblement intéressé.

— Une tour d'ivoire plutôt, mais elle en descend parfois avec son chaperon. Il paraît que Mark Babcock a des visées sur elle, le taquina son père.

— Mark? Il n'a que seize ans! protesta Tony.

Etrange, pensa Tony intérieurement. Il avait dix-huit ans, venait d'en finir avec le lycée et était sur le point de rentrer à Sandhurst, c'était tout de même plus impressionnant qu'un gamin qui n'avait même pas de poil au menton!

— Oui, mais c'est un garçon très intéressant malgré ses seize ans, dit Bill, ironique. Et après tout, Silvia n'a que quinze ans. Elle préfère peut-être les garçons de son âge aux hommes.

La légère moue, la gentillesse des mots étaient infiniment moqueuses. Tony sourit en entendant son père ajouter :

– Alors, cela te tente?

Il hésita.

– Qui d'autre sera là?

– Je ne sais pas, mais je crois que Sally a parlé de deux tables, une pour les jeunes et une autre pour les vieilles barbes comme nous. Il devrait y avoir pas mal de monde. Aidan Lockhart, pour commencer. Tu savais qu'il travaillait pour moi?

– Non, pas exactement. J'avais entendu dire qu'il était entré dans l'Administration.

Il sourit, son père toussa et s'éclaircit la gorge, piégé par les mots de Tony. A contrecœur, il lui rendit son expression.

– Oui, c'est bien ce que je disais.

Il regarda Tony, lui transmettant un message silencieux, et Tony se calma car le temps des moqueries, le temps des confidences était passé. Bill Ingram continua.

– Plum est tout excitée à l'idée de cette soirée.

Remarque insignifiante lancée pour attiser l'intérêt.

– Tu devrais peut-être lui demander qui sont les autres convives. Dommage que Hattie ne soit pas là, mais Macao a sûrement ses avantages.

Invitée au légendaire hôtel Lisboa de Macao par sa meilleure amie, Hattie s'était gentiment laissé tenter. Tony sourit encore.

– Hattie va finir par vexer une vieille rombière avec ses vues sur le sexe et la libération de la femme. J'espère que ça lui passera bientôt. Qu'est-ce qu'elle est moche en ce moment!

Ce qui était vrai et injuste en même temps, pensait son père. Hattie était plutôt ennuyeuse sur ce sujet, mais sa laideur n'était qu'un état temporaire, un défaut lié à l'âge qui, si Bill connaissait les femmes, ce qu'il pensait être le cas, s'épanouirait en charme et en beauté dans un an ou deux. Son féminisme virulent s'atténuerait au fur et à mesure que son apparence s'améliorerait.

Tony, au contraire, ressemblait déjà à l'homme qu'il resterait jusqu'à un âge avancé. Un corps compact, un visage aux traits nets et réguliers et des cheveux blond cendré qui commençaient déjà à foncer. Ses yeux gris, parsemés de paillettes colorées, ce qu'il avait de mieux, semblaient amicaux et froids en même temps. Il donnait l'impression d'un garçon agréable sur lequel on pouvait compter, bien que peu bavard. Vraiment peu bavard. Peut-être un jour opterait-il pour une carrière plus solitaire que l'armée? Bill n'était pas certain de vouloir que son fils suive ses traces, mais peut-être n'avait-il pas le choix. Tout se décidait à la naissance.

D'ailleurs, il n'y avait rien de mal à être un solitaire. Tony s'en tirait bien, ses trois enfants s'en tiraient bien, ce dont Bill n'était pas peu fier. Très raisonnables, oui, ses enfants. Les pieds sur terre. Il sourit.

Cuisinière à Londres, bien payée, Plum avait la responsabilité des grands déjeuners d'entreprise et fréquentait un jeune homme plutôt ennuyeux qui travaillait à la City. Et Hattie réussirait elle aussi, quand elle aurait dépassé ce stade. Comme en fait il n'y était pas pour grand-chose, il avait de quoi être reconnaissant.

– Bon, fais-moi part de ta décision avant une heure. J'aimerais prévenir Sally, même si elle a été assez gentille pour préciser que tu pouvais venir si tu voulais. Je vais emmener Otter faire un tour dans le jardin, tu m'accompagnes?

Il comprit le refus avant même que Tony ait hoché la tête, désolé, mais ferme. C'était tout Tony, pensa Bill en claquant les doigts pour appeler la chienne. Désolé, mais ferme. Conséquence du départ de sa mère, il s'était refermé sur lui-même. Bon, deux s'en étaient tirés indemnes, c'était toujours ça.

Les Freeman avaient planté le décor de la fête dans le jardin de leur villa, une vieille maison coloniale, où les serveurs s'occupaient discrètement des tables installées sur les dalles de marbre, à l'abri d'immenses oreilles d'éléphants et de grands magnolias. La brise nocturne soulevait les nappes de batik bleu maintenues en place par la vaisselle de porcelaine italienne et l'argenterie que Sally avait emportées avec elle des années auparavant. Un parfum de rose embaumait le groupe rassemblé sur la terrasse. Les gens bavardaient et déambulaient, se séparant et se retrouvant, admirant les vases de cristal garnis de bouquets de renoncules et de pivoines d'un rose profond, dont les bougies qui étincelaient dans leurs lampes de verre accentuaient encore l'intensité.

La soirée n'avait rien de grandiose, mais tout était exquis et élégant, se dit Plum, avec un éclair de jalousie qu'elle se reprocha immédiatement. Sally Freeman était assez vieille pour être sa mère, d'ailleurs c'était une ancienne amie de sa mère, mais elle avait le don de paraître toujours innovatrice, en avance d'une mode, alors qu'elle se contentait de reprendre de vieilles idées, ce qui la faisait paraître de la même génération que Plum. Elle avait de la classe, pensa Plum, bien déterminée à suivre le même chemin.

A côté d'elle, ne semblant prêter aucune attention à son environnement, Tony regardait négligemment tout autour de lui, mais il ne cherchait qu'une seule personne. Soudain, ses yeux se rétrécirent, fixèrent quelque chose, et ses narines s'enflammèrent. Un splendide nuage de cheveux noirs, qui dépassait de l'épaule d'un homme juste devant lui, trahissait la présence de la sublime Silvia Bateman. L'homme se déplaça légèrement et un profil tout aussi sublime apparut, avec la longue ligne du front qui se courbait sur un nez droit et qui, au dernier moment, laissait place à des lèvres pleines et ciselées au-dessus d'un menton déterminé. Son profil pivota jusqu'à ce que les yeux pâles d'un vert pur se tournent vers lui, plongés dans une profonde méditation.

Tony sentit son estomac lui tomber dans les talons et sa poitrine était si serrée qu'il avait du mal à respirer. Il détourna les yeux.

Tout autour de lui montaient des voix, des éclats de rire, des bonjours accueillants.

– ...Absolument splendide! Et votre vieille maison? Toujours debout?

– ...Jamais passé de si bonnes vacances. Je ne comprends pas pourquoi nous nous obstinions à retourner chez nous en été avec les merveilles qu'on a ici... J'avais l'impression de revivre mon enfance.

– ...Non, non, Saki, sa-ki. Comment ça, vous ne *la* connaissez pas, c'est un homme!

– ...Retourné à Singapour. Il travaille chez Jardines. Les enfants feront leur début à Tanglin Trust, mais ils préfèrent retourner chez eux plutôt que de faire leurs études ici. Ce n'est pas très coté...

– Chez Liberty. Non, très raisonnable. Demandez à votre fille de vous en envoyer...

Tony entra à l'intérieur de la maison pour aller aux toilettes. Il sentit les yeux verts lui transpercer le dos, et pouvait à peine marcher tant ses jambes tremblaient et flageolaient. Il se retourna mais Silvia s'intéressait de nouveau à l'homme avec lequel elle parlait.

– Tu ne la trouves pas un peu jeune pour toi? dit une voix.

Stupéfait, il se retourna et faillit heurter Mark Babcock. Le jeune homme eut un sourire pincé, mi-moqueur, mi-chagriné.

– Qui ?

– Oh, voyons, Tony, tu sais très bien de qui je parle. Silvia et moi, on sort sérieusement.

– Vous sortez sérieusement ? dit Tony en levant les sourcils, avec une expression amusée. On dirait un pensum.

– On sort ensemble, si c'est comme ça que vous dites, les British, dit Mark, laissant paraître son mépris, et Tony se dit qu'il ne s'était guère amélioré ces dernières années.

Cette grande gueule qui essayait de dissimuler ses angoisses sous un air bravache était vraiment peu sympathique.

– Comme Silvia est à moitié anglaise, je suppose que c'est ce qu'elle dirait. C'est ce qu'elle dit ?

– Silvia ne s'intéresse pas à toi.

– Merci pour l'information.

– Ecoute, tu te prends peut-être pour un gros malin...

– Sois raisonnable, Mark. Silvia est assez grande pour dire qui l'intéresse et avec qui elle veut sortir. En attendant, pourquoi ne pas garder son calme ? (Il se détourna à demi, quand une pensée lui vint à l'esprit.) Au fait, comment va ta sœur ?

– Quoi ? s'exclama Mark, stupéfait par le changement de sujet, puis, ayant peur des reproches, il fronça les sourcils. Peggy ? Cela ne te regarde pas.

– Non, Liddie, Claudia.

Pendant un instant, Mark se demanda quel intérêt Tony pouvait trouver à une sœur qu'il n'avait pas vue depuis des années.

– Tu les prends jeunes, non ?

Il éclata de rire, et Tony hocha la tête en s'écartant. Mark hésita un instant avant de lui crier :

– Elle va bien, pourquoi ?

Son ton exigeait une réponse. Tony haussa les épaules.

– Pour rien. Transmets-lui... Dis-lui bonjour de ma part quand tu lui écriras.

Tony s'éloigna en cherchant la raison pour laquelle il avait posé cette question. Elle était sans doute devenue une autre Peggy, ou pis encore, une grande gueule comme Mark. Mais il ne pouvait s'empêcher malgré tout de se demander comment elle allait, comment elle s'en sortait. Elle devait avoir... quinze ans maintenant. Comme Silvia. Cette pensée le choqua car il l'avait toujours imaginée comme une petite fille de sept ans. Pendant un instant, il revit le visage malheureux. C'était fini à présent. De la vieille histoire...

En rejoignant le groupe, il vit que Mark monopolisait Silvia, flirtait et riait, l'air étrangement vulnérable. Il y avait un certain charme dans ce visage long et anguleux, ces cheveux clairs tirés en arrière, ces yeux bleu pâle, qui avaient perdu leur agressivité et essayaient de séduire. Du charme, et même de l'intelligence. Oui, surtout de l'intelligence. Mais ce n'était pas un visage agréable. Il ne traduisait ni gentillesse ni compassion. Enfin ni l'un ni l'autre n'était indispensable pour conquérir le cœur d'une femme. Et Mark était faible. Tony observa le couple un moment. Silvia battait des paupières en souriant, ses longs cils s'attardant contre les joues douces, et faisait une drôle de petite moue quand elle discutait un point de vue. Elle tourna la tête et croisa le regard de Tony. Elle sourit.

— Moi, je n'irais pas me jeter dans la gueule du loup, dit Plum sèchement. J'aurais trop peur de me les faire mordre.

Elle offrit à son frère une petite boule croustillante sur un pic et, comme il détournait les yeux et levait les sourcils, elle lui dit :

— Tiens, mange, et dis-moi ce qu'il y a dedans.

Plum demandait toujours qu'on précise ce qu'il y avait dans les plats, son intérêt culinaire n'étant dépassé que par sa crainte d'avouer qu'elle aimait assez quelque chose pour en demander la recette.

— Des crevettes, il me semble. Me faire mordre quoi?

— Tu es vraiment nul. C'est du crabe. Mais avec quelles herbes?

Elle semblait perturbée.

— Les doigts de pieds? demanda-t-il.

— Le bout du nez, ou n'importe quelle partie de l'anatomie, pour ce que cela a d'importance. (Elle lui adressa un grand sourire, le sourire qu'une grande sœur réserve aux plus jeunes.) C'est un piranha, Tony, tu ne vois pas? Belle, délicate, et perverse. Tu ne voudrais pas te retrouver tout couvert de cicatrices, si?

— Plum, c'est peut-être un peu méchant. Pourquoi te prends-tu pour une telle experte?

— Je suis allée à l'école avec Silvia pendant des années, même si elle n'était pas dans ma classe. Demande à Hattie, elle en sait encore plus long que moi. Cette fille n'a pas de cœur. Elle grignote une bouchée par-ci, une bouchée par-là, mais elle ne va jamais plus loin.

— Elle n'a que quinze ans!

— Elle va sur ses trente. Ecoute, fais comme tu veux. Je te donne simplement un petit conseil fraternel. Je ne veux pas dire qu'elle devrait aller plus loin, bien sûr que non, mais elle ne devrait pas laisser tomber ces pauvres diables comme de vieilles chaussettes. Elle n'aime personne. Elle est un peu bizarre, il paraît. Lunatique. Elle pique des crises. Elle fait des séjours « en clinique » de temps en temps.

Plum dessina une courbe irrégulière dans l'air. Silvia qui les regardait rougit et se retourna vers le visage attentif de Mark.

— Plum, tu es une vraie petite peste! Tu dis toujours que tu détestes les ragots...

— Bon, bon, je n'ai rien dit. Comme tu voudras. Mais ne viens pas pleurer quand elle t'aura réduit en chair à pâtée, c'est tout.

Plum se mordit les lèvres, sachant que Tony n'en ferait jamais rien, même s'il souffrait le martyre. Il ne parlait jamais de sa douleur ni de ses désirs à personne. D'un air inquiet, elle le regarda s'éloigner pour aller chercher un verre, mais un vieil ami la réclama, et son frère lui sortit de l'esprit.

Dans l'ombre, à côté d'une autre silhouette sombre, Bill observait avec une indifférence étudiée. Bien prévisibles, tous ces gens, pensait-il. Même ses propres enfants. Cela facilitait son travail en fait, car il devinait vite qui respectait les règles et qui n'entrait pas dans le moule. Comme ce jeune Mark Babcock. Il ne tarderait pas à se lancer dans des activités parallèles. C'était bon à savoir. Et Reginald Hsu... C'était plus que des activités parallèles, c'était une véritable industrie, à lui seul. D'ailleurs, d'où lui venait tout cet argent?

En regardant la grande silhouette à lunettes qui flirtait avec Sally Freeman, Bill savait qu'il se laissait peut-être influencer par l'ancienne aventure de Joanna et de Hsu, mais il y avait autre chose qui lui hérissait les cheveux. Mieux valait garder un œil sur ce bonhomme et, finalement, c'était encore ce qu'il faisait le mieux. Bill murmura quelques mots au jeune homme à côté de lui qui eut un sourire appréciateur.

Il y avait une table pour les jeunes, allant de la petite Portia Hsu, âgée de onze ans, avec ses longs cheveux soyeux qui descendaient sur une robe de dentelle amidonnée, et des yeux illuminés de joie, jusqu'à deux étudiants de vingt-deux ou vingt-trois ans. Tony s'amusa de voir que Silvia était séparée de Mark par toute la longueur de la table alors que lui-même se trouvait juste en face. Sally Freeman l'avait-elle fait exprès? se demanda-t-il, et, en regardant vers elle, il la vit lui adresser un clin d'œil. Il leva son verre vers elle, incapable de dissimuler la joie qui pétillait en lui comme des bulles de champagne.

Silvia était de mauvaise humeur. Elle avait vu le geste de la sœur de Tony et en avait parfaitement compris la signification. Son cœur s'était arrêté, avait manqué plusieurs battements, si bien que, chancelante, elle avait dû s'appuyer sur le bras de Mark qui l'avait conduite vers une chaise. Elle croyait pourtant que ces rumeurs s'étaient tues. Elle n'avait plus que des crises sporadiques, après tout, et les médecins maîtrisaient la situation. Qu'est-ce que cette horrible Plum avait bien pu raconter à Tony? Le visage durci sous la colère, Silvia avait été incapable de le regarder. Mark ne s'était aperçu de rien, mais cela n'aurait pas eu d'importance. Ils avaient au moins un point commun. Pas les crises, mais ni l'un ni l'autre n'entrait dans le moule. Tout le monde les trouvait un peu bizarres, un peu sauvages. Elle observa son entourage de ses yeux d'un vert profond qui faisaient penser à un fond sous-marin éclairé la nuit. Tony lui sourit, et elle détourna le regard.

Le repas se déroula dans un tourbillon de mouvements maladroits, de grignotage du bout des lèvres, d'œillades furtives qui les faisaient rougir tous les deux, mais qui étaient immédiatement interrompues par leurs voisins réclamant leur attention. Tony était vaguement conscient de décevoir les filles qui l'entouraient avec ses réponses évasives, ses questions non formulées, mais il ne parvenait pas à se forcer. Plum avait tout remarqué, elle aussi. Cela ne ressemblait pas à son frère. D'habitude, on l'appréciait beaucoup. Il était poli, intéressant, plein d'humour même et manifestait une certaine distance qui ne manquait pas d'intriguer. Ce soir, pensa-t-elle, il se conduisait comme un lamentable idiot.

— Quel régiment voudrais-tu rejoindre? demanda le jeune homme à droite de Silvia en entendant le nom de Sandhurst.

De quelques années plus vieux, il venait juste de terminer Oxford. Tony leva les yeux et avala les lychees frais qui prirent un goût amer quand il croisa le regard de Silvia.

— Je ne sais pas encore, Aidan. Papa était dans la cavalerie, mais je ne me sens pas fait pour cela. Je préférerais les Gourkhas.

Il vit que son compagnon manifestait une certaine surprise, mais il n'en tint pas compte.

— Il n'y a guère d'avenir, tu ne crois pas? Si tu veux l'infanterie, pourquoi pas une unité rapide, La division légère, par exemple?

Il lui adressa un sourire presque sournois, et il ferma les yeux en faisant ressortir les cernes sur son visage.

— C'est un peu tôt pour le dire. D'ailleurs, je n'ai guère envie d'aller jusqu'au grade de général, et on ne me laisserait sûrement pas faire. En fait, j'aimerais revenir me faire une niche à Hongkong avant qu'il ne soit trop tard. Toi aussi, si je crois ce qu'on en dit.

Il sourit et ne se sentit pas particulièrement gêné lorsque Aidan le bombarda doucement de boulettes de pain. Son sourire s'élargit.

— De quoi parlez-vous? Qu'est-ce que c'est que ces messes basses, demanda Silvia qui essayait enfin de s'intéresser à ce qui se disait.

Pourquoi ne comprenait-elle jamais les reparties des Anglais? Elle ressemblait peut-être trop à sa mère, trop française dans l'âme peut-être.

— Aidan va entrer dans l'Administration, Silvia. Tu l'imagines avec son chauffeur, son parapluie et ses cheveux gominés? plaisanta Tony.

Aidan lui envoya une autre boulette.

— Non, non, je commencerai en bas de l'échelle, Silvia, et je courrai toujours après le bus, c'est moi qui te le dis.

— Oh, pas avec tes relations!

Tony leva son verre en riant et fut soulagé de voir le visage d'Aidan se détendre enfin, ses lèvres souples collées au bord de son verre qu'il vida aisément. Il boirait la mer et ses poissons, pensa Tony. Normal, avec tous ses pirates d'ancêtres, qui avaient fait la fortune des Lockhart et s'étaient immunisés contre les fièvres et les épidémies grâce à la boisson. Aidan n'en était qu'une version atténuée.

— Mineur, pêcheur..., murmura Aidan.

Ah oui, mineur, pêcheur, militaire... Fonctionnaire. Joli euphémisme. Le préféré de son père. Ils échangèrent un sourire entendu.

— Nous pensions aller au Golden Dome, s'il y en a qui veulent venir, dit la voix claire de Plum, de l'autre côté de la table, avec son groupe d'admirateurs qui se disputaient le privilège de lui tenir sa chaise, de l'aider à enfiler sa veste, de tenir son minuscule sac à main.

La table des adultes plaisantait sur le dernier night-club, le comparant à un aquarium. Sally dit à sa fille de ne pas rentrer trop tard, et, à cet accord implicite de l'hôtesse, la moitié de la table des jeunes se leva, fit ses adieux, et se dirigea vers les voitures. Les chauffeurs abandonnèrent en hâte la partie de mahjong dans laquelle ils s'étaient engagés sur la pelouse.

Il y eut une longue discussion pour savoir combien de voitures étaient nécessaires pour les conduire jusqu'au Star Ferry, et qui partirait avec qui. Mark restait à l'écart, refusant de s'impliquer, Silvia qui se tenait près de lui semblait être en osmose avec la poussière des étoiles, qui faisaient songer à des vers luisants sur un lit de soie noire.

Tony demanda le silence et décréta arbitrairement que deux voitures partiraient, avec cinq personnes. Il fit installer Silvia et Mark dans la seconde et croisa le regard amusé et méprisant de ce dernier, qui entonnait en sourdine une chanson militaire. Bien qu'il se sentît envahi d'une bouffée de colère aveuglante, qui le troubla plus encore que le mépris moqueur de Mark, Tony l'observa avec une indifférence étudiée. Silvia semblait perdue dans un monde de rêves et elle ne vit pas qu'il s'éloignait rapidement.

Sous le dais d'arbres, les voitures filaient dans l'obscurité sur les boucles de la route, traversant les bancs de brouillard. Les phares illuminaient le feuillage noir qui s'effilait le long des précipices et tombait vers les grappes de lumières si nombreuses qu'on aurait cru des étoiles inversées. C'était une soirée chaude et humide, chargée de douces senteurs de matière en décomposition, de fumée et d'excitation ; le vent s'engouffrait par la fenêtre du chauffeur, et, inhalant profondément, Tony ferma les yeux ; le silence semblait envahir l'obscurité, et il se laissait aller au tiraillement de la peur et de l'impatience que provoquait toujours Hongkong. Il eut un sourire de satisfaction.

A côté de lui, le chauffeur regarda la seconde voiture dans son rétroviseur et se raidit, les mains crispées sur le volant, mais il était difficile de savoir si c'était sous l'effet de la fureur ou de l'inquiétude. En l'entendant murmurer des imprécations dans un cantonais chantonnant et rapide, Tony ouvrit les yeux et se retourna pour voir ce qui se passait.

Mark Babcock était en équilibre sur le toit de la Mercedes, jambes et bras écartés pour avoir une meilleure adhérence sur le métal lisse. Découvrant les dents en un rictus sauvage, la chemise battant au vent, jubilant, il avait un regard féroce. Tony reconnut cette expression, surpris de voir que c'était Mark Babcock entre tous qui partageait cette attitude avec lui.

Prudemment, le chauffeur de la seconde voiture ralentit ; son visage contracté qui rougissait de colère n'allait pas tarder à se fermer et à se montrer peu coopératif, Tony le savait d'expérience. La seconde voiture s'arrêta et Tony fit signe au chauffeur de la première de l'imiter.

– Non, mauvais ici. Route pas bonne. Plus loin.

Tony lui intima d'obéir. Il vit deux des autres garçons de la voiture de queue sortir pour essayer d'attraper Mark.

Jurant et riant comme s'il était soûl, il résistait et leur décochait des coups de pied. Plum était à moitié descendue elle aussi et Tony apercevait sa silhouette dans la lumière des phares d'un véhicule qui suivait. Elle avait encore quelques virages de retard, mais elle arrivait vite. Et à ce moment-là, il n'y aurait plus le temps de réagir et nulle part où se réfugier, à part l'immense espace vide et noir en contrebas.

Tony se précipita à l'extérieur. Il courut vers la seconde voiture, grimpa sur le capot et saisit Mark par le col avant que les autres eussent le temps de dire ouf. Il le fit descendre et le jeta dans les bras qui l'attendaient en dessous et qui le poussèrent rapidement à l'intérieur malgré ses protestations et son rire troublant. Tony se pencha et prit Mark par sa manche de chemise, le bloquant contre la vitre. L'étrange blancheur du teint et les pupilles noires, têtes d'épingle, dans une mare de bleu, avaient le don de perturber et d'exaspérer Tony.

– Tu oses recommencer, et c'est moi qui te fiche dehors et te laisse faire le chemin à pied. Maintenant, assieds-toi.

Il sentit le souffle de Mark, le vit secouer la tête avant de s'enfoncer dans son siège. Tony fit un signe au chauffeur et se dirigea rapidement vers la voiture de tête, où il monta et referma la portière dans un mouvement souple. Immédiatement, le chauffeur démarra et poursuivit sa route en silence. Ce fut Aidan qui le brisa le premier.

– Dommage que les Américains ne croient pas aux vertus du pensionnat. Cela ne lui ferait sûrement pas de mal. Je croyais que la mode, c'était de monter sur le toit des taxis, pas sur celui de vos hôtes. Etrange attitude, dit-il et, sans se tourner, Tony sourit intérieurement.

Mark était un personnage bien étrange, mais de temps en temps, sporadiquement, Tony avait l'impression de le comprendre, comme un être un peu fou peut en comprendre un autre. Tous deux contenaient tant leurs émotions que Tony ne pouvait pas reprocher à Mark ses écarts occasionnels.

– C'est sans doute un désir de mort, dit l'une des filles, soudain audacieuse. Il fait toujours des trucs comme ça. Son père le laisse faire tout ce qu'il veut. Maman dit qu'il ne s'en rend pas compte, mais qu'un jour, il s'attirera de sérieux ennuis.

La conversation dériva, mais Tony remarqua dans le rétroviseur latéral que l'étrange visage d'Aidan paraissait songeur. Contemplatif.

Ils s'arrêtèrent devant la balustrade de la rampe du Star Ferry et descendirent de voiture, de nouveau bruyants; Plum les guida immédiatement dans les tourniquets, brandissant son billet de un dollar vers le receveur. Il y avait un bateau sur le point de partir et ils se précipitèrent sur l'embarcadère de béton, essoufflés et rieurs, pour arriver juste avant que les matelots lèvent la passerelle de bois. Ils s'engouffrèrent à bord et se frayèrent un chemin dans la foule pour se regrouper à la proue au moment où, faisant tourner ses hélices, le petit ferry à double pont s'éloigna du quai.

Ils traversèrent le port, l'odeur de sel et d'encens se mêlant délicatement aux senteurs fraîches de la nuit. Joliment livrées à l'abandon des éclairages, quelques frégates étaient amarrées de chaque côté du chenal. Ce ne fut qu'à ce moment que Tony demanda d'un ton neutre :

— Où sont Mark et Silvia? Ils ne sont pas arrivés à temps?

Tous se mirent à chercher dans la foule des Chinois, des Philippins et des Européens stoïques, tandis qu'ils traversaient les eaux noires et huileuses. Il n'y avait aucun signe du couple manquant. Avec des haussements d'épaules intrigués ou des regards soulagés, ils s'en désintéressèrent.

— Ils avaient peut-être d'autres projets? suggéra quelqu'un et le visage banal de Sally Freeman devint encore moins avenant.

Tony pinça les lèvres, inspirant les fragrances de la nuit et laissant dériver son esprit loin des autres et de leurs joyeux babillages.

Il s'imprégnait de la beauté des eaux étoilées, des lumières des jonques et des bateaux ancrés au large, il admirait la manière dont le ferry manœuvrait pour éviter un sampan qui venait de surgir à la proue, la femme à la barre restant indifférente au passage du gros bateau. Elle leva brièvement les yeux, son visage buriné protégé par un foulard noir tiré derrière les oreilles, sa veste rembourrée serrée contre son corps. Tony lui fit un salut de la main auquel elle répondit, sans manifester la moindre émotion tandis que le sampan soulevé par la vague suivait son chemin. Réservée et renfermée, sans être impolie. Elle n'était pas intéressée. Comme Silvia.

La soirée avait perdu son attrait, la crainte et l'impatience qu'il avait éprouvées en route s'étaient dissipées et Tony regrettait d'avoir accepté de venir, irrité par les heures qu'il lui faudrait attendre avant de pouvoir s'éclipser poliment. Il se pencha sur ses avant-bras, s'appuyant sur le bastingage de bois vernis et écouta la clameur de Kowloon qui s'approchait.

Kowloon ne dormait jamais, et encore moins le quartier de néon délimité par Salisbury Road, Nathan Road et Chatham Road South. Dans ce quartier de Tsim Sha Tsui, à l'extrémité de Kowloon, il y avait plus de bars, de night-clubs et de salons de massage que dans tout Londres. Tenu par un conglomérat qui élargissait son empire au domaine du tourisme, le Golden Dome venait d'ouvrir. Blottie entre le bar d'un hôtel et un tailleur, seule l'entrée était visible, le reste se trouvait en sous-sol. Les lampes encastrées dans des niches éclairaient le tapis rouge qui ornait l'escalier doré. Dans sa nouvelle humeur, Tony se sentit choqué alors que tant de vulgarité aurait dû l'amuser.

Il suivit les autres, sans prêter garde au portier qui se demandait s'il devait les faire payer ou non. La soirée était plutôt calme, quelques clients seraient les bienvenus, se dit Aidan. L'épais tapis rouge menait à un long comptoir d'acajou, où plusieurs jeunes Thaïlandaises attendaient, assises sur de hauts tabourets, la fente de leur jupe révélant discrètement leurs jambes. Elles se tournèrent et esquissèrent un sourire qui eut à peine le temps d'arriver à leurs lèvres avant qu'elles ne voient Plum et les autres filles et ne se retournent vers le bar.

Dans l'arrière-salle, quelques tables entouraient la piste de danse en Plexiglas sous laquelle, selon le dire des parents, nageaient d'énormes carpes aux teintes d'or, d'ambre et de blanc lumineux. Tony se demandait si elles remplaçaient le célèbre poisson rouge que possédaient tous les foyers chinois pour que le mauvais sort s'en prenne d'abord à lui et épargne ainsi la famille. Il aurait fallu un sacré coup du sort pour tuer un aussi gros poisson!

Quelques couples moroses dansaient sur une musique disco au-dessus des poissons, leur image inversée se reflétant dans la surface concave du dôme doré. Hideux, parfaitement hideux, pensa Tony.

Ils s'assirent et commandèrent à boire. Résigné, Tony s'installa dans son siège au dossier trop bas. Il devrait rester au moins une heure ou deux et danser avec les filles, car les garçons manquaient. Cette perspective n'améliora pas son humeur.

– C'est pour cela que tu es si pressé de revenir, Tony ? Afin de rejoindre les rangs des jeunes riches qui s'ennuient et cherchent toujours un nouveau lieu pour remplacer la mode de la semaine précédente. Moi, j'aime bien les poissons, pas toi?

Aidan se moquait tout autant de lui que de son ami, comprit Tony qui ne s'offusqua donc pas.

– C'est absolument parfait. Je me demande comment les night-clubs faisaient avant!

Il leva les paupières en signe d'amusement, mais le reste de son visage resta sombre.

– Vivement que je sois vieux et marié, que je n'aie plus à être en chasse! dit Aidan, à voix basse, sur un ton étrangement amer. C'est vraiment épuisant de nos jours, et la seule fille valable est déjà prise.

Tony ne savait pas s'il parlait de Plum déjà presque fiancée à Londres et qui l'avait fait savoir, ou de Silvia... Mais il ne voulait plus penser à Silvia. Il s'efforça de paraître positif.

– Oh, voyons, Hongkong a plus que cela à offrir, et tu le sais, Aidan. Ce soir, nous sommes là pour distraire les autres, nous faisons notre devoir, dit Tony, jouant sur le mot, plaisantant sur l'atrocité de la situation. Demain, nous pourrons aller à Shek O ou à Big Bave Beach, on ira se baigner, on déjeunera sur une île, et on sortira au Hash. (Il marqua une pause en voyant qu'Aidan faisait la grimace à la pensée de finir dans une des fumeries cachées dans les plis et les replis des collines de Hongkong...) Et on terminera la soirée dans un village de l'autre côté de l'île, en bonne compagnie, avec de la bière qui coule à flot. Mais ce soir, si ces demoiselles veulent danser...

L'attention de Tony fut attirée par une agitation près du bar. Le garçon qui venait de prendre leur commande se faisait bousculer par deux jeunes Chinois. En voyant le regard fixe de Tony, Aidan se retourna et observa la scène.

Les deux jeunes gens poussaient le serveur au visage crispé de peur. Il avait fait signe aux deux videurs près de la porte, mais ceux-ci ne bougeaient pas. Sourire aux lèvres, les deux Chinois le repoussaient contre les bouteilles en le serrant de près. Les jeunes Thaïlandaises quittèrent leur tabouret et se réfugièrent au fond du bar.

– Qu'est-ce qui se passe? demanda Tony qui aurait volé au secours du serveur si Aidan ne l'avait pas fermement retenu par le bras et cloué à son siège.

– Une affaire de Triade, apparemment. Ils ont envoyé leurs gros bras faire un peu d'intimidation. Peut-être que les nouveaux propriétaires refusent de payer leur protection, alors le personnel se fait un peu molester. Ne te mêle pas de ça, Tony. Tu n'y peux rien.

On avait augmenté le volume de la musique, et la plupart des clients semblaient ne pas voir la vilaine petite scène qui se déroulait derrière le bar. Les deux jeunes avaient cassé une bouteille et la brandissaient devant le visage du serveur, qui, terrorisé et fasciné, la regardait se balancer d'un côté à l'autre. Se libérant de l'étreinte d'Aidan, Tony se leva.

– Non, Tony! Tu vas te faire blesser! Ces types savent ce qu'ils font, ce sont des pros.

Aidan s'était levé lui aussi, mais Tony s'approchait déjà du bar. Il saisit une bouteille et, sans prendre le temps de réfléchir, frappa la tête du plus âgé des truands au moment où le tesson effleurait le visage du serveur, qui saignait déjà. Le second Chinois se retourna, surpris et furieux, mais Tony trouva ses traits étrangement familiers, malgré leur agressivité. Il hésita, et le jeune garçon – car il ne devait pas avoir plus de seize ou dix-sept ans – lui décocha un coup du revers de la main qui le plia en deux et l'étourdit.

On entendit des pas, des grognements, et quand Tony ouvrit les yeux, les deux voyous étaient déjà dans l'escalier, le plus jeune soutenant l'autre sur son épaule. Aidan soupira et se pencha vers lui.

– Ça va? demanda-t-il, prenant une cigarette dans son paquet et la lui plaçant entre les lèvres.

Il l'alluma tandis que Tony secouait la tête et essayait de se lever. Il y avait quelque chose de si étudié dans l'attitude d'Aidan, penché contre le bar, cigarette aux lèvres, que Tony n'arriva pas à contenir le rire qui montait en lui. Il prit la cigarette et aspira profondément.

– Je suis content que cela t'amuse. Finalement, tu as peut-être raison de t'engager dans l'armée. On a toujours besoin de quelques héros dans les parages, dit Aidan en allumant une autre cigarette.

Il regarda le serveur qui s'épongeait le visage avec un torchon.

– Pourquoi as-tu hésité? Tu aurais pu les avoir tous les deux.

Tony marqua une pause, recracha un énorme nuage de fumée, et plissa les yeux pour mieux se souvenir.

– Je le connais. Le second. Je l'ai déjà vu quelque part. Je ne me souviens....

Il s'arrêta et pâlit, tandis que le visage lui revenait en mémoire...

66

– Mon Dieu, c'était Harry!

– Harry? demanda Aidan, visiblement fort intéressé.

– Le fils de l'*amah* des Babcock. Harry. Qu'est-ce qu'il fait avec les types de la Triade? demanda Tony, désemparé.

– Son apprentissage de caïd, tu ne crois pas?

Aidan fit signe aux filles qui s'inquiétaient dans le noir, de l'autre côté de la salle.

– Viens, allons leur dire que tu es encore entier.

– Et Harry?

– Harry, ce n'est pas ton problème.

7

Judson, Texas
Juin 1976

L'air lourd étincelait sous la chaleur brumeuse. Des nuages de poussière balayaient la cour de béton, emportant feuilles et branches et les faisant tournoyer contre le grillage qui entourait Haskell Ridge High. D'un revers de manche, Gina Fratelli essuya la transpiration de sa lèvre supérieure, essayant de ne pas regarder la chemise du garçon, trahi par de gros cercles humides. Il s'en moquait et s'approcha d'elle pour lui dire avec un accent traînant du Sud :

— Tu ne pourrais pas faire quelque chose? Ils nous bousillent la courbe. On n'a que des D à cause d'eux! se plaignit Tommy Bering.

Elle haussa les épaules. La courbe, toujours cette maudite courbe! Pourquoi existait-elle, cette courbe qui regroupait les résultats d'examens et les montait ou les baissait pour favoriser le règne de la moyenne. Et les gens très intelligents, comme Claudia et Paul, gâchaient tout. Effectivement, si on relevait la courbe, les notes des autres descendraient encore! Elle comprenait le point de vue de Tommy Bering mais ne voulait pas l'admettre.

— Tu ne voudrais tout de même pas qu'ils ratent tout pour que tu puisses réussir. Et puis, les professeurs ne veulent pas que nous échouions. Ça leur donne mauvaise réputation. Ils mettront automatiquement des A à Liddie et à Paul, et ils noteront les autres sans tenir compte de leurs résultats. Sinon, personne n'aurait jamais de B. (Cela paraissait logique.) J'imagine que les professeurs y ont pensé, ajouta Gina, confiante, et Tommy hocha la tête.

— Je ne sais pas. Parfois, j'ai envie de les pousser sous un camion. Regarde-le, il a l'air d'un avorton, avec ses lunettes rondes et ses yeux plissés. Une vraie taupe! Et elle, ce bout de ficelle qui passe son temps à te regarder sans rien dire, mais tu sais parfaitement qu'à l'intérieur, ça cogite sec! Elle ne pourrait pas être comme sa sœur? Hein?

Il rit, en se souvenant de ce que les autres garçons racontaient sur Peggy.

Il observa Gina, pensant qu'elle n'était pas bien belle, elle non plus, rien d'étonnant à ce qu'elle soit leur amie, avec son visage pâteux et des sourcils lourds qui tombaient sur des yeux de vache. Drôles de loustics, tous, voilà pourquoi ils s'entendaient si bien.

Avec un soupir écœuré, il retourna vers le terrain de basket juste à temps pour attraper la balle et dribbler vers le panier adverse avant de prendre son élan et de marquer un but. Il se retourna en souriant, tapant les mains contre celles de ses camarades, comme si la menace des examens s'était définitivement écartée. De l'autre côté du terrain, les pom-pom girls, Kathy Toreno, Missy Hatchard et Clarice Sturming, levaient les bras et secouaient leurs cheveux d'or, s'entraînant déjà pour animer les matchs des Dallas Cow-boys.

Inconsolable, recroquevillée sur elle-même comme si elle avait lu les pensées de Tommy dans ses yeux bleu pâle, Gina s'approcha de l'arbre sous lequel Paul et Claudia s'étaient installés pour réviser les grandes dates de la Révolution française. Elle s'assit et les regarda, espérant qu'ils lèveraient les yeux sur elle.

— Bonjour, Gina, sourit Claudia, en se déplaçant pour que son amie puisse s'installer plus confortablement.

— Bonjour, Gina, dit Paul en soulevant ses lunettes un instant pour mieux la voir. (Il les remit immédiatement.) Tu veux travailler avec nous? proposa-t-il un peu à contrecœur car il savait qu'elle les retarderait, et il fut soulagé quand elle refusa.

— Je ne les sais pas encore. Je les apprendrai ce soir, peut-être. Tommy fait tout un cirque parce que vous allez bouleverser la courbe et que tous les autres vont rater.

— Avec Tommy, cela ne sera pas trop difficile, dit Liddie un peu méchamment.

Gina se mit à rire et son visage mollasson tressauta de plaisir à pouvoir ainsi se moquer de Tommy Bering.

– Pouh! dit Paul, méprisant. Et si nous, on se plaignait qu'ils nous ridiculisent en sport! Regarde-moi ces cow-boys du dimanche! dit-il d'un ton sec.

Gina sourit de nouveau, cherchant à dénigrer les beaux sportifs qui transformaient leur vie en enfer, en se baladant dans leurs voitures le soir après l'école, riant et sifflant les élèves moins aimés, qui n'appartenaient pas à la bande. Pourquoi était-elle née dans un pays et surtout un Etat où être ailier gauche ou majorette était plus important que de réussir ses examens? Elle s'installa plus confortablement sur l'herbe.

Claudia les regarda tous les deux et sourit mais, intérieurement, elle aurait préféré être un peu moins intelligente, un peu moins maigre et un peu moins nulle en sport. Ne pas toujours être une paria. Elle avait bonne allure en jean et chemise de coton, avec ses cheveux tirés en natte bien serrée, et une seule mèche qui s'échappait et lui tombait devant les yeux de temps en temps. Elle n'avait pas à rester avec les parias. Immédiatement, elle se reprocha sa trahison.

Elle sortit une photographie de sa trousse et la tint un instant dans la paume de la main, réveillant la tristesse et la nostalgie que celle-ci ne manquait pas de provoquer. Devant un arrière-plan de palmiers, Harry et elle, en plus jeunes, la regardaient avec un grand sourire moqueur. Oh, Harry, où es-tu? Que fais-tu? Es-tu heureux? Elle soupira. Peut-être en fait était-ce Judson qui la considérait comme une paria, mais c'était peut-être mieux ainsi.

– Qu'est-ce que c'est?

Tommy Bering qui s'était approché subrepticement par-derrière lui arracha la photographie des mains. Il la brandit en l'air et partit dans un bruyant éclat de rire.

– Un négro! Toi avec un négro? Pourquoi tu la gardes, Liddie? Qu'est-ce qu'il avait de si bien, ton négro?

Il riait si fort que l'un de ses amis arriva et vint lui prendre la photographie. Claudia se leva, écarlate.

– Rends-la-moi! Rends-la-moi!

– C'est pas un négro, imbécile, c'est un chinetoque! Liddie est amoureuse d'un chinetoque!

Les cris se firent plus forts, plus martelés, et les garçons s'éloignèrent en dansant, tandis que Claudia essayait de reprendre la photo. Ils la taquinaient, la tourmentaient, et Claudia devenait de plus en plus rouge et de plus en plus furieuse.

– Liddie est amoureuse d'un chinetoque!

Ils se lançaient la photo; le petit bout de papier brillant voletait dans le vent, et Claudia les observait en silence, tandis qu'ils sautillaient dans leurs chemises à carreaux, leurs jeans et leurs bottes si identiques qu'elle avait du mal à les différencier. Elle se sentait humiliée à un point inimaginable. D'un clignement de l'œil, elle chassa les larmes qui lui brûlaient les yeux.

— Rends-la-lui, Tommy, arrête de faire l'imbécile! ordonna une voix forte derrière Claudia qui se retourna involontairement pour croiser le regard de Bo Haskill avant de se détourner rapidement.

Bo Haskill n'avait rien à voir avec Haskell Ridge. Fils d'avocat, il habitait les beaux quartiers. Elève de terminale, bourreau des cœurs de la région, il changeait de fille comme on se débarrasse d'un rasoir jetable dont la lame s'émousse.

Tommy cessa de sautiller et leva le menton, d'un air agressif. Les autres garçons se turent d'un coup.

— Hein? Quoi? Toi aussi, t'es amoureux de Liddie? Toi et le chinetoque? C'est trop drôle! T'es quoi, toi? Le numéro deux?

Tommy lança un cri de hyène que ses camarades imitèrent faiblement avant de retomber en silence. De plus en plus rouge, Claudia n'osait pas regarder Bo dans les yeux.

La tête légèrement inclinée, sa touffe de cheveux roux et ses taches de rousseur se détachant sous le soleil, Bo observait tranquillement Tommy. Grand garçon dégingandé, de trois ans l'aîné de Tommy, il était largement respecté car il était intelligent et sportif. Un homme complet, pensait douloureusement Claudia qui aurait préféré qu'il s'en aille et laisse l'attention de Tommy s'éteindre d'elle-même. Mais non, Bo allait jouer les héros, il allait régler cette querelle. On pensait qu'il allait être élu garçon de l'année au lycée, peut-être battait-il déjà campagne?

— Qu'est-ce que tu peux être enquiquineur, Tommy Bering. Tu vas arrêter de t'en prendre à des gamines, nom d'un chien?

Il se retourna et s'éloigna volontairement avant que Tommy n'ait eu le temps de penser à une réplique percutante. Un instant, celui-ci resta abasourdi, les joues gonflées comme s'il allait cracher sa frustration, sous les sourires de plus en plus larges de ses camarades. Claudia se recroquevilla.

— Et, toi, t'es qu'un sale connard! cria Tommy.

Immédiatement, la fenêtre la plus proche s'ouvrit, comme si la personne qui était derrière ne pouvait plus en supporter davantage.

— Tommy Bering! Dans mon bureau, immédiatement!

Le directeur du lycée claqua la fenêtre et le silence s'installa. Puis les ricanements reprirent et Tommy, écarlate, regarda tout autour de lui, en furie.

— Tiens, espèce de petite garce!

Il tendit la photo vers Claudia et la déchira soigneusement en petits morceaux qu'il laissa tomber par terre. Claudia les regarda se disperser sur le trottoir, la bouche légèrement entrouverte, comme pour mieux supporter la douleur.

— Toi, Haskill, on se retrouvera plus tard, cria Tommy, soulagé intérieurement de constater que Bo était parti depuis longtemps.

Toujours furieux, il traîna les pieds jusqu'au bureau du principal. Leur jeu terminé, les autres s'éloignèrent.

Courbée en deux, Claudia ramassa les fragments et les mit soigneusement dans sa main. Pourquoi le principal n'était-il pas intervenu plus tôt? Il avait pourtant dû tout entendre. Pourquoi ne réagir qu'au juron? Elle ferma les paupières sur ses yeux qui la brûlaient.

— On peut faire quelque chose pour toi? demanda Paul, penché à côté d'elle, qui cherchait les derniers morceaux avec Gina.

Claudia les regarda, les lèvres pincées. Eh bien, si les autres trouvaient ça drôle, elle était contente d'être une paria, contente de se retrouver avec Paul et Gina. Paul sourit, ses yeux brillant de sympathie derrière ses lunettes.

— Eh bien, Tommy nous a encore récité ses vers! Bonne idée de le crier si fort juste sous les fenêtres. Je me demande bien comment on va s'en sortir avec la courbe qu'il nous mijote!

Claudia dut sourire elle aussi, bien qu'elle se sentît toujours oppressée.

— Si cela marchait dans l'autre sens, nos notes se mettraient sur orbite! Quel imbécile!

Elle rangea les morceaux de photo dans sa trousse, se demandant si elle pourrait les recoller.

— C'était gentil de la part de Bo. C'est un chic type, dit Gina, tristement.

Surprise, Claudia l'observa. Etait-elle amoureuse de Bo? Comme les autres filles?

— Oui, je suppose, murmura-t-elle, mais elle savait que, sans lui, elle aurait récupéré sa photo intacte.

A présent, celle-ci était réduite en pièces, comme son ancienne vie. Morose, Claudia se leva.

– Allez, reprenons le travail. Sinon, nous ne sortirons jamais de là!

Paul la regarda avec un sourire en coin.

– Amen!

– Pourquoi ton frère est-il resté là-bas? Pourquoi n'est-il pas revenu en même temps que vous, les filles? demanda Bo.

Il se trouvait près de l'arrêt de bus quand elle était passée et il l'avait rejointe tout naturellement, lui disant qu'il était désolé pour la photo. Marchant d'un pas rapide, son lourd sac sur l'épaule, Claudia avait à peine levé les yeux pour murmurer que cela n'avait pas d'importance. Sachant qu'elle mentait, Bo avait eu de la peine pour elle. Il continua à marcher à côté d'elle, intrigué par le manque d'intérêt qu'elle lui manifestait, par ses réponses sèches, sans la moindre tentative de séduction au détour d'un mot ou d'un regard.

– Mark voulait rester avec papa, et je crois que maman n'a pas vraiment insisté. Je ne sais pas en fait. Elle voulait partir, tout simplement. Je ne sais pas si cela l'aurait vraiment dérangée si nous avions tous demandé à rester, mais je n'y avais jamais pensé.

Bo s'étonna encore qu'elle dise des choses si crues et si terriblement empreintes de vérité.

Il considéra plus attentivement les longues jambes minces et les grands yeux qui se levaient parfois vers lui, reflétant une telle intelligence et une telle intensité qu'ils donnaient l'impression d'être incandescents.

– Tu aurais voulu rester? demanda-t-il en faisant glisser son sac plus confortablement sur son dos et en consultant rapidement sa montre.

Il avait une séance d'entraînement de basket cinq minutes plus tard.

– Bien sûr! Pourquoi aurais-je voulu revenir? Qu'est-ce que Haskell Ridge avait à offrir? Une bourse sportive pour que je puisse suivre une école d'agro? dit-elle, méprisante, avant de le regarder en se demandant s'il avait l'intention d'entrer dans une école d'agronomie grâce à une bourse de basketteur et si elle n'avait pas lamentablement manqué de tact.

Mais il lui avait fait perdre sa photo. Alors, tant pis pour la gaffe.

– Effectivement. Qu'est-ce que tu veux faire alors?

– Partir! Aller à Princeton ou à Harvard.

Elle le regarda, le mettant au défi de se moquer d'elle, mais il lui adressa son long sourire languissant qui retournait le cœur des filles comme des crêpes.

Claudia elle-même frissonna légèrement à cette façon d'être regardée, elle, rien qu'elle, mais elle se reprit.

— Oh oui, tu y arriveras sûrement si tu le veux vraiment. Au fait, si tu écris à Mark, donne-lui le bonjour de ma part. On était copains avant. Et dis à Peggy que c'est 19 h 30 et pas 19 heures, mais qu'on ne l'attendra pas si elle est en retard. Salut!

Il lui adressa un sourire distrait et se mit à courir, avec son sac qui sautillait dans son dos. Il s'arrêta un instant pour bavarder avec Clarice Sturming, et Claudia le vit lui passer la main autour de la taille en riant et en se penchant vers elle. Clarice eut un petit gloussement.

Claudia qui plissait les yeux, pour voir le halo de cheveux roux dans le soleil couchant, se moqua du léger frisson d'excitation qui l'avait parcourue, mais elle était obscurément contente que Bo se soit montré si insouciant à propos de ses projets. « Oh oui, tu y arriveras sûrement si tu le veux vraiment. » Si elle le voulait vraiment! Il ne s'imaginait pas à quel point!

Mais quelqu'un comme Bo Haskill n'était sûrement pas assez bête pour se lier avec des gens comme Peggy. Après tout, Peggy, c'était une des grandes raisons qui poussaient Claudia à partir. Pourquoi la rencontrait-il à 19 h 30? Et pourquoi les Clarice Sturming lui faisaient-elles du charme? Ou peut-être était-ce là tout le problème? Les Clarice en restaient là, Peggy allait jusqu'au bout.

Et pourquoi ce « si elle écrivait à Mark »? Elle se demanda si les garçons étaient tous fous ou simplement idiots. Comment pourrait-elle écrire à Mark alors que maman avait décidé qu'elle n'avait plus de fils? Plus de fils et plus de mari. En soupirant, Claudia s'éloigna. Mais cette pensée continua à la ronger. Après tout, si elle écrivait à Mark? Répondrait-il?

8

Hongkong
Octobre 1976

Ils étaient trois, dispersés dans Queen's Road. L'un d'eux était appuyé contre un poteau, en pantalon kaki, tee-shirt rayé et blouson, avec de longs cheveux noirs qui tombaient sur ses yeux, portant des Nike et une fausse Rolex qui le démarquait visiblement des travailleurs du quartier. Il attendait les deux autres; l'un portait un jean noir moulant et une veste de cuir, l'autre, en jean et sweater, devait donner le signal. Aidan les observait, se demandant pourquoi on lui avait assigné cette mission. Il hésita avant d'appuyer sur le bouton du talkie-walkie. Non pas encore, pas tout de suite.

Aidan voyait bien que les trois individus évitaient de se regarder. De rares coups d'œil furtifs, comme s'ils attendaient quelqu'un. Ils étudiaient l'emploi du temps des employés de la bijouterie, vérifiaient qui sortait à quelle heure, qui restait en service. C'était la quatrième fois de la semaine qu'ils montaient ainsi la garde. Cela se passerait sûrement aujourd'hui, Aidan le sentait.

Mais que faisait-il ici? Ce n'était pas son boulot. Il avait simplement signalé le nom de ce jeune Harry, et « qui de droit » avait été ravi, avait repéré le garçon, et avait suivi l'affaire de près, si bien que, quelques mois plus tard, Aidan devait absolument mettre le grappin sur ce fameux Harry. Sur lui, exclusivement. Les autres pouvaient aller au diable et les bijoutiers aussi. Ils voulaient Harry, c'était tout. Mais au vu du corps mince et des longues jambes, Aidan n'avait guère de chances. Il était incapable de rattraper ce garçon.

Il toucha la bosse de sa veste, s'assura d'une main inquiète que la sécurité n'était pas mise et que son arme était prête à tirer. Son travail était devenu bien prosaïque! Des rêves d'espionnage international, il en était réduit à une banale mission de police! Attraper un membre de la Triade, et faire le bonheur d'oncle Bill, d'accord, mon gars? Pourtant, la nervosité continuait à lui ronger l'estomac tandis que l'attente le rendait presque malade.

Il était près de midi, le flot de piétons pressés qui sortaient des bureaux s'intensifiait, ils se croisaient, se regroupaient, se frayaient un chemin le long des trottoirs étroits, se déversaient dans les ruelles, telle une nuée de termites prêts à dévorer les fragiles façades de Queen's Road. L'air frais d'octobre les dynamisait, les poussait à aller plus vite, toujours plus vite, à manger, vite, vite, faire la queue, vite, vite, trouver une table, encore plus vite, vite, vite, le temps presse et il y a tant à faire! Ils se précipitaient en hordes démentes, de boutique en boutique, et pourtant, les trois hommes restaient à leur poste malgré la marée humaine qui bloquait leur chemin. Aidan inspira profondément pour se calmer.

L'horloge indiqua 12 h 10, 12 h 15, les deux premiers assistants quittèrent la bijouterie, s'arrêtant un instant, comme pour s'adapter à la force de la marée avant d'être avalés par son flot et de s'y perdre. L'homme à la veste de cuir noir était l'homme fort de la loge, devina Aidan, leur « Pilier rouge ». Il fit signe aux deux autres. Harry avança lentement, se glissant dans la foule avec une aisance qui lui attira l'admiration d'Aidan. Dieu, qu'il était agile! Le troisième homme en blue-jean semblait faire le guet, une nouvelle recrue qu'on initiait à la loge peut-être? Il resta en arrière, observant la rue d'un œil inquiet, le visage crispé de peur.

L'homme de main était entré dans la bijouterie, Harry derrière lui. Aidan appuya sur son bouton, murmura un nom de code qui lui donna l'impression d'être un peu idiot. Il remit le talkie-walkie dans sa poche et avança, comme pour faire du lèche-vitrine, mais à une vitesse considérable. Le plus jeune ne l'avait pas remarqué.

Il y avait un agent de police à l'intérieur de la bijouterie, et trois autres dans la rue. L'inspecteur était en arrière avec un cinquième homme. Aidan était sensible à son propre souffle, à l'odeur des corps qui l'entouraient et des parfums luxueux qui se mêlait à celles des nouilles et des hamburgers, des canards

76

laqués suspendus dans les vitrines, des épaisses fumées d'échappement des voitures qui lui irritaient la gorge. Il déglutit et s'arrêta devant la vitrine en essayant de regarder derrière les rangées de montres et de bracelets d'or et de jade.

Il n'était pas tout à fait prêt quand le coup retentit. Il se jeta à terre à l'instant où la vitrine explosa en des milliers de fragments de verre qui retombèrent autour de lui en pluie. L'homme de main gisait dans la vitrine, les doigts tendus, comme s'il tentait d'attraper les hochets étincelants, mais, aussi tumultueux que la marée humaine, un torrent rouge jaillissait de sa poitrine et, vite, vite, vite, formait une mare de liquide mousseux. Ecœuré, Aidan détourna le regard et vit la foule se précipiter vers la scène, attirée par la violence.

Harry avait été si rapide qu'il était déjà presque hors de portée quand le plus âgé des deux jaillit des éclats de verre et bondit en avant. Il n'arriverait jamais à le rejoindre, comprit Aidan qui avait vu Harry se battre avec Tony. Mais il pouvait tirer. L'empêcher d'aller plus loin. D'une manière réfléchie ou presque, il sortit son arme et tira.

Harry, pris de panique, entendit vaguement la sommation en anglais puis en cantonais. Mais ses jambes le poussaient en avant, dévoraient le sol, en toute liberté, ou presque... Non, il tombait, tombait, sentait le béton se ramollir soudain... pas aussi terrible qu'il le craignait... la sensation rassurante et agréable de voir tout s'estomper autour de lui l'envahit, le bruit et la confusion s'éloignaient, s'éloignaient... Il ferma les yeux et resta immobile.

— Oui, mais était-ce vraiment nécessaire de tirer, Aidan? Il faudra attendre au moins une semaine avant de pouvoir l'interroger pour de bon.

D'une patience lasse, la voix de Bill Ingram essayait de maîtriser la colère qui l'envahissait.

— J'ai visé la jambe, monsieur. Une balle bien nette. Le médecin dit qu'il se rétablira sans problème. Nous pourrons l'interroger cet après-midi. D'ailleurs, c'était ça ou le perdre pour de bon, monsieur.

Déformée par le téléphone sans fil, la voix d'Aidan paraissait fluette et moqueuse. Peut-être était-il vraiment moqueur. La colère de Bill se renforçait.

— C'est peut-être le cas de toute façon. Il y a peu de chances qu'il veuille coopérer avec des gens qui lui ont tiré dessus, n'est-ce pas?

L'exaspération se faisait nettement entendre.

– Je suis désolé, monsieur, mais je n'avais pas le choix. Je ne l'ai pas tué, moi.

Le ton d'Aidan se durcit pour rappeler à son supérieur la fusillade inconsidérée.

– Cet homme ne nous aurait servi à rien de toute façon. Le policier avait le devoir de défendre les gens à l'intérieur. Ce qui est fait est fait, inutile de s'attarder là-dessus. Enfin, ajouta-t-il sèchement, au moins tout paraîtra normal s'il passe une semaine à l'hôpital et un petit séjour en prison avant qu'on le rende à sa loge. Ils ne se douteront de rien.

Parce qu'il n'y aura aucun doute à avoir, pensa Bill intérieurement. Il tapota son bureau avec son crayon, mine vers le bas.

– Qu'y a-t-il derrière tout cela, monsieur? Pourquoi est-il si urgent d'infiltrer une Triade de l'intérieur?

Ce n'était pas de la simple curiosité. Aidan avait déjà quelques soupçons, il attendait une confirmation. Et de la confiance. Bill eut un sourire crispé. Le prétexte officiel, c'était des raisons de sécurité, mais comment savoir? Qui connaissait la vérité à Hongkong? Même les plus grands observateurs politiques n'étaient jamais sûrs de rien.

– Pas n'importe quelle loge, Aidan, les Lames de Rasoir. Ils ont un nouveau chef, à ce qu'on dit. Très jeune, très agressif. Il a commencé comme homme de main, et il a entraîné la plupart des jeunes avec lui quand il a viré le vieux parrain, Wong Shih Yu, et qu'il s'est débarrassé de son bras droit. On raconte que le vieux Wong attend son bus sous la pluie, et qu'il est ruiné à tel point que les commerçants ne lui vendent plus que de la marchandise avariée.

Se demandant si Aidan le suivait, Bill eut un sourire énigmatique.

– Et qui est le nouveau parrain?

– Yee Fong Lo. Surnommé le Yéti, sans doute parce qu'il a botté le derrière de Wong. C'est un Tanka, c'est plutôt exceptionnel...

– Effectivement, mais je ne comprends toujours pas...

– Harry Braga a passé une partie de son enfance avec ce Yee. Ils se connaissent et se font confiance, et Harry est en passe de prendre la place de « Pilier rouge ». Toi qui l'as vu à l'œuvre, qu'en penses-tu? C'est possible?

Aidan haussa les épaules et baissa les yeux en se remémorant les deux brèves occasions où il avait vu Harry.

78

– Possible, oui, je suppose. Il est très doué pour quelqu'un d'aussi jeune. Dix-sept ans. Il m'a flanqué une peur bleue. Mais pourquoi ce Yee est-il si important ?

– On raconte qu'il a le soutien d'un très haut personnage du monde politique et de la finance.

Des renseignements glanés péniblement, en écoutant les émissions radiophoniques et télévisées de toute la Chine, en reconstituant le puzzle des bribes d'informations diffusées dans le Hu-nan, le Chiang-Hsi ou au Tibet, en se liant prudemment avec les hommes d'affaires communistes du club Marco Polo, en décortiquant les allusions et les rumeurs qui se propageaient dans la colonie. Et tout cela devenait : « On raconte... »

– Ce n'est pas simplement une Triade de plus qui va muscler le racket de la prostitution ou de la piraterie vidéo. Il y a des enjeux beaucoup plus importants, et je veux savoir lesquels. Harry Braga est ma seule chance. Alors, sois gentil avec lui, d'accord ? Parce que j'ai besoin d'une réponse.

– Je ferai de mon mieux, monsieur.

– Oh, tu feras beaucoup mieux que cela, Aidan, je te connais.

Etait-ce une remarque ironique ou de véritables louanges ? Aidan n'en savait rien.

– Et je vous connais, monsieur, si jamais j'échoue, dit-il sèchement avant de faire ses adieux.

Et je sais qu'oncle Bill ne m'a pas confié le quart de la moitié de ce qu'il savait !

Furieux, grommelant entre ses dents, Aidan retourna voir Harry.

Un oreiller inconfortablement bourré sous la nuque, Harry était allongé sur le dos et regardait par la fenêtre à barreaux. Il n'y avait pas grand-chose à voir, à part un carré de ciel, un autre bâtiment, et le soleil qui lui projetait un cercle de lumière dorée sur le visage et l'éblouissait. Il s'efforçait de ne pas cligner les yeux.

C'était le seul moyen de maîtriser sa peur. Il la sentait sourdre derrière son calme, prête à venir tirailler son esprit, à submerger sa conscience, à le forcer à trahir ses frères. Il n'avait pas peur de la douleur ni de ce qu'on pouvait lui faire. Il savait supporter la douleur, il l'avait prouvé maintes fois à Yee et à ses frères. Mais il ne supportait pas l'idée d'être enfermé en prison, confiné dans une cage de la taille d'un lit, avec les voyous de bas étage, entre des murs de béton, heure après heure, jour après jour... Recevoir des ordres, être brimé, enfermé... les odeurs, la crasse, les agressions. Pas d'amis, pas de frères. A quoi bon vivre dans de telles conditions ? Il préférait se suicider. Il avait une peur bleue. Cette pensée le hantait, et il s'efforçait toujours de ne pas cligner les yeux.

La porte de sa chambre s'ouvrit. Il s'obligea à ne pas regarder, à ne pas respirer. A rester immobile, muet, inanimé. Ne pas regarder.

Mais personne ne s'approcha du lit, personne ne fit le moindre bruit, si bien qu'incapable de se retenir plus longtemps, Harry tourna lentement la tête vers la porte. Un homme souriait d'un air triomphal.

Il était en costume, remarqua Harry, avec une certaine appréhension. Un gradé de la police ? Peut-être, mais il n'en avait pas l'air. Trop jeune pour commencer, et plus doux, plus fluide, avec son costume qui se courbait légèrement sur des épaules tombantes sans se soulever derrière, la peau du visage lisse, qui semblait parfaitement imberbe, les paupières lourdes et des poches sous les yeux. Non pas un policier, mais quoi ? La peur se renforça et commença à lui ronger l'esprit.

— Bonjour, Harry. Comment te sens-tu ? Mieux, j'espère ?

En entendant l'homme l'appeler par son nom, Harry sentit la peur s'infiltrer en lui, lui raidir la nuque. Comment connaissait-il son nom ? Comment ? L'homme regarda tout autour de lui et choisit la plus confortable des deux chaises. (Il prit une cigarette, la tapota sur son vieil étui d'argent et la mit dans sa bouche. Pendant un instant, le signe « interdit de fumer » sembla retenir son attention, mais il se contenta de sourire brièvement et l'alluma.)

— Le médecin dit que ta jambe se remettra très bien, si tu te reposes et que tu es bien soigné.

L'homme marqua une pause et Harry sentit l'avertissement derrière ces mots, plus troublant encore que tout ce qui s'était passé auparavant. Il ne répondit pas, l'homme expira une bouffée de fumée.

— Bien sûr, si tu étais privé des soins nécessaires, elle pourrait facilement s'infecter. La guérison ne s'opérerait pas correctement, tu risquerais de boiter à vie... A moins qu'on ne soit obligé de t'amputer, si tu attrapais la gangrène. Tu sais ce que c'est, la gangrène, Harry ?

L'homme s'enfonça dans sa chaise et étendit ses longues jambes sur le linoléum. Sans faire de commentaires, Harry continua de l'observer, comme s'il était incapable de s'en détacher.

— Je sais que tu parles anglais, Harry, mais si tu préfères, je parlerai cantonais.

L'homme sourit, découvrant des dents pointues, tachées de nicotine. Harry se sentait mal et s'obligeait à garder les lèvres immobiles, alors qu'il tremblait à la pensée de perdre une jambe, d'avoir à mendier sur ses béquilles, vêtu de haillons, bousculé par les hordes de travailleurs sur les trottoirs à l'heure du déjeuner, la main tendue, la main tendue...

— Comment va ta mère, Harry? Et ton beau-père? Tu vas les voir de temps en temps à Cheung Chau? Tu veux que je les appelle pour toi? Que je leur dise où tu es? Je suppose que lorsque tu sortiras de prison, ils seront d'accord pour te reprendre, tu ne crois pas? Enfin, un cul-de-jatte, sans moyen d'existence, à part la mendicité... Quel dommage pour un beau jeune homme comme toi! Ta mère et Jeremy s'occuperont sûrement de toi, non? Même si tu leur as fait perdre la face.

L'homme garda le silence un long moment, et continua de fumer calmement, tout en jetant parfois un coup d'œil vers le malade. Harry avait la bouche si sèche qu'il n'arrêtait pas de passer sa langue sur ses lèvres, et de fines gouttes de transpiration brillaient sur sa peau livide.

Finalement, l'homme soupira, jeta son mégot sur le sol et l'écrasa sous sa semelle. Il se pencha en avant, les deux mains entre ses genoux.

— Tu sais comment j'ai appris ton nom, Harry? Harry Braga? Tu sais pourquoi j'en sais autant sur toi? (Sur le lit, le garçon resta parfaitement immobile.) Simplement parce que nous en savons beaucoup sur les Triades, nous les connaissons bien, ces voyous et ces criminels, pas très futés, qui n'ont d'autres ambitions que de racketter les restaurants et de se faire payer une bière à l'œil. Mais, toi, tu n'es pas comme ça, Harry. Tu n'as rien à faire avec ces voyous, c'est pour cela qu'on a préféré garder un œil sur toi. Comment en es-tu arrivé là, Harry? Que s'est-il passé?

L'homme parlait d'un ton si compréhensif, si compatissant que Harry dut retenir le gémissement de désespoir qui s'élevait dans sa gorge et résister à la tentation de ne pas tout dire, de ne pas expliquer qu'il n'avait pas eu le choix, que seul Yee avait accepté de l'aider.

— Tu sais que ton complice est mort, non? Il est mort sur le coup. J'aurais pu te tuer aussi, mais je trouvais que c'était injuste, dix-sept ans, c'est trop jeune. Tu méritais une nouvelle chance. (L'homme regarda Harry dans les yeux, cherchant à lire ses pensées.) Le troisième homme? Il nous a échappé. Il va retourner avec la bande à Yee, et raconter que vous êtes morts tous les deux. Ils soupireront de soulagement en apprenant que tu ne risqueras pas de les balancer. Et pour le moment, c'est ce que tout le monde croit. Il n'y a que nous qui sachions.

Un doux sourire compatissant enveloppa Harry.

– Qu'arriverait-il, Harry, si on te traitait bien et si on te relâchait dans les rues? (Une autre pause.) A la place de Yee, j'aurais des soupçons, pas toi? Je me demanderais si tu n'aurais pas révélé quelque petit secret. Qu'est-ce qui t'arriverait, Harry? dit Aidan, qui paraissait très intéressé par sa réponse. A moins que tu ne préfères te rendre utile, n'est-ce pas, Harry? Nous pourrions t'aider. Soigner ta jambe, te faire sortir de prison, nous assurer que Yee ne te soupçonnera jamais. Tu as le choix, Harry. Réfléchis bien.

Harry ne pouvait plus se retenir et les mots sortirent rageusement de sa bouche.

– Mais, bon sang, qui êtes-vous?

9

Judson
1977

Claudia se réfugia dans sa chambre et écouta les cris, les injures échangées de part et d'autre, les silences moroses qui allaient durer des jours. Quand elle était rentrée à la maison, elle avait vu sa mère le visage plus crispé que jamais, à part peut-être ce fameux jour à Repulse Bay, il y avait bien longtemps. Arrogante, Peggy se dressait devant elle, la lèvre inférieure en avant, comme chaque fois qu'elle ne voulait pas présenter d'excuses. Pour rien au monde. Claudia avait filé dans sa chambre sans répliquer quand sa mère le lui avait demandé. Elle savait de quoi il s'agissait.

Bien sûr, il était trop tard pour intervenir. Quatre mois déjà. Claudia, Paul et Gina en avaient parlé sur la pelouse, murmurant le nez dans leur livre, chacun apportant ce qu'il savait et complétant ainsi les maigres connaissances des autres.

Et si on y réfléchissait, maman avait été plutôt courageuse. Elle n'avait pas mis Peggy à la porte, ne l'avait pas désavouée publiquement. Elle avait simplement baissé la tête, cessé de voir ses amis qui n'habitaient pas Haskell Ridge et ne répondait plus aux questions accompagnées d'un sourire entendu sur la santé de Peggy, pas plus qu'aux quolibets plus bruyants de certains garçons de l'école. Personne ne savait qui était le père et, pour une fois, Peggy ne parlait pas.

Maman avait terminé son cours de comptabilité et avait un travail mieux payé qui les nourrirait tous, disait-elle même si leur bon à rien de père n'envoyait plus jamais un sou ; mais il n'y aurait rien de trop. Aucune chance que Claudia ait une nouvelle robe, qu'on repeigne le porche, aucune chance d'avoir le moindre cadeau de Noël cette année-là, pensa Claudia en voyant le beau visage de maman se durcir et se rider autour d'une bouche pincée. Aucune chance.

Tout partit pour cette bouche supplémentaire qui apparut cinq mois plus tard, et Claudia essayait de ne pas en tenir rigueur à la pauvre petite chose. Elle était si désemparée, toute rouge et ridée, et si laide! Pauvre chéri! Pourtant, maman avait autorisé Peggy à s'inscrire à cette école d'esthéticienne où elle avait tant envie d'aller, avec son amie Elly, pensa Claudia amèrement. Et cela coûtait les yeux de la tête. Peggy ne subirait aucune brimade financière, même si tout le monde souffrait par sa folie.

Peu après, tout le monde avait oublié à quel point Todd avait été une mauvaise surprise, et Peggy riait en le faisant sautiller sur ses genoux, tout en disant à sa sœur :

– Ah, tu aimerais drôlement savoir qui est le père, pas vrai, Liddie? T'en ferais une tête si tu savais qui c'est. Mais je te le dirai pas, parce que tu me croirais pas. Tu voudrais jamais croire que c'est un type de l'université, hein? Oh, non, pas le père de Todd! se vantait-elle, brodant sur le thème jusqu'à ce que Claudia ait envie de crier, tant elle savait que ce n'était que mensonges.

Il s'agissait sans doute d'un des jeunes Bering, ou d'un des voyous avec lesquels sa sœur traînait sans arrêt. Mais non, il fallait que Peggy invente des histoires, surtout maintenant qu'elle n'avait plus à dire la vérité. Ah, si elle avait su! Claudia se serait enfuie, le visage pétrifié, et Peggy aurait bien ri!

Maman passait la plupart de ses soirées à dorloter Todd, ce pauvre petit être pourtant peu attirant, car, à la grande fureur de Claudia, Peggy recommençait à sortir le soir, laissant son fils à qui voulait bien s'en occuper, du moment qu'elle n'avait pas à rester à la maison. Mais tout le monde connaissait Peggy et savait qu'elle passait toutes ses nuits avec un garçon. Peu importe qui, disait la rumeur, la seule question, c'était la fréquence. Et Claudia comprenait parfaitement les mimiques des garçons à son passage. Ils se demandaient si elle était comme sa sœur et si cela valait la peine de tenter sa chance.

Quand Bo Haskill obtint sa bourse sportive, tout le monde s'attendait à le voir partir pour l'université de Virginie, si bien que cela ne fut une surprise pour personne. Peut-être pensait-on qu'il préférerait ne pas quitter le Texas, ou qu'il choisirait une matière plus facile que l'architecture, peu importait, c'était un garçon intelligent et parfaitement normal qui reviendrait un jour. Au moins, il n'avait pas quitté le Sud.

Mais quand on proposa à Claudia une bourse pour Duke et qu'elle la refusa parce qu'elle voulait aller au Nord, tout le monde resta abasourdi. Et vexé.

En classe de première, elle remplissait déjà les formulaires de demande d'inscription à l'université en essayant de déterminer quelles étaient ses possibilités avec l'aide du directeur d'études. Il la savait intelligente, mais personne du lycée d'Haskell n'était jamais allé à Harvard, insista-t-il quand elle souleva cette éventualité. Même Paul se contentait de l'université du Massachusetts...

— Mais Paul est mathématicien, monsieur Pringle. Il ne cherche pas la même chose que moi. Il a simplement envie de maîtriser l'univers des quarks et des champs électromagnétiques et des choses comme ça. Je veux me spécialiser en littérature anglaise, répéta-t-elle pour la quinzième fois cette semaine, avec une impatience dans la voix qu'elle essayait en vain de dissimuler.

Son conseiller sourit.

— Duke a une très bonne faculté d'anglais, et on vous a proposé une bourse complète et ce, avec une année d'avance...! Ce serait folie de refuser, Claudia. J'en ai parlé à votre mère, et elle est d'accord pour que vous partiez.

Il marqua une pause pour ajuster sa cravate comme s'il était peiné de la décevoir, mais Claudia le connaissait. Il jubilait.

— Claudia, il faut apprendre à connaître ses limites, je sais que c'est difficile et désagréable, mais on ne peut pas toujours faire ce que l'on veut...

Claudia sentait la colère bouillonner en elle.

— Si! Si j'en ai assez envie et que j'y consacre toute mon énergie. Bien sûr que je peux faire ce que je veux! Et je veux quitter le Sud!

Scandalisée par le défaitisme du directeur, elle se moquait bien de ces rides blanches trop familières autour de la bouche qui trahissaient sa fureur, se moquait bien de sa voix brisée et martelée. C'était sa vie à elle, sa seule chance de partir et d'aller de l'avant, et ce n'était pas cet esprit étriqué qui se prenait pour Dieu le père qui allait tout gâcher!

— Eh bien, mam'selle, puisque vous êtes si sûre de vous et de votre valeur, pourquoi ne dépensez-vous donc pas tout l'argent dont vous disposez pour vous inscrire à Harvard ou à Princeton? Faites donc, ma chère, et ne vous occupez pas des radotages de ce vieux Pringle! Qu'est-ce qu'il en sait, après tout? Il n'a placé qu'une centaine de gosses. Mais vous n'avez aucune inquiétude à vous faire, puisque vous êtes la meilleure. C'est bien cela?

Il s'enfonça dans sa chaise et la regarda, brandissant stupidement le doigt vers elle, comme s'il avait l'impression que son devoir lui dictait ce geste.

– Mais ne venez pas pleurer dans mon giron quand vous serez refusée ou que vous vous apercevrez que vous n'avez ni bourse ni les moyens d'y aller parce que votre mère a bien trop à faire avec le bâtard de votre sœur pour vous venir en aide. Et, moi, ma chère, j'aurai trop à faire avec les étudiants qui en valent la peine. Vous n'aurez plus qu'à vous sortir toute seule de l'ornière, mam'selle.

Il sourit, les yeux brillant de plaisir, visiblement très satisfait d'avoir trouvé le moyen de faire allusion à la famille de Claudia.

Immobile, Claudia attendait qu'on lui donne l'autorisation de sortir. Il fit un signe de tête vers la porte et Claudia s'attarda encore un instant, toisant le directeur, passant en revue ses chaussures grises ainsi que son visage gris et luisant, jusqu'à ce qu'il s'empourprât de colère.

– Je me souviendrai de vos paroles, monsieur Pringle. Jusqu'au dernier mot, dit-elle froidement.

Elle ferma la porte doucement, avec une telle maîtrise d'elle-même que même la secrétaire qui avait entendu les mots que Claudia avait promis de ne pas oublier en fut surprise.

Et ce bon vieux Bud Pringle, tenu au secret professionnel, au même titre qu'un avocat ou un médecin, racontait à qui voulait bien l'entendre ce que voulait la jeune Babcock et pourquoi.

– Elle ferait n'importe quoi pour fuir sa putain de sœur et sa vieille peau desséchée de mère. Mais elle est vraiment trop sûre d'elle. Elle va tomber de haut, et ça lui servira de leçon...

Bientôt tout le monde sut que Claudia voulait quitter le Sud et, dans une petite ville comme Judson, c'était un péché. Mais finalement, peut-être était-ce le Sud qui ne voulait pas d'elle.

L'été arriva, et la plupart des gens oublièrent Claudia qui trouva un travail chez un glacier de Main Street, à la façade rayée rose et blanc, véritable piège à touristes. Là, personne ne s'occupait de ce qu'elle voulait faire ou ne songeait même à lui poser la question. Le soir, Claudia remplissait silencieusement les formulaires, refaisait les devoirs afin d'obtenir les notes nécessaires tout en économisant un peu de son salaire pour les frais d'inscription. Et elle rêvait d'évasion.

En chemin, le soir, elle se promenait dans les rues agréables des quartiers de Main Street et de Trafford, avec leurs maisons de bois ou de brique rouge gentiment plantées dans leurs jardinets, si réconfortantes et apaisantes après le tumulte d'Haskell Ridge. Elle marchait lentement, les yeux écarquillés devant les fenêtres éclairées, les meubles anciens qu'on apercevait, les grands chiens qui couraient dans les allées pour accueillir les membres de la famille, les drapeaux qui flottaient paresseusement sur leur mât et les grandes voitures rutilantes garées près des pelouses impeccables. Les Babcock habitaient dans ce quartier autrefois, avant d'aller à Hongkong, leur avait dit leur mère. Claudia ne s'en souvenait plus, elle était trop jeune, mais sentait que cela avait été chez elle. Le quartier lui était familier.

Un jour, elle croisa un groupe de gens, en smokings et robes de soirée, qui riaient, pleins de confiance en eux; ils regardèrent la jeune fille qui passait, les mains profondément enfoncées dans les poches, avec une curiosité qui faisait peine à voir.

Un jour, se dit-elle, un jour, elle serait un écrivain célèbre et vivrait dans une belle maison, quelque part au nord, disons dans le Maine, elle aurait de gros chiens, un break pour aller les promener, et des tas d'enfants qui iraient à la plage en courant et en riant, pleins de confiance en eux, exactement comme ces gens-là. Ils sortiraient ou dîneraient au restaurant en tenues de soirée, feraient des remarques spirituelles et ironiques sur la politique, l'Europe, l'Extrême-Orient; personne ne serait jamais impoli, personne ne dirait jamais d'obscénités, contrairement à Peggy. Personne ne les critiquerait jamais, personne ne les disputerait comme maman, et personne ne disparaîtrait avec sa maîtresse, contrairement à papa.

Elle n'incluait pas Mark dans cette liturgie car elle ne savait pas quoi faire de lui. Peut-être reviendrait-il dans sa vie, peut-être pourrait-elle enfin être fière d'un membre de sa famille. Peut-être.

Elle lui avait écrit trois ou quatre fois au cours des dernières années, mais n'avait jamais reçu de réponse. Pourtant, un soir de la fin juillet, cet été-là, ce fut la lettre de son frère, perdue au milieu des publicités et des factures dans la vieille boîte aux lettres de métal, qui la fit crisser des dents, car au même moment elle s'était frotté accidentellement un ongle sur la paroi.

Elle était adressée à Mlle Claudia Babcock. Elle la regarda un instant, stupéfaite de voir son nom écrit de façon aussi officielle, et remit le reste du courrier dans la boîte pour n'ouvrir que celle-là. Elle traversa la pelouse dans une sorte de rêve. Elle n'entendit pas les bonsoirs des voisins, ne vit pas la voiture de sa mère apparaître au coin de la rue, ne remarqua pas que le soleil se cachait derrière un nuage, plongeant la pelouse dans une ombre sinistre. Tous ses sens étaient absorbés dans la petite écriture pointue qui jaillissait de la page comme des caractères chinois, ouvrant une brèche sur l'extérieur à travers laquelle elle pouvait regarder, les yeux remplis d'admiration.

Mark étudiait l'économie et le droit à Stanford, grâce à une bourse, fondée par l'une des grandes entreprises commerciales de Hongkong, et à l'argent de son père. Frank Babcock s'était marié avec sa maîtresse chinoise et vivait à Singapour. Claudia se demanda si son père voudrait bien l'aider à payer ses études. Se souvenait-il même qu'il avait des filles? Non, elle ne demanderait rien. Elle s'en tirerait seule.

Dans sa réponse, Claudia donna des nouvelles de Peggy et de Todd, un bon gosse, bien que pas très beau, elle dit aussi que maman avait l'air bien vieille et fatiguée et que tout ce qu'elle semblait faire, c'étaient des remarques acerbes et des reproches, comme d'habitude. Elle demanda des nouvelles de Harry, mais Mark n'en avait pas. Elle évoqua son intention d'entrer à Harvard et de trouver un travail dans une maison d'édition de New York. Mark lui répondit en donnant des conseils sages et raisonnables grâce auxquels elle se sentit normale, pour la première fois depuis longtemps. Il n'était pas surpris, ne se sentait pas vexé parce qu'elle voulait entrer dans une grande université. Il l'acceptait, tout simplement. Comme Bo Haskill.

De retour à Judson pour l'été, Bo travailla dans une station-service l'après-midi, et comme serveur au Red Rooster le soir. Si la plupart des garçons essayaient de se faire embaucher dans les ranches des alentours, pour mener une vie de cow-boy grandeur nature, en Stetson et bottes de cuir, avec d'énormes ceintures à boucle d'argent pour tenir leurs jeans, alors qu'ils ne savaient même pas reconnaître une vache d'un taureau, Bo, lui, refusait cette opportunité, car il préférait gagner plus d'argent.

D'ailleurs, son oncle avait un ranch dans les montagnes, près d'Austin, et il connaissait assez cette vie, disait-il avec un rire lugubre, pour le reste de son existence.

Parfois, le matin, il entrait acheter une glace et « prenait l'air » un moment, avant d'aller au travail. Toutes les filles, Gina en particulier, le trouvaient beau garçon dans son jean délavé et déchiré, avec un tee-shirt blanc qui mettait en valeur les muscles de la poitrine et des bras. Quand il arborait son grand sourire taquin, les filles étaient toutes d'accord, elles en mouraient de désir. Gênée par les étourdissements que provoquait la présence de Bo, Claudia feignait d'être trop occupée pour le remarquer, disant à Gina qu'elle le considérait simplement comme l'un des rares qui avaient réussi.

— Hé, Claudia, hé, Gina, vous avez encore une petite gâterie pour moi ? criait-il, en se penchant dans l'encadrement de la porte.

Claudia se contentait de lever brièvement les yeux en souriant, mais le visage de Gina s'illuminait comme une luciole, et envoyait son message à travers les cils noirs et une bouche en cœur enfantine qui ne tarderait plus à devenir voluptueuse. Déjà, son visage poupin s'affinait et son teint terreux prenait les tons chauds de ses ancêtres italiens. Bo la regardait avec un certain intérêt, jetait de temps en temps un coup d'œil sur la paisible Babcock qui semblait ne se souvenir que vaguement de lui, et souriait de nouveau à Gina.

Il n'était guère difficile de retrouver Gina devant un verre ou deux, plus tard dans la soirée. Cela n'aurait pas été difficile avec Claudia non plus. Sans vraiment comprendre la proposition de Bo, elle dit à son amie de bien s'amuser et promit de tenir la boutique. Irrité, un peu piqué, Bo la laissa tranquille pour le moment, estimant qu'il avait plus de chances avec Gina. Mais elle lui trottait dans la tête, cette Claudia. Il repensait au soir où elle lui avait confié son intention de s'échapper d'ici, d'entrer dans la cour des grands.

Ça lui plaisait, ce cran, cette volonté. Cela l'intéressait beaucoup plus que les gentils sourires et les yeux de biche. Mais Gina avait envie de lui faire plaisir, et, pour l'instant, il n'en voulait pas plus. Il n'avait pas le temps d'aller plus loin même si cette Claudia le titillait avec sa belle indifférence. Oh, son tour viendrait, en temps voulu, en temps voulu, il les avait toutes.

Bientôt, Gina lancerait des regards languides chaque fois qu'il passerait par là, en se demandant s'il la rappellerait et

Claudia se souviendrait qu'il n'avait plus donné signe de vie, une fois qu'il avait obtenu ce qu'il avait désiré, et qu'il ferait sûrement la même chose avec elle.

Elle feignit de ne pas s'apercevoir de sa désertion, se disant qu'elle le rejetait plus parce qu'il n'était rentré que pour l'été que parce qu'il avait traité Gina comme toutes les autres filles, dans cette petite ville fermée sur elle-même. Pourtant, malgré elle, elle aussi le suivait des yeux chaque fois qu'elle le rencontrait.

Bo Haskill aimait la petitesse de cette ville, il aimait que tout le monde connaisse tout le monde, que les gens lui disent « S'lut Bo, comment va? » quand il passait; il aimait ses bars sombres et étincelants, où l'on n'y voyait goutte en entrant, et qui sentaient les bottes bien cirées et le tabac. Il aimait les vieux bars où des Noirs suçant des rondelles de citron pour s'éclaircir la gorge chantaient des histoires de vauriens et de femmes de mauvaise vie, les rigueurs du temps passé et les épreuves à venir. Oui, Bo aimait Judson, et Judson le lui rendait bien.

10

Une pluie grise et fine, légère comme une brume, transperçait la chevelure blonde de Tony. Bouche entrouverte, paupières closes, les joues creusées par la fatigue, des traces de peinture de camouflage sur le nez, il était allongé sur le dos. Tout autour de lui, la section était endormie, à part les deux hommes de faction qui veillaient encore aux premières heures de l'aube.

Les tanks avaient transformé la plaine en une mare de boue, et les hommes de la première section, « Chasseur » comme on l'appelait poliment, sans même un sourire ironique, avaient passé la plus grande partie de la nuit à éviter ces chars, à ronchonner quand le quartier général donnait une mauvaise référence sur la grille, au risque de les faire écraser ou de les obliger à tourner en rond, s'ils suivaient les indications erronées qu'on leur transmettait.

Leur mission, retrouver et anéantir les « forces ennemies » (euphémisme pour la deuxième section qui avait passé la nuit confortablement enterrée à l'orée du bois), avait été abandonnée aux premières heures du jour quand, épuisé, le lieutenant Ingram avait ordonné une halte, en signalant au major, avec courtoisie, mais non sans une certaine exaspération, que l'escadron de cavalerie qui était passé par là avait pris la désastreuse initiative d'éclairer la zone avec des fusées, interdisant ainsi toute progression.

Le major Templeton avait souri intérieurement en percevant la fureur contenue du lieutenant Ingram.

– Faites une halte. Prenez quelques minutes de repos et j'essaie de résoudre le problème.

Sans attendre, Tony ordonna à ses hommes de s'installer le plus confortablement possible. Il n'y avait guère moyen de monter des tentes pour se protéger de la pluie, ni de sortir les sacs de couchage pour réchauffer les os transis. Ils s'endormirent donc là où ils tombèrent.

Une demi-heure plus tard, l'opérateur radio réveilla Tony en prononçant les mots magiques que la section attendait désespérément depuis deux longues semaines.

– Fin de l'exercice, mon lieutenant, le major Templeton pour vous.

Malade et ivre de fatigue, Tony s'ébroua pour chasser les gouttes d'eau qui s'étaient accumulées sur ses paupières. Il prit le téléphone cellulaire avec un certain soulagement.

– Lieutenant Ingram, major.

– Tony, il y a eu deux sections envoyées sur la même zone d'entraînement, et je ne veux pas que vous passiez une nuit de plus à esquiver ces gros cafards de métal, alors, on arrête. Annoncez la fin de l'exercice à vos gars, et revenez. Terminé.

Fin de l'exercice! Ouf!

– Bien reçu, major. Terminé.

Pendant un instant, Tony ferma les yeux, essayant de rassembler l'énergie nécessaire.

Il y a toujours quelques jours de permission après un exercice. Pour que les soldats récupèrent et puissent faire la bringue, comme disait le colonel, en parlant plus des hommes de troupe que des officiers. Il se doutait que la même chose s'appliquait à ses jeunes subalternes, mais il préférait ne pas le savoir.

Le lendemain, à 7 heures, Tony et son meilleur ami du bataillon, Johnnie Crighton-Stuart, en vêtements « civils » qui ressemblaient étrangement à leurs uniformes – pantalons beiges, chemises de coton rayées beiges, chaussures de daim –, essayaient de se garer dans Frith Street, au cœur du quartier chinois de Londres.

Ils trouvèrent une place après avoir fait trois fois le tour de Soho, et passèrent devant le Gay Hussar en lançant quelques remarques perfides sur les hussards en particulier et la cavalerie en général. Puis, de bonne humeur, ils se dirigèrent dans les ruelles où restaurants chinois, herboristes et épiceries

92

cherchaient à attirer le chaland. Il faisait presque nuit, et les lampadaires se reflétaient dans les flaques d'eau du caniveau. Humant l'air qui sentait l'encens, l'odeur de teinturerie et la pourriture végétale, Tony se sentait tout à fait chez lui.

– Alors, Tony, dîner d'abord et cinéma ensuite, ou l'inverse? Mais je dois te prévenir que je meurs de faim.

– Ah, très subtil, mais tu as de la chance, je meurs de faim aussi. Ecoute, tu entends ce tic-tac?

Tony tendit la main pour que Johnnie s'arrête. On entendait un vague bruit de cliquetis.

– Qu'est-ce que c'est? D'où ça vient?

– Des sous-sols. C'est le bruit des pièces de mah-jong qui s'entrechoquent. Quand ils vont vite, on dirait un bruit de mitraillette.

Voyant que Johnnie ne comprenait pas, il ajouta :

– Une maison de jeux clandestine. Ils ont commencé tôt ce soir.

Tony écouta encore un peu, mais son ami qui ne faisait déjà plus attention s'éloigna. Tony le suivit à contrecœur.

– J'espère que tu sais ce que c'est? dit Johnnie devant le Lee Ho Soon, en lisant le menu affiché dans la vitrine. Poisson sauté au maïs... Emincé de bœuf rouge... Travers de porc sautés au sha cha jiang! Qu'est-ce que c'est?

– Une sauce aux crevettes et aux cacahuètes, je crois. Ça ne te plaira pas. Ne t'inquiète pas, je commanderai pour nous deux. A moins que tu ne veuilles une sauce aigre-douce.

– Et alors?

– J'irai manger au restaurant d'à côté! dit Tony en souriant.

– Ecoute, j'ai faim, d'accord? Alors, rien de trop liquide, de trop frugal ni de trop épicé. Et si ça me plaît, je songerai peut-être à aller à Hongkong avec toi la prochaine fois. Qu'est-ce que tu en dis? proposa hardiment Johnnie.

– Un vrai héros conquérant! Tu n'as rien à envier à Marco Polo. Tu es un véritable adepte de l'intégration culturelle. Je suis fier de toi.

Cependant, le rire de Tony se tut quand il entra dans le restaurant sombre. Le rideau de perles tinta, annonçant leur arrivée, mais rien ne bougea.

Sur les tables recouvertes de nappes blanches, la flamme des bougies vacillait dans l'obscurité, et les décorations rouge et or suspendues au plafond se balançaient dans la brise des ventilateurs, mais il n'y avait personne à la caisse, pas de grosse mama chinoise pour donner des ordres aux serveurs maigrichons, pas de maître d'hôtel pour se précipiter vers les clients et les conduire à leur table, aucun convive même s'il y avait encore des reliefs de nourriture visiblement abandonnés à la hâte.

— Un peu désert pour un mercredi soir, tu ne trouves pas, Tony? On dirait qu'il manque quelque chose. Des clients, peut-être?

Johnnie essayait de plaisanter, mais le silence était oppressant.

— Il y a quelqu'un? demanda Tony, soulagé de voir une tête apparaître dans l'encadrement de la porte de la cuisine.

C'était un homme d'âge mûr, très nerveux, qui se tordait les mains et hochait sa tête grisonnante comme une marionnette.

— Pas ouvert. Fermé. Partez. Allez-vous-en!

Il les chassa d'un geste de son tablier, n'osant pas franchir la porte. A quels ordres obéissait-il?

— Qu'est-ce qui se passe? demanda Tony dans un cantonais idiomatique et rapide.

Surpris, le restaurateur écarquilla les yeux, mais sa bouche retomba immédiatement.

— Rien. Fermé. Partez. S'il vous plaît. Revenez plus tard.

— Mais la porte est ouverte. La pancarte dit que c'est ouvert. Ça ne va pas? Nous pouvons faire quelque chose pour vous?

— Non! Tout va bien. Partez! Tout de suite!

Il paraissait si terrifié que Tony ne savait que faire. Il haussa les épaules et fit signe à Johnnie.

— Viens, nous irons ailleurs. Il y a un problème ici, je crois. Bon, très bien, ajouta-t-il plus fort à l'adresse du propriétaire. Nous partons. Tournez votre pancarte pour qu'elle indique fermé!

Il conduisit Johnnie dans la rue.

— Qu'est-ce qui se passait? demanda son ami.

— Je ne sais pas. De l'incompétence, ou une crise quelconque. Cela ne nous regarde pas. Il ne voulait pas qu'on l'aide.

Ils continuèrent leur chemin jusqu'à ce qu'un autre restaurant retienne leur attention.

Mais le lendemain, quand Tony lut l'article sur la fusillade meurtrière du Lee Ho Soon de Soho, au cours de laquelle le fils du propriétaire âgé de seize ans avait perdu la vie dans une affaire de racket, il regretta amèrement qu'on ait refusé son aide et qu'il se soit arrêté à cette décision. Ce sont toujours les plus forts qui gagnent, pensa-t-il amèrement, les truands, les criminels, car seule la loi pouvait empêcher leurs activités, mais la loi était pitoyablement impuissante. Il se sentait humilié par son manque de compassion car, s'il avait prévenu la police, il aurait peut-être sauvé la vie du garçon. Pourquoi n'avait-il rien fait? Pourquoi? Furieux, déprimé, Tony n'avait plus envie de passer les jours suivants à Londres. Il irait voir sa grand-mère dans le Kent. Peut-être l'air pur de la campagne laverait-il la grisaille de ses poumons.

Agenouillée sur un petit matelas de mousse, Alicia Gordon, sa grand-mère, était penchée sur un lit d'herbe. Le sol frais et humide était parfumé des riches et lourdes senteurs de l'été qui se mêlaient à celles de l'automne. Avec vivacité, cherchant à savoir d'où venait le bruit, elle leva sa tête aux cheveux gris acier. Otter, sa quatrième chienne labrador, abandonna l'os qu'elle mâchouillait et sauta dans les rhododendrons sans crier gare.

— Qui est là? demanda Alicia, de cette voix claire, pointue, autoritaire que les classes matriarcales anglaises savent si bien produire.

Les aboiements de la chienne cessèrent pour se transformer en une sorte de gémissement chaleureux, et Alicia se détendit.

— Joanna, c'est vous?

Elle se redressa et ôta la poussière de sa jupe de tweed délavée et déformée, pensant que Joanna serait horrifiée à la vue de sa veste verte toute mitée aux coudes. Elle espérait bien que ce n'était pas elle.

Le jardin tout en longueur au bout de la terrasse se terminait par un muret et donnait sur des champs de houblon, qui s'étendaient en longues rangées. Elle aurait voulu tailler les roses et ramasser les framboises avant l'arrivée de Joanna; sa bru était en avance et allait la surprendre dans un piteux état. C'était fâcheux!

Mais ce fut Tony qui apparut de l'autre côté de la maison, accompagné par Otter qui tenait fermement son pantalon de laine entre les dents. Tony essayait de se libérer sans fâcher la chienne.

— Bonjour, grand-mère! Je viens te voir.

Il l'embrassa affectueusement, et elle vit tout de suite l'ombre qui attristait son regard.

— Tony! Quelle surprise! Arrête, Otter! Assis! Otter, assis! Quel stupide animal! Mais elle n'a que un an, elle va sans doute

95

se calmer. Je préférais l'ancienne, quand même. J'ai dit assis! Vilaine fille!

La voix d'Alicia se durcit et Otter relâcha immédiatement Tony pour s'accroupir, le regard plein de culpabilité.

— C'est la laine. C'est leur fétiche, ça, quand ils sont petits. Tu ne t'en souviens pas? Ça lui passera, dit Tony en caressant le ventre d'Otter qui le regardait avec affection.

— Hum, dit Alicia, tristement. Je suppose qu'ils pourraient trouver pire. Viens, nous allons prendre le thé sur la terrasse, tu veux bien? Il est encore un peu tôt, mais je crois qu'un thé te ferait du bien, tu pourras me dire ce qui te chagrine.

Elle fit rapidement le tour de la maison, Tony la suivant un pas en arrière.

— Qu'est-ce qui te fait croire que je suis chagriné? Je suis simplement venu te voir, c'est tout, dit-il en essayant de rire.

— Hum, hum. Tu es transparent, tu es bien comme ta mère. Elle va arriver un peu plus tard avec Hamish. Je pensais que tu aimerais le savoir.

Tony s'arrêta brusquement.

— Maman? Ici? Oh, mon Dieu!

— Oui, effectivement, pourtant, c'est ma fille... Mieux vaut que j'aille me changer, et nous pourrons bavarder un peu. Tu la connais...

— Mais tu fais du jardinage!

— Je pourrais tout aussi bien ramoner la cheminée! Joanna veut toujours que je tienne parfaitement mon rôle quand elle vient avec Hamish. Pourquoi est-elle toujours aussi mal à l'aise? C'est moi qui l'ai élevée comme cela? demanda Alicia, visiblement inquiète de voir que cette vieille cicatrice s'ouvrait à nouveau.

— Je ne sais pas. (Sur ses gardes, son petit-fils haussa les épaules.) Ça vient peut-être de papa. Il ne faisait pas assez attention à elle. Elle me l'a dit un jour. Elle avait l'impression de ne pas exister.

— Bizarre, lui qui voit toujours tout ce qui se passe. Mais lui, il n'est pas transparent, n'est-ce pas?

Alicia eut un sourire soudain, qui illumina la beauté de sa vieillesse et alluma une étincelle ironique dans ses yeux.

— Tu veux bien jouer avec Otter? Qu'elle ne soit pas dans mes pattes avant que le thé soit prêt! Je t'appellerai.

Elle se dirigea vers la cuisine blanche. Tony se maudissait. Sa mère, ici! Et aujourd'hui! Avec son nouveau mari, pas l'artiste peintre qu'elle avait quitté plutôt rapidement, mais son riche Hamish aux manières distinguées, qui voulait que tout soit toujours impeccable, disait maman, sinon, il la quitterait. Oh! mon Dieu!

– Il n'avait que seize ans, grand-mère! Je ne sais pas si la Triade est puissante à Soho, mais cela n'aurait jamais dû se produire. La police n'est au courant de rien. J'ai téléphoné et je leur ai raconté ce que j'avais vu, mais cela ne les intéressait pas. Comme je n'ai pas vu le coupable, ils ne voulaient rien savoir. Je leur ai parlé de la Triade, mais ils ont haussé les épaules.

Il marqua une pause, réfléchissant à la manière d'exposer les choses. Sa grand-mère interrompit ses pensées.

– Que se serait-il passé si tu étais entré dans la cuisine et que tu avais vu les hommes de la Triade, à ton avis, Tony?

Alicia but une petite gorgée de thé tout en observant son petit-fils.

– Je ne sais pas, avoua-t-il. J'aurais peut-être été tué. Moi ou quelqu'un d'autre. Mais j'aurais dû faire quelque chose. J'aurais dû prévenir quelqu'un!

– Qui? La police? Tu viens de me dire qu'elle ne s'intéressait pas à ce qu'elle considérait comme un règlement de comptes entre Chinois. Alors qui?

Tony soupira et hocha la tête.

– Je ne sais pas. C'est juste que... Je ne sais pas.

– Non, tu ne pouvais prévenir personne, tu n'y pouvais rien. C'est horrible, et il faudrait que les choses changent, mais, toi, dans ces circonstances, tu ne pouvais rien y faire. (Alicia reposa sa tasse de thé et se pencha en avant.) Je sais que tu te sens mal à l'aise, à propos de tout cela, mais essaie d'analyser la situation rationnellement. Tu ne fais pas partie de la police, et tu n'as pas affaire à la Triade tous les jours.

Pas encore, voulut-il dire, mais les mots lui paraissaient trop dramatiques, trop prématurés. Il n'avait que vingt ans et c'était la deuxième fois qu'il assistait à des violences de la Triade, mais il avait encore un an de service militaire à accomplir. Il serait toujours temps d'annoncer à sa famille ce qu'il avait en tête. Peut-être que son père comprendrait, lui. Mais les autres? Il se mordit la langue et se tut.

– Un peu de thé? demanda sa grand-mère.

Elle attendit qu'il retrouve ses esprits, que ses bonnes

manières reprennent le dessus sur ses angoisses personnelles. Tony s'en aperçut et comprit soudain pourquoi sa mère était telle qu'elle était. Il s'éclaircit la gorge.

– Oui, merci grand-mère, volontiers. Et le jardin? Comment se porte-t-il?

11

Judson
1978

— Dépêche-toi, Peggy, on va être en retard, s'écria Claudia, impatiente de profiter pour la première fois des joies de la vie nocturne.

En terminale, elle avait dix-sept ans, l'âge magique, de l'avis de sa mère, qui lui permettait de prendre un bus le samedi soir pour aller voir un film avec ses amies à Clayton, la ville voisine, et de ne rentrer qu'à minuit. L'âge où sa silhouette gauche et son appareil dentaire se transformaient en minceur et en dentition parfaite, l'âge où les garçons commençaient à la regarder et à se demander pourquoi ils ne l'avaient pas fait plus tôt. Ce n'était pas que les garçons l'intéressaient. Peggy lui avait déjà tout appris dans ce domaine.

Et le bus allait passer dans cinq minutes! Elles auraient du mal à l'avoir, même en courant, et Claudia trépignait d'impatience, regrettant que Peggy ait voulu venir.

— Maman ne t'a pas prêté sa chemise!

Peggy, qui apparaissait enfin, regarda sa sœur avec un air réprobateur. Sa jeunesse touchait déjà à sa fin, car les rigueurs de la maternité et de trop nombreuses nuits blanches creusaient des lignes amères entre le nez et la bouche. Pour elle, Claudia était un miroir d'elle-même en plus jeune.

— Si, je la lui ai demandée hier soir. Allez, viens, Peggy. On va rater le bus si tu ne te dépêches pas. Au revoir, maman. A plus tard.

Claudia se dirigea vers la porte.

— Tais-toi, tu vas réveiller Todd! Oh, finalement, je n'ai plus envie de sortir. Pas avec toi dans cette tenue! Tu ne m'avais pas dit que tu allais t'habiller. Tu veux me faire honte?

Peggy baissa les yeux sur son jean et son tee-shirt, puis contempla sa sœur en jupe de coton rayée, avec une chemise bien repassée, les cheveux tirés en arrière et retenus par une barrette. Elle soupira profondément et le visage de Claudia s'allongea.

— Oh, Peggy, je suis désolée, mais je t'avais dit que nous allions au cinéma au centre commercial avant d'aller dîner au Cucharacha. Si tu veux y aller en jean, il n'y a pas de problème, mais, moi, j'en mets tous les jours pour aller au lycée. Tu es très bien comme ça, mais décide-toi vite, s'il te plaît.

Si elle ratait le bus, il n'y en aurait pas d'autre avant une heure, et Gina et Paul n'attendraient jamais aussi longtemps. Ils croiraient qu'elle avait eu un empêchement. Claudia lança un regard anxieux à Peggy.

— Bon, bon, je viens. Mais je me demande pourquoi je m'intéresse à tes barjos d'amis, dit Peggy qui, refusant de se presser, adopta sa démarche oscillante habituelle.

Claudia se mordit les lèvres et marcha tristement à côté de sa sœur, regrettant vraiment de l'avoir invitée.

Elle avait obéi à une impulsion, en voyant Peggy si déprimée de dépenser tout son argent pour le bébé, sans mari pour l'aider, sans perspective d'avenir. Et puis, elle semblait avoir réellement envie de venir. « Eh bien, viens, on s'amusera bien, oublie Todd pendant un moment, maman a dit qu'elle s'en occuperait, allez, viens, retrouve ta jeunesse. » Et voilà sa récompense, Peggy boudait, se sentait martyrisée et avait bien l'intention de le faire savoir. Oh! Claudia serra les poings furieusement.

Le soleil du crépuscule qui se réfléchissait sur les toits et les capots des voitures était éblouissant dans la douce brise d'est chargée de poussière. L'air sentait l'eau croupie, les haricots grillés et les *jalapeños*. Ils habitaient près du Ridge, la ligne de démarcation entre la jolie banlieue agréable avec ses pelouses arrosées en permanence, les mères de famille qui servaient de la limonade dans la véranda et s'occupaient du barbecue, et le quartier pauvre, avec ses palissades délabrées, ses peintures écaillées, ses mauvaises herbes, ses voitures rouillées et des hommes en maillot de corps, assis sur leur perron, qui regardaient les gens passer en chuchotant des remarques désobligeantes dans un langage que Claudia ne comprenait pas.

Leur mère insistait toujours pour qu'elles fassent le grand tour jusqu'à l'arrêt de bus, en passant par Armstrong Drive et South Street, afin d'éviter les bas quartiers, mais ce soir, elles n'avaient pas le temps. Pas si elles voulaient avoir le bus. Tandis qu'elles abordaient les rues malfamées, les yeux baissés, méfiante, Claudia pressa le pas. Les hommes sifflaient, les appelaient. Elle accéléra encore. A contrecœur, ses boucles blondes voltigeant, Peggy suivait le rythme en gonflant les joues, exaspérée.

– Liddie, ne marche pas si vite! Je vais être fatiguée avant d'arriver.

– Tu as envie de traîner par ici? On n'aurait pas dû prendre ce chemin, Peggy. Maman serait furieuse si elle savait!

– Elle ne saura rien si tu ne lui dis rien, non? *Cayate conio!*

Peggy brandit un doigt vers un groupe de jeunes qui traînaient devant un bar et s'étaient mis à rire au sujet de son *bombero*. Les violentes lumières des néons des vitrines et les ombres allongées les faisaient ressembler à des fantômes extraterrestres, avec leurs longs cheveux hirsutes, leurs vêtements qui volaient au vent et leur démarche rapide de bêtes sauvages.

La réaction de Peggy provoqua des commentaires plus bruyants et éveilla l'intérêt d'un des hommes qui avança vers elles et les appela :

– Venez, mes jolies, venez dire bonjour à papa, dit-il, alors que des rires de chacal éclataient tout autour d'elles.

– Oh, Peggy, tais-toi! Ne les regarde pas et avance! Ne dis plus rien, et ne fais pas des choses comme ça.

Claudia passa de la colère à la peur en voyant Peggy faire un bras d'honneur. Immédiatement, le troupeau de jeunes se précipita vers elles et les escorta, bien décidé à s'amuser.

– Bande de connards! Allez vous faire foutre! cria Peggy, sans écouter sa sœur.

Claudia jeta un regard circulaire. Devinant sa peur, un des jeunes s'approcha. Elles n'étaient plus qu'à deux pâtés de maisons de l'arrêt de bus, mais elle savait qu'elles n'y arriveraient jamais.

Le premier garçon s'en prit à Peggy et rit lorsqu'elle se mit à lancer des obscénités, en jouant au chat et à la souris. Ses copains se regroupèrent, lançant des plaisanteries grasses, sentant la sueur et la bière. Ils repoussèrent les filles contre le mur d'un bâtimot condamné, et Claudia tomba en arrière, terrorisée.

Les bras sur la poitrine dans une attitude de défense, elle essayait d'esquiver les mains et les visages qui se jetaient sur elle.

Elle entendit quelqu'un crier pendant que les garçons se pressaient contre elle, arrachaient sa chemise, lui cognaient le dos et les hanches contre le mur. Des mains la touchaient et l'attrapaient, des visages lubriques lui cachaient le soleil couchant. Le souffle court, prise de panique, elle donnait des gifles et des coups de pied, percevant toujours les cris d'une vieille femme de l'autre côté de la rue, qui hurlait autant que si les jeunes s'en étaient pris à elle.

Elle avait la jupe relevée, les jambes écartées, maintenues fermement, à tel point qu'elle avait l'impression que les os de ses hanches allaient craquer ; un corps puant la sueur et l'ail tentait de se glisser sur elle, déchirant ses vêtements. Elle gémissait et luttait, se cabrant pour éviter la douleur et l'humiliation qui ne manqueraient pas de venir.

Puis elle retomba par terre, car ils s'écartèrent d'elle. Elle entendit un bruit de pas précipités et de voix qui s'éloignaient tandis que la vieille femme criait toujours. Les lèvres gonflées et sanguinolentes, le corps couvert de bleus, les yeux à demi clos, Claudia resta prostrée sur le macadam qui lui meurtrissait les hanches.

— Non, mais, vous êtes stupides ou quoi ? Qu'est-ce que vous fichez ici ? Les jeunes filles bien ne traînent pas par ici.

Un visage était penché sur Claudia qui leva lentement la tête et cligna les yeux, éblouie par le soleil. Un grand Noir dégingandé se tenait près d'elle, mains sur la taille, une expression intriguée et méprisante sur le visage. Il s'accroupit et lui releva le menton avec un doigt, observant la lèvre fendue.

— Où est Peggy ? demanda-t-elle, mais son bredouillement faisait plutôt penser à quelque chose comme « Ouèpeg ? »

Le garçon se redressa. Il pointa l'index et Claudia aperçut Peggy, morose, son tee-shirt légèrement déchiré, mais sans autre dommage apparent. Elle ne s'est même pas débattue, pensa Claudia, immédiatement horrifiée, se disant qu'elle se trompait. Mais intérieurement, elle savait qu'il n'en était rien.

Lentement, douloureusement, elle se leva. Le grand Noir n'essaya pas de la toucher. A présent qu'il avait compris le regard échangé par les deux sœurs, il semblait compatissant.

– Quelle bande de cons! s'écria Peggy, et Claudia ferma les yeux devant cette acceptation implicite des événements. Je parie qu'on a raté le bus maintenant. Maman va être furieuse pour sa chemise. Ça va, Liddie?

Elle s'approcha pour aider Claudia, mais la jeune sœur la repoussa.

– Oui, je vais bien. Merci.

Elle se retourna et repartit vers Haskell Ridge, sous le regard du garçon noir, de ses copains et de la vieille femme silencieuse à présent, qui observait Peggy. Elle cracha par terre.

Hongkong,
Décembre 1978

Harry descendit du bus à Stanley, se mêlant au flot des passants. Autour de lui, le marché commençait à s'animer, les étals s'installaient, les volets s'ouvraient, les charrettes bourrées de contrefaçons d'Adidas, de Lacoste, de sacs Gucchi et de Ray-Ban arrivaient. Plus tard, les étals des *dai pa dong* offriraient des repas sur de petites tables; du porc gras et luisant, avec des nouilles fumantes, des cuves d'abats, du canard et des *bok choy* verts. Des jarres brunes renfermaient des œufs de cent ans, vieillis dans la boue, mais qui en fait n'avaient guère plus de quelques semaines; les paniers étaient pleins de jaunes d'œuf dorés, salés et séchés au soleil qui scintillaient comme de doux galets ambrés.

Le visage figé, Harry marchait lentement, protégé du soleil d'hiver derrière des lunettes noires. Il descendit la colline, dépassa le supermarché et tourna à droite, vers une ruelle bétonnée pleine de boutiques, sans manifester le moindre intérêt pour les passants. Mama Lee, très élégante dans son kimono lavande, le regarda passer devant son échoppe et tendit son double menton vers lui. Elle fit un petit signe complice à son fils et se pencha sur sa lingerie.

Stanley était un petit village de pêcheurs, qui s'était enrichi d'un élégant quartier résidentiel, et son marché, de plus en plus animé et lucratif, attirait Chinois, Européens expatriés et touristes. A une demi-heure de Central, c'était un endroit agréable pour se rencontrer, et il était facile d'y expliquer sa présence. Harry émergea du labyrinthe des ruelles et se dirigea vers la plage, en contournant le grand restaurant du coin et le bar adjacent, beaucoup moins grandiose, pour rejoindre le parking.

Avant d'arriver, il sembla se fatiguer et s'assit sur un banc au soleil. La marée était basse et la brise apportait ses senteurs de poisson, de sable mouillé et de sel. Il se pelotonna dans son blouson de cuir. Il faisait bon au soleil.

Le fils de mama Lee donna un coup de pied dans un caillou, au bord de la route, quelques pas derrière Harry. Il n'avait que quatorze ans, mais les filatures n'avaient plus de secrets pour lui. Il balança le caillou dans le caniveau et joua avec, essayant de viser la bouche d'égout. Il finit par réussir, son visage anodin illuminé de plaisir. Le grand maigre, appuyé sur la rambarde de métal qui protégeait le trottoir le long de la plage, le remarqua à peine. Le garçon reprit un autre caillou, courut à sa poursuite, lui donna un autre coup de pied pour qu'il ricoche vers le banc de Harry. Celui-ci se retourna.

– Qu'est-ce que tu fais ici, petit vaurien? dit-il d'un ton sévère, et le garçon se pencha sous le banc pour ramasser son caillou de ses mains glacées et maladroites.

– Chemises rayées rouge, jeans, médaillons, Ray-Ban. Maman a dit dans dix minutes, grommela le garçon, tête baissée comme pour s'excuser.

Il recula et siffla dans ses doigts, rejeta le caillou sur la rue, l'envoyant valdinguer dans le tas d'ordures et heurter le brasero métallique qui brûlait rageusement dans le vent. L'enfant courut à sa poursuite.

Harry resta encore cinq minutes sur son banc; il bâilla et s'étira avant de reprendre le chemin du marché. Il acheta un gâteau de sésame collant à un colporteur, et reprit sa route, le dévorant avec délice. Le jeune traînait derrière lui, s'arrêtant pour observer d'étranges marchandises chaque fois que Harry ralentissait ou se retournait.

Harry sourit intérieurement et s'essuya les doigts sur un mouchoir en papier qu'il laissa tomber dans le caniveau devant l'échoppe de mama Lee. Il se dirigea vers une autre ruelle, pencha la tête sous les sacs et les vêtements suspendus, les pieds glacés sur le macadam humide. Le jeune le suivit sans remarquer que mama Lee avait ramassé le mouchoir avec un bâton avant de rentrer dans son arrière-boutique. Dans la pièce sombre et encombrée de cartons de lingerie, Aidan fumait et attendait patiemment.

– Allez dans meilleur endroit, vous pas fumer ici, grommela mama Lee en lui tendant le mouchoir.

A l'intérieur, il y avait un morceau de papier plié. Aidan leva les yeux.

– Ne m'embêtez pas, mama Lee, je suis très bien ici, et je paie bien, dit-il sur un ton indifférent, en dépliant la feuille.

Il observa le visage plein d'espoir de mama Lee.

– Plus tard, mama Lee, plus tard. Allez vous occuper de la boutique.

C'était un ordre, et mama Lee se tourna immédiatement, le visage amer. Mais elle ferait ce qu'on attendait d'elle, Aidan le savait. Elle avait tout à y gagner, et tout à perdre à désobéir. Il sourit intérieurement et étudia soigneusement le papier.

Harry poursuivit son chemin, s'arrêtant pour essayer un jean, une veste de daim, ou acheter une fausse montre Piaget sans s'inquiéter de savoir si on le suivait ou pas. Une heure plus tard, il se dirigea dans les ruelles adjacentes et s'assit à une terrasse de café. Il commanda une bière, et la but au soleil, visiblement ravi. Le garçon lui apporta l'addition, Harry la regarda et jeta les pièces de monnaie sur la table de Formica avant de rejoindre l'arrêt de bus. Le garçon fit disparaître l'addition dans sa main et rapporta la bouteille vide.

Le garçon qui le surveillait n'avait aucun moyen de comprendre que Harry venait de communiquer pour la deuxième fois avec Aidan. Il continua de le suivre, et le serveur déchira l'addition et la jeta dans les toilettes.

La procédure était très simple. Au premier lieu mentionné, Harry déposait ses informations, au jour et à l'heure voulus, au second, toujours une heure plus tard, il recevait les nouveaux ordres. Harry et Aidan se livraient à ce jeu dangereux depuis deux ans, depuis que Harry avait été libéré de la prison de Lai Chi Kok. Le juge avait déclaré qu'il n'y avait pas assez de preuves pour lier Harry à la tentative de cambriolage. Il pouvait être un passant innocent, comme il le proclamait, qui s'était enfui, effrayé, et avait déjà souffert d'une blessure par balle et subi plusieurs mois de prison. Il avait su convaincre le juge qui avait outrepassé le verdict d'un jury pour sa part soupçonneux.

Pourtant, Harry savait que Yee avait toujours des doutes. Il y avait quelque chose dans ses yeux malins qui sondaient Harry en permanence. Il était toujours suivi, toujours accompagné chaque fois qu'on lui confiait une mission. Yee avait bel et bien fait de Harry son « Pilier rouge », mais il n'avait pas confiance en lui. Pas pour un sou.

Et les informations que Harry pouvait fournir à Aidan étaient bien minces. Yee avait des appuis, il s'occupait d'autre chose que de simple racket, quelque chose qui concernait la fin de la présence anglaise en 1997, mais, à part Yee, personne ne savait exactement de quoi il s'agissait. Quant aux mystérieux appuis, Harry émettait quelques hypothèses judicieuses qu'il gardait pour lui. Aidan s'impatientait, mais pas assez pour provoquer la révolte de son indicateur. Pas encore, du moins.

Et le compte en banque de Harry à Macao gonflait, malgré le peu d'informations qu'il transmettait et les risques encourus. Pour le moment, Harry était satisfait.

Ce n'était pas qu'il avait l'intention de rester avec Yee, pensait-il en s'installant à l'étage supérieur du bus vert qui se balançait dans les virages sur la route de Central. Il n'irait jamais plus haut au sein de la hiérarchie des Lames de Rasoir. Yee ne lui faisait pas assez confiance pour le laisser approcher de plus près, et personne ne renverserait jamais Yee. Tout le monde le savait. Il fallait donc qu'il trouve le moyen de quitter Yee, de se trouver une niche qui corresponde à ses capacités et lui permette de progresser. Et pour cela, il fallait qu'il soigne Aidan.

Il réfléchissait au problème en regardant les arbres défiler; parfois, quand le bus frôlait le bord de la falaise, les passagers poussaient des cris d'admiration ou de peur. Sans doute en train d'avaler son bol de riz avec ses baguettes, le chauffeur devait guider le volant avec le pied, pensa Harry, fatigué, espérant qu'il aurait bientôt fini de déjeuner.

Peut-être devrait-il recruter un autre partenaire? Quelqu'un qui aimait l'argent facile, qui avait besoin de satisfaire ses petites habitudes? Quelqu'un comme Mark Babcock peut-être? Pendant un instant, comme souvent, Harry songea à Liddie, et la cicatrice d'une vieille blessure, éclair de douleur, se rouvrit. Mais Liddie était partie, et Mark était toujours là. Harry le voyait de temps en temps; plus il vieillissait, plus il devenait méprisant et, de jour en jour, il ressemblait de plus en plus à un expatrié, n'hésitant pas à faire ses emplettes ouvertement dans les sombres ruelles de Wanchai. De l'herbe pour le moment, parfois une ligne de cocaïne. Rien de bien méchant. Rien qu'il ne puisse maîtriser. Harry entendait presque Mark le dire lui-même. D'accord, il était à l'université américaine la plupart du temps, mais en ce moment, c'étaient les vacances de Noël. Offrir Mark à Yee? Et à Aidan, quoi lui offrir? La vérité, ou ce qu'il croyait être la vérité? Non, ça, Harry devait le garder pour lui jusqu'à ce qu'il en ait réellement besoin. Une demi-vérité alors? Une offre ponctuelle? Harry sourit amèrement à cette pensée.

12

Judson
Eté 1979

— Todd! Non, pas dans la bouche! Vilain! Tu vas être malade.
Laisse ça, mon chéri. Todd, je t'ai dit non.

Claudia retira le ver de terre coupable de la main de Todd,
prit le petit garçon dans ses bras et le fit sauter à califourchon
sur ses épaules. Bientôt les cris de frustration de Todd se changèrent en cris de ravissement tandis qu'il plongeait ses mains
moites dans le dos de Claudia et les emmêlait dans ses cheveux.
Bien qu'il fût déjà lourd, elle le conduisit ainsi vers la boîte aux
lettres qu'elle allait voir pour la troisième fois de la matinée.
Toujours vide.

— Flûte, mais qu'est-ce qu'il fiche aujourd'hui? demanda-
t-elle à Todd qui lui adressa un sourire narquois.

— Qui? répondit-il.

A deux ans, Todd, qui sortait enfin de son monde de rêves,
devenait un petit garçon intelligent, et ses yeux étranges, qui
semblaient avoir grandi plus vite que le reste du corps, lui donnaient un certain charme. Claudia n'arrivait pas à imaginer qui
pouvait bien être le père. Peggy n'avait ni intelligence ni beauté
à transmettre.

— Le facteur, voilà qui! Il est en retard, et j'attends une lettre
importante.

Elle l'attendait en fait depuis près de quinze jours, car cela
faisait déjà deux semaines qu'elle avait reçu la première lettre
d'une université acceptant sa candidature. Pourquoi Harvard
lui faisait-elle vivre un tel suspense?

— De tonton Mark ?

— Non, des universités où j'ai postulé.

— Pour pa'tir ? Moman dit que tu vas ète très intelligente et qu'apès toi jamais reveni' dans t'ou pe'du comme Judson. (La petite voix pointue du bébé qui répétait comme un perroquet les propos de sa mère leur donnait une allure obscène.) T'en va pas. Ze veux pas !

Ses mains se crispèrent sur la gorge de Claudia, qui percevait l'inquiétude de l'enfant.

— Mais qu'est-ce qu'elle en sait, ta mère ? Bien sûr que je reviendrai, Todd. Comment te verrai-je autrement ?

Elle embrassa la joue lisse et douce et comprit pour la première fois pourquoi les femmes disaient des niaiseries du genre : « Oh, il est si mignon que je le croquerais » en parlant de leurs bébés. Sa peau était encore toute fraîche et parfumée du bain, comme un pain qui sort du four.

Finalement, Peggy avait réussi quelque chose dans la vie, pensa-t-elle en reposant Todd sur la pelouse et en lui donnant la main pour rentrer à la maison. Mais comment Todd allait-il prendre le mariage de Peggy ? Hank n'était pas un si mauvais parti, pensa Claudia, qui se crispa immédiatement à ce mot de « parti ». Judson avait fini par l'influencer, pensa-t-elle tristement, par lui faire concevoir la vie en termes de clichés. Mais la famille du futur époux était scandalisée à l'idée qu'il épouse une « femme perdue », et Hank, un peu obtus dans sa manière de penser malgré sa gentillesse, avait souvent des œillères. Hank était vulgaire dans l'âme, parfaitement raciste, gros buveur, les seules choses qui l'amusaient étant la chasse et les matchs de football à la télévision.

Todd souffrirait-il avec des parents aussi imprévisibles, aussi... irresponsables, disons le mot ? Maman ne serait-elle pas obligée de finir par le garder, si bien que Todd serait élevé comme un enfant unique par une femme trop vieille et trop aigrie pour apprécier sa présence ? Anxieuse, Claudia lui passa la main dans les cheveux.

— Hé, Claudia, bonjour, Todd, comment ça va, mon grand ?

Bo Haskill arrêta son vélo de course et descendit d'un mouvement souple, ses cheveux roux semblant vibrer d'énergie dans l'air sec. Il appuya sa bicyclette contre le mur de la maison et tapa dans ses mains en posant un genou à terre. Claudia sourit en voyant le ravissement de Todd, et se sentit plus légère grâce à la présence de Bo. Il ne pensait peut-être qu'à s'amuser, mais elle se sentait toujours mieux quand il était dans les parages.

108

– Bo! Tu vas rev'ni', Bo. Hein? Toi et Liddsy? Même dans t'ou pe'du?

Le visage crispé par l'angoisse, Todd essayait de scruter les yeux de Bo pour y découvrir la vérité. Maman lui avait fait très peur l'autre jour et, depuis, il ne cessait d'y penser. Pour lui, le départ de Liddsy et de Bo, c'était comme un grand trou noir à l'intérieur de lui-même.

Surpris, Bo considéra Claudia, qui, les yeux mi-clos pendant un instant, avait l'air bien triste. Il sourit.

– Mais bien sûr que je vais revenir, mon grand! Où veux-tu que j'aille? Et puis, tu sais, tu ne devrais pas traiter Judson de trou perdu. Ce n'est pas gentil et ce n'est pas vrai.

– C'est moman qui l'a dit! insista Todd, et Bo se gratta la tête.

– Oh, tu sais, parfois, les mamans sont un peu fatiguées, elles ne pensent pas ce qu'elles disent. (Une fois encore, il croisa le regard de Claudia, mais sans sourire.) Surtout, il faut que tu saches que je reviendrai, et ta tante Liddsy aussi, d'accord?

Il se redressa et installa Todd sur ses épaules, tout en observant fixement Claudia.

– Alors comment ça va? Tu as des nouvelles des universités?

– Oh, ne m'en parle pas. Je vais voir la boîte aux lettres toutes les cinq minutes et je dois prendre mon travail dans une heure. Je crois que je ne supporterai pas d'attendre un jour de plus!

Elle rit pour atténuer son sentiment de frustration, et emboîta le pas à Bo.

– Et les grandes? Toujours rien?

Il était compréhensif, il avait traversé les mêmes épreuves.

Todd interrompait la conversation avec ses babillages, parlant du beau vélo qu'il aurait un jour, de ses activités au jardin d'enfants. Bo parvenait à lui répondre tout en se concentrant sur ce que lui racontait Claudia. Ils longeaient la rue l'un à côté de l'autre, évitant les jets d'eau et les chiens qui se précipitaient furieusement sur eux avant de battre en retraite, une fois leur fierté satisfaite.

– Je suis acceptée à Princeton, mais sans bourse, alors c'est hors de question, dit Claudia, déchirée entre la joie et le désespoir. Et puis, j'ai toute une pile de propositions non sollicitées, du Kansas et de l'Iowa surtout, ajouta-t-elle avec un bref sourire. Et bien sûr, M. Pringle a toujours son sourire de crocodile quand il a l'occasion de me dire qu'il le savait avant, que j'ai eu tort de refuser Duke quand j'en avais la possibilité. Il a peut-être raison..

Elle haussa les épaules et Bo réfléchit un instant, en silence.
— Tu as essayé la Virginie?

Ce serait peut-être bien, cela lui faciliterait les choses. Elle ne prit même pas la peine de lever les yeux.

— Non, je ne crois pas que ce soit mon style. Les cercles, tout ce bravado du Sud et ce genre de choses. Je pense que cela te plaît sûrement beaucoup, dit-elle avec un rire embarrassé, mais pas à moi. Je veux simplement étudier, trouver un travail correct, voyager. Mark réussit bien, il a un travail qui l'attend déjà à Hongkong, il me rend honteuse parfois, dit-elle, presque désespérée.

Elle donna un coup de pied dans un caillou et le regarda glisser sur la route et se perdre dans le tas de gravier. Comme elle. Elle s'était démarquée un moment car elle était plus intelligente que les filles d'Haskell Ridge, mais à présent, elle s'apercevait qu'elle n'était pas différente, qu'elle ne valait pas mieux, et qu'elle allait se fondre dans la masse. Ah, non, pas question!

— Ne sois pas idiote, Claudia! Mark a deux ans de plus que toi, et il n'a pas besoin de bourse. Tu as toujours été la plus intelligente, et tu trouveras une bonne université. Peut-être pas aussi bonne qu'en Virginie, dit Bo en grimaçant, pour lui indiquer qu'il plaisantait, mais dans un autre endroit, où tu seras à ta place, où tu ne te sentiras pas exclue parce que tu as quelque chose dans la cervelle. Mais ne t'en va pas pour toujours, d'accord?

Inconsciemment, il se faisait l'écho des craintes de Todd, et Claudia leur sourit en levant le bras pour caresser la jambe de l'enfant.

— Pas maintenant que j'ai trouvé l'homme de ma vie ici, dit-elle avec une pointe d'humour dans la voix, et, pendant un instant, Bo regretta qu'elle ne s'adressât pas à lui.

Il hocha la tête, attentif à ce sentiment, mais il le repoussa. Il aimait bien Claudia, mais c'était tout. Vraiment tout. Il y avait bien trop d'autres filles qui méritaient son attention, elles aussi.

— Au fait, j'ai entendu dire que Peggy et Hank allaient se passer la bague au doigt. Qu'est-ce que ça donne?

Il trottinait avec Todd sur ses épaules, qui imitait le sifflet d'un train dévalant une pente. Tous les deux semblaient apprécier ce bruit.

Comme c'était étrange que Bo s'entende si bien avec Todd, sans faire le moindre effort, alors que Hank était raide et laborieux, lui parlait comme à un bêta ou racontait des choses qui le dépassaient si bien que, se sentant exclu, Todd se réfugiait dans un silence douloureux. Quel dommage que Bo ne se soit pas intéressé à Peggy, pensa-t-elle, mais immédiatement elle rejeta cette pensée. Oh, il était bien sorti avec elle quelques fois, mais rien de plus. Comme avec la plupart des amies de Bo, il y en avait toujours une autre qui attendait en coulisse que l'attrait de la précédente s'émousse. Avec Peggy, cela n'avait pas pris long-temps.

— Sa mère n'est pas contente, et la simple pensée d'avoir Tommy Bering pour beau-frère suffit à me faire tomber dans les pommes, mais si c'est ce que Peggy veut... On verra bien ce que cela donne.

Elle soupira et garda le silence un instant avant de se reprendre et de surveiller en coin le profil souriant de Bo qui saluait deux filles à bicyclette. Elle s'efforçait de garder son calme.

— Et toi? Tu as deux ans derrière toi déjà. Tu vas rester pen-dant les cinq ans, ou tu vas marquer une pause à un moment donné pour travailler dans un cabinet d'architectes?

— Plus tard, je crois. Il faut que j'acquière un peu d'expé-rience, et peut-être que je trouve quelques clients qui m'estiment et me font confiance avant de voir mon diplôme. J'ai tout prévu. Je vais construire des maisons... Je les concevrai, et je m'associerai avec quelqu'un qui les construira. Pour les bas revenus, pour les gens qui n'ont jamais eu de maison avant. Mais ne le dis à personne.

— Construire des maisons? Ici?

Claudia écarquilla les yeux, sachant pertinemment ce qu'en penserait Judson, qui laisserait tous ses préjugés sortir de l'ombre. Elle imaginait les disputes sur le genre de personnes qu'on voulait accepter dans la ville, sur les délimitations des propriétés, les réglementations municipales...

— A Judson?

— Non, quelque part dans le Nord. Je ne travaillerai pas ici comme ça. Pas encore, du moins. Pourquoi? demanda Bo d'une voix plate et dure.

— Oh, pour rien, c'est parfait alors, dit Claudia avec un soupir de soulagement. Je trouve ça formidable. Et on dit que la côte Est va connaître un vrai boom. Il faudra beaucoup de nouveaux logements. Oui, c'est formidable.

Elle lui adressa un sourire lumineux qu'il lui rendit, car il avait eu peur de devoir bouleverser tous ses projets après les lui avoir confiés, mais ses craintes s'évaporaient comme une flaque d'eau sur un trottoir brûlant. Il se sentait apaisé.

— Et, moi, je serai écrivain, chez Forbes, à New York et on se verra, on ira dîner à Greenwich Village ou à Soho de temps en temps. On mènera la vie de bohème, plus rien à voir avec Judson!

Cette pensée enivrante enthousiasmait Claudia après les confins poussiéreux du Ridge.

— Ouais, pourquoi pas? dit Bo en riant. Je serai riche comme Crésus, j'habiterai dans un loft dans le West Side, et on ira faire notre jogging à Central Park tous les matins.

Ils se sourirent, pris dans leurs rêves respectifs.

Silencieux, Todd s'accrochait fermement au col de Bo et il refusa de les embrasser quand ils partirent travailler.

Lorsque Claudia rentra à la maison par le raccourci, et non par la route, tant elle était impatiente de savoir si elle avait du courrier, Todd l'attendait. En la voyant arriver, il dévala la colline dans ses petites tennis, se jeta dans ses bras, et, la respiration sifflante tant il était hors d'haleine, il essaya de se faire comprendre.

— Moman a dit que c'est arrivé... mais t'étais pas là, alors, tu pa'tira pas, hein, Liddsy?

Sa tante se raidit, devint parfaitement immobile et resserra les bras autour de lui jusqu'à lui en faire mal. Il se débattit mais, livide, les yeux perdus au loin, elle ne sembla rien remarquer. Il se tourna pour voir ce qu'elle observait.

— Maman a ouvert la lettre d'Harvard? Tu en es sûr, Todd?

Elle s'efforçait de se sortir du gouffre, de le regarder alors que tout était flou autour d'elle. La petite tête blonde oscillait de bas en haut.

— Sûr, je suis sûr. Ça l'a fait rire, moman, dit-il en se laissant glisser au sol et en s'accrochant à elle. Elle est contente pa'ce que tu restes. Tu restes, hein, Liddsy?

— Ça l'a fait rire? Elle a ouvert ma lettre d'Harvard et elle a ri parce que je suis refusée? dit Claudia d'une voix mécanique, essayant de restructurer les propos épars de l'enfant.

Todd garda le silence.

— Où a-t-elle mis la lettre, Todd? Tu veux aller me la chercher? Je ne veux pas qu'on sache que je suis rentrée tout de suite.

Ils seraient tous là à présent; Peggy aurait quitté son salon de coiffure, maman serait rentrée du travail, et sans doute Hank aussi, puisqu'il s'était tout simplement installé ici après avoir signé les bans, au lieu d'emmener Peggy avec lui, comme elles l'avaient espéré. Maman n'avait pas protesté de peur de perdre Todd et, comme Claudia devait partir dans quelques mois, quelle importance! C'était mieux comme ça pour l'enfant.

Pourtant, l'idée de les voir, de supporter les sourires narquois de Peggy et de Hank, l'inquiétude et la colère de maman qui regrettait qu'elle n'ait pas accepté Duke... Non, c'était trop. Elle se sentit malade à cette pensée qu'elle essayait d'écarter de son esprit, se noyant dans le vide. Mais comme on fait son lit on se couche, disait le vieux Bud Pringle, et maintenant, elle devrait se sortir seule de cette impasse.

Todd apparut sur le côté de la maison, un papier blanc à la main, et il courut de nouveau vers elle, le visage anxieux et plein d'espoir à la fois. Claudia savait qu'il s'accrochait à l'idée qu'elle reste, mais elle savait aussi qu'elle partirait, quoi qu'il arrive. Pauvre petit garçon, comme elle aurait aimé l'emmener avec elle. Mais c'était impossible. Elle le souleva et lui donna un gros baiser.

— Bravo, Todd! Quelqu'un t'a vu?

Elle fut soulagée de le voir hocher négativement la tête. Les mains tremblantes, elle le reposa à terre, glissa la lettre hors de l'enveloppe et la déplia. Les mots exprimaient leur regret de manière polie et impersonnelle. Elle n'était qu'une parmi les milliers de candidats brillants et pleins d'espoir que l'on refusait. Elle replia la lettre et la rangea.

— Enco' une, Liddsy. Moman l'a pas ouve'te.

Gravement, Todd lui tendit une seconde lettre, tamponnée de l'université de Columbia. Claudia n'eut pas le courage de l'ouvrir. Elle la mit dans sa poche et s'efforça de sourire.

— Bon, merci, Todd. Ecoute, je vais me promener, tu rentres à la maison, et je jouerai avec toi en revenant, d'accord?

Elle saisit sa petite main et contempla le visage perturbé, essayant de lui transmettre un peu du sentiment de sécurité dans lequel elle baignait à son âge. Mais il comprenait trop vite; sa bouche se tordit de douleur, et, les poings serrés, il se frotta les yeux, pleurant tout autant pour elle que pour lui. Claudia s'agenouilla près de lui et le serra très fort.

— Hé, Todd, ne pleure pas. Tout va bien. Je trouverai une bonne école, et je reviendrai te voir souvent. Tu as ta maman, et mamie, et Hank. Tu verras, je ne te manquerai pas beaucoup.

Mais il continuait à sangloter de plus belle et, dans ses hurlements de rage, il bredouillait des « tu t'en vas... Bo aussi... » qui filtraient à travers les larmes. Claudia se sentait peinée et coupable. Si elle pouvait emmener quelqu'un avec elle, ce serait Todd.

Elle s'assit sur le bord du trottoir et le prit sur ses genoux ; les yeux fixés sur les nuages de condensation qui s'élevaient du bitume, elle écoutait le chant strident des cigales et le bourdonnement d'une tondeuse au loin. Lentement, Todd se calma, et ils restèrent ainsi un instant, noyés dans leurs émotions.

– Ecoute-moi, Todd, écoute-moi bien. Tu es la personne que je préfère, la seule personne qui compte pour moi, tu comprends ?

Elle le regarda gravement et il hocha la tête, les lèvres légèrement entrouvertes.

– Bon, il faut que je parte un moment pour aller à l'université, sinon je ne serai jamais bonne à rien. Mais je reviendrai l'été, rien que pour toi. Et quand tu seras plus grand, tu pourras peut-être venir me voir. Tu comprends ? Et on ne se quittera jamais, parce que tu es trop important pour moi.

Elle lui sourit et fut soulagée de voir que lui aussi esquissait un sourire.

– Mais je ne suis pas ta maman. C'est dommage, mais ce n'est pas moi. Et ta maman veut que tu restes ici, et mamie aussi. Elles t'aiment beaucoup, toutes les deux. Alors, il faudra que tu te partages, que tu donnes des parcelles de temps à tout le monde. D'accord ?

C'était toujours comme ça, pensa tristement Claudia, des parcelles de temps, des parcelles de bonheur, des parcelles d'amour. Elle embrassa Todd qui se blottit dans ses bras en soupirant.

– Bon. Mais t'as promis. D'accord ? Toi, et Bo aussi. Tu reviens !

– D'accord, une promesse, c'est une promesse.

Elle embrassa ses cheveux brillants et sentit toute la chaleur de ce petit corps plein d'amour et de peur, qui la liait à ce lieu, qui la ramènerait ici, l'endroit auquel elle voulait échapper par-dessus tout. Elle le berça doucement.

Bo baissa les yeux vers la fille, lui souriant machinalement tandis qu'elle battait des cils, avec ses joues dorées par le soleil et ses fossettes qui donnaient envie de passer un doigt sur la peau douce. Elle jeta un coup d'œil vers son père penché sur son menu avant de faire glisser un petit bout de papier plié le long de sa jambe. Bo fit volontairement tomber son carnet de commandes à côté d'elle, s'agenouilla et lui prit le papier des mains en le ramassant. Il lui adressa un sourire entendu avant de détourner le regard.

Par la vitrine du Red Rooster, il vit Claudia qui traversait la place d'un pas volontaire et ferme suggérant qu'elle allait bien. Mais son visage était crispé de douleur. Il fronça les sourcils, posa sa serviette et son carnet, abandonna la fille à la bouche en cœur et sa famille qui hésitait longuement entre des pêches Melba et des bananas split et se fraya un chemin jusqu'à la porte. Il arriva en même temps que Claudia.

— Claudia? Que se passe-t-il? Entre un instant. Regarde-moi.

Il l'attira sur le côté, à l'abri des clients pressés, écarta ses cheveux et découvrit de grands cernes noirs dans son visage très pâle. Son regard semblait toujours aussi déterminé, mais elle semblait surtout décidée à maîtriser ses angoisses, et à ne pas perdre la tête.

— Ça va. J'ai besoin d'un conseil, dit-elle, d'une voix tendue et morcelée.

Bo résista à l'envie de la prendre dans ses bras et de la bercer comme un bébé pour la réconforter, en lui promettant que tout irait bien puisqu'il était là. Pour le moment, elle n'avait pas besoin de compassion, elle avait besoin d'aide.

— Oui? Vas-y, répliqua-t-il.

Il entendit le patron l'appeler, mais il concentra ses pensées sur Claudia, éliminant toute interférence.

Claudia étudia ce visage intense, avec ses taches de rousseur orangées et ses yeux pâles et intelligents. Bo était vraiment gentil. Elle lui sourit difficilement, en plissant ses lèvres l'une sur l'autre.

— Harvard a refusé.

— Oui, je m'en doutais. Où es-tu acceptée?

— Columbia, Duke, Princeton mais sans bourse, c'est donc à éliminer et Brown.

— Pas trop minable.

Le sourire de Claudia se détendit un peu.

— Laquelle devrais-je choisir?

— Tu as une bourse partout, sauf à Princeton? Et mieux vaut ne pas faire d'emprunt pour tes études, après tu en as pour des années à rembourser. Cela ralentit ton évolution.

— Oh, ça ira. Je pourrais travailler le soir, pour me payer des extra.

– Eh bien, le problème c'est de savoir laquelle offre l'enseignement qui te convient le mieux. Tu as regardé les programmes?

La voix du patron se faisait plus autoritaire, plus insistante. Bo jeta un coup d'œil par-dessus son épaule.

– Oui, bien sûr. Je n'arrive pas à me décider, et pourtant, il faut que je fasse vite. Excuse-moi, tu vas avoir des ennuis à ton travail. On peut se voir après?

– Bo? Bo? Mais qu'est-ce que tu fiches? Dis à ta petite copine de rentrer chez elle, et va voir la 18. Ils sont prêts à passer la commande.

– Oui, monsieur. Tout de suite.

Bo regarda Claudia, envahi par une vague d'embarras inhabituelle après les suppositions du patron. Mais Claudia n'avait pas fait attention et ne réagit pas au terme de « petite copine ». Elle paraissait impatiente.

– Vas-y. Tu finis à quelle heure? demanda-t-elle.

– Minuit, dit Bo en souriant. On se reverra ici, devant la porte. Il faut que j'y aille.

Il s'éloigna dans un tourbillon de tablier blanc et de chemise rayé rouge qui jurait avec l'orange de ses cheveux.

En partant, Claudia s'interrogea sur le conseil que lui aurait donné Mark. Mais elle n'avait pas le temps de lui écrire et d'attendre sa réponse. Elle ne pouvait pas l'appeler, elle n'avait pas son numéro. Et puis, il lui dirait sans doute à peu près la même chose que Bo, et Bo comprenait son problème mieux que quiconque. Mark ne lui donnerait pas de meilleurs conseils.

Cette idée bien en tête, elle fit le chemin dans les rues sombres pour affronter sa famille.

Il n'y avait que maman pour l'accueillir à la maison. Todd était couché et Peggy et Hank étaient allés à un bal populaire.

– Un bal populaire! Mon Dieu, qu'est-ce qu'il lui prend? Avec toutes ces danses américaines et ces valses! Mais elle a horreur de ça! s'exclama Claudia sans même réfléchir.

Maman se redressa sur sa chaise et croisa les bras. Dans le coin, la télévision annonçait les dernières soldes de chez Foley.

– Elle essaie d'être une bonne épouse et Hank aime beaucoup ça. Cesse donc de prendre tes airs supérieurs. Je ne vois pas ce que tu as à redire.

Elle avait le visage pincé et ses yeux bleus étaient délavés, comme ses cheveux. Il n'y avait pas si longtemps, maman méprisait les bals populaires.

Claudia soupira.

– Oui, je sais. Je ne pensais pas que Peggy voudrait y aller, c'est tout.

– Eh bien, elle y est. Et tu es en retard ou je me trompe? Il fait nuit. Où étais-tu passée?

– Oh, je suis allée me promener. Todd m'a dit que Peggy avait ouvert ma lettre d'Harvard. Elle n'avait pas le droit!

Pendant un instant, le visage de sa mère s'adoucit, ses yeux pâles s'embrumèrent de compassion. Mais cela ne dura qu'un instant.

– Elle savait que tu étais impatiente de connaître la réponse et elle serait allée te l'annoncer si cela avait été une bonne nouvelle. Mais personne n'a eu le courage d'aller te dire la vérité. Tu ne vas pas te mettre à nous faire des difficultés, alors que nous essayons de t'aider. Bien sûr, si tu avais accepté Duke quand M. Pringle te l'a proposé...

– Maman, je ne veux pas aller à Duke, tu ne comprends donc pas? Et je n'essaie pas de faire des difficultés..., dit Claudia en soupirant. Je dois ressortir plus tard, pour parler avec Bo Haskill après son travail. Il m'a promis de m'aider à choisir les cours qui me conviendraient le mieux.

– Quels cours? Il faudrait d'abord que tu choisisses ton université! dit sa mère, durement. Et puis, cela peut très bien attendre demain matin.

– Je travaille. C'est le seul moment que nous ayons.

– C'est ce qu'il t'a dit? dit maman avec un sourire sec. Eh bien, cela ne m'étonne pas. Tous les mêmes! Et Bo Haskill en particulier. Il n'y a pas une fille à qui il n'a pas fait la cour, ce type-là. Et si ça s'arrêtait là encore! Non, tu ne ressortiras pas ce soir, ma fille, dit-elle en plissant les yeux, un point c'est tout. Bon, tu veux bien te préparer à dîner? Je t'ai laissé quelque chose sur la table. Hé, Claudia, ajouta-t-elle avant de marquer une pause et de lui attraper le poignet au passage, je suis désolée pour toi, ma fille. Vraiment désolée. Je sais ce que c'est de perdre son rêve le plus précieux, tu peux me croire. Je sais que cela fait mal.

Elle sourit et, pendant un instant, ressembla de nouveau à la femme qu'elle avait été. Claudia était abasourdie.

– Tu veux parler de papa?

– Lui? Non! Ce n'était pas mon rêve le plus précieux. Ce n'était pas un rêve du tout. Non, je voulais être chanteuse. J'avais travaillé pendant des années, et j'avais une belle voix, mais ensuite j'ai eu des polypes sur les cordes vocales, des sortes de verrues, et on m'a annoncé que c'en était fini de ma carrière. Alors, j'ai épousé ton père.

Elle renifla comme pour dire que cette décision avait été une absurdité. Claudia lui prit la main.

– Tu ne me l'avais jamais dit. Comment ça se fait?

– Oh, cela fait longtemps, c'était bien avant ta naissance, et une fois que tes rêves sont brisés, tu n'as pas envie de les réveiller. Alors, tu parleras à Bo demain. Il comprendra.

Claudia se pencha pour donner un rapide baiser sur les joues de sa mère. Elle sortit rapidement de la pièce pour que sa mère ne voie pas ses larmes.

Claudia n'aimait pas se sauver par la fenêtre ni défier les ordres de sa mère, mais elle n'y pouvait rien. Elle avait demandé à Bo de l'aider et ne pouvait plus se défausser. D'ailleurs, il ne s'intéressait pas à elle de cette façon, maman était idiote.

C'était étrange de marcher dans les rues si tard la nuit, alors que rien ne bougeait à part l'ombre d'un chat, ou celle d'un chien qui aboyait, enchaîné au mur. Elle avançait d'un pas léger, comme si le moindre son pouvait étouffer les bruits qu'elle devait absolument entendre, dont elle devait se méfier.

A son grand soulagement, elle aperçut les lumières de Main Street à travers les arbres et, en essayant de contrôler les frissons qui lui parcouraient le dos, elle se mit à courir pour arriver à temps, avant que les ombres ne l'engloutissent. En arrivant au Red Rooster, elle tremblait de tous ses membres.

– Qu'est-ce qui t'a fait peur comme ça? s'exclama Bo, rieur, en voyant qu'elle avait la chair de poule et le regard fixe comme si elle essayait de lutter contre ses tremblements. Tu as rencontré le père Fouettard?

Son sourire s'estompa et il s'assombrit en se souvenant des mésaventures de Claudia et de Peggy, dont il avait entendu parler et qui ne dataient que de quelques mois.

– Ça va?

– Oui, ça va. Je me suis fait peur à écouter les arbres et à imaginer des ombres dans le noir. Je suis une poule mouillée, c'est tout.

Mais elle frissonnait encore, incapable de se maîtriser. Bo la prit par l'épaule, lui frotta le bras et rit de nouveau.

– Alors, ma petite trouillarde, si on allait prendre un café au Fiftyniner?

Rassurée par la fermeté du bras toujours passé sur son épaule, elle se laissa conduire au restaurant ouvert toute la nuit de Bascombe Street. Elle ne risquait plus rien à présent, pensa Claudia, avant de comprendre combien elle avait été puérile de se laisser envahir par la peur. Elle lui adressa un sourire d'excuse.

– C'est un peu stupide de ma part. Parfois, j'ai horreur du noir. Maman ne veut pas que je sorte la nuit, il a fallu que je me sauve, et cela m'a sans doute rendue nerveuse. Merci de m'avoir attendue.

– Tu n'étais pas très en retard, dit Bo d'un ton dégagé, essayant de faire croire que son bras sur son épaule n'était qu'un geste d'amitié et d'ignorer les sensations qui le faisaient trembler.

Il avait envie de se pencher vers elle, de respirer les senteurs de sa peau et de ses cheveux, de goûter ses lèvres innocentes et inconscientes. Mais sa bouche parlait prosaïquement d'universités, de programmes, de cours, de professeurs. Il soupira et la libéra.

– Viens, allons nous asseoir dans le coin. Personne ne nous verra, et ta mère ne risquera pas d'être mise au courant. Je n'ai pas envie qu'elle me poursuive pour avoir corrompu sa fille!

Il rit, mais il y avait des accents de sincérité dans sa voix que Claudia perçut clairement.

– Je suis incorruptible. Pas comme ma sœur, dit-elle froidement, à la surprise de Bo.

– Je n'ai jamais dit le contraire. Et je ne l'ai jamais pensé non plus. Ne sois pas sur la défensive avec moi, Claudia. Je t'aime bien, j'aime bien ta franchise, j'aime bien ta façon d'être.

Il la regarda droit dans les yeux en souriant légèrement et vit que sa mâchoire et ses épaules se décontractaient enfin.

– Simple vérification, dit-elle, et il sourit plus largement.

Claudia lui rendit son sourire à contrecœur, essayant de résister au flot d'émotions étranges qui lui gonflaient le cœur.

– Je suis un brave type, en dépit de ce que pensent les mères, dit-il ironiquement, et Claudia leva la main en souriant pour commander deux cafés et deux parts de feuilleté.

– J'en suis sûre. Le dernier des innocents.

– Je n'ai jamais mis la main sur toi.

– Non, pas encore, mais il n'y a plus beaucoup de filles en ville qui peuvent en dire autant!

Elle plaisantait, mais il y avait une certaine gravité dans sa voix qui n'échappa pas à Bo.

– J'aime bien m'amuser. Et alors? Suis-je définitivement rayé de ta liste, tout simplement parce que je ne sais pas dire non aux filles?

Il ne remarqua pas le couple qui venait d'entrer, pas plus que Claudia.

– Bon, un brave type au fond.

– Exact.

– Est-ce que les braves types raccompagnent les petites trouillardes à la maison, ou bien est-ce trop demander?

Bo parut songeur.

– Cela dépend.

– De quoi?

– Ah! (Il lui prit la main et la leva vers ses lèvres, pour y déposer un léger baiser, en signe de dérision.) Je te le dirai plus tard.

Il lui fit un clin d'œil car le café arrivait; le couple qui se trouvait encore dans l'encadrement de la porte recula, les cheveux décolorés de Peggy étincelant un instant dans la lumière avant de disparaître dans l'ombre.

Claudia retira vivement sa main.

– D'accord. Bon, tiens, voilà les programmes. J'ai marqué les pages qui m'intéressaient.

Elle s'engageait dans une discussion sérieuse, mais restait hésitante et troublée par le regard de Bo pourtant facile à affronter d'habitude, car elle le voyait à présent comme un homme et un prédateur, et non plus seulement comme un ami. De temps à autre, elle levait les yeux vers lui, pleine de doutes, alors qu'il feuilletait les documents. Il n'allait quand même pas tout gâcher entre eux? Si? Car elle ne voulait pas perdre son amitié pour une passade. Elle espérait qu'il s'en rendait compte.

Méthodiquement, Bo dressait la liste des meilleurs cours et des meilleurs professeurs, pesant le pour et le contre, les coûts de la vie, la cote de l'université, etc., remplissant plusieurs pages et cherchant à savoir ce que voulait vraiment Claudia, quelles étaient ses réactions affectives. Ils burent plusieurs tasses de café, et les minutes se transformèrent en heures jusqu'à ce que Bo finisse par encercler un nom, ravi.

– Eh bien, on dirait que Columbia a gagné. C'est une bonne université, et puis tu aimeras son atmosphère décontractée, et elle offre tous les cours que tu veux. Si on en finissait là? Il est presque 2 heures du matin.

Il sourit, mais il avait les traits tirés, et Claudia pensa soudain qu'il avait deux jobs en même temps et qu'il avait besoin de tout son sommeil.

— D'accord, merci. C'est exactement ce qui me manquait. Je suis désolée que cela ait pris si longtemps.

— Il ne faut pas se précipiter quand on a une telle décision à prendre. Allez, je te raccompagne.

Il se leva, paya l'addition sans écouter ses protestations, et l'accompagna dehors, laissant à leurs yeux le temps de s'accoutumer à la nuit avant de se diriger vers son vieux pick-up et de la conduire à Haskell Ridge, en silence, car tous deux étaient absorbés dans leurs pensées.

Ce ne fut qu'en se garant dans l'allée de chez Claudia et en descendant que Bo prit une profonde inspiration, tendant le bras pour empêcher Claudia d'aller plus loin.

— Un instant, Claudia. Ecoute...

Il marqua une pause, se demandant ce qu'il voulait dire. D'habitude, les mots doux affluaient sans effort, mais pour une fois, il était muet.

— C'est là que tu vas me dire ce qu'il faut faire pour que tu me raccompagnes?

Claudia devenait méfiante. Bo la regarda et lui adressa son sourire charmeur, comme un petit garçon qui essaie de se sortir d'une situation difficile.

— Peut-être, ce serait si terrible?

— Bo, écoute, merci de ton aide. Parfois, je ne sais pas ce que je ferais sans toi. Tu es formidable. Et je veux pouvoir toujours compter sur toi, d'accord? Je n'ai pas envie d'être la vedette du mois.

Tout son visage lui demandait de la comprendre.

Il haussa les épaules.

— Qui te dit que ce serait ainsi?

Il s'approcha d'elle, et elle sentit son souffle sur sa gorge tandis qu'il hésitait et qu'elle le regardait d'un air songeur. Il posa la main sur son épaule et l'attira vers lui. Elle avait les lèvres légèrement écartées, comme si elle allait protester, il se pencha et effleura ses lèvres contre les siennes.

C'était un baiser léger, destiné à estomper et ses craintes et le désir qu'elle ressentait malgré toutes ses protestations. Il ne fut pas surpris de s'apercevoir que, pour un bref instant, sa bouche s'était faite souple et accueillante.

Claudia eut du mal à comprendre pourquoi elle l'avait fait

attendre si longtemps, pourquoi elle avait pensé qu'on ne pouvait compter sur lui uniquement en tant qu'ami. Quand il s'écarta, lui caressant la joue du dos de la main, il s'aperçut qu'elle avait les paupières lourdes et langoureuses. Il sourit intérieurement.

– Claudia, c'est bien d'avoir quelqu'un sur qui on peut compter, mais c'est bien de s'amuser aussi, parfois. Tu ne trouves pas?

– S'amuser? demanda-t-elle, songeuse, plus désemparée que jamais. Peut-être, je ne sais pas.

– Eh bien, quand tu seras décidée, fais-moi signe. OK?

Il sourit légèrement, se pencha vers elle pour l'embrasser sur la joue et remonta dans son camion avant qu'elle eût le temps de réagir. Il en était déjà à la moitié de l'allée avant que Claudia se rendît compte qu'elle avait à nouveau envie de l'embrasser. A regret, elle le regarda partir, sans voir qu'il fouillait dans sa poche pour chercher le petit mot que la fille lui avait glissé au restaurant, sans remarquer qu'il tournait à gauche, vers la ville et non à droite, vers chez lui. Claudia avait la tête qui tournait, elle avait enfin envie de se laisser aller.

Quand elle rentra discrètement par la fenêtre, Peggy était dans sa chambre, assise sur le fauteuil d'osier, la bouche pincée. Claudia se redressa et l'aperçut.

– Qu'est-ce qui se passe, Peg? Il est 2 heures du matin! Qu'est-ce que tu fais ici?

– Je sais parfaitement l'heure qu'il est! Et où étais-tu passée, madame la Pimbêche? Partie faire la java avec ton jules? Oh, ne crois pas que je ne t'ai pas vue, espèce de petite sainte nitouche! Ça se prend pour une petite fille modèle, ça fait croire qu'elle ne laisserait jamais un garçon ne serait-ce que la regarder, et ça se bécote et ça se fait peloter en public! Et par Bo Haskill, le joli cœur de ces dames, qui te fait des grands sourires et qui disparaît avant que tu aies eu le temps de dire ouf. Eh bien, c'est bien la dernière fois que tu me regardes de haut, ma belle.

Les yeux injectés de sang après avoir abusé de la bière, Peggy avait mal à la tête. Elle était furieuse d'avoir dû passer la soirée à un bal populaire avec un homme qui puait et qui rotait, qui la tripotait quand elle n'en avait pas envie, un homme qu'elle avait épousé par désespoir, pour essayer de changer de vie, et quand elle avait vu Claudia et Bo ensemble, elle en était devenue folle de rage.

Depuis deux heures, assise dans le noir, elle pensait à ce

qu'elle allait dire à sa petite snobinarde de sœur, qui voulait s'évader, vivre la belle vie, sans une pensée pour ceux qu'elle laissait derrière elle. Eh bien, Peggy allait lui donner matière à réflexion pour ses longues heures de liberté!

– Mais, Peggy, de quoi parles-tu? Mon Dieu, il est tard, je suis fatiguée et tu es soûle. Va donc te coucher.

Claudia repoussa sa sœur qui s'était levée pour lui bloquer le passage, et s'assit sur le lit. Elle ôta ses chaussures.

– Tu fricotes avec quelqu'un avec qui t'as rien à faire, voilà de quoi je parle. Et je ne suis pas soûle.

– Et pourquoi ne devrais-je pas être amie avec Bo? Et puis, cela ne te regarde pas.

Et tu n'es pas très bien placée pour faire des sermons, pensa Claudia. Elle enleva son jean.

– Oh, que si, ça me regarde. A ton avis, c'est qui le père de Todd? Mademoiselle la grosse tête? T'as pas encore compris, avec ton QI de cent quarante et tous tes diplômes! Je t'avais dit que c'était un mec de l'université, nom d'un chien. Et ça court pas les rues dans le coin. T'aurais dû faire le rapprochement depuis un bout de temps. A moins que tu ne préfères partager un mec avec ta sœur. Ça ne te dérange pas de te contenter des restes?

Il y eut un long silence pénible pendant lequel on n'entendit plus que la respiration de Peggy. Claudia avait l'impression d'être tombée dans un précipice et se sentait complètement vide.

– Tu mens! Tu n'es jamais sortie avec Bo!

Un bourdonnement puissant, comme le bruit du vent, résonnait dans les oreilles de Claudia, hurlait et tambourinait. Tremblante, elle secoua la tête, sachant qu'ils avaient eu une brève aventure.

– Tu mens!

– Ah ouais? Eh bien, pourquoi tu lui demandes pas, à ce bon vieux Bo? Il te le dirait peut-être, même si ça ne lui a pas vraiment plu, puisqu'il a jamais rien voulu savoir. Tout ce qui comptait, c'était son université. Ah, un chouette type! Qui sait, peut-être que Todd va bientôt avoir un petit frère? Oh, bien sûr, tu n'as pas besoin de mes conseils, mademoiselle Je-sais-tout! Amuse-toi bien à Harvard, hein!

Sur ce, Peggy sortit de la pièce. Claudia la regarda partir sans la voir.

– Tu mens, répéta doucement Claudia. Tu mens.

Le visage couvert de sueur, elle se leva et s'agenouilla près de la fenêtre pour que la brise nocturne lui rafraîchisse les joues.

— Tu mens, murmura-t-elle encore une fois, mais sa voix manquait de conviction et elle essayait de comprendre pourquoi elle tenait tant à ne pas croire Peggy.

« Oh, mon Dieu, pourquoi ? » murmura-t-elle doucement.

13

Angleterre
Décembre 1979

— C'est ridicule, Bill. On ne peut pas le laisser faire! dit Joanna en élevant la voix. Dis-le-lui, toi! Il t'obéira.

Ils étaient tous dans le petit salon d'Alicia, Joanna perchée sur la chaise à dos droit, son mari Hamish installé derrière elle dans une position protectrice, Bill affalé sur le fauteuil près du feu, Tony, Plum et Hattie sur le divan. Assise sur l'ottomane, Otter à ses pieds, Alicia avait les yeux fixés sur ses chevilles.

— C'est un peu inhabituel, mais je ne vois rien de mal à cela, Joanna. Si c'est ce que Tony a décidé...

— Oui, dit Tony fermement.

La bouche de sa mère se tordit de rage.

— A ton âge, on ne sait pas ce qu'on veut! Tu n'as que vingt-deux ans et tu ne connais rien à rien. Fais confiance à ton père pour ne pas me soutenir là-dessus, mais ce n'est qu'un fonctionnaire dépassé, alors je ne vois pas comment il pourrait juger...

— Papa n'est pas dépassé! s'exclama Plum durement. Il n'y a pas que l'argent et grimper dans la hiérarchie qui comptent!

— Calme-toi, Plum, cela n'a pas d'importance. (Bill ressentit un certain plaisir à voir que son ex-femme était vexée.) Les insultes ne mènent nulle part.

— De toute façon, vous n'arriverez à rien. Ma décision est prise, et je me suis engagé. C'est fait, répéta obstinément Tony, mais sa mère n'écoutait pas.

Il sentit la main de Hattie se glisser dans la sienne et il la serra rapidement.

— Mais que diront les gens? gémit Joanna.

— Maman, tais-toi! Personne ne dira rien si tu ne commences pas la première. Il n'y a rien de mal à entrer dans la police. Et puis, Tony commencera comme inspecteur, pas vrai, Tony? demanda Plum.

— Oui. Ce sont les Chinois qui jouent le rôle d'agent. Il n'y a aucune raison que les Européens occupent cette fonction puisque les Chinois ne veulent pas d'eux et que la plupart ne connaissent même pas le cantonais. Ne t'inquiète pas, maman, ce n'est pas si terrible. L'orgueil de la famille n'en souffrira pas.

Il parlait avec une certaine amertume et, de nouveau, Hattie lui serra la main.

— Si, c'est terrible! Comment peux-tu me faire une chose pareille? La police de Hongkong! Qu'en penseront mes amis?

— Tu devrais t'estimer heureuse d'avoir un fils qui ait envie de faire quelque chose au lieu de se droguer ou de boire comme les fils de tes amis, explosa Hattie, qui revoyait la vie de sa mère marquée par des années de préjugés. Tu es injuste. Tu l'as toujours été. Tu ne t'intéresses qu'à toi, tu te fiches pas mal de Tony. C'est sa vie, il a le droit d'en faire ce qu'il veut.

— Parfaitement, dit Alicia, d'un calme assassin. Bill? Je pense que vous êtes d'accord avec moi? Je me trompe?

Elle regarda le visage tranquille de son beau-fils qui dissimulait des réserves insoupçonnées de force et d'ironie. Il sourit légèrement.

— Oui, Alicia, j'en ai bien peur. C'est à Tony de décider. (Il se tourna vers sa femme, la voyant comme pour la première fois; il était incapable d'admirer sa beauté sans y succomber, et il s'en réjouissait.) Joanna, Tony est un homme à présent, que cela te plaise ou non. Et s'il nous a rassemblés ici, c'est par simple politesse et non pour nous demander notre avis. Apparemment, les choses ont déjà dépassé ce stade. Alors, ma chère, il va falloir apprendre à vivre avec. Je suis sûr que Hamish n'aura pas à rougir des Ingram pour autant, n'est-ce pas, Hamish?

Il sourit, d'homme à homme, et remarqua le regard tristement amusé de Hamish. Un brave type, qui aurait peut-être pu devenir un ami en d'autres circonstances, pensa Bill.

— Pas du tout. Tony est un jeune homme bien, et sa décision me semble parfaitement raisonnable. Il a mon approbation.

Ce qui, bien sûr, fit repartir Joanna, mais cette fois, elle s'en prit à son mari qui continua courageusement à se disputer avec elle, détournant l'attention de sa femme des problèmes de Tony.

– Alors, quand pars-tu? demanda Bill à son fils.

– En février. Je ne commence qu'en mars, mais je pense que je partirai plus tôt, pour tâter le terrain. Johnnie Crighton-Stuart viendra peut-être avec moi un moment. Il a envie de trouver du travail dans une grande entreprise chinoise. Aidan est-il toujours dans les parages? s'enquit-il d'un ton léger, par pure curiosité, car il en savait plus sur le véritable travail de son père que sa mère n'en saurait jamais.

– Oui, oui, Aidan est toujours là, mais il s'est mis à boire un peu trop ces derniers temps. J'espère que tu le rendras plus raisonnable.

– J'essaierai, mais il a toujours bu la mer et ses poissons.

– C'est comme ça qu'on l'appelle parfois. Poisson. Cela me semble tout à fait approprié, dit Bill en haussant les épaules pour ne pas s'attarder sur le sujet. Et, toi, Plum? Vas-tu nous décevoir avec une horrible mésalliance dans un proche avenir, ou ton jeune ami a-t-il eu le bon goût de prendre la poudre d'escampette?

Mais il parlait sur le ton amical et badin qu'il réservait aux filles, et Plum ne s'en offusqua pas.

– Tu verras bien, répliqua-t-elle.

Hattie, qui fréquentait un garçon charmant bien qu'un peu ours, désireux de reprendre un jour la ferme de son père, envoya une framboise à sa sœur trop farouche à son avis.

– Je serai mariée avant toi, à ce rythme. Pourquoi ne mets-tu pas George au pied du mur? demanda-t-elle..., et les choses s'envenimèrent autant qu'entre leur mère et son mari.

Bill, Alicia et Tony se levèrent calmement, un par un, et quittèrent la pièce pour se retrouver à la cuisine, où, par chance, on n'entendait que le seul tic-tac de l'horloge.

– Tu feras bien attention à toi, Tony, dit Alicia un moment plus tard, visiblement inquiète pour son petit-fils. Je sais que c'est très dangereux.

Tony lui caressa le bras.

– Pas plus que l'armée, mamie, et j'en suis sorti sans une égratignure. Et ne t'inquiète pas, je suis du genre méfiant. Je ne fonce pas tête baissée.

Balivernes, pensa Bill, qui craignait que ce soit justement ce que son fils était en train de faire.

Mark avait déjà passé deux ans à l'université quand Claudia entra à Columbia, deux années au cours desquelles il avait appris beaucoup de choses et acquis des goûts différents. Il parlait de plus en plus de soirées, de barbecues, de promenades nocturnes sur la côte, de haschisch, de filles. Claudia s'efforçait de lire ses lettres sans les juger avec sa mentalité provinciale, mais elle se sentait de plus en plus mal à l'aise et elle avait de plus en plus de difficulté à y répondre.

Elle vivait dans une vieille chambre d'étudiant au croisement de la 8e Avenue et de la 116e Rue Ouest à Harlem, assez près de la bibliothèque municipale pour pouvoir rejoindre son immeuble tard le soir en toute sécurité, et assez près du campus de Morningside Heights où elle passait encore plus de temps sous le dôme de la Low Memorial Library, grimpant l'escalier en pyramide plusieurs fois par jour.

Depuis qu'elle était arrivée 8e Avenue par le bus du port et qu'elle s'était trouvée confrontée à l'agitation et la crasse de Times Square, à la circulation assourdissante, aux visages déprimés, aux parasites qui allaient lui chercher un taxi alors qu'il y en avait déjà à la station et l'insultaient quand elle refusait de leur donner un pourboire, Claudia essayait vainement de trouver du charme à New York. Elle travaillait avec acharnement pour rivaliser avec les esprits brillants et les visages intelligents qu'elle rencontrait du matin au soir.

Le premier jour, elle avait été très perturbée par les milliers de regards qui la jaugeaient rapidement avant de s'intéresser à la personne suivante et avait craint que, derrière ces yeux, se cachent des esprits supérieurs au sien. Seul Paul et peut-être Bo avaient un regard aussi rapide, aussi perspicace. A présent, tout le monde était ainsi. C'était démoralisant.

Elle partageait une petite chambre avec une autre fille, Joaney Hewitt, qui portait des pantalons moulants en lycra et des chemises blanches très amples, serrées par une ceinture sur des hanches d'une minceur de serpent. Elle avait une longue tignasse blond-roux et se noircissait les yeux de khôl. Elle n'était pas vraiment jolie, mais sa confiance en elle lui permettait de surmonter les obstacles qu'étaient son nez trop large et son menton pointu.

Elle donnait l'impression de ne lever les yeux que si elle se trouvait sous le feu des projecteurs. De projecteurs fumants, car elle avait toujours une cigarette qui pendait à ses lèvres minces et écarlates. Venant d'une famille d'intellectuels de la côte Est, elle traversait sa période de rébellion, avait-elle dit un jour à Claudia avec un sourire moqueur.

Claudia, en jupe plissée écossaise et chemise bien nette, les cheveux tirés en arrière et attachés en une natte impeccable se regarda, la regarda, et toutes deux sourirent à contrecœur.

– Comme nous n'avons apparemment pas grand-chose en commun, autant être amies. Je t'aiderai à te décontracter et tu pourras me donner un coup de main avec mon travail, si je perds pied. D'ailleurs, mes parents ont insisté pour que je vive sur le campus la première année. Je suis sûre qu'ils ignorent qu'il n'y a pas de véritable cité universitaire à Columbia et que ma mère ne se doute pas que j'ai atterri à Harlem, dit Joaney en levant capricieusement les sourcils.

Elles avaient ri et avaient décidé de rendre leur chambre plus accueillante en la décorant. Des posters de Mick Jagger et de Sting pour Joaney, des photographies noir et blanc de gares et de ponts traversant de pâles rivières, un châle mexicain rayé, des plantes et des livres pour Claudia.

Joaney, qui semblait n'être jamais à cours d'argent, était contente de partager sa chambre avec Claudia. Son réfrigérateur était toujours plein de Coca light et de yaourts, ce qui expliquait les hanches de serpent, et elle achetait ses cigarettes à la tonne. Elle fumait tant que la pièce s'emplissait d'un brouillard âcre, si bien que Claudia se mit à fumer elle aussi, par réflexe d'autodéfense.

– Il faut faire quelque chose, tu t'habilles comme un pied. Tu ferais mieux de brûler cette jupe, ou d'en faire une housse à coussin, dit Joaney quelques semaines plus tard après l'avoir vue la porter indéfiniment. Les jeans, ça va. Enfin, ils sont un peu trop propres, si tu vois ce que je veux dire. Mais, cette jupe, quelle horreur! On dirait une gamine de douze ans!

– Ecoute, Joaney, ce n'est qu'une jupe et je n'ai pas les moyens de la remplacer. Et c'est le seul jean décent que...

– Eh bien, voyons les indécents! s'exclama Joaney enthousiaste.

Claudia la foudroya du regard.

– Je les ai laissés à la maison pour faire des travaux. C'est tout ce que j'ai. Et il faut que je m'achète un pantalon noir pour mon travail de serveuse, alors c'est impossible.

— Arrête avec tes « c'est impossible! » Je savais bien que c'était la devise du Texas! Tiens, enfile ça. Oui, je sais, je suis beaucoup plus grande que toi mais on pourra peut-être...

Joaney se tut en voyant Claudia enfiler un de ses pantalons en lycra dans lequel elle ressemblait à un bébé éléphant avec de la peau en trop.

— Pas terrible. Quelle taille tu fais? Du dix ans?

Il y eut un moment de silence pendant lequel Joaney réfléchit au problème.

— Bon, j'ai une idée. Il y a une boutique de vêtements d'occasion au Village, tout près de Bleecker Street, et comme personne n'a ta taille, tu feras sans doute des affaires. Tu pourras y acheter ton pantalon noir, et peut-être quelque chose de plus sympa. Et je parie qu'on pourra se débarrasser de ta jupe, dit-elle d'un ton passionné. Allez, on y va!

Joaney lui laissa à peine le temps d'enfiler son jean avant de l'attirer vers la porte et de l'entraîner vers leurs bicyclettes soigneusement attachées en bas de l'escalier.

Elles allèrent au Village, en passant par la 8ᵉ Avenue jusqu'à Douglas Circus et traversèrent Central Parc, Joaney sur son luxueux vélo de course, Claudia sur sa vieille bicyclette qu'elle avait achetée à Judson et peinte en noir avant de partir. Elle avait fixé un panier d'osier à l'avant, Hank lui avait réparé et gonflé les pneus et, dans le soleil d'automne et les lueurs ambrées et bronze qui défilaient, les cheveux au vent, elle se sentait incroyablement libre. Finalement, elle comprenait pourquoi les gens aimaient New York. Elle inspira profondément.

— Qu'est-ce que tu fais, samedi? cria Joaney, et Claudia sourit, glorieuse, les joues rouges à cause de l'exercice, les yeux étincelants.

Joaney s'approcha et fut surprise par la beauté inattendue de son amie.

— Je travaille chez Succi de 11 heures à 16 heures, et de 18 heures à minuit! Super, non? dit Claudia en riant.

— Mais tu vas te tuer à la tâche! Fais donc un emprunt. Tu rembourseras à la fin de tes études.

Mais Claudia se souvenait du conseil de Bo, le dernier ou presque qu'il lui ait donné avant qu'elle ne l'eût délibérément exclu de sa vie. Elle regarda Joaney, mais son sourire se figea.

— Facile à dire quand on n'a pas à le rembourser. Et puis, je ne veux pas avoir de handicaps pour commencer. D'ailleurs, je ne resterai qu'un an ou deux à New York. Ensuite, je retournerai à Hongkong.

Et vers Harry, pensa-t-elle, tout excitée à cette pensée. Même s'il était lointain, elle avait un but auquel elle parviendrait. Elles passèrent devant le Reservoir, le lac artificiel du parc, aux eaux noires agitées par le vent froid.

— Hongkong! J'aurais parié que tu avais un bel hidalgo dans ton patelin qui attendait avec impatience le moment de te serrer dans ses bras, de te faire des gosses et de semer du grain avec toi. Hongkong!

— Eh bien, non. Et il n'y en aura jamais parce que cela ne m'intéresse pas, ni les bébés, ni le grain, ni les types de la campagne. Je veux aller de l'avant, devenir moi-même, ce sera mon argent, ma carrière et c'est à moi de décider, pas à un bonhomme, s'exclama fièrement Claudia dressée sur ses pédales en dépassant Joaney qui continuait à rouler tranquillement dans son sillage et à éviter les joggers de fin d'après-midi, qui couraient autour du Reservoir.

Mais qui avait pu faire autant de mal à Claudia? se demanda-t-elle. Comment s'appelait-il?

La boutique se trouvait dans une ruelle pavée et humide qui étincelait dans la lumière ambrée du néon d'un bar. L'odeur de café fraîchement moulu embaumait l'air, et une petite boulangerie diffusait ses arômes dans l'air moite. Bruyants, excentriques, les passants étaient un spectacle en eux-mêmes : acteurs, artistes, punks, clochards... un vrai mélange. Abasourdie, n'ayant jamais cru qu'un tel endroit pouvait exister à Manhattan, Claudia hocha la tête.

La boutique en elle-même était une réussite. Elle offrait des vêtements pour cinquante cents et beaucoup de choix. Les filles essayèrent des chemises et des pantalons, des jupes longues, des robes des années 50, des tenues de soirée et des centaines de paires de chaussures. Claudia trouva finalement le pantalon noir dont elle avait besoin, plus élégant qu'elle ne l'avait espéré, un vieux jean délavé et un peu usé, qu'elle serrait avec une large ceinture de cuir brun, une chemise de lin blanc, un chemisier de soie vert émeraude et enfin un blouson de cuir qui avait sérieusement besoin de réparations.

— Splendide! Bon, attends qu'on revienne à la maison, on va s'occuper de tes cheveux. Et tiens-moi ça une seconde, s'il te plaît.

Joaney empila ses propres trésors dans sa sacoche : une veste de velours et de brocart or, et des bottines noires.

131

– Bon, on va bien voir ce que ce salaud va faire, ajouta-t-elle presque dans un souffle.

– Quel salaud?

– Mick la Trique, dit-elle, énigmatique, avant de monter sur sa bicyclette. Dépêche-toi.

Elle disparut immédiatement et Claudia dut pédaler furieusement sur les détritus mouillés, parmi les couleurs étincelantes et les parfums du marché aux fleurs. Pour la rattraper, elle passa devant la vitrine tentatrice de Macy's et traversa l'agitation qui régnait autour du magasin de vêtements.

Le vendredi soir, Claudia devait être au restaurant Succi, sur Broadway, vers 18 heures. Mais, jusqu'à 17 h 30, elle s'amusa à essayer ses nouveaux vêtements, à mettre des bijoux et à se maquiller légèrement sous le regard de Joaney. Elle était surprise du reflet renvoyé par le miroir de la porte du placard.

– Tiens, mets ces bottes. Ne sois pas stupide, nous faisons la même pointure au moins?

– Ce qui signifie que j'ai de grands pieds pour ma taille de nain? demanda Claudia en comparant ses longs pieds osseux avec les jolis pieds de sa camarade.

– Exact. Prends-le comme tu veux! Regarde! Tu vois, avec quelques centimètres de plus. Bon, si tu lâchais tes cheveux. Enfin, tu ne vas pas te transformer en pute en une nuit! Tu vois?

Effectivement, les cheveux bruns qui paraissaient si ternes, retombaient en boucles brillantes, couleur d'acajou et de noyer, avec une patine digne du meilleur artisan. Ils descendaient jusqu'aux épaules, et l'or de la chevelure se mêlait à la lueur dorée des boucles d'oreilles.

– Un peu de rouge à lèvres cerise et de mascara, et Claudia est méconnaissable. Tu les feras tomber comme des mouches, dit Joaney, en contemplant la jeune fille en jean délavé et chemise de lin blanc, avec une veste de cuir négligemment, mais savamment, jetée sur les épaules par Joaney en personne, et ses bottines qui la grandissaient et lui donnaient... oui, de la présence. (Tiens, tiens, mieux vaudrait se méfier, sinon, cette fille risquerait de lui chiper ses mecs. Au fait, cela lui rappelait...) Alors qui est-ce? dit Joaney en enfilant un bracelet doré sur le poignet de Claudia et en la sentant se rétracter.

– Qui? demanda Claudia en se retournant pour examiner son pantalon noir et en ôter une poussière.

– Celui qui t'a fait haïr les hommes, dit Joaney d'un ton d'une patience excédante.

132

– Mon Dieu, ne sois pas si mélodramatique, Joaney. Je ne hais pas les hommes. Je n'ai pas beaucoup de respect pour eux, pas après ce qu'a fait mon père, et je m'en passe fort bien.

– Un nom, et arrête de tergiverser.

– Oh, en fait, rien, un type que je prenais pour un ami, et qui commençait à compter quand je me suis aperçue que c'était un salopard. Le genre de mauvaise surprise qui rend méfiante, c'est tout.

– Qu'est-ce qu'il a fait ? Il a essayé de te baiser ? dit Joaney en s'asseyant sur le lit et en ouvrant une boîte de Coca light, qu'elle offrit calmement à Claudia.

Claudia rougit et hocha la tête.

– Non, non, ce n'est pas cela. C'est à propos de lui et de quelqu'un d'autre... j'ai entendu une histoire un peu sordide.

– Tu as entendu ? Et comment sais-tu si c'est vrai ? Tu ne m'as pas l'air complètement stupide, et si tu trouves que c'est un type bien, c'est un peu injuste de le traiter de salopard parce qu'on t'a raconté une histoire. Ce ne sont peut-être que des mensonges.

Claudia haussa les épaules.

– Je ne peux pas en être vraiment sûre, mais je ne peux pas me permettre de prendre le risque. C'est un peu délicat. C'est très personnel et cela touche quelqu'un qui m'est proche. Il est peut-être innocent, mais je dois supposer le pire. Et puis, de toute façon, c'est un sacré dragueur. Les filles défilent les unes après les autres.

– Ah, et tu as une sœur, je crois ? (Claudia devint écarlate.) C'est elle qui t'a raconté des trucs ? C'est ça ?

A contrecœur, Claudia hocha la tête.

– Les sœurs peuvent être aussi menteuses et aussi garces que les autres. Peut-être plus. Et la tienne ?

Claudia resta silencieuse, se demandant si elle avait été injuste avec Bo et si... Cette pensée était insupportable. Au début, quand elle l'avait repoussé, il avait paru stupéfait, blessé, et ensuite en colère, à tel point qu'il tournait la tête quand il la voyait, le visage crispé et fermé. Mon Dieu !

– Ecoute ! dit Joaney, exaspérée par le silence de Claudia. Pourquoi ne lui écris-tu pas pour lui poser la question ? Il a au moins le droit de savoir ce qu'on raconte sur lui, tu ne crois pas ?

– C'est impossible, dit Claudia, en se tenant la tête. Ma sœur l'accuse d'être le père de son bébé. Personne ne l'avait jamais su, c'est quand nous avons commencé à être plus intimes, Bo et moi, qu'elle me l'a dit. Elle prétend qu'il a refusé de reconnaître l'enfant et qu'elle m'a prévenue pour mon bien.

Ça, c'était à mourir de rire! Peggy n'avait jamais rien fait pour le bien de personne. Mais il n'y avait rien d'impossible, les dates coïncidaient.

— Je vois! C'est la merde!

Joaney hésita un moment. Bo! Quel nom! On croirait un personnage tout droit sorti d'*Autant en emporte le vent*.

— Je crois quand même qu'il a le droit de se défendre. Peut-être qu'il niera alors que c'est vrai quand même, mais si c'était un mensonge?

— Alors, j'aurais perdu un ami.

Un autre ami, corrigea-t-elle silencieusement en pensant à Harry et en se demandant si Mark allait effectivement essayer de le retrouver, comme il l'avait promis. Harry et Bo... le jour et la nuit.

— Mais c'est déjà fait. Alors, ce n'est pas la peine, si? ajouta Claudia en se levant et en mettant le pantalon noir dans son sac.

Elle se changerait au restaurant, comme les autres. Dans la rue, elle n'avait aucune raison de ressembler à une serveuse.

— Et Mick la Trique? Qui est-ce? demanda négligemment Claudia.

Joaney se leva et alla se regarder dans le miroir.

— Mon type marié, voilà qui c'est. Michael Glendinning, l'Anglais le plus séduisant que tu aies jamais vu. Il est à New York pour affaires, pendant deux ans, et sa petite madame a décidé de rester en Angleterre avec les enfants. Alors, pourquoi pas? Mais c'est un vrai salaud. Il me fait poireauter pendant des heures, il oublie d'annuler les rendez-vous, il claque des doigts et j'arrive en courant! Un vrai macho. C'est pour ça que mon frère Jason l'appelle comme ça, Mick la Trique. Il le hait.

— Je ne le lui reproche pas. Pourquoi acceptes-tu tout ça?

Claudia avait du mal à imaginer la flamboyante Joaney si docile dans une relation.

— Je n'accepte pas toujours. Je lui fais des scènes, je hurle, les voisins se plaignent, et il m'envoie des douzaines de roses, et je lui pardonne. C'est toujours la même histoire. Mais je l'aime, alors qu'est-ce que je peux y faire?

Elle enfila sa nouvelle veste de velours et admira l'effet qu'elle produisait avec ses jambes moulées de noir. Claudia aussi était admirative.

– Mais il rentrera chez lui un jour, et après où cela te mènera-t-il?

– Là où je suis, dans la merde! dit Joaney en haussant les épaules, mais avec une lueur craintive dans les yeux.

Voilà où on en arrivait avec les hommes, se dit intérieurement Claudia.

– Je ne comprends pas, je croyais que tu venais d'arriver à New York?

– Oh, non! s'exclama Joaney en se tournant vers Claudia. Mes parents habitent dans une maison d'East Side, vers la 70ᵉ Rue. En fait, on vient de Boston, mais papa a dû travailler ici, alors on vit à New York et on retourne dans le Massachusetts pour les vacances. Je ne pourrais jamais quitter New York. J'en mourrais d'ennui.

On frappa à la porte et les filles sursautèrent.

– Hé, Joaney? Tu es là? Ouvre, c'est moi, Jason. Dépêche-toi! Il a déjà fallu que je me débarrasse du cerbère d'en bas, et il y a un tas de filles qui me regardent comme si j'étais un gros lézard...

Il s'interrompit, car une fille inconnue était venue lui ouvrir la porte.

– Oh, je me suis trompé de chambre...

De taille moyenne, les cheveux bruns, les épaules larges, bronzé, il portait un costume d'une coupe impeccable et avait l'air de toujours obtenir ce qu'il voulait. La plupart des femmes l'auraient trouvé séduisant. Claudia se contenta de sourire.

– Non, Joaney est ici. Je suis Claudia. Nous partageons une sorte de suite ensemble.

– Suite, ça m'a l'air d'être un peu exagéré. Je m'appelle Jason.

– Le lézard, ajouta rapidement Joaney en passant devant Claudia pour embrasser son frère et le faire entrer.

– Ce n'est pas juste. J'ai simplement dit qu'elles avaient l'air de me prendre pour un lézard. Comment arrives-tu à vivre dans ce trou, ma petite Joaney?

– Je suis en incubation. Je te présente Claudia, que tu connais déjà. Elle, elle n'en est même pas là. Elle hiberne!

– Ah bon? C'est pour cela que je n'ai pas réussi à avoir votre numéro de téléphone et que j'ai dû faire tout le chemin en personne. Alors, si cela ne vous dérangeait pas de me le donner...

Il était ouvertement sarcastique. Claudia détourna le regard.

– Le numéro est sur l'appareil. Sers-toi.

Joaney jeta un coup d'œil sur sa montre avant de regarder Claudia.

— Mieux vaudrait y aller maintenant, sinon ton directeur va être furieux. Allez, dis au revoir à Jason, dit-elle, d'un ton badin qui intrigua légèrement Claudia.

Jason semblait avoir l'habitude.

— Au revoir, Jason, dit-elle, obéissante.

— Au revoir, Claudia. J'espère qu'on se reverra bientôt.

Il lui tendit la main et se pencha légèrement, portant son sourire au niveau de ses yeux. Sa peau formait des rides charmantes, et il avait des dents blanches, brillantes et bien polies. Comme lui. Claudia attrapa son sac, le jeta sur son épaule et lui serra brièvement la main.

— Oui, j'espère. Amusez-vous bien tous les deux. Au revoir.

Elle partit, ses cheveux volant derrière elle.

— Et pourquoi cette vacherie, ma chère Joaney? demanda Jason, en levant les sourcils.

— Parce qu'elle est trop gentille et trop innocente pour des mecs comme toi. Une petite fleur du Sud. Je préférerais la voir partir pour la traite des blanches plutôt que de te laisser t'approcher d'elle.

— A t'entendre, on dirait que j'ai séduit la moitié de Manhattan, se plaignit-il en s'asseyant sur le lit de Claudia.

Il prit l'oreiller et s'enterra le nez dans la douceur du parfum qu'il respira profondément.

— T'as fait pire que ça!

— Pas encore, mais j'y travaille. A propos, notre chère maman a organisé un cocktail pour moi et mes amis. J'ai pensé que cela te ferait plaisir de venir. Amène Mick la Trique si tu ne peux pas t'en empêcher, mais n'oublie surtout pas d'inviter la jolie fleur du Sud. Jeudi prochain.

Il reposa l'oreiller.

— Super. Cela me fera plaisir de retourner à la civilisation. Ne serait-ce que pour quelques heures. Ici, je commence à apprécier les salles de bains et les salons privés. Maman serait contente. Elle qui se trouvait maligne de s'être débarrassée de moi comme ça, dit-elle en riant.

En la regardant, Jason pensa que oui, c'en était fini, la rébellion ne durerait plus bien longtemps.

— Cela signifie que tu reviendras à la maison l'an prochain?

— Ah, non! Sûrement pas! Je prendrai un appartement. De préférence un loft, et je m'y installerai avec la petite fleur du

Sud et je paierai avec ma rente. J'aurai vingt et un ans, l'été prochain, dit-elle avec un charmant sourire.

— Ah, toujours à la traîne! Comment tu fais pour t'entourer de bébés pareils?

— Ah! c'est malin! Il faut que je me sorte de là. Et le plus drôle, c'est que cela m'amuse. C'est appréciable de s'apercevoir qu'on a quelque chose dans la cervelle et qu'on s'en sert. D'ailleurs, Claudia est peut-être jeune, mais elle a beaucoup de maturité. Et puis, elle en veut aux hommes, alors tu n'as pas la moindre chance, bourreau des cœurs, dit Joaney en riant et en passant la main dans les cheveux de son frère, à sa grande colère.

— Ah, oui, tu veux parier? dit Jason en se levant et en remettant ses cheveux en place.

— Non! cria Joaney qui ne s'amusait plus du tout. Tu la laisses tranquille, d'accord? Et emmène-moi dîner quelque part, OK? Je mangerai bien quelque chose, pour une fois.

Il y avait une note plaintive dans sa voix que Jason perçut avec une sinistre satisfaction.

— Non, impossible. Il y a une Petula affamée qui m'attend. Je suis juste passé dire bonjour en coup de vent. Je vais me faire arracher les yeux si je reste une minute de plus. A moins que tu ne veuilles passer toute la soirée sur ses genoux?

Il sourit, sachant pertinemment qu'elle avait gardé sa soirée libre dans l'espoir que Michael Glendinning appellerait. Quelle idiote! Eh bien, quelques soirées solitaires dans un trou à rat la feraient peut-être réfléchir. Elle pouvait trouver mieux, et il ne supportait pas que sa sœur se déprécie de cette façon.

— Joaney, n'oublie pas pour jeudi! Au revoir.

Il embrassa sa sœur sur la joue, et quitta la pièce qui semblait plus minable et plus triste en son absence. De rage, Joaney donna un coup de pied dans le lit.

14

Hongkong
1979

Mark se tourna dans son lit et s'enroula dans le drap avant de tendre le bras vers le cendrier. Il faisait bon dans la pièce, sous le ventilateur qui fonctionnait lentement et diffusait une brise légère. Silvia ne se réveilla pas et il s'arrêta un instant pour admirer le corps nu, le long dos, les courbes harmonieuses des fesses, la ligne gracieuse des jambes qui finissaient par un cercle de marguerites noires autour de l'une de ses chevilles, ce qui était d'un charme inouï. Son tatouage. Il sourit, se souvenant du scandale qu'elle avait provoqué lorsqu'elle se l'était fait faire.

Ses cheveux noirs retombaient en cascade, petites boucles tremblotantes sur la peau dorée, qui se soulevait et retombait doucement. Il reposa le cendrier, effleura du pouce le creux des reins et embrassa la douce courbe du sein aplati sous le bras. Il la retourna, l'attira dans ses bras et se blottit dans le nuage de cheveux noirs, là où son parfum était le plus envoûtant. Silvia murmura dans son sommeil.

— Il est tard, Silvia, chuchota-t-il.

Elle s'écarta de lui, se tortillant pour se réfugier sous les couvertures.

— Ce n'est pas une blague, il est tard, dit-il en riant. Il est presque 1 heure du matin, tes parents vont se demander où tu es passée. Autant garder le secret, non?

Ensommeillée, elle cligna les paupières et ouvrit ses pâles yeux verts.

– On n'a qu'à dire qu'on est tombés en panne.

– Pas deux fois. Ils étaient déjà assez soupçonneux la première. Allez, ma chérie, lève-toi.

Il la tira vers le côté du lit, la souleva et maladroitement lui enfila sa chemise et sa jupe. Elle restait souple dans ses bras. Il lui fourra ses sous-vêtements dans la poche de sa veste et la laissa se reposer sur le lit pendant que lui-même s'habillait. Puis, malgré ses protestations, il la conduisit à sa voiture.

Ce fut sur le chemin du retour, après avoir déposé Silvia, qu'il se rendit compte d'un malaise. Dans l'air nocturne parfaitement immobile et limpide, débarrassé de la brume qui enveloppe généralement les terres à cette heure, il avait repéré les phares qui avaient tourné le long de Magazine Gap Road et l'avaient suivi jusque chez lui sans dévier. Il se gara dans la cour sombre de son immeuble et regarda derrière lui. La voiture approcha, hésitante au début, puis, comme si le chauffeur l'avait soudain reconnu, elle vint s'arrêter derrière la sienne.

Pourtant, au lieu d'être inquiet, Mark était plutôt énervé et intrigué d'avoir été suivi si délibérément. Et pour quoi? Vol? Il n'avait pas grand-chose.

Deux hommes sortirent du véhicule. Pendant un instant, le chauffeur, grand et bien bâti, au visage agréable et ouvert, lui sembla étrangement familier, réveillant un vieux souvenir fugitif qui disparut presque aussitôt. Le second semblait offrir un contraste parfait : de taille moyenne pour un Chinois, il était trapu et musclé, avec de grands pieds et des bras presque courbes. Il avait le visage parcheminé et rugueux, comme celui d'un paysan, mais ses yeux vifs semblaient intelligents. Mark commença à prendre peur.

– Qu'est-ce qui se passe? Qu'est-ce que vous voulez? demanda-t-il dans un cantonais agressif avant qu'ils aient pu parler.

Les hommes sourirent, et le plus petit des deux fit des signes au plus grand.

– Alors, tu avais raison, dit Yee Fong Lo en hakka. Un accent parfait. On le prendrait pour un Cantonais bien éduqué. Il ne te reconnaît pas?

Il regardait Mark avec grand intérêt. Harry haussa les épaules et répondit dans le même dialecte.

– Tu vois bien. D'ailleurs, c'est normal. Cela fait des années, et j'ai pas mal grandi depuis.

Il avala sa salive car Yee lui avait lancé un regard furieux.

Mark ne comprenait pas le hakka mais se rendait compte qu'on parlait de lui. Son irritation et sa frayeur augmentaient. Ils le connaissaient d'une certaine façon, il le sentait. Il répéta sa question.

– Qu'est-ce que vous voulez? Qui êtes-vous? Pourquoi m'avez-vous suivi?

Il observait Harry, essayant de se rappeler ce visage qui ressemblait vaguement à une image enfuie dans son passé.

– Nous sommes venus vous proposer une affaire, dit Yee s'adressant enfin à Mark, exhibant toute la laideur de sa poitrine en forme de barrique.

Mark hocha la tête, envahi par la peur, ne voulant pas en entendre plus.

– Je ne traite pas d'affaires à 2 heures du matin. Et je ne traite pas d'affaires avec des inconnus.

Il se serait immédiatement éloigné mais Harry lui bloqua le passage si rapidement qu'il n'eut d'autre choix que de négocier.

– Qu'est-ce qu'il y a? explosa-t-il, le visage luisant de sueur dans la lumière du lampadaire.

– Vous avez des habitudes bien onéreuses, monsieur Babcock, n'est-ce pas? dit Yee après une longue pause en indiquant la voiture de sport garée dans l'allée. Mais vous n'en avez pas vraiment les moyens. Un homme qui doit entretenir une jolie jeune fille de bonne famille, qui fréquente la meilleure société de Hongkong, qui a des frais, alors qu'il passe tout son temps à l'université, qui a des besoins... de distractions auxquelles on s'habitue vite... (Un haussement d'épaules trahit le dilemme que vivait Mark.) Nous, par contre, nous avons beaucoup d'argent à donner à ceux qui nous rendent de petits services. Des choses que nous ne pouvons pas obtenir nous-mêmes. Pouvons-nous monter pour en discuter plus longuement?

Il sourit, mais ce geste vide ne signifiait rien.

– Et si je refuse? demanda Mark, soudain torturé d'incertitude devant ce sourire implacable et ces yeux d'un noir de pierre.

– En fait, monsieur Babcock, vous ne pouvez pas vous permettre de refuser. Vous voyez, nous en savons trop sur vous. Nous savons ce dont nous pourrions vous priver. Après tout, les petits dealers sont à notre solde.

Un autre sourire, un regard vers Harry qui semblait indifférent. Le sourire s'élargit, illuminé d'un savoir qui était refusé à Mark.

– Ce serait dommage que votre précieuse Silvia ait à souffrir de quelque façon. Des cicatrices sur ce beau visage peut-être, ou sur ce corps somptueux? Bien, je suis sûr que vous comprenez de quoi je parle. Hongkong est une ville très dangereuse.

Yee marqua une pause pour observer Mark. Son ton s'adoucit, et il sourit de nouveau.

– Voyons, n'ayez pas l'air si terrifié. Nous ne faisons que parler de conséquences fort improbables, au cas où vous ne vous montreriez pas raisonnable. Et puis, vous aurez beaucoup d'avantages à profiter de notre amitié. Venez, montons, nous en parlerons en gentlemen. Il n'y a rien de si terrible, je vous le promets.

Il désigna l'immeuble. Mort de peur et de colère, Mark chercha une planche de salut autour de lui. Mais Harry s'était approché et, cherchant à gagner du temps, Mark prit la direction demandée, tout en réfléchissant au moyen de se sortir de cette situation.

– Tu vois, il est très influençable. Il deviendra très fiable avec le temps, murmura Harry à Yee en hakka. Pas besoin de lui faire du mal, ni à lui, ni à la fille. Il fera ce que tu dis, il trouvera ça facile et lucratif, il en voudra de plus en plus...

– Et maintenant, je suis censé te laisser partir? Avec tout ce que tu sais? C'est ça, Harry?

Yee le regarda en levant ses épaisses paupières de tortue.

– Comment puis-je te faire confiance?

– De toute façon, tu ne me fais pas confiance. Alors, laisse-moi m'en aller une fois pour toutes, dit Harry obstinément. Je t'ai offert une solution de rechange, et il y a un tas de gens pour me remplacer. Je ne trahirai jamais mes frères.

Il passa la langue sur ses lèvres, mais se sentit immédiatement furieux d'avoir ainsi montré sa nervosité.

– Personne ne te remplacera jamais, Harry, dit Yee en souriant, et les rides de son visage, désagréables sur quelqu'un de si jeune, se creusèrent encore.

Harry trembla.

– Il faudra bien, murmura-t-il, mais Yee s'était déjà éloigné.

New York
– Mais si, ce sera drôle, Claudia. On va te trouver une tenue correcte et tu t'amuseras bien. Je ne sais pas ce qui te rend si inquiète. Je croyais que c'était exactement ce dont tu avais envie, dit Joaney, exaspérée.

Pour la troisième fois, avec un air obstiné, la bouche pincée et le nez plongé dans un livre, sans offrir la moindre explication, Claudia venait de lui dire qu'elle n'irait pas à la soirée de Jason. En vain, Joaney attendit une réponse.

— Tu caches un terrible secret qui t'empêche d'assister à des soirées chics? Comment peux-tu être si sûre que cela ne te plaira pas puisque tu n'y es jamais allée? Mon Dieu, donnez-moi de la patience, s'exclama Joaney, répétant sans s'en apercevoir l'une des expressions favorites de sa mère.

— Je vais me ridiculiser. Je ne sais pas papoter avec les gens, je ne sais pas comment me comporter en société. J'ai un accent du Sud et je n'ai rien à me mettre! Ça te suffit?

Elle se replongea dans son livre, regrettant de ne pouvoir y aller, regrettant de ne pas savoir se montrer brillante, distinguée, sûre d'elle, comme elle avait toujours rêvé de l'être. Hélas!

— Oh, mon Dieu! Bon, prenons les choses une par une. Tu arrives bien à papoter avec moi, non? Alors qu'est-ce que ça change avec les autres? Ils sont comme nous, ils racontent les mêmes bêtises. Je ne vois pas la différence.

Et quant à la manière de se conduire dans une soirée, c'est simple. Tu dis bonjour à la maîtresse et au maître de maison, tu restes près de moi, tu prends un verre, une coupe de champagne sur le plateau que le serveur te présente, et tu bavardes.

De temps en temps, tu t'approches du buffet, tu prends un pic et tu avales une délicieuse petite cochonnerie, tu reposes le pic dans un cendrier et tu souris à tous ceux qui te regardent. C'est tout. Je resterai près de toi tout le temps, et si tu n'as rien à dire, je parlerai à ta place. Et les gens vont adorer ton accent sirupeux et sexy! Alors, où est le problème?

— Les fringues, dit Claudia, morose.

— Au Village! dit Joaney en penchant la tête. A moins que tu sois trop froussarde pour essayer?

— Je ne peux pas me le permettre après l'expédition de la dernière fois.

— C'est moi qui régale. C'est ma soirée, et c'est moi qui te force à y aller, alors les frais sont pour moi. Il n'y a pas à discuter. Tu viens à cette soirée, même si c'est la dernière chose que j'arrive à te faire faire. Tu vas apprendre à te sentir à l'aise avec les gens que tu dois connaître si tu veux travailler dans l'édition, et tu vas apprendre à apprécier la bonne société, parce que je n'ai pas la moindre intention de vivre avec une snob qui s'ignore et qui cherche la bagarre. Pigé?

142

La bouche de Joaney dessinait une ligne morose que Claudia sut percevoir, si bien qu'elle céda. Bon, elle se ridiculiserait. Ce n'était qu'une soirée, cela ne valait pas la peine de perdre l'amitié de Joaney.

— Pigé, répondit-elle, et Joaney sourit.

— Michael viendra aussi, dit-elle d'un air indifférent, mais Claudia écarquilla les yeux.

L'homme marié fugitif n'avait pas donné signe de vie ces dernières semaines, à part quelques coups de téléphone, tard dans la nuit. Invariablement, Joaney se levait, s'habillait et disparaissait. Claudia la regardait à travers ses paupières à demi closes, et se répétait encore et encore que les hommes ne faisaient que perturber la vie des femmes et qu'elle n'avait pas besoin d'eux.

— Et tes parents, ils sont d'accord?

— Pas vraiment, mais ils ne savent pas tout. Ils croient que nous sommes simplement amis, ou plutôt ils font semblant de le croire. Ils seront polis.

— Et Jason?

— C'est lui qui l'a invité. Pourquoi ne serait-il pas poli?

— Parce que tu dis qu'il déteste Mick la Trique, voilà pourquoi. Ne sois pas naïve, Joaney. Pourquoi a-t-il invité ton copain puisqu'il le déteste?

Joaney marqua une pause.

— Je ne sais pas, avoua-t-elle enfin. Je me le demande. Mais il est trop tard maintenant. Cela fait des siècles que Michael a envie d'être invité à une des grandes soirées de mes parents, et je ne peux pas faire machine arrière.

— Oui, effectivement. Ton frère a sans doute dit ça pour te faire plaisir, et il a l'intention d'ignorer Michael pendant toute la soirée. Ça doit être ça, non?

— Jason n'a jamais rien fait pour me faire plaisir de toute sa vie, dit Joaney sèchement. Merde! Je commence à m'inquiéter. J'ai peur que Jason ne fasse quelque chose d'impardonnable.

— Quoi par exemple?

— Je ne sais pas. Le problème, c'est qu'on ne sait jamais avec lui...

Claudia ne fut prête qu'à 18 h 30, et Joaney fouillait toujours parmi ses vêtements, essayant différentes vestes, changeant de bijoux, remontant ses cheveux, les relâchant, alors que Claudia attendait en fumant, assise sur le lit. Normalement, le jeudi n'était pas son jour de repos, mais elle avait changé avec une autre fille, et, dans ses nouveaux habits, elle buvait un grand verre de vin pour se donner du courage et fumait énormément. Mais pourquoi avait-elle accepté? Pourquoi?

Elle se leva et se contempla dans le miroir, admirant le drapé de laine ivoire, fin comme la soie, resserré à la taille par une large ceinture de cuir, sur une jupe fendue qui laissait entrevoir une longue jambe. Elle était encore assez bronzée pour que sa peau soit mise en valeur, et la chaîne en or et les perles aux oreilles sous les cheveux libres lui donnaient une touche sophistiquée et rassurante. Elle était belle, mais quelle attitude adopter?

— Flûte, je mets ce qui me plaît, j'en ai assez d'essayer de trouver quelque chose de correct. Tu crois que ça va? dit Joaney en se tournant dans la veste de velours et de brocart et le pantalon moulant qui leur plaisait tant quelques jours plus tôt.

Beaucoup plus sexy et stylé que sa propre tenue, pensa Claudia en soupirant, mais Joaney avait assez de confiance en elle pour la porter.

— C'est fantastique, mais tu devrais remonter tes cheveux, comme la dernière fois, avec les grandes boucles d'oreilles créoles. Oui, comme ça, c'est parfait.

Elles se sourirent et burent une grande gorgée de vin.

— Bon, on y va alors.

Il y avait déjà beaucoup de monde à leur arrivée. Claudia resta bouche bée devant l'immense maison de la 73ᵉ Rue Est, dont les quatre étages s'élevaient dans l'obscurité de velours, avec les lumières qui se déversaient des balcons aux fenêtres ouvertes, où des lierres sombres et brillants et des fleurs à pétales blancs se détachaient contre la brique. Des accents des *Quatre Saisons* de Vivaldi mêlés au brouhaha des conversations les accueillirent devant le portail d'un vert immaculé au lourd heurtoir de cuivre. Elles se sourirent nerveusement.

Claudia admirait la beauté imposante de la maison et l'élégance parfaite des passants. C'est comme ça qu'elle avait toujours rêvé de vivre, s'efforçait-elle de se rappeler, luttant contre son envie de fuir : aller à des soirées chics et échanger des mots d'esprit avec des gens de la haute société. On lui donnait sa chance. Ce n'était pas le moment de piquer une crise de nerfs. Elle inspira profondément et se tourna vers Joaney qui se plaignait du froid et du vent qui soufflait dans la rue.

144

Une femme d'âge mûr en tablier blanc immaculé sur une robe rayée grise finit par ouvrir la porte et sourit à Joaney.

– Oh, miss Joan, comme je suis contente de vous voir! Mme Hewitt ne nous avait pas dit que vous veniez. Comment va la fac? Oh, je suis vraiment contente.

Elle fit un pas en arrière pour laisser entrer Joaney qui l'embrassa rapidement sur la joue et lui mit son manteau sur le bras.

– Bonjour, Prudey, je suis contente de vous voir aussi. La fac me plaît beaucoup, et je me demande pourquoi j'ai attendu si longtemps pour y aller. Oh, je vous présente mon amie, Claudia Babcock. Nous partageons la même chambre à Columbia. M. Glendinning est déjà arrivé?

Joaney laissa à peine le temps à Prudey de répondre oui avant d'entraîner Claudia, qui essayait toujours de serrer la main de la gouvernante et d'enlever son manteau en même temps. Prudey ferma la porte derrière elles.

– Tu n'as pas à serrer la main à Prudey. Tu fais un sourire et tu dis quelques mots, c'est tout, d'accord? murmura Joaney, d'une voix autoritaire.

Désemparée, Claudia ravala sa salive. Mon Dieu, elle avait déjà fait une gaffe? Elle était si préoccupée par ce désastre social qu'elle n'eut pas le temps de remarquer la foule élégante déambulant dans les pièces en enfilade. Le décor était typique de la côte Est, avec des lambris de noyer, du papier peint à motif chinois, des miroirs dorés, des lampes en porcelaine chinoise, des tapis orientaux et des antiquités. Claudia avançait derrière Joaney sans rien voir.

– Là, près de la porte, ce sont mes parents, M. et Mme Hewitt, d'accord? On va aller leur dire bonjour, comme ça tu pourras te détendre un peu et t'occuper des hommes. Enfin, s'il y en a. On dirait qu'ils ont tous amené leur portable et leur téléphone sans fil! Ou pire, leur petit ami! Viens.

Joaney lui prit le bras et la guida dans son sillage.

– Joaney, ma chérie. Comme je suis contente! Mon Dieu, quelle tenue époustouflante! Très belle, ta veste, dit Mme Hewitt, tentant de contenir la colère que provoquait toujours la vue de Joaney et embrassant le vide de chaque côté des joues de sa fille.

Pour la première fois de la soirée, Claudia trouva une occasion de s'amuser. Elles se ressemblaient tant, tout en prétendant être le jour et la nuit!

145

Elle tenta de dissimuler son sourire, mais elle remarqua un homme aux tempes grisonnantes, au front haut, au visage buriné et aux yeux pâles comme en ont souvent les marins, qui l'observait d'un regard sagace. Il fit un clin d'œil.

— Papa! Salut! Alors, je t'ai manqué? Tu me fais un gros baiser?

Joaney passa devant sa mère pour aller se jeter dans les bras de son père qui l'enlaça chaleureusement.

— Bonjour, ma jolie, d'où sors-tu ce déguisement? Et ton amie?

Il avait une voix énergique et affectueuse. Joaney enroula le bras autour du sien et présenta Claudia.

— Maman, papa, voici Claudia Babcock, ma camarade de chambre à Columbia. Elle vient du Texas.

— Et toutes les jeunes filles du Texas ne sont-elles pas des beautés? dit M. Hewitt, d'un ton rhétorique, en tendant une main qui engloutit celle de Claudia comme un gant de baseball.

Il lui serra brièvement et légèrement la main et céda la place à sa femme.

— Enchantée, madame. Je vous remercie de m'avoir invitée ce soir, dit Claudia, le dos bien droit, le menton légèrement levé, essayant désespérément de paraître digne et pas trop servile.

Mme Hewitt rayonna.

— Oh, quel accent charmant. Et si polie! C'est une telle surprise de nos jours que les jeunes soient polis! Cela change agréablement. Comment allez-vous, Claudia? Cela se passe bien avec Joaney?

Claudia rougit légèrement et Joaney lui lança un regard moqueur.

— C'est une question piège, Claudia. On va voir si tu es diplomate, murmura-t-elle.

— Très bien, je vous remercie, madame Hewitt. Je ne sais pas ce que j'aurais fait sans Joaney pour me sortir, pour me dire où aller et où ne pas aller. Je viens d'une petite ville. Je me serais sans doute fait agresser dès le premier jour, sans elle.

— Mon Dieu! Une Joaney raisonnable qui donne des conseils raisonnables. C'est à ne pas y croire! dit Mme Hewitt avec un rire pointu en se tournant immédiatement vers une autre personne qui réclamait son attention.

M. Hewitt fit un nouveau clin d'œil.

— Je suis content de savoir que Joaney a une gentille camarade. Passez une bonne soirée, Claudia. Très heureux de vous avoir connue.

On ne la retint plus, et Joaney sourit malicieusement en l'attirant vers le bar.

— Bravo, la petite fleur du Sud. Maintenant, ils vont me fiche la paix pendant un moment. « Et si polie! », s'exclama-t-elle avant d'éclater de rire.

De nouveau, Claudia rougit.

— Mais qu'est-ce que tu voulais que je dise? Il fallait bien que je sois polie, ce sont tes parents, grommela-t-elle.

Joaney observa Claudia qui se tenait la tête inclinée, de manière exaspérante.

— Tu as été parfaite. Je ne te dispute pas. Allez, viens boire un verre et cesse de bouder. Tu sais que tu boudes souvent? Oh, Claudia! Regarde, avec la femme en rouge, l'homme au costume gris et à la cravate verte. C'est Michael.

Claudia se retourna et reçut un énorme choc. Non seulement l'homme que signalait Joaney ressemblait énormément à M. Hewitt mais, plus important pour Claudia, juste à côté de lui, se trouvait une silhouette familière dont la chevelure flamboyante jurait avec la robe rouge de la femme. Qu'est-ce qui avait bien pu amener Bo à New York? Et par quel hasard se trouvait-il à la soirée des Hewitt? Sans remarquer son regard désemparé, rassurante, Joaney la prit par le bras et lui dit rapidement :

— Je reviens dans une minute, mais il faut que j'aille le voir et que je donne un avertissement à cette vieille truie. Regarde comme elle lui fait de l'œil, et elle a au moins trente ans, cette vieille peau!

Et lui presque quarante, plus peut-être, pensa Claudia d'un air absent, mais charmant et bel homme. Elle voyait ce qu'il avait d'attirant.

— Complexe d'Œdipe, n'est-ce pas? dit une voix douce derrière son oreille.

Claudia reconnut Jason et haussa les épaules.

— A chacun son vice, c'est bien ce qu'on dit?

— Exact! Et le tien, Claudia? Qu'est-ce que c'est? Pas les hommes à ce qu'on raconte.

Jason souriait, mais ses mots cachaient une implication qui la fit tressaillir.

— Pas les femmes non plus, si c'est ce que tu veux dire. Moi, c'est le travail. C'est une vraie drogue.

147

Elle le regarda droit dans les yeux, lui interdisant de se moquer d'elle et mettant la silhouette qui se tenait derrière son épaule au défi de s'introduire dans ses pensées, de réduire à néant sa détermination.

– Oh, je ne le sais que trop. Mes amies se plaignent toutes que j'aime mieux mon travail qu'elles. Je suis content de rencontrer une femme qui me comprenne enfin, dit Jason, surpris et flatté par sa réponse.

Il regarda de nouveau cette jeune fille soignée, avec ces longues jambes minces, si séduisantes, ce qu'il appréciait par-dessus tout chez une femme. Son regard volontaire, éclairé par une étincelle d'intelligence, qui l'évaluait lui comme il l'évaluait elle, le fit frissonner de plaisir.

– Oui, nous passons trop vite sur terre, et c'est une honte de voir les gens gâcher la moitié de leur vie à des imbroglios amoureux qui leur prennent toute leur énergie. Je n'ai pas besoin de cela.

Il trouvait son accent traînant très séduisant à côté de la dureté de celui de New York.

– Des imbroglios amoureux ? C'est joliment dit. La plupart du temps, cela ne mérite pas ce nom, dit Jason, conscient de s'intéresser vraiment à une fille pour la première fois depuis longtemps.

Et très jeune en plus! Les plus jeunes étaient toujours influençables, malléables. Il aimait avoir quelqu'un à modeler.

– Qu'est-ce que vous étudiez? Joaney m'a dit que vous vouliez travailler dans l'édition?

Il la conduisit de l'autre côté de la pièce, loin de Joaney et du groupe de gens si intéressants qui les entouraient. Avec un pincement au cœur, Claudia se laissa entraîner.

Abasourdi de voir que la jeune fille aux cheveux noirs riait aux plaisanteries de l'homme qui était à côté d'elle – l'écolière devenue femme –, Bo essayait de se concentrer sur la conversation. Observant Claudia du coin de l'œil, il se sentait envahi par une colère terrifiante, un désir de jeter ses lunettes par terre, de hurler son dégoût, de bousculer les gens qui l'entouraient et d'aller arracher Claudia des griffes de ce trop beau jeune homme.

D'ailleurs, qu'est-ce qu'il fichait là, à échanger des politesses avec des gens dont il se moquait éperdument, à seule fin de trouver un boulot d'architecte dans le cabinet de son choix? On lui avait dit, venez avec nous ce soir, vous rencontrerez l'un de nos plus gros clients, John Hewitt, vous verrez si c'est le genre de vie qui vous convient. Il avait effectivement été impressionné et flatté par leurs attentions, jusqu'à ce qu'il eût reconnu Claudia et eût vu à quel point elle avait changé. Qu'éprouvait-il maintenant? Oh, mon Dieu!

— Joaney, je te présente Bo Haskill. Il est ici pour voir s'il veut travailler avec Purvis et Clinton. Un de leurs meilleurs éléments, d'après ce que John m'a dit. L'architecture, ce n'est pas mon fort. J'ai du mal à supporter les monstruosités qu'on construit aujourd'hui, mais Bo a une conception des choses entièrement nouvelle. N'est-ce pas, Bo?

Michael Glendinning avait un sourire aisé, des manières charmantes et Bo ne pouvait s'empêcher de l'aimer, car il n'était pas paternaliste.

— Non, pas vraiment, monsieur Glendinning.

— Michael.

— Michael, alors. Mon travail consiste surtout à faire revivre l'ancien style de ville ou mieux encore, à construire de nouvelles villes qui fonctionnent sur les mêmes principes que les anciennes.

Il sourit maladroitement à Joaney et comprit qu'une jeune fille peu sûre d'elle se cachait en fait sous ce regard ardent et cette expression boudeuse.

— Mais tout cela est très ennuyeux pour les gens qui ne sont pas du métier. Et puis, la question, c'est plutôt de savoir si Purvis et Clinton voudront bien de moi.

— Cela me surprend que quelqu'un accepte de soutenir ce genre de projet, dit Joaney en pensant : tiens, tiens, Bo, ça me dit quelque chose, mais quoi?

— Moi aussi d'ailleurs, mais Purvis et Clinton y semblent prêts, enfin ils me proposent un travail pour mon année de stage, avant que je passe mon diplôme.

Il but une gorgée de son verre, regrettant de ne pas avoir une boisson plus forte, qui lui brûlerait la gorge au lieu de pétiller gentiment. Il n'avait jamais été très amateur de champagne.

— Ah, vous êtes toujours à l'université alors? Je ne savais pas. D'où êtes-vous?

Joaney s'aperçut que Michael allait chercher un autre verre, mais elle était si impatiente de résoudre le mystère Bo qu'elle le laissa faire.

— Judson, Texas. Je pensais que vous auriez pu le deviner à mon accent, dit Bo en lui lançant son sourire dévastateur.

Ne t'approche pas de ce type, pensa Joaney, sinon, tu vas te faire électrocuter par l'intensité du courant. Elle le regarda avec un air intrigué.

– Bo, de Judson, Texas. Ah, mais oui. Je ne sais pas pourquoi je ne l'ai pas deviné car je vis avec une fille du Texas. Qui vous connaît, je crois. Claudia, cela vous dit quelque chose?

Le sourire s'évanouit, d'un coup tous les watts furent coupés.

– Oui, je l'ai connue. Comment va-t-elle?

– Bien, je crois. Todd lui manque beaucoup, et elle est un peu obsédée par un certain garçon, mais autrement, ça va. Elle se jette dans le travail comme si la vie allait s'arrêter demain. Un mécanisme de défense, j'imagine.

Le visage de Joaney avait une expression moqueuse et un air entendu qui ne plaisait pas du tout à Bo. Il prit un autre verre, toussa et s'éclaircit la gorge.

– Oui, cela ressemble bien à Claudia. Elle a toujours été un peu bornée. Dites-lui que Todd va bien. Je l'ai vu aux vacances de la Toussaint.

Il parlait d'une voix dure, hachée, en prononçant le nom de Claudia et en essayant de chasser les paroles de Joaney de son esprit. « Un peu obsédée par un certain garçon. » Inutile de demander qui c'était! Le jeune piranha en costume de Wall Street. Il hocha la tête.

– Heureux de vous avoir connue. Je dois y aller. Bonsoir.

Il se tourna vers la foule et força le passage, comme s'il manquait d'air au lieu de se frayer gentiment un chemin. Désemparée, Joaney le regarda partir.

– Oh, Joaney, te voilà! Où étais-tu passée? Tu avais promis de ne pas m'abandonner!

Claudia s'approcha de Joaney en riant, suivit la direction de son regard et se détourna volontairement.

– Je croyais que tu t'amusais bien avec Jason.

– Oui, mais tout d'un coup, il est parti au beau milieu d'une phrase sans la moindre explication.

Avait-elle dit quelque chose qu'il ne fallait pas, se demandait vaguement Claudia. Vaguement seulement, car peu importait. Il y avait quelque chose qui la gênait chez Jason. Elle n'arrivait pas à mettre le doigt dessus, mais elle le sentait.

– Il a dû se passer quelque chose. Jason peut être très borné lui aussi, dit Joaney, comme si elle finissait sa conversation avec Bo.

Elle sursauta un peu tardivement et essaya de couvrir son lapsus.

– Oh, et en parlant de choses qui se passent...

Elle raconta sa rencontre avec Bo, et Claudia fit de son mieux pour feindre la surprise et l'indifférence. Elle rougit en entendant le nom de Todd.

– Ce n'est pas bon signe, je suppose, dit Joaney. Aller rendre visite à Todd, même quand tu n'es pas là.

– Non, effectivement, répondit Claudia d'une voix morne et mécanique. Oh, c'est comme ça. Il n'y a rien de changé.

Par consentement mutuel, elles changèrent de conversation.

En arrivant à la porte après avoir fait ses adieux, expliquant à ceux qui voulaient le retenir qu'il avait des obligations, Bo vit le piranha de Wall Street et Michael Glendinning en face de lui, plongés dans une intense discussion en haut des marches de l'entrée.

Au moment où il passait, le ton monta et Jason poussa Michael Glendinning d'un geste si violent que ce dernier bascula sur le côté, perdit l'équilibre et tomba sur une marche. Il dégringola l'escalier et s'immobilisa dans le caniveau.

Jason jeta un rapide coup d'œil à Bo, qui, le visage terrifié, volait au secours de Michael. Il lui lança un regard furieux et fit un geste du menton au message très clair : « Fiche le camp. » Il se tourna vers Michael.

– Voilà, c'est là ta place, pas chez nous. Tâche de ne pas l'oublier. Et ne t'approche plus de ma sœur.

Il tourna les talons et rentra dans la maison en claquant la porte derrière lui.

– Michael! Mon Dieu!

Bo dégringola les marches deux à deux, s'agenouilla près de Michael et lui souleva doucement la tête. Il fut soulagé de voir Michael ouvrir les yeux.

– Toujours aussi hospitalier, murmura-t-il.

– Il ne fait pas les choses à moitié, si c'est ce que vous voulez dire. Bon, c'est rassurant de savoir que vous êtes toujours en vie. J'ai cru que vous vous étiez fracassé la tête. Enfin, il ne se sera pas donné la peine de vérifier. Ecoutez, attendez, je vais chercher de l'aide, dit Bo en se redressant.

– Non, vous, aidez-moi, dit Michael en s'accrochant à la manche de Bo avec une force extraordinaire. Je ne peux pas me permettre de faire un scandale. Pas encore. Vous voulez bien m'aider, Bo?

Un peu surpris, Bo passa le bras sous l'épaule de Michael

sans protester et le souleva lentement, tout en examinant la blessure. Elle semblait bénigne.

– Un bleu et la chair meurtrie. Aidez-moi à me lever, s'il vous plaît.

Bo soutint Michael et le laissa s'appuyer sur lui un instant. Il tendit le bras et siffla un taxi qui passait sur Lexington. Il aida Michael à s'y installer et monta lui aussi dans la voiture en le voyant fermer les yeux de douleur.

– Qu'est-ce qu'il a? Il est bourré? demanda le chauffeur en jetant un coup d'œil réprobateur dans son rétroviseur.

Il avait un fort accent du Bronx, aussi dur que la vitre pare-balles qui les séparait. La voiture avait une odeur âcre de désinfectant et de tabac.

– Non, il est tombé dans l'escalier, et il a failli se tuer. Michael? Michael? Où voulez-vous aller? Quelle est votre adresse?

Ils n'étaient qu'à quelques rues de l'appartement de Michael au coin de la 1re Avenue et de la 96e Rue, à l'endroit où Franklin D. Roosevelt Drive longe la baie, en face du parc de Mill Rock qui se dresse sur l'East River, telle une sombre sentinelle. Bo se demandait quelle était la vue, depuis l'appartement panoramique. Il paya le taxi et aida Michael à entrer dans le hall de son immeuble. Le gardien le regarda, consterné.

– Monsieur Glendinning! Que vous est-il arrivé? Voulez-vous que j'appelle un médecin?

– Non, ne vous inquiétez pas, Sam, tout va bien. J'ai glissé dans l'escalier. Mon ami va m'aider à monter chez moi; un bain chaud et un bon whisky devraient suffire à réparer les dégâts.

Ils prirent l'ascenseur et se retrouvèrent au dixième étage avant que Sam ait eu le temps de dire un mot.

– Je vous remercie beaucoup, Bo. Vous n'étiez pas obligé de faire un tel détour, dit Michael en ouvrant la porte.

Bo l'aida à s'installer sur le divan. En se redressant, il regarda les grandes baies vitrées qui donnaient sur la rivière sombre et les lumières du Queens de l'autre côté. Il se retourna vers Michael en soupirant.

– Ce n'est rien. Je n'apprécie pas plus que vous le petit merdeux qui vous a fait ça.

– Jason Hewitt.

– C'est lui? Il joue les petits Mussolini!

En vain, Bo essayait de faire taire sa jalousie, sentiment tout nouveau pour lui mais extrêmement désagréable. Etait-ce là ce

152

qu'il infligeait aux filles, sans même y penser, en passant de l'une à l'autre? Soudain, il eut honte de lui.

– Oui, j'en ai bien peur. Je ne crois pas que son père en soit entièrement conscient, même s'il éprouve quelques doutes en ce qui concerne son fils, mais la mère le vénère. Il n'y a que Joaney qui le voit tel qu'il est.

Michael fit une grimace et Bo le regarda intensément, commençant à entrevoir la vérité.

– Ah, Joaney est la fille Hewitt... Oui, bien sûr. Et c'est votre petite amie. Cela explique tout.

– Quoi? Qu'il me pousse dans les escaliers?

– Oui, et d'autres choses. Attendez, je vais vous servir ce whisky.

– Servez-vous aussi, pendant que vous y êtes.

– Merci. Ce ne sera pas du luxe.

– A cause de Jason? Pourquoi le détestez-vous ainsi?

– Oh, j'ai mes raisons.

– Et c'est personnel, c'est ce que vous voulez dire?

Michael se massa le crâne. Il regarda Bo et sourit, prit son whisky en hochant la tête avec politesse et retenue, qualités que Bo admirait beaucoup.

– Oh, cela n'a pas grand intérêt de toute façon. D'ailleurs, je crois que je ne vais pas prendre ce travail. Je ne crois pas que ce cirque me plairait.

Bo avala son whisky d'un trait pour qu'il lui réchauffe la gorge. Il s'assit lourdement sur une chaise en face de Michael et ferma les yeux en soupirant de nouveau.

– Ne faites pas l'idiot, Bo, dit Michael d'une voix tranquille mais pleine de conviction.

Bo ouvrit les yeux et regarda fixement l'homme plus âgé.

– Qu'est-ce qui vous fait dire cela?

– Je connais New York, et je connais bien ce monde. Purvis et Clinton peuvent vous procurer les débuts dont vous avez besoin et il y a peu de cabinets qui s'intéresseraient à votre travail, sans parler du prestige nécessaire pour se lancer dans une véritable carrière. Ne gâchez pas cette chance pour une petite querelle avec le fils d'un client.

– Je ne me suis pas querellé avec Jason Hewitt. Pas encore. C'est vous qui vous êtes battu.

– Eh bien, abstenez-vous. Gardez la tête sur les épaules, et regardez dans la bonne direction. Ne gâchez pas toute votre vie pour un type qui finira derrière les barreaux un de ces jours, ou pire encore. John Hewitt est un homme charmant et intelligent. Ne le jugez pas par son fils. (Il marqua une pause et regarda Bo en coin.) Alors, qu'est-ce qu'il vous a fait?

— Jason? Rien! Je ne l'aime pas, c'est tout. Qu'est-ce qu'il fait, de toute façon?

— Directeur financier chez Hudson Carmine. C'est un jeune golden boy, qui aime tirer sur ses bretelles toutes-puissantes, pourtant, avec la coupe de ses costumes, je me demande à quoi ça lui sert. Mais il paraît qu'il est fort, très fort, dit Michael en laissant tomber sa voix.

Il eut un sourire amusé, destiné plus à lui-même qu'à Bo, et observa le jeune homme qui l'avait aidé. Il lui fit une bonne impression.

— Ah bon? Il me fait penser à un piranha. Ne vous inquiétez pas, je ne m'approcherai pas de lui. Qu'allez-vous faire à propos de Joaney? Enfin... euh... vous êtes marié? Alors, c'est un peu... amoral, je crois. (Pourtant, avec son palmarès, ce n'était guère à lui de jeter la pierre, pensa-t-il.) Jason estime peut-être avoir de bonnes raisons.

Bo se sentait gêné, mais sa voix restait ferme. Michael haussa les épaules.

— Oui, sans doute. Au début, c'était censé n'être qu'une amourette. Joaney ne semblait pas être du genre à souffrir et ma femme s'en fiche, tant qu'elle garde la maison. Elle l'adore, sa maison. Plus que moi, plus que les enfants, plus que le chien même! Et elle n'est pas prête à y renoncer, même si je la trompe à tous les coins de rue.

Il avait un sourire crispé, un peu comme s'il n'arrivait pas à s'expliquer les choses.

— Qu'est-ce qui vous fait penser que Joaney n'est pas du genre à souffrir? Ce n'est qu'une gamine. Et au cas où vous ne l'auriez pas remarqué, vous ressemblez un peu à Hewitt père. Je ne voudrais pas sembler trop freudien, mais je suis sûr que cela ne vous a pas échappé.

— Bien sûr que non. Et Joaney en est consciente, elle aussi. Elle sait qu'il y a quelque chose avec son père et qu'elle est en compétition permanente avec sa mère pour attirer son attention, mais elle dit que je suis sa soupape de sécurité. Elle comprend ce qui se passe, et cela ne la dérange plus, tant qu'elle m'a pour elle toute seule.

— Mais ce n'est pas le cas! Vous avez une femme et des enfants! Vous ne vous faites pas de souci pour eux?

Exaspéré, Bo sentit la colère dans sa voix et se tourna pour regarder par la fenêtre. Michael trompait sa femme? Et alors? Oui, et alors?

— Les enfants sont en pension, ils sont pris entre l'école et leurs amis, ils passent des vacances merveilleuses et je ne les vois presque jamais. Ma femme a ses organismes de charité, sa vie sociale, ses chiens et, bien sûr, sa maison. Elle n'a pas besoin de moi non plus. Nous aurions divorcé il y a des années si l'un d'entre nous avait particulièrement souffert de la situation, mais nous n'y avons pas pensé, nous n'avons pas eu le temps d'y penser...

— Et maintenant?

— Maintenant? Maintenant, je ne sais plus. Je veux peut-être plus que cela. J'aimerais peut-être tout recommencer, mais j'ai peur et, comme vous le dites, Joaney n'est qu'une gamine. Je n'ai aucun droit de l'arracher du berceau. Ma propre fille n'a que cinq ans de moins qu'elle.

Michael soupira et s'enfonça dans le divan, sa tête disparaissant dans les coussins. Il tendit son verre.

— Un autre? demanda Bo en le prenant des mains de Michael.

— Non, merci. Je crois que je vais commander une pizza, et moisir devant la téloche. Bonne expression, vous ne trouvez pas? J'aime bien l'Amérique, on s'y passe de fioritures.

— Et on emballe tout dans un langage d'affaires et une paperasse à faire fuir les bureaucrates, répondit Bo en riant. Bon, je crois que je ferais mieux d'y aller. Merci de vos conseils, j'y réfléchirai.

— Oui. Et venez dîner avec Joaney et moi quand vous repasserez ici. Dites-moi ce que je devrais faire. Moi, Dieu sait que je n'en ai plus la moindre idée.

Un éclat de rire retentit, à la fois amusé et amer.

Non, et moi non plus, pensa Bo. Moi non plus.

— Qu'est-ce qu'il a fait? Mon Dieu, Michael est blessé? dit Claudia en se redressant sur son lit, les yeux fixés sur Joaney, folle de colère.

— Il n'a rien de grave. Mais il a de méchants bleus. C'est ton ami Bo qui l'a aidé. Michael trouve que c'est un brave type, dit Joaney, sur un ton ironique.

— Tu ne lui as pas dit...

— Non, cela servirait à quoi?

— Bon, tant mieux, dit Claudia en s'allongeant. Tu en as parlé à Jason? Tu connais sa version?

— Non! Quel salaud! Tu avais raison. Il hait Michael. Fais bien attention à toi surtout, quand tu seras dans les parages, dit Joaney en s'asseyant devant le miroir.

Elle essuya son mascara.

— Je ne serai pas dans les parages. C'est ton frère. Je ne vois pas le rapport avec moi, dit Claudia d'un ton ferme.

Joaney cessa de se frotter les yeux et regarda le reflet de Claudia dans le miroir.

— Il est attiré par toi. Et il obtient toujours ce qu'il veut.

— Alors, il va être déçu.

— Non, pas Jason. Il ne connaît pas le sens de ce mot. Alors, fais attention.

Elle inspira profondément comme pour se sortir de sa tristesse et eut un petit sourire qui signifiait : « Tout va bien maintenant, ne t'inquiète pas. » Mais Claudia était soucieuse.

— Tu as des nouvelles de ton frère? Qu'est-ce qu'il fait? demanda Joaney en allant chercher une cigarette.

— Mark? Je crois qu'il va bien. Je lui ai écrit au milieu du trimestre, mais il ne m'a pas répondu. Il est pris dans toutes ses histoires de libre pensée, d'alcool, et de drogue. Oh, cela lui passera peut-être quand il retournera à Hongkong.

— Oui, sans doute.

Elles échangèrent un sourire hésitant.

— Ah, les frères! Je me demande pourquoi on les a inventés, ajouta Joaney.

— C'est toujours mieux que les sœurs! la contredit Claudia. Il faudra que j'écrive un roman là-dessus un de ces jours. Cela fera vibrer une corde sensible chez les gens, et cela deviendra un best-seller. Et, moi, je serai riche.

— Riche et solitaire?

— Riche et satisfaite. Je n'ai pas besoin d'hommes, Joaney, ni de Bo, ni de ton frère, ni de personne. D'accord?

Mais elle se demandait vaguement si elle disait vrai. Mark avait dit avoir revu Harry. C'était tout. Un nom mentionné au passage. Mais pour Claudia, savoir qu'il était toujours vivant quelque part à Hongkong, c'était comme de revivre toute une vie. Elle rit en voyant Joaney faire la grimace.

— Oui, oui, bien sûr, moi non plus, je n'ai pas besoin de Michael. Allez, c'est bientôt Noël!

Pourtant Joaney tremblait à l'idée que Michael allait retourner en Angleterre pour passer cinq longues journées avec sa femme et sa famille. Cinq jours, c'était suffisant, surtout après l'incartade de Jason. Embarrassée, elle s'éclaircit la gorge, en se disant, mon Dieu, je suis une épave, je tremble comme une feuille!

— Mark rentre à la maison pour Noël?

— Mark? Non, bien sûr que non! Maman refuse même de mentionner son nom. Elle sait que je suis en contact avec lui, mais elle m'interdit de lui en parler. Elle me sort sa phrase préférée. « Je n'ai pas de fils. Je n'ai pas de mari, et pas de fils. » Mon Dieu, tu ne peux pas savoir comme j'en ai marre de l'entendre! dit Claudia en donnant un coup de poing dans son oreiller et en s'y réinstallant.

— Alors, qu'est-ce qu'il fait? Il retourne chez ton père?

— Oui, chez papa et Joyce. Ils vont aux Philippines. Pas mal, non?

Claudia lança son briquet à Joaney qui fouillait toujours dans ses poches, la cigarette au bec.

— Bon, au moins, tu auras la chance de revoir Todd, dit-elle en allumant sa cigarette.

Elle tira une profonde bouffée et soupira de soulagement.

— Oui, mon petit Todd, l'homme de ma vie.

Elles échangèrent un sourire douloureux.

15

La puanteur était intolérable. Pâle, en sueur, Tony luttait contre ses nausées dans l'obscurité de l'entrepôt du centre de transit du gouvernement sur le port. Derrière, parmi les ombres fétides, des centaines de silhouettes noires se tortillaient dans une chaleur qui semblait se solidifier. Elle frappait de toute sa force, aggravant encore la situation des réfugiés. Ils avaient beau s'efforcer de rester propres, de ne pas s'entasser les uns contre les autres, cela ne servait à rien, leur vie était un supplice.

A perte de vue, des corps apathiques s'étalaient sur des matelas, les enfants criaient, des gens rotaient dans les coins, les regards terrifiés formaient des masques de peur sur les visages. Des familles avaient pendu du linge sur des cordes pour tenter de s'isoler, d'autres s'appuyaient simplement sur les parois de métal rouillé, regardant dans le vide.

Le sergent Chu lança un regard en biais à Tony.

– Vous, envie de voir plus? demanda-t-il en grimaçant.

Tony fronça les sourcils et se força à déglutir.

– Je vous ai dit de parler cantonais, sergent. Je ne veux pas entendre votre petit nègre. Non, je n'ai pas envie d'en voir plus, mais je n'ai pas le choix.

Il ôta son chapeau et passa le bras sur son front humide, repoussant les mèches mouillées. Parfois, il se demandait vraiment pourquoi il était entré dans la police. Mal payé, des horaires insupportables, des tâches répugnantes comme

158

celle-là... mais il fallait bien que quelqu'un le fasse! Et c'était lui qui avait eu la bêtise de se porter volontaire. Il remit son chapeau et avança dans l'entrepôt qui abritait des milliers de réfugiés chinois en provenance du Viêt-nam, attendant un éventuel transfert dans un camp des Nations unies.

Il se concentra sur sa colère contre le sergent, adaptant sa respiration à l'odeur et à la chaleur confinée. Chu posait un véritable problème. Refusant d'admettre que Tony parlait cantonais aussi bien que lui, il retenait des informations importantes et attendait d'un air moqueur que son supérieur tombe d'inanition. En fait, il ne supportait pas que, si inexpérimenté soit-il, Tony eût un grade plus élevé que le sien. Mais Tony avait accompli trois ans de service dans l'armée et savait comment manier les subalternes. Sa patience avait des limites. Chu méritait une remontrance.

— Déployez vos hommes dans l'entrepôt, et assurez-vous qu'ils ont tous la photo de Wong Yip-nan. Avancez lentement, en ligne, et vérifiez les visages. Je parle pour vous aussi!

Il croisa le regard du sergent et le fixa jusqu'à ce que l'homme baissât les yeux. Il se retourna vers le méli-mélo humain, pris de compassion et de colère devant une telle dégradation. Il maudissait les Vietnamiens et leur politique brutale de purification ethnique dirigée contre la minorité chinoise. Ils les entassaient dans des bateaux et leur faisaient sans doute payer cher l'immense privilège de se noyer en mer. Une telle insensibilité était impensable.

— Très difficile, inspecteur. Pas place. Trop de gens, répondit obstinément Chu, ses yeux mornes rivés au sol.

Tony pivota, plein de colère.

— Sergent, la prochaine fois que vous refusez d'obéir et que vous me parlez petit nègre, je vous fais dégrader. Prenez vos hommes et trouvez-moi ce type, c'est compris? Immédiatement.

Amer et furieux, il hurla ce dernier mot et, comprenant qu'il avait dépassé les bornes, Chu s'approcha rapidement de ses hommes. Pendant la fouille, Tony fit les cent pas dans l'aile centrale, en souriant silencieusement.

Wong Yip-nan avait été découvert seul à la dérive au large de Macao, dans une embarcation en bois, toute rongée, avec des voiles déchirées, qui prenait l'eau. Il venait de Quang Ye, au Viêt-nam du Nord, dit-il, et s'était embarqué seul pour faire la traversée – deux mille six cents milles jusqu'à Hongkong, par le golfe du Tonkin, le détroit d'Hainan et la mer de Chine méridionale. Sans croire qu'il avait pu entreprendre seul le voyage, le garde-côte l'avait malgré tout remorqué jusqu'à Discovery Bay pour qu'il y attende son transfert. On ne l'avait conduit au centre de transit que deux jours plus tard.

La veille, un autre bateau de réfugiés en provenance de Quang Yen était arrivé avec à son bord un homme qui racontait une sordide histoire de piraterie, à mettre à l'actif d'un certain Wong Yip-nan. Lui et ses compagnons d'infortune l'avaient trouvé dans une barque, dans le golfe du Tonkin et l'avaient fait monter à bord. Pendant quelques jours, ils avaient emprunté le détroit, poussés vers le nord par des vents violents, et le naufragé avait été trop malade pour être nuisible. De plus, ils avaient bien assez à faire pour maintenir l'esquif à flot, avec les paquets d'eau qui s'engouffraient à chaque vague et les rats, affamés et assoiffés, qui grimpaient sur les bébés endormis en essayant de fuir le navire. Quand ils commencèrent à approcher de leur destination, l'homme se rétablit et leur posa des questions sur leur avenir, sur la manière dont ils comptaient survivre. Naïfs, les réfugiés lui avaient dit de combien d'argent ils disposaient pour se lancer dans leur nouvelle vie.

La nuit, alors que le bateau était bercé par des vents légers, Wong trancha la gorge des réfugiés endormis et se jeta sur les deux derniers hommes qui dirigeaient la fragile embarcation. L'un mourut sur le coup mais l'autre avait plongé dans les eaux infestées de requins. Wong avait jeté les corps par-dessus bord et avait continué avec leur joli magot. Contre toute attente, le dernier des survivants avait réussi à nager pendant quatorze heures avant d'être recueilli par un autre bateau de réfugiés.

C'était une vieille histoire racontée si souvent que plus personne n'y prêtait attention, mais Wong n'avait pas eu de chance, car cette fois, c'était à Tony qu'on avait transmis l'affaire. Effectivement, Tony avait beau essayer de s'endurcir, de s'habituer à la violence de son métier, il n'arrivait pas à se débarrasser de ce besoin de protéger et de défendre les faibles que tout le monde piétinait sans même y penser. Il se sentait gêné d'avoir un esprit aussi boy-scout, mais il n'y pouvait rien. C'était dans sa nature, il devait vivre avec. Et Wong aussi !

Ils le trouvèrent lors du quatrième passage au crible de l'entrepôt, alors que le sergent Chu protestait, affirmant que c'était une perte de temps et que Tony lui répétait, tranquillement mais implacablement, qu'ils chercheraient jusqu'à ce qu'ils le trouvent. A contrecœur, le sergent haussa respectueusement les épaules lorsqu'on amena Wong Yip-nan devant la foule, qui se détendit lorsqu'elle s'aperçut qu'elle n'avait rien à craindre. Tony conduisit ses hommes et le prisonnier sous le soleil brumeux de l'après-midi qui semblait étrangement rafraîchissant après l'enfer de l'entrepôt.

– C'est tout, inspecteur ? demanda Chu en cantonais, tout en essuyant la sueur de son front.

Les deux hommes avaient horriblement mal à la tête d'être restés si longtemps dans cette chaleur torride, et Chu se rendit compte que Tony n'avait pas été obligé de rester à l'intérieur pendant la fouille. Un autre gradé s'en serait dispensé. Pas lui.

Tony esquissa un sourire.

– Beau travail, Chu.

Ils échangèrent un regard méfiant, mais Chu s'efforça de sourire.

– Merci, patron, murmura-t-il en se dirigeant vers ses hommes.

Tony le suivit des yeux avec un regard intrigué, mais fort soulagé. Chu venait de l'accepter. Une autre victoire à son actif.

Chez Scottie, au bar, Aidan Lockhart avala rapidement deux doigts de whisky irlandais (plus doux, disait-il) et repensa à ce qu'oncle Bill lui avait dit ce soir. Si habitué qu'il fût aux désagréments qu'impliquait son travail, il répugnait à accepter la proposition de Bill Ingram qui consistait à faire semblant de démissionner de son poste de « fonctionnaire » pour devenir poivrot. Il était déjà bien assez difficile de tenir le rôle d'un gros buveur et de feindre tous les soirs une ivresse qu'il ressentait rarement, alors le faire pour de bon, plonger dans le monde sordide de l'alcool et de la drogue... et tout cela pour satisfaire la manie du renseignement d'oncle Bill... C'était un peu trop demander.

Il regarda son verre vide, hésita, puis le reposa fermement. Non, qu'ils aillent au diable, Bill et tous les autres. Il refuserait. Aucune récompense ultérieure ne valait cet enfer.

Il s'écarta du bar. Ses amis lui demandèrent de rester, mais il s'efforça de sourire, leur fit un signe d'au revoir, et se dirigea vers la porte d'un pas volontairement hésitant. Il tourna à gauche, traversa Pedder Street, et s'engagea dans Wyndham Street où il avait garé sa voiture.

Après coup, plusieurs personnes témoignèrent qu'il avait

beaucoup bu ce soir-là, qu'il chancelait au moment de partir, mais que personne ne l'avait retenu. Nul ne s'était imaginé qu'il prendrait le volant.

Aidan monta dans sa voiture, alluma les phares, prit le temps d'allumer une cigarette d'une main ferme avant de desserrer le frein à main et de descendre la colline. La voiture prenait rapidement de la vitesse et glissait vers les lumières bleues de Queen's Road Central, en contrebas. Il mit le pied sur le frein et le pressa doucement, eut un regard vide et jura car la voiture poursuivait sa folle descente. Une sueur froide coula sur ses joues. Il enfonça la pédale à fond.

Il voulait franchir l'épingle à cheveux d'Ice House Lane, dit-il à l'audience, mais ses freins avaient lâché. Il avait essayé de rétrograder, mais la courbe avait été trop soudaine. Les témoins oculaires affirmèrent qu'il faisait déjà des écarts sur la route avant d'atteindre le virage.

L'enfant avait traversé à l'aveuglette, dit Aidan. Il n'avait rien pu faire. Rien. Et, dans un murmure rauque, il avait incessamment répété ce mot.

Les témoins, pleins d'une rancœur dégoûtée contre les Européens, les *gweilos*, comme ils les appelaient avec mépris, rapportèrent que la voiture avait grimpé sur le trottoir et frappé la fillette de plein fouet avant de prendre le virage et de se jeter contre un mur près du club des correspondants étrangers.

La fillette était morte à l'hôpital, avait-on annoncé à la cour, et, livide, Aidan avait versé de grosses larmes dans le box des accusés, ses yeux noirs fixés sur l'une des silhouettes dans le public. Bill Ingram lui rendait son regard.

Aidan avait réussi à échapper aux poursuites, et on parla d'un énorme pot-de-vin versé par la famille Lockhart, de ficelles tirées, de hauts fonctionnaires corrompus, de tractations honteuses, mais personne ne sut vraiment ce qui s'était passé. Les charges avaient été levées, tout simplement. Il démissionna le lendemain, et le ministère manifesta des signes de soulagement en voyant qu'il s'était laissé persuader si aisément.

On ne savait pas qu'il n'avait pas eu le choix : accepter la proposition d'oncle Bill ou affronter la justice. Seul Aidan et Bill étaient au courant. Et seul oncle Bill savait qui avait saboté les freins d'Aidan. C'était sa faute, avait-il dit à Bill. Il avait été idiot de laisser Yee le voir. Et il en avait payé les conséquences, avait dit la voix sèche et mesurée d'oncle Bill.

Mais était-ce vraiment Yee ? se demandait Aidan, tard dans la nuit, en revoyant le visage de la fillette grossir dans son pare-brise et se précipiter vers lui. Etait-ce Yee? Ou Bill, prêt à sacrifier n'importe quel pion pour attraper le gros gibier?

Il continua donc à boire, plus souvent, plus longtemps, évitant les vieux amis comme Tony, qui essayaient de le raisonner, fréquentant de nouvelles relations, trop heureux de se faire offrir un verre. Aidan commençait sa longue descente dans le néant. Oncle Bill l'avait jeté dans la fosse aux lions.

Judson
Décembre 1990
Au fil des heures, en rentrant chez elle en bus Greyhound, bercée par le bourdonnement de l'autoroute, Claudia se jurait qu'on ne l'y prendrait plus. Comme chaque fois. Mais le voyage était bon marché, elle n'avait pas les moyens de rentrer autrement et elle avait fait une promesse à Todd.

Elle n'avait que huit jours à passer avec sa famille et elle consacra la majeure partie de son temps à nettoyer la maison pour sa mère, à installer les décorations avec lesquelles Peggy ne voulait pas s'embêter, à tondre la pelouse que Hank avait négligée et à s'occuper de Todd. Parfois, elle apercevait Bo qui rentrait chez lui, mais elle s'éloignait toujours de la fenêtre et détournait l'attention de l'enfant. Et Bo ne s'arrêtait jamais.

La veille de Noël, Claudia commença à préparer la fête, à faire cuire des gâteaux et à dorer les jambons selon les instructions de sa mère qui dirigeait les opérations de sa chaise. Peggy était trop occupée, disait-elle, car elle n'avait pas encore eu le temps de faire les achats.

— C'est bien joli pour celles qui n'ont rien d'autre à faire que d'acheter les cadeaux, fit durement remarquer Peggy à Claudia qui se plaignait, mais il y en a qui doivent travailler pour gagner leur vie.

Et elle n'avait aucun moyen de répondre à cela, même si les magasins étaient ouverts tard le soir et qu'elle travaillait plus chez Succi que Peggy dans son salon, sans tout déballer. Et rien qu'à cette pensée, Claudia redoutait les éclats de voix, la laideur de la dispute. Elle inspira profondément et retint sa colère.

Claudia et Todd glacèrent les pains d'épice et les suspendirent au sapin. Ils caramélisèrent les pommes d'amour et les noisettes, peignirent des cartes de Noël que Todd envoya à ses amis. Ce fut Claudia qui l'emmena écouter les chants de Noël sur la grand-place de la ville, où, exhalant des nuages de vapeur dans la nuit froide, Todd criait de ravissement devant les décorations et les lumières. Ce fut encore Claudia qui, cette semaine-là, lui fit réciter sa prière du soir et le borda.

De plus en plus indifférente à son fils, Peggy s'occupait à peine de savoir s'il avait mangé et se donnait rarement le mal de lui demander ce qu'il avait fait avant de sortir avec son amie Elly. C'était maman qui élevait Todd. Pauvre maman. Elle paraissait vieille et fatiguée, pourtant elle ne devait pas avoir dépassé la cinquantaine.

Hank avait repris sa vie de célibataire et, en sortant du travail, il allait rejoindre ses amis dans un bar où il passait la soirée. La maison n'était pour lui qu'un endroit où dormir et prendre le petit déjeuner, et quand Claudia pensait à lui, les mots de « péquenot » et de « beauf » lui venaient immédiatement à l'esprit.

— Je crois que cela ne marchera jamais, et toi, maman? dit Claudia devant un livre de cuisine qu'elles feuilletaient toutes les deux. Peggy et Hank, bien sûr.

Un voile de doute ombragea les yeux pâles de sa mère dont le visage était marqué de rides obstinées autour de la bouche.

— Tout va bien. Ne te mêle donc pas des affaires des autres. Tu n'es là que depuis quelques jours, qu'est-ce que tu en sais?

— Je sais ce que je vois. Tu ne t'en rends peut-être plus compte parce que tu es là tout le temps et que cela commence seulement à se dégrader, petit à petit. Mais pour moi qui reviens, cela me saute aux yeux.

Elle ferma le livre et croisa les bras en regardant sa mère d'un air exaspéré.

— Ah, tiens? Depuis que tu habites New York, tu es soudain devenue experte en matière familiale? Eh bien tu vois peut-être tout clairement, tu fais tout un cirque avec Todd pour qu'il te prenne pour la meilleure tante du monde, mais c'est moi qui passe ma vie ici. C'est moi qui paie les factures, qui emmène Todd à l'école le matin et qui vais le chercher le soir, c'est moi qui le nourris et qui le mets au lit. C'est moi qui passe tout mon temps avec Peggy et Hank, et je ne vois pas ce qui te permet de nous dire comment il faut gérer nos vies, alors que tu n'es là que pour quelques jours et que tu passes ton temps à t'amuser à New York. Tu n'as aucune leçon à nous donner.

C'était une bien longue diatribe pour sa mère, et Claudia, qui ne comprit que plus tard que c'était un moyen de défense, se sentit blessée et humiliée. Si sa mère pouvait tout nier, c'était qu'il ne se passait rien. Pourtant, cette attitude creusa une plaie qui refusa de cicatriser.

Ravie, les yeux rieurs, Peggy provoquait Claudia qui n'était plus la petite chérie de sa maman. Claudia ne s'occupa plus de personne, à l'exception de Todd, et compta les jours qui la séparaient de New York et de Joaney.

Le jour de Noël, Claudia fut réveillée par Todd qui grimpa sur son lit, et la secoua, le visage illuminé d'espoir à la pensée des cadeaux entassés sous le sapin.

– Oh, Toddy, pas tout de suite. Il n'est que 6 heures. Allez, viens me faire un gros câlin, d'accord? murmura Claudia à demi endormie, les cheveux sur le visage, les paupières entrouvertes.

– Non, c'est Noël, Liddsy! Réveille-toi!

Il tirait les couvertures et arrachait le drap auquel Claudia s'accrochait en riant.

– Cinq minutes, s'il te plaît, Todd. Va les regarder et viens me dire combien il y en a pour toi, d'accord?

Elle croyait l'avoir convaincu car il relâcha soudain le drap et sauta en bas du lit. Elle entendit des pas qui s'éloignaient, ainsi qu'un crissement suivi d'une bouffée d'air froid.

– Todd, va fermer la fenêtre, il fait froid.

Claudia remit les couvertures sur sa tête et se réfugia dans la douce chaleur, à l'abri pour quelques instants. Elle entendit un chuchotement, puis la voix de Todd, à peine atténuée, suivie d'une parole plus calme et plus pausée. A contrecœur, elle regarda.

Bo était assis sur le rebord de la fenêtre, le bras passé autour de l'épaule de Todd, un cadeau dans les mains. Les joues rougies par le froid matinal et la promenade à bicyclette, il avait des yeux étincelants qui remuaient comme ceux d'un elfe. Il portait une veste de jean au col de daim élimé, et ses cheveux brillaient dans la lumière. Il semblait injuste qu'un homme de si peu de cœur parût aussi franc et honnête. Claudia se redressa brusquement.

– Mais qu'est-ce que vous faites ici, monsieur Bo Haskill! s'exclama-t-elle.

Bo leva les yeux, calmement.

– Je suis venu souhaiter un joyeux Noël à Todd et lui apporter mon cadeau.

– Ah bon? C'est vraiment trop gentil de ta part! lança Claudia d'un ton sarcastique.

– Et qu'est-ce que ça veut dire? Voyons, Claudia, si tu me disais ce qui te préoccupe?

Bo, irrité par l'attitude de Claudia au-delà de ce qui lui était possible de supporter, avait décidé qu'il préférait prendre le risque de savoir ce qui n'allait plus, ne serait-ce que pour avoir la satisfaction de se laisser aller à sa propre colère.

Claudia se figea, observa le visage furieux de Bo avant de se tourner vers Todd.

– Pas maintenant. Plus tard.

– Quand et où?

Claudia comprit sa détermination. Elle avala sa salive.

– Bon, effectivement, autant clarifier la situation. Que dirais-tu du Fiftyniner, vers 17 heures?

Le visage de Bo se crispa, et Claudia se dit qu'elle aurait mieux fait de proposer un autre lieu, mais le mal était fait.

– D'accord, à ce soir. Et joyeux Noël, Claudia, ajouta-t-il sèchement en serrant Todd dans ses bras avant de s'écarter de la fenêtre et de la baisser doucement.

Todd le regarda partir tristement.

– Joyeux Noël à toi aussi, bourreau des cœurs. Et puis, ce n'est plus la peine de t'occuper de Todd, murmura Claudia entre ses dents en se rallongeant sur son lit et en tirant les couvertures sur elle.

Toujours à la fenêtre, Todd regarda Bo prendre sa bicyclette et s'éloigner.

Bo était installé au Fiftyniner, dans le box où il avait étudié avec Claudia les propositions des universités. Cela faisait des siècles déjà, lui semblait-il, et Bo avait l'impression de s'être aigri entre-temps, comme du lait qui reste trop longtemps dans le réfrigérateur. Il se sentait éreinté, il était fatigué de la vie, fatigué des filles, de Claudia, et surtout de lui. Pourtant, il ne put s'empêcher de ressentir un pincement à l'estomac en l'apercevant dans l'encadrement de la porte. Il lui fit un signe peu enthousiaste et laissa sa main retomber sur le côté en la voyant approcher, sans sourire.

– Salut, dit-il platement tandis qu'elle s'asseyait en face de lui.

– Salut.

Pas plus. Un signe de reconnaissance dépourvu de chaleur. Elle se retourna vers la serveuse et commanda un café.

Le silence s'instaura, et ni l'un ni l'autre ne savait comment le briser. La serveuse revint avec un café pour Claudia, en profita pour remplir la tasse de Bo, et se retira rapidement.

— Merci d'être venu, finit par dire Claudia, en regardant Bo par-dessus sa tasse de café.

— Alors, qu'est-ce que c'est que cette histoire?

Nerveux, il jouait avec la salière et le poivrier, en la regardant d'un air défensif. Claudia sentit sa peur se dissiper et commença à accepter la situation.

— Il faut qu'on parle, dit-elle en haussant les épaules.

— Ouais? Et de quoi?

— De toi et de Peggy. De Todd.

Sa voix était presque douce et Bo se demanda soudain si cela en avait valu la peine, tous ces rires, tous ces regards admiratifs des autres garçons, tous ces soupirs de filles, ces gloussements, toutes ces passions de quatre sous. Il se sentait idiot, vidé.

— Eh bien, quoi? s'efforça-t-il de demander.

— Voyons, Bo. Tu pourrais au moins être honnête avec moi. Personne ne t'entend, personne ne te juge. Et je ne suis pas du genre à montrer du doigt ou à te demander quelque chose. Je veux savoir la vérité.

Elle paraissait triste et fatiguée, mais absolument pas surprise, et c'était le plus douloureux. Elle n'était pas surprise.

— Tu veux savoir si nous avons couché ensemble? La réponse est oui. Je suis sûr qu'elle te l'a dit, répondit-il lentement.

Il haussa les épaules, détourna le regard de ce visage qui exprimait la pitié, la compréhension et... oui, le regret. Car ce qui aurait pu se passer ne se produirait jamais plus. Inutile de lui mentir. Elle était trop maligne.

— Tu veux savoir si Todd est mon fils? Je ne sais pas. Peggy a accusé la moitié des types de ma classe d'être le père. Comment pourrais-je savoir? (Il soupira, fronça les sourcils, et ferma les yeux devant son silence.) Je sais, je sais, je t'entends le penser, mais je ne savais pas quoi faire quand elle me l'a dit pour la première fois. J'étais... abasourdi. Je pensais que.... qu'elle prenait ses précautions. Et ensuite, j'ai été pris de panique, je voulais m'enfuir, penser à autre chose, réfléchir. Alors, je lui ai dit que je ne voulais pas en entendre parler et je suis parti. Mais je me sentais minable, et j'avais juste rassemblé assez de courage pour le dire à mon père, essayer de faire quelque chose quand je me suis aperçu que c'était un sujet général de plaisanterie, que tous les types s'accusaient mutuellement. Et je me suis rendu compte que Peggy n'était sûre de rien. Elle m'a accusé, comme tous ceux avec qui elle avait couché.

167

Il observa Claudia, qui était visiblement scandalisée.

– Ah, et tu la condamnes pour cela? Pas vrai, Bo? C'est une garce qui couche avec tout le monde, c'est ça que tu penses? chuchota férocement Claudia.

Bo haussa les épaules et détourna les yeux, sans répondre. Son visage trahissait sa faiblesse, il était prêt à laisser quelqu'un... n'importe qui prendre ce fardeau en main, tant qu'il n'avait pas à le faire. C'était un brave type, le genre de type qu'on aimait bien à Judson. Et tous les sentiments qu'elle avait nourris pour lui, profondément cachés à l'intérieur de son être, moururent en un instant d'une mort paisible. Elle hocha la tête.

– Et toi? Avec qui tu as couché? Mais pour toi, cela ne fait rien, parce que tu es un homme. Tu es un bel étalon, c'est tout, poursuivit-elle froidement.

Bo ne répondit pas et ils gardèrent le silence pendant une longue minute. Puis Claudia éclata d'un rire sans joie.

– C'est fantastique, n'est-ce pas? Je t'ai toujours pris pour un chic type, un type formidable. Un véritable ami. Tu as même eu l'audace d'essayer de me séduire, et pendant tout ce temps, tu savais... tu étais au courant!

Bo inspira profondément.

– Je ne savais rien. Je n'étais sûr de rien! Qu'est-ce que tu veux que je fasse, Claudia? Je vois Todd autant que je peux, et il y a de grandes chances pour qu'il ne soit pas mon fils. Mais je l'aime bien, et je mets un point d'honneur à le voir. Qu'est-ce que tu veux de plus?

– Je ne sais pas, Bo. Peut-être que je ne veux plus rien de toi.

Elle fit mine de se lever, mais Bo lui prit le bras et la retint.

– Ecoute, Claudia, je suis désolé, tu sais. Tu ne crois pas que je ferais tout mon possible pour que les choses soient autrement? Pour moi, tu es la seule fille qui ne soit pas une amourette facile, une aventure d'une nuit. Oui, je sais, ce n'est pas très joli de le dire comme ça, mais je n'y pensais pas ainsi avant. C'était juste pour m'amuser. Du moins, c'est ce que je croyais.

Il marqua une pause et la relâcha, sachant qu'il avait su retenir son attention.

– Si j'avais imaginé comment ça tournerait, je... mais c'est de l'histoire ancienne maintenant, je ne peux plus rien y changer. Il faudra que nous vivions avec.

– Qu'est-ce que tu crois, Bo? Que je vais prendre mon tour et faire partie du lot? Peggy est ma sœur, que cela me plaise ou non. On ne fait pas des choses pareilles aux gens. Pas à elle, et encore moins à moi. D'ailleurs, poursuivit-elle, une interrogation dans la voix, qu'est-ce qui te fait penser que je m'intéresse à toi ? Peut-être que j'avais un petit béguin de collégienne, comme toutes les filles, mais c'est tout. J'aurais peut-être pu croire que c'était plus que cela, mais dans ce cas, cela ne se serait pas éteint en un éclair, en lisant la culpabilité dans tes yeux.

Frappé par la sincérité de ses paroles, il vacilla, furieux.

— Et tu crois que je ne le sais pas ? Mais moi, au moins, je me sens coupable, ce qui est plus que la plupart des types qui ont couché avec Peggy. Je sais que j'ai eu tort, mais le mal est fait, j'en ai terminé avec ça, Claudia. Je ne peux plus le réparer. A moins que tu ne veuilles que je paie pendant tout le reste de ma vie ?

Il ferma les yeux, s'enfouit le visage dans ses mains et s'appuya sur la table.

Se sentant un peu vide, elle savait qu'il avait raison, que tout était fini maintenant : les pensées secrètes et étourdissantes à propos de Bo et d'elle, les doutes qu'elle avait écartés en attendant de les balayer un jour, certaine au fond que c'était impossible. Non, Bo ne pouvait pas être aussi odieux, elle en était sûre. C'était un chic type. Tout le monde le disait. N'est-ce pas ainsi que son esprit lui avait joué des tours, pendant toute cette année ? Pourtant, au plus profond d'elle-même, la petite voix qui murmurait des choses qu'elle ne voulait pas entendre ne s'était pas trompée.

Elle le regarda en soupirant, hésita un instant, et lui prit doucement le bras.

— Bo, je suis vraiment désolée, je sais que ce n'est pas entièrement ta faute. Je sais que Peggy a une grande part de responsabilité, mais, elle, elle paiera pendant le restant de ses jours. Ne t'inquiète pas, je ne dirai rien à personne. Cela ne servirait à rien, n'est-ce pas ?

Il baissa la main et Claudia vit qu'il tremblait légèrement. Il avait les yeux gonflés et injectés de sang. Il hocha la tête.

— Non, sans doute.

Sa voix était rauque, mais il semblait apparemment soulagé.

— Que veux-tu que je fasse ? Pour Todd ?

— Rien. Fais ce que tu veux, ne fais rien du tout si cela t'arrange. Todd restera toujours avec nous, et nous l'aimerons toujours, de toute façon.

Elle se demanda combien de temps elle allait réussir à garder son calme, à tenter d'atténuer la douleur de Bo, alors que la sienne la torturait intérieurement, lui donnait la nausée. Non parce qu'il ne serait jamais à elle, mais parce qu'il n'en valait pas la peine. La désillusion était plus pénible que tout.

— Et tu ne veux rien de moi, c'est ça?

Il semblait presque enthousiaste.

— Rien que tu n'aies envie de donner. Nous pourrons peut-être devenir amis un jour. Plus tard, pas maintenant.

Elle se leva, et, cette fois, il n'essaya pas de la retenir.

— Je suis désolé, Claudia.

— Oui, moi aussi.

Elle tenta de sourire, mais elle n'avait plus rien à lui offrir pour le libérer de son fardeau, et ses lèvres refusaient d'obéir.

— A plus tard, dit-elle en fouillant dans ses poches et en laissant tomber les pièces sur la table en un petit tas sonore.

Elle s'éloigna.

16

Hongkong
Août 1981

– Hé, patron, vous voulez flanquer un peu la trouille au vieux Ching Yip? Il est de retour sur le marché. Vous amenez la bande, et je vais lui parler?

Le caporal Poon n'avait encore jamais travaillé avec Tony. Il pensait que les choses continueraient comme avant, même au bureau de la Triade. Flanquer la trouille à ceux qui enfreignaient la loi, leur extorquer un peu d'argent, et fermer ostensiblement les yeux. Tout le monde était parfaitement satisfait de cette méthode. Il sourit malicieusement à son nouveau patron.

– Ching Yip est sur le marché? Vous le saviez, Chu? demanda Tony à son sergent qui observait Tony d'un air inquiet.

– Non, patron, répondit-il en souriant tristement.

– Comment cela se fait-il?

– Il se tenait à carreau depuis quelque temps. Il a sûrement recommencé, dit Chu en haussant les épaules.

– Et comment l'avez-vous appris si vite, caporal Poon? Vous devez avoir de bons indics? demanda Tony d'une voix douce, à demi intéressée, mais il ne vit pas le clin d'œil de dérision de Chu.

– Oui, patron. J'ai de très bonnes sources. Je suis toujours au courant avant que les choses se passent.

Sa dent en or scintilla dans le soleil de l'après-midi, comme pour apporter une preuve à ses dires.

– Ah bon? Et vous savez quelque chose sur une des loges de

171

la Triade, les Lames de Rasoir? C'est mon passe-temps favori, ces derniers mois, pas vrai, Chu? dit Tony en souriant chaleureusement. Vous connaissez un certain « Yéti »? Yee Fong Lo? Vous avez sûrement dû en entendre parler?

Les yeux baissés sur son bureau, jouant avec un crayon, Tony paraissait avoir lancé une question en l'air, mais Poon se figea.

– Non, patron. Jamais entendu ce nom.

A la racine des cheveux, la sueur luisait sous les lumières fluorescentes et Chu eut un sourire de satisfaction quand Tony leva enfin les yeux, une fureur calme embrasant son regard.

– Ah oui? Voyons, vous qui avez de si bonnes sources, c'est impossible. Vous êtes au courant, n'est-ce pas, Chu? (Les lèvres de Tony se pincèrent en un sourire sévère.) A quelle loge appartenez-vous, Poon?

– Non, vous m'avez mal compris, dit Poon en hochant la tête.

– C'est vous qui m'avez mal compris, Poon. Et il n'y a pas que vous. Allez répandre la bonne nouvelle. Dites à tout le monde que je n'accepte pas de pots-de-vin et que je ne renonce jamais. Allez le dire à Yee et à vos autres bonnes sources. Et sortez de mon bureau, immédiatement!

Sa voix siffla comme un fouet, Poon sauta de sa chaise et recula vers la porte. Tony le regarda partir.

Le sergent Chu hocha la tête. Ça, c'était un patron, se dit-il fièrement, et bientôt tout le monde le saurait. On saurait qu'il ne plaisantait pas et on maudirait son nom.

Mark se demandait s'il n'aurait pas dû décider de prendre son travail avant septembre. Son patron avait eu la gentillesse de lui accorder un été de liberté après l'obtention de son diplôme, mais il commençait à manquer d'argent et en avait assez d'expliquer à Silvia qu'ils ne pouvaient pas se permettre d'aller dîner au Restaurant 97 ni dans les établissements chics de Hongkong tous les soirs. Essuyant la sueur de son visage, il se pencha sur la pile de factures qu'il feuilleta, mal à l'aise. Il y en avait beaucoup trop. Et Silvia ne proposait jamais de payer, pensa-t-il, furieux, en examinant son relevé de compte. Il fallait bien qu'il trouve l'argent quelque part, à présent que son père lui avait coupé les vivres. Peut-être l'heure était-elle venue de retourner à Manille? Il pourrait appeler Yee demain. Peut-être.

On frappa rapidement à la porte et, heureux de cette distraction, il se redressa. Il traversa la pièce en simple caleçon et ouvrit la porte. Son mince visage s'illumina.

– Harry! Justement, je pensais à toi!

Il déverrouilla la grille de métal et recula pour laisser entrer Harry. En voyant les factures, Harry leva la main.

– Oh, non, je ne m'occupe plus de cela, Mark, et tu le sais parfaitement. Appelle Yee si tu as besoin de quelque chose. Je me suis retiré des affaires, ne l'oublie pas.

Son tee-shirt trempé de sueur lui collant à la peau, il se jeta sur le divan de rotin et but la bière de Mark.

– Mon Dieu, quelle chaleur!

– On est en août, qu'est-ce que tu veux!

Furieux du refus de Harry qui le regardait droit dans les yeux, Mark dissimulait mal sa colère.

– Je ne vois plus Yee. J'ai un bon boulot, et je me suis sorti de mes ennuis. Tu ne voudrais pas me gâcher la vie?

Il essayait de sourire, de plaisanter, et Mark hocha la tête.

– Ouais, ouais, je sais, tu vas devenir le meilleur disc-jockey de tout Hongkong, dit-il en riant, puis, comme si son humeur s'éclaircissait, il alla chercher deux bières dans le réfrigérateur.

Tant pis pour l'argent, il trouverait une solution.

– Exact, de 2 à 4 heures du matin. Il m'a suffi d'un an à jouer les garçons de courses et à courir dans tous les sens pour faire plaisir à mes maîtres. Tu ne me félicites pas? s'exclama Harry en riant.

Il finit la bière tiède et tendit la main vers la nouvelle bouteille fraîche.

– Tu te fiches de moi?

– Non, non, c'est vrai. Je viens de l'apprendre. Je voulais t'annoncer la nouvelle.

– Splendide. Je suis très impressionné. Quel chemin!

Mark leva sa bière et fit tinter sa bouteille contre celle de Harry, avec un enthousiasme digne de leur ancienne amitié.

– Tu as été augmenté?

– Pas encore, dit Harry en haussant les épaules. Si ça marche, ils disent que je gagnerai deux mille dollars de plus par mois. Ce n'est pas grand-chose, mais c'est toujours mieux qu'un coup de pied aux fesses. Je vais devenir le meilleur disc-jockey que Hongkong ait jamais connu.

– Ce ne sera pas difficile! fit remarquer Mark et tous deux se mirent à rire. Alors, à ton nouveau travail et à la fortune!

– Et aux filles, ajouta Harry, impulsivement. De jolies filles bien bronzées à la pelle. Oh, j'oubliais. Tu es presque fiancé avec Silvia, non? Eh bien, à des filles à la pelle pour moi. J'en aurai encore plus!

Mark s'était senti tout joyeux à la pensée des filles, et l'idée de voir Silvia le soir même l'agaçait, l'ennuyait même. Il avait connu beaucoup de filles à l'université, les choses étaient très différentes là-bas, tout le monde paraissait libre, sans inhibition et se montrait prêt à laisser les autres respirer. Pas de relations contraignantes. Oui, il aimerait bien essayer des Chinoises. Elles comprendraient qu'il fume du hasch de temps à autre ou même qu'il sniffe une ligne de coke. Et si elles n'acceptaient pas, cela n'avait pas d'importance, il pouvait les envoyer balader. Il avait envie de passer la soirée avec Harry, de bien s'amuser, de profiter de la vie sans penser aux soucis.

Il regarda Harry avec un sourire embarrassé.

— Je dois la voir ce soir. Je le lui ai promis. Je ne peux pas lui poser un lapin.

— Bon, tant pis, j'ai quelqu'un à voir, de toute façon, dit Harry en haussant les épaules.

— Qui ?

— Un vieux copain qui a des ennuis. Je lui dois un service. Il s'appelle Aidan. Aidan Lockhart.

— Ah, oui, Poisson ! Je le connais un peu. Il paraît que depuis qu'il a tué cette gamine il boit encore plus qu'avant. C'est dommage. Où allez-vous ?

— Dans un petit truc à Kowloon. Aidan dit qu'il connaît un endroit où les filles viennent s'asseoir sur tes genoux pour un malheureux Coca. Tu veux venir ?

— Euh...

Mark hésita, mais il mourait d'envie d'échapper à Silvia, de s'abandonner plus que jamais aux vulgaires plaisirs masculins.

— Euh... pourquoi pas ? Pourquoi pas ? Je décommanderai Silvia.

De nouveau, ils firent tinter leurs bouteilles pour fêter la soirée.

— Tony ! Je n'arrive pas à y croire. Où t'étais-tu caché pendant tout ce temps ? Et regarde ce bronzage ! Non, je n'arrive pas à croire que tu travaillais, sinon tu serais blanc comme un linge, et pas tout doré comme ça.

Il émanait une certaine chaleur de ces paroles, presque caressantes, et Tony lutta contre sa méfiance qui l'aurait incité à répondre une banalité avant de s'éloigner. Il s'efforça de sourire à la fille de Sally Freeman, toujours aussi laide, et qui commençait à désespérer, disait-on. Le regard anxieux, elle redoutait qu'il s'en aille et la laisse tomber comme une idiote, mais il la serra dans ses bras.

– Bonjour, Citrouille, dit-il en recourant à son stupide surnom d'enfant qui la fit sourire, comment ça va?

– Beaucoup mieux depuis que tu es arrivé. Et la police? Il paraît que tu es inspecteur maintenant.

– Oh, un simple chien de garde en uniforme. Rien de très brillant. Et toi? Qu'est-ce que tu fais?

– Je cherche un mari, dit-elle en lui faisant un clin d'œil.

Son rire faillit l'étouffer, car elle avait deviné ses pensées.

– Touché. J'avais oublié que tu avais hérité de l'humour de ta mère.

– Et de sa beauté! dit-elle avec un long soupir.

– Si on allait boire quelque chose.

Il sourit, la prit par le bras et l'escorta dans le jardin.

De l'autre côté de la pièce, Sally, qui bavardait avec Fran Clements, Reginald Hsu et le père de Silvia Bateman, se tut et eut un sourire entendu.

– On dirait bien Tony, murmura-t-elle, quel charmant garçon!

Elle souligna le « charmant », si bien que Reginald observa lui aussi le garçon aux cheveux blonds avant de se retourner vers Sally, les sourcils levés.

– Non, ce n'est pas ce que vous croyez, dit Sally, en hochant tristement la tête. Si Tony a le béguin pour quelqu'un, c'est pour Silvia, mais il n'a plus guère le temps de sortir. Et en fait, je crois qu'il ne s'est jamais franchement remis des frasques de Joanna.

Elle leva les yeux vers Reginald, pour jauger son expression. Il souriait toujours agréablement, mais derrière ses lunettes, ses yeux étaient mornes.

– Le pauvre garçon se méfie des femmes, depuis.

– A mon avis, il n'a rien d'un pauvre garçon, répondit calmement Reginald. On dirait un jeune homme très compétent, en fait. Le genre d'homme qui a une vie bien rangée.

– Bien rangée, intervint Fran, mais cela ne suffit pas, si? Il faut un peu de désordre parfois. Surtout à l'âge de Tony.

Ils le regardèrent bavarder avec aisance, naturellement. Ce fut Sally qui approcha de la vérité.

– Il ne s'implique pas. Il reste spectateur, il n'a pas l'intention d'entrer dans le jeu, remarqua-t-elle, et le père de Silvia hocha la tête.

– C'est le fils de Bill, non?

C'était plus une constatation qu'une question.

– Oui. Il est adulte.

Reginald Hsu ouvrit les yeux plus grands et regarda le jeune homme calme, au menton ferme, qui se montrait enjoué, iné-branlable et faisait tout son possible pour distraire une fille très ordinaire et morne.

– Bill ne se soucie jamais des gens, répondit-il.

– Non, et Tony s'en soucie trop. Il a horreur de faire du mal, dit Fran, avec un sourire distrait. Il ne devrait pas tant s'en faire, il donne toujours l'impression de porter le poids du monde sur ses épaules, de pouvoir réparer la négligence ou la cruauté des gens. Il agit de la même manière avec tout le monde, amis, inconnus, cela n'a pas d'importance.

– Parce qu'il ne laisse personne l'approcher vraiment. C'est une sorte de mur de gentillesse, mais mieux vaut ne pas essayer de le franchir. Je n'ai pas grand-chose à attendre pour ma fille, ni pour personne d'autre. Et puis, avec son métier...

Sally laissa retomber sa voix et regarda Reginald.

– Quel métier?

– Oh, Reginald! protesta Fran. Je croyais que vous étiez tou-jours au courant de tout. Vous ne savez pas que Tony est entré dans la police?

– Pourquoi? Je devrais?

Du haut de sa grande taille, il lança un regard plein d'indif-férence. Fran plissa les yeux mais garda une voix ferme.

– Tony remplit très bien sa mission, paraît-il. Des tas de gens qui croyaient s'en sortir avec des pots-de-vin tombent sur un os avec lui. Je crois qu'il fait pas mal de bruit du côté des barons de la drogue, d'après ce qu'on dit.

Elle leva les sourcils et observa attentivement Reginald. Il souriait poliment mais froidement, et elle poursuivit sur un ton badin.

– Vous savez, j'ai toujours pensé que c'est à cause du départ de Joanna que Tony a si peur de faire du mal et qu'il a si peur de souffrir en même temps. C'est pour cela qu'il se réfugie dans son travail. C'est plutôt paradoxal, vous ne trouvez pas, Regi-nald?

Il y eut un silence pesant.

– Les péchés des parents retombent toujours sur les épaules de leurs enfants. C'est ce qu'on dit, non? Avec ma fille, cela marche dans l'autre sens, dit Reginald en riant. Portia me donne des cheveux blancs!

176

A contrecœur, ils regardèrent Portia qui, à quinze ans, était tout à fait charmante et précocement consciente de sa beauté. Comme les filles de Fran et de Sally étaient tout juste passables, on pouvait considérer que Reginald Hsu avait marqué un point.

Entourée d'une cour de jeunes gens, Portia rejetait en arrière sa chevelure d'un coup de tête expérimenté. Il y avait un air de tout savoir dans son expression qui déplaisait beaucoup à Sally Freeman.

– Oh, je ne m'inquiète pas pour Portia, dit-elle en souriant. Elle a tout ce qu'il faut pour s'en tirer dans la vie. Si elle sait comment s'en servir, elle réussira parfaitement, comme son papa! dit-elle en dirigeant sur Reginald des yeux pétillants.

Il rit de nouveau, mais cette fois sans gaieté. Pendant un instant, il regarda Tony de l'autre côté de la pièce. La bouche pincée, il ajusta ses lunettes à monture d'acier.

New York
1981
Claudia voyait Jason de temps en temps, quand il venait leur rendre visite, ou, plus rarement encore, quand elle était invitée à dîner chez les Hewitt avec Joaney. Elle avait presque oublié qu'il avait jeté Michael dans l'escalier. Après tout, elle n'avait rien vu, et peut-être avait-on grandement exagéré la scène. Il paraissait si normal, si charmant quand il lui parlait des derniers scandales et des ragots de New York ou de Westchester ou qu'il lui expliquait la politique financière de Wall Street qu'elle n'en remarquait presque plus ses réactions bizarres. Il menait une vie bien rangée, il savait où il allait, et, depuis peu, cela l'attirait. Elle commençait à avoir envie de mieux le connaître.

Leur nouvelle acquisition, en dehors de l'appartement d'Amsterdam Avenue, qui donnait sur l'Hudson et le New Jersey, était une boule de poils gris fort agitée que Michael avait offerte à Joaney peu après le déménagement. C'était l'un des petits d'une portée de chats qu'un ami essayait de placer, fils d'une chatte sacrée de Birmanie et de père inconnu. Elles l'appelèrent Boule et, ravies, virent le chaton dodu et ébouriffé se transformer en un adolescent effilé qui aimait dormir avec elles la nuit et réclamait bruyamment leur affection le jour.

La vie quotidienne se poursuivait, devoirs à rendre, cours à suivre, examens à passer, si bien qu'elles ne se rendirent pas compte jusqu'en novembre de la troisième année que le temps filait. Claudia travaillait toujours chez Succi, où elle se rendait en pédalant furieusement dans le brouhaha de la circulation, le long des trottoirs jonchés d'ordures, évitant les rastas, avec leurs nattes au vent, les grosses matrones italiennes qui appelaient leurs enfants, les hommes d'affaires en costumes rayés, les dessinateurs en jeans, un grand carton sous le bras, témoignage de leur talent. Il y avait plus d'ethnies différentes à New York que dans toute l'Amérique, pensait Claudia, une foule animée, qui vibrait à un rythme effréné, une foule intelligente, intense, vivante.

Elle inventa une excuse pour ne pas rentrer à Noël, et compensa ses sentiments de culpabilité en envoyant des cadeaux luxueux qui lui coûtèrent plus que ce qu'elle gagna pendant les vacances. Mais elle parvenait à couvrir ses frais universitaires et ses besoins personnels et pouvait s'en enorgueillir. Bo aurait été fier d'elle, pensa-t-elle avant d'en rire.

Ce fut au cours du printemps de la troisième année que Michael demanda à Joaney de l'épouser. Joaney accepta.

– L'épouser? Mais il est déjà marié, protesta Claudia qui avait parlé avant d'avoir tourné sa langue dans sa bouche.

Allongée sur le riche divan de cuir qui portait déjà les marques des griffes de Boule, Joaney se raidit.

– Tu n'es pas contente? Je croyais que cela te ferait plaisir. Tu sais à quel point il compte pour moi, comment se fait-il que tu ne te réjouisses pas pour nous? Il divorcera. Je passerai mon diplôme et on se mariera. Il n'y a rien de si terrible! A t'entendre, on croirait que c'est l'Apocalypse!

Elle se leva, traversa nerveusement la pièce, passant d'un carré de lumière à l'autre et regarda la pâle lueur de l'Hudson qu'on voyait du balcon. Boule la suivit, s'amusant à lui donner de petites tapes sur les chevilles. Claudia l'observa un instant, pour se donner le temps de réfléchir.

– L'Apocalypse?

– Oh, tu sais bien ce que je veux dire! Tu ne pourrais pas être contente pour moi? dit Joaney en allumant une cigarette, sur laquelle elle tirait rapidement.

– Joaney, bien sûr que je suis contente! Très contente. Je suis un peu abasourdie, c'est tout, je ne m'y attendais pas.

Et inquiète, pensa-t-elle intérieurement, passant en revue les questions qu'elle avait vraiment envie de poser. Comment allait réagir sa famille? Combien de temps prendrait le divorce? Que feras-tu dans vingt ans, quand tu en auras quarante et lui soixante-dix? Mais Claudia se contenta de sourire et d'ouvrir ses bras dans lesquels Joaney se précipita, en larmes.

– Claudia! Tu es ma meilleure amie! Je sais que tu penses à tous les problèmes, mais nous pourrons nous arranger avec, non? Nous nous aimons, alors tout le reste trouvera une solution! Mais il faut que tu sois de mon côté, j'aurai besoin de toi. Michael et moi, nous aurons besoin de ton aide.

Elle s'écarta de Claudia et s'écroula sur l'un des divans où elle se recroquevilla. Le chat sauta sur ses genoux, se glissa entre sa cuisse et l'accoudoir du divan et entonna un profond ronronnement de satisfaction quand elle le caressa sous le menton.

– Bien sûr que je t'aiderai. Je serai toujours là pour toi.

Mais ne me demande pas d'annoncer la nouvelle à Jason, c'est tout ce que je te demande. Tout mais pas ça! Elle regarda autour d'elle, cherchant quelque chose à dire. Elle ne trouvait que des banalités.

– Euh, eh bien, si nous fêtions ça? On débouche une bouteille de champagne?

Le visage sombre de Joaney s'illumina, les traces d'humidité suspectes s'évaporèrent de ses yeux.

– Il y en a une dans le frigo. Ma mère me l'a donnée la dernière fois que je l'ai vue. Elle s'étranglerait si elle savait ce qu'on fête avec!

– Alors, allons-y! Et Michael? Où est-il passé?

Claudia prit la bouteille dans le réfrigérateur et la donna à Joaney pour qu'elle l'ouvre.

– Parti voir son patron et téléphoner à son avocat. Il en a déjà parlé à sa femme à Noël et il lui a promis qu'elle garderait la maison – c'est un vieux tas de pierres, ou je ne sais quoi, et elle avait peur de devoir le quitter s'ils se séparaient – et qu'ensuite, ce serait l'aîné des garçons qui en hériterait, alors, elle est tranquille. Elle est d'accord. Comme ils sont séparés depuis plus de trois ans, le divorce se déroulera comme sur des roulettes. Pas de souci.

D'un geste de ses doigts effilés, Joaney se débarrassait de la femme et de ses problèmes. Claudia sentit ses lèvres se pincer.

– Et les enfants? Qu'en pensent-ils? demanda-t-elle.

Joaney baissa les yeux, se concentra sur le bouchon qu'elle fit sauter d'une main experte.

– Oh, ça ira. Ils sont un peu perturbés pour le moment bien

179

sûr, mais quand ils verront que Michael est bien plus heureux avec moi, que leur vie n'a pas changé et qu'ils ont toujours autant d'argent, ils... (Elle laissa tomber sa voix, reléguant les enfants au fin fond de son esprit.) Où sont les verres ? Bon, allez, buvons à Michael et à moi, à notre bonheur, en espérant que mes parents ne vont pas me supprimer ma rente ! dit-elle en riant gaiement, mais Claudia perçut la pointe d'anxiété dans sa voix.

– C'est possible ?

– Non, cela vient de ma grand-mère, et elle est morte, si bien que mes parents ne peuvent pas y toucher. Ce n'était qu'une mauvaise plaisanterie. Je vais te dire quelque chose, ajouta Joaney en caressant Boule et en s'étendant sur le divan, pour le moment, laissons ma famille en dehors de tout cela. Attendons que le divorce soit prononcé. On peut commencer à les travailler d'abord, à leur faire accepter la chose petit à petit au lieu de leur lancer la nouvelle comme une bombe. Qu'en penses-tu ?

– Oui, je crois que c'est une bonne idée, dit Claudia qui, souriante, les lèvres dans sa coupe de champagne, essayait de maîtriser ses nausées. Pourquoi n'inviterais-tu pas tes parents à dîner, avec vous deux, ou peut-être aussi avec Jason et moi ? Ils s'habitueront à te voir comme une adulte qui habite chez elle et mène sa vie ?

A peu près aussi efficace que de planter un panneau « stop » devant un troupeau d'éléphants qui chargent, se dit Claudia intérieurement, mais elle tentait de se montrer optimiste pour rassurer Joaney.

– Super ! Je leur demanderai de venir vendredi soir ! Et tu pourras préparer Jason ? Il est fou amoureux de toi, et tu ne cesses de le repousser ! Tu ne pourrais pas être un peu plus gentille avec lui et le mettre dans ta poche ? Hein ? Allez, Claudia, fais-le pour moi. S'il te plaît !

Et voilà comment elle alla prendre le thé et écouter de la musique de chambre au Palm Court de l'hôtel Plaza. Voilà comment elle dîna au Club 21, se rendit à des expositions de peintures modernes au Guggenheim où elle prenait l'ascenseur et descendait la galerie en colimaçon, voilà comment elle alla admirer des toiles de maîtres au Metropolitan, assister à la première d'*Aida* de Verdi, ou à une version de *West Side Story* à Broadway. C'était si facile de tomber dans ce piège, de savourer un aspect de New York qu'elle n'avait pas les moyens de s'offrir, de voir Jason Hewitt plus régulièrement, de savourer ses mots d'esprit, d'apprécier sa compagnie agréable, en dépit de tous ses principes qui l'incitaient à ne pas s'attacher. Et Jason avait de grands espoirs, même si chaque fois qu'il la raccompagnait, il se disait de ne pas se précipiter... ne précipite pas les choses, sinon tu vas tout gâcher. Quand il voulait réellement quelque chose, Jason savait se montrer patient.

C'est pourquoi il ne fit aucune objection quand Claudia retourna chez elle aux grandes vacances, se contentant de lui effleurer légèrement les lèvres et de s'y attarder juste un instant pour la voir fermer les yeux, avant de s'écarter et de lui dire qu'elle lui manquerait. Il ne proposa pas de lui écrire ni de l'appeler. Elle ne l'estimerait pas à sa juste valeur, s'il paraissait trop empressé.

Ravie par son tact, son humour, son air de toujours tout savoir, sa façon de l'intégrer au monde des initiés, Claudia se demandait si elle devait prendre l'affaire au sérieux. Bien sûr, elle ne le voyait que tous les quinze jours, et encore, avait-elle bien du mal à trouver ce temps entre ses études et son travail chez Succi, mais il n'était pas comme les autres... Et les hommes pas comme les autres ne couraient pas les rues... Pourtant, il exigerait quelque chose de plus l'année suivante. Malgré toute sa naïveté, elle le savait.

17

Hongkong
Août 1982

— Fais de beaux rêves, chantonnait Aidan en dodelinant de la tête. Papa est à la chasse, chut, pas de bruit, il t'apportera un lapin, murmurait-il tristement, ses pensées tourbillonnant dans le chaos de son esprit embrumé.

Mark le poussa du pied, mais Aidan qui observait ses mains, le cou cassé selon un angle étrange, ne leva pas les yeux. Le bourdonnement se poursuivit. « Pauvre bébé, la petite fille est partie, papa a pris une peau de lapin, pour y mettre le pauvre bébé... »

— Il perd la boule de temps en temps, et il mélange tout. Alcool, drogue, tranquillisants, excitants... et même de vieux remèdes chinois, imaginez! Il n'arrive pas à oublier cette fillette qu'il a écrasée. Il passe son temps à ruminer comme un cinglé.

Harry se pencha sur Aidan en grimaçant sous l'effet de l'odeur, de l'haleine fétide qui se diffusait dans cet espace sombre et confiné. Il le gifla doucement, mais Aidan ne réagit pas.

— Il faudrait qu'il parte pendant un moment. Qu'il aille voir des amis chez lui, qu'il se fasse désintoxiquer dans une clinique, dit Mark alors qu'il le soulevait de la couchette basse.

Mark se cogna la tête contre le cadre de métal et jura. Soulagé, le propriétaire de la fumerie sourit, ses dents en or scintillant dans la lueur sinistre de la fumée.

— Empo'tez-le! Cette fois, revient pas. Lui pas revenir. Lui pas payer. Empo'tez-le.

Il réprimandait la forme allongée qui, un vague sourire aux lèvres et les yeux brillants, ne montrait aucun signe de conscience. Mark redressa le poids mort d'Aidan pour avoir une meilleure prise, et Harry glissa sur une masse humide, qui faillit le faire tomber. La lumière était faible, mais plusieurs couchettes étaient occupées et on entendait le gargouillis sinistre des pipes d'opium. Il toussa et recula dans le hall, étouffant dans l'air âcre, essayant de se souvenir qu'il n'y avait pas si longtemps, lui aussi avait mené cette vie. Cette pensée l'apaisa.

– Allonge-le sur le siège arrière et essaie de caser les bras et les jambes, ordonna Mark alors qu'ils sortaient de la fumerie et se dirigeaient vers la petite voiture de sport garée dans la rue.

Avec un dernier grognement d'épuisement, ils installèrent Aidan, et reprirent leur souffle.

– C'est la deuxième fois ce mois-ci, Harry. Il ne passera pas l'année à ce rythme, dit Mark en soupirant. Où on l'emmène?

– Aucune idée. Ses parents ne veulent plus entendre parler de lui et personne d'autre ne le prendra. Chez toi ou chez moi, je suppose. Mais je passe à l'antenne dans moins d'une heure, alors si cela ne te dérange pas, autant que tu le prennes pour l'instant. Je reviendrai quand j'aurai fini. Occupe-toi de lui.

En voyant le visage de Mark, Harry leva les bras au ciel.

– Bon, tu as une autre idée?

– Non, pas pour l'instant. Je vais l'emmener faire un tour. L'air frais lui fera du bien. Viens le chercher plus tard. Appelle-moi avant, d'accord?

Il monta dans la voiture, fit un signe à Harry qui haussa les épaules.

– D'accord, à plus tard.

Harry pivota et descendit Cheung Sha Wan Road pour rejoindre la station de métro Sham Shui Po à Kowloon. C'était le moyen le plus rapide pour se rendre au siège de la radio où il devait arriver avant le début de son émission à 20 heures. Il regarda Mark faire demi-tour et filer dans la rue dans un crissement de pneus excédé.

Cette fois, Aidan avait touché le fond, pensa Harry avec le sens de culpabilité triomphal qu'il réprimait toujours et qui lui faisait honte. Mais c'était dans sa nature de se réjouir de ne pas partager la destinée des autres, de s'en sortir quand d'autres s'enfonçaient, d'autres qui, au départ, avaient eu beaucoup plus de chances que lui. Peut-être était-ce dû à la loi du yin et du yang, les deux éléments complémentaires de la vie, comme sa mère le lui avait toujours dit? Il s'était moqué d'elle et de ses superstitions, pourtant peut-être avait-elle eu raison.

Aidan était yin, c'était une force négative, l'obscurité, et lui était yang, la force positive, la lumière. Il avait sa propre émission et un public fidèle qui augmentait de jour en jour. Les producteurs l'appréciaient, et Harry leur donnait ce qu'ils voulaient : de la bonne musique, de bonnes interviews, de bons conseils sur les endroits à la mode où il fallait se montrer.

Alors, peu importait que ce fût Aidan qui l'avait aidé à commencer, à trouver un travail plein d'avenir. Le reste, il l'avait accompli seul, et il ne pouvait plus rien pour Aidan. Plus maintenant. Il fallait toujours un yin pour un yang. On ne pouvait pas avoir l'un sans l'autre, se rassurait-il. C'était la vie.

Autrefois, il avait songé à lui dire ce qu'il savait sur Yee. Tout ce qu'il savait, et tout ce qu'il soupçonnait. Mais à présent, à quoi bon? A qui le répéterait Aidan? Et qui le croirait? D'ailleurs, Harry était en dehors de tout cela, et il n'était pas prêt à y replonger. Non, il y avait trop d'enjeux. Son avenir, les gens avec lesquels il voulait passer sa vie, des gens comme... Liddie, quand elle reviendrait. Il n'allait pas renoncer à ses rêves pour un vague sentiment de culpabilité.

Il descendit les marches du métro.

Mark, qui filait à toute vitesse sous les néons de Waterloo Road, tourna dans Princess Margaret Road, emprunta Hong Chong Road et entra dans le bourdonnement du tunnel du port sans accorder une pensée à Aidan. Il était en retard à son rendez-vous. Il conduisait férocement, se mêlant au flot de voitures qui sortaient du tunnel, et fonçait vers Victoria Park. Il devait rencontrer Yee au temple de Tin Hau. Le crépuscule tombait à peine, les lumières de la ville bousculaient les ombres et le manteau mauve de la nuit s'étirait. Il ralentit, car il n'était pas sûr du chemin.

Normalement, Yee ne venait jamais en personne mais lui envoyait un de ses hommes qui lui donnait son billet d'avion et ses papiers et lui expliquait sa mission. Cette fois, Yee avait tenu à se déplacer, et Mark ne voulait pas le faire attendre. D'autant plus qu'il avait déjà dépensé l'argent qu'il devait gagner au cours de ce voyage. Il avait besoin de Yee. Mal à l'aise, il se demanda s'il avait rendez-vous à 19 ou à 20 heures. Il hésita un instant. Oui, oui, c'était bien 19 heures.

Il contourna l'arrière du parc par Causeway Road, hésita au carrefour de King's Road et se retrouva face à un sens interdit.

Il tourna à droite, retourna au temple de Tin Hau, et en jurant, le longea pour trouver une place. Il était en retard, mon Dieu, il était en retard!

Les rues étaient bondées de colporteurs, de clients, de vendeurs ambulants qui avaient disposé leurs marchandises sur des journaux étalés sur le trottoir, de vieilles femmes qui lui proposaient des amulettes de jade ou d'ivoire. Des diseurs de bonne aventure officiaient partout, et le tintement des baguettes le désorientait totalement. Dans un coin reculé, sur une plate-forme, au rythme des tambourins et des cymbales, retentissaient les cris perçants et les hurlements d'un opéra de plein air, tandis que la foule ébahie se balançait devant les silhouettes peintes qui dansaient. Un vieillard, avec ses marchandises en équilibre dans deux paniers d'osier, heurta Mark au genou qui grommela, irrité.

Par contraste, le temple était une oasis de calme et d'ombre. Mark pressa le pas pour y parvenir. Il franchit le portail gravé, et, immédiatement, le silence tomba, à peine troublé par le son des pieds nus qui glissaient sur le sol et le faible murmure d'une incantation dans le lointain. Dans un coin, quelques fidèles se recueillaient devant des bougies. Il les dépassa, tourna dans un vestibule, puis un autre, de plus en plus inquiet car Yee ne donnait pas le moindre signe de sa présence.

Dans la cinquième chambre, où des spirales d'encens, ambrées, accrochées au plafond, déversaient leurs traînées de fumée oppressante vers le sol, il aperçut enfin Yee. Il s'arrêta dans l'ombre car quelque chose d'étrange le fit hésiter avant qu'il sût vraiment de quoi il s'agissait. Il n'y avait pas de fidèles au fond du labyrinthe des salles qui donnaient les unes dans les autres, interrompu parfois par un jardin qui permettait à une faible lumière de pénétrer. Les brasiers étincelaient comme des bijoux dans l'air sombre et épais, éclairant de leurs rayons une statue de Bouddha laquée rouge et or.

Bien déterminé à prendre Yee en photo s'il en avait l'occasion, ne serait-ce que pour s'octroyer une forme d'assurance, Mark mit la main sur l'appareil qu'il avait glissé dans sa poche. Mais à présent, il avait l'impression que c'était risqué, pis peut-être. Il songea à le cacher, à s'en débarrasser. Pourtant, cela serait bien pratique d'avoir quelque chose contre Yee. Il hésita.

Yee n'était pas seul. Il y avait deux silhouettes avec lui, l'une, que Mark ne reconnaissait pas, était celle d'un homme d'âge mûr, aux traits lourds et aux cheveux grisonnants. L'autre était partiellement dissimulée dans l'ombre et Mark ne la voyait pas très bien.

Il attendit, ne voulant pas se dévoiler, et perçut des murmures. Etrangement, Yee ne semblait pas être le chef. Il s'en référait aux deux hommes, à celui qui se trouvait dans l'ombre surtout. La gorge sèche, la sueur coulant sur ses tempes, Mark sentit un frisson de peur le parcourir.

Il se passait quelque chose de bizarre, quelque chose dont il n'aurait pas dû être témoin. On tendit un paquet à l'homme d'âge mûr qui le prit et le dissimula sous sa veste. D'autres murmures, comme si on traitait une affaire louche. Mark se retira dans l'ombre d'un pilier et attendit, le dos contre la pierre, essayant de s'y engloutir. Si Yee soupçonnait sa présence... Le souffle court, Mark avala une bile amère. Il avait envie de s'enfuir, mais cela lui aurait été fatal. Mieux valait se cacher, ne rien dire, et faire croire qu'il n'avait rien vu. L'appareil photo s'enfonçait dans sa cuisse.

Ce ne fut qu'au moment de leur départ, alors que les voix se faisaient plus fortes et que les hommes s'écartaient un peu que Mark eut le courage de se pencher et de regarder à nouveau. Ils contournèrent la cour intérieure, et, pendant un instant, ils furent visibles tous les trois. Presque sans y penser, Mark leva l'appareil et prit un cliché. Le déclic fit un bruit terrifiant dans les confins de cette chambre et Mark se rejeta immédiatement en arrière, s'écrasant contre le mur, tâtonnant jusqu'à ce qu'il trouve une embrasure dans laquelle il glissa l'appareil. Les trois hommes se figèrent, lancèrent un coup d'œil circulaire et méfiant, mais il n'y eut pas d'autre bruit, et ils pressèrent le pas, chacun sortant par une porte différente.

Une silhouette frôla Mark, qui put voir les épaules hautes et carrées, l'inclinaison arrogante de la tête, le reflet des lunettes à monture d'acier. Il sut qui était le troisième homme.

Pendant de longues minutes de silence, il resta à l'abri dans l'ombre, avant d'oser regarder encore. Il n'y avait plus personne.

En tremblant, il emprunta la porte par laquelle il était venu. Il atteignit la première cour sans encombres et s'assit sur un banc de pierre, laissant son cœur se calmer et sa respiration s'apaiser. Il chercha son mouchoir et s'essuya soigneusement le visage, en essayant de faire le vide en lui. Finalement, il se leva et alla vers l'entrée du temple. La nuit était tombée, et l'opéra entamait son troisième acte. Il s'appuya contre un pilier et attendit tranquillement que le temps s'écoule jusqu'à 20 heures.

Une main se posa sur son épaule. Parfaitement calme, ayant retrouvé sa maîtrise de soi, il se retourna et regarda innocemment Yee dans les yeux.

Après la rencontre, le billet et la destination en poche, Mark retourna à sa voiture. Aidan était parti. Il haussa les épaules, se demandant où et quand il allait réapparaître. Epuisé par les tensions et la peur, il monta dans sa voiture pour faire la longue route jusque chez lui. Mais ses pensées ne cessaient de le tourmenter. Que pouvait bien faire Yee avec ces deux hommes? Que se passait-il? Quelles conséquences ce qu'il avait vu pourrait avoir sur lui si on le démasquait? Ces questions lui desséchaient la gorge.

Il dut patienter quelques jours avant de pouvoir aller chercher l'appareil qu'il avait dissimulé dans le mur et près d'une semaine avant de découvrir qui était le deuxième homme aux cheveux grisonnants. Mais quand il le sut, son visage se figea de peur, et, cette nuit-là, longtemps, il se demanda que faire.

New York
Septembre 1982
Le téléphone sonna de nouveau et Claudia soupira, tandis que Boule sauta à terre et s'enfuit, la queue en l'air, droite comme un « i ». Elle repoussa ses livres, baissa le volume sonore de Rodd qui déblatérait sur Maggie et décrocha.

– Allô? Pardon? Qui? Un ami de qui?

Elle s'assit sur le divan, plissa les yeux, essayant d'entendre la faible voix. Il y avait des bruits de fond, des voix métalliques et saccadées, des coups de sifflet qui résonnaient comme dans une caverne.

– Mark. Votre frère.

La voix arrivait par bribes.

– Mark? D'où appelez-vous?

– Grand Central Station. J'ai un paquet pour vous. Je ne voulais pas faire tout le trajet si vous n'étiez pas là. Vous restez un moment? demanda la voix désincarnée, et Claudia s'efforça d'en deviner le sexe.

– Euh... oui, je crois. Mais vous pouvez me l'envoyer. Vous êtes à l'autre bout de la ville, et il fait une chaleur infernale. C'est se donner beaucoup de peine...

– Si Mark avait voulu que je l'envoie, il l'aurait fait lui-même. J'arrive.

La ligne fut coupée, et Claudia reposa lentement le récepteur, avec l'impression désagréable d'avoir été souillée, de s'être trouvée en face de quelque chose de répugnant.

Qui était cet ami de Mark? Un homme ou une femme? Dégoûtée, elle fronça les sourcils et augmenta le son, en regrettant que Joaney ne soit pas là pour lui tenir compagnie.

Pendant vingt minutes, elle tourna en rond dans le salon, poursuivit Boule qui massacrait les meubles pour attirer son attention, et, le regard vide, elle contempla les eaux plates et boueuses de la rivière. Elle en avait oublié les livres encore ouverts sur le divan qu'elle devait lire avant son prochain exposé.

Elle réfléchissait aux étranges lettres que Mark lui avait envoyées cet été-là, des lettres décousues, presque incohérentes, qui parlaient de lui et de Harry, disant comment ils s'étaient liés d'amitié, malgré des débuts difficiles qu'il n'expliqua jamais vraiment. Elle sourit en songeant que Harry et Mark étaient redevenus amis, soupira, pleine de nostalgie pour les deux garçons qu'elle avait si bien connus. Mais c'était une nostalgie empreinte d'un malaise : lequel des deux avait changé au point qu'une amitié fût devenue aujourd'hui possible?

De toute évidence, Mark ne lui racontait pas tout, se réfugiant dans de longues rhapsodies sur un Orient dont elle se souvenait à peine, dissimulant ce qu'il avait vraiment en tête. Il prétendait se sentir chez lui, là-bas, en Extrême-Orient, pays qui respirait à l'unisson avec lui, qui comprenait ses besoins. Ses besoins? Quels besoins? Et que lui avait-il envoyé?

Plus tard, en fait plus vite qu'elle ne s'y attendait, la sonnerie de l'interphone retentit. Elle hésita un instant.

– Allô? Oui, quatrième étage, appartement 4 B.

Elle se précipita de l'autre côté de la pièce et se jeta sur le téléphone.

– Allô? Jason?... Oui, à l'instant. Ecoute, Jason, je t'en parlerai plus tard, mais il faut que tu viennes tout de suite... Il y a un type... enfin je crois que c'est un homme... Mon Dieu, il est derrière la porte. Ecoute, tu peux venir tout de suite? Tu en as pour cinq minutes un dimanche soir... Je ne sais pas. Je me sens mal à l'aise, c'est tout. Merci. A tout de suite.

Elle reposa le récepteur en se demandant si elle n'avait pas été un peu stupide, si elle n'avait pas eu tort d'impliquer Jason dans cette affaire. Mais il était trop tard.

– Un instant. J'arrive. Il faut que j'enferme le chien. Il n'aime pas les inconnus.

Elle attendit quelques minutes et ouvrit la porte, en laissant la chaîne de sécurité.

Il s'agissait d'un jeune homme de un mètre quatre-vingts environ, les cheveux et les yeux noirs, le visage bouffi, le teint gris qui ne pouvait provenir que d'une intense vie nocturne. Il portait un imperméable noir et un jean bien qu'il fasse toujours très chaud en ce mois de septembre. Malgré son air minable, il y avait une sorte d'élégance ineffable dans ses mouvements et dans l'inclinaison de sa tête. Hamlet sur la pente descendante, pensa Claudia. Elle n'avait jamais beaucoup aimé Hamlet.

– Oui?

Ses yeux saisirent tous les détails nécessaires et émirent un signe d'avertissement intérieur.

– Vous ne me laissez pas entrer? J'ai fait tout ce chemin...

Une étincelle de curiosité jaillit des yeux cernés, qui tranchaient avec le reste de son apparence.

Claudia hésitait.

– Excusez-moi, mais qui êtes-vous exactement?

– Je vous l'ai dit, un ami de Mark, répondit-il patiemment. Et j'ai quelque chose pour vous, mais je ne veux pas vous le donner sur le palier. Vous savez, j'en ai fait du chemin pour rendre ce service à Mark, alors, vous en voulez ou pas?

Il avait une voix haut perchée, légèrement sifflante et une intonation faussement amusée.

Claudia ne savait toujours pas quoi faire.

– Je suis désolée, je ne voudrais pas paraître impolie, mais je ne vous connais pas du tout et nous sommes à New York. Vous auriez quelque chose pour me prouver que vous êtes un ami de Mark? Comment vous appelez-vous?

Sa manière de passer d'un pied sur l'autre et de secouer la tête tout en fouillant dans ses poches trahissait son irritation. Il leva les yeux vers elle, lui lançant un regard d'une troublante intelligence.

– Je m'appelle Poisson, Aidan Lockhart, mais tout le monde m'appelle Poisson. Vous devez savoir pourquoi.

Quand il souriait, ses lèvres devenaient si fines qu'elles disparaissaient presque dans sa bouche. La fatigue lui creusait de grands cernes noirs sous les yeux.

Claudia esquissa un sourire et hocha la tête.

– Je ne.. sais pas... Pourquoi?

– Rien, tant pis. Tenez, c'est une lettre de votre frère qui accompagne le paquet. Cela vous ira?

Il la lui tendit, de ses doigts minces et élégants.

– Excusez moi, je... (Elle ferma la porte, défit la chaîne et ouvrit.) Entrez.

Il avança dans la pièce, regardant tranquillement autour de lui, le visage impavide. Perché sur la commode, Boule observait l'étranger à travers la fente de ses yeux.

– Je suis un peu paranoïaque parfois. Excusez-moi.

Elle haussa les épaules et l'observa intensément. Claudia avait l'impression qu'il ne ressemblait en rien à ce que laissait croire son apparence. Ce n'était qu'un déguisement. Jouait-il un rôle pour elle, ou était-ce pour le bénéfice de tous?

– Mieux vaut être trop prudent. C'est gentil ici. Vous faites des affaires avec Mark? demanda-t-il en s'asseyant, son imperméable toujours sur le dos.

– Des affaires avec Mark? demanda-t-elle, intriguée. Non, je ne l'ai pas revu depuis l'âge de sept ans. Quel genre d'affaires?

Elle se sentait aussi mal à l'aise que lorsqu'elle avait entendu pour la première fois cette voix étrange et haut perchée. Une éducation britannique sûrement, mais il avait quelque chose de bizarre.

– De quoi parlez-vous?

L'homme haussa les épaules.

– Je me posais simplement la question. Vous êtes étudiante? Mark m'a dit que vous aviez une bourse. Je me demandais comment vous pouviez vous payer un tel appartement.

Ils regardèrent tous les deux la grande pièce baignée de soleil. Claudia admirait comme pour la première fois la simplicité luxueuse du plancher de bois doré, les meubles couleur de terre claire, les poteries et les objets artisanaux, les grandes feuilles de ficus dans leur pot d'osier. Oui, c'était très beau.

– Oh, je vois. Ce n'est pas chez moi. C'est à mon amie et je paie un loyer modeste.

– C'est chouette. Il est là?

De nouveau, les yeux noirs regardèrent intensément.

– Elle. Eh non, elle n'est pas là. Mais son frère devrait arriver d'un moment à l'autre. Alors vous feriez peut-être mieux de me donner ce précieux paquet tout de suite. Vous voulez du café?

Elle contourna le comptoir qui séparait la cuisine du salon, irritée par ces questions. Il n'était pas vraiment impoli, mais il n'en était pas loin.

– Oui, avec plaisir. A moins que vous n'ayez une bière?

Il leva la tête, et elle commença à entrevoir la signification de ce surnom de Poisson.

– Non, désolée, dit-elle fermement en mettant la bouilloire sur le feu. Vous permettez que je lise cette lettre? Installez-vous confortablement en attendant.

Elle appela, comme s'il y avait un chien dans la pièce à côté.

– Oui, bien sûr. C'est quelle race votre chien?

– Un pitbull, dit Claudia qui souriait doucement en lisant sa lettre.

Chère Claudia,
Je prends le risque de t'envoyer ce paquet par l'intermédiaire d'un ami, Aidan Lockhart (Poisson, pour la plupart d'entre nous). Sois gentille avec lui, tu veux bien? Il boit un peu, mais c'est un brave type qui traverse une période difficile.

[Un brave type, songea Claudia, consternée. Comment Mark pouvait-il se tromper à ce point. Un brave type!]

N'ouvre pas le paquet, range-le soigneusement. Je ne fais confiance à personne ici. C'est une sorte d'assurance vie pour moi. Je ne peux pas vraiment t'expliquer, mais je dois m'en débarrasser au plus vite. Ne sois pas trop curieuse, Liddie, fais-moi confiance, et mets-le en sécurité. Crois-moi, c'est très important.

Grosses bises, Mark.

Claudia replia la lettre et le regarda de nouveau. Il lui adressa un sourire crispé.

– Vous êtes rassurée, maintenant? Vous le voulez, ce paquet?

– C'est du charabia, mais si Mark veut que je m'en charge, je suis d'accord. Vous n'avez aucune idée de ce qu'il contient?

Elle s'approcha de lui à contrecœur, prit la boîte emballée dans du papier des mains de Poisson et examina le sceau de cire avec intérêt.

– Moi? Non. Mark m'utilise comme courrier. Je ne sais pas ce qu'il y a dedans. Je croyais que vous étiez au courant. En fait, je croyais que vous saviez tout.

Bien qu'il fût avachi sur le divan dans une posture de dilettante, ses yeux vifs observaient tous ses mouvements, toutes ses humeurs. Claudia faillit lui faire une réflexion.

– Non, je ne sais rien. Il veut simplement que je la mette en sécurité. Il dit que c'est une assurance vie...

Elle déchira le sceau et déballa le paquet, pour découvrir une petite boîte de bois gravée, comme on en trouvait dans toutes les boutiques de gadgets orientaux de Canal Street. Mark lui avait demandé de ne pas l'ouvrir, mais cela semblait difficile.

191

– On se croirait en plein polar, dit-elle en riant sèchement. Il faut la secouer?

Elle essaya mais rien ne fit de bruit ou ne bougea à l'intérieur.

– Vous allez l'ouvrir?

Cette curiosité était troublante, mais après tout, c'était lui qui avait servi de messager. C'était normal qu'il soit intrigué. Elle le regarda et haussa les épaules.

– Non, je ne peux pas. Je ne sais pas comment m'y prendre et Mark m'a demandé de ne pas le faire. Une de ses farces, j'imagine, dit-elle en soupirant et en reposant l'objet sur la table.

– L'eau bout.

Elle retourna à la cuisine en laissant la boîte et ne fut pas surprise de voir que Poisson l'avait prise et l'examinait soigneusement. Il la reposa brutalement et se leva.

– Euh..., dit-il, mais son expression trahissait la déception, et il contrôlait ses mouvements comme si tout d'un coup son épuisement était devenu insupportable. Il faut que j'y aille. Je ne m'étais pas rendu compte qu'il était si tard et j'ai un avion à prendre. Je lui donne le bonjour de votre part?

– Oui, bien sûr, mais, vous ne voulez pas boire un café avant? J'espérais que nous pourrions bavarder un moment, et que vous pourriez tout me raconter sur Mark et Harry..., dit Claudia, alarmée. Vous n'allez tout de même pas repartir tout de suite?

– Non, j'ai un autre ami à voir à Washington avant. Merci, mais je n'ai pas le temps de prendre un café ni de bavarder. Une autre fois, peut-être. Au revoir.

Il traversa la pièce, faisant voler les pans de son imperméable. Il faillit heurter quelqu'un dans le corridor, quelques mots acerbes furent échangés, la porte s'ouvrit, et Jason entra.

– Oh, salut, dit Claudia, se sentant soudain idiote.

Hirsute, Jason avait l'air pâle, sa coiffure normalement impeccable était ébouriffée par le vent et le costume de Wall Street était remplacé par un jean usé et un sweat-shirt. Il avait l'air d'avoir été réveillé par un cauchemar. Il s'arrêta, et un profond soupir lui gonfla les joues.

– C'était lui? Celui qui m'a bousculé dans le couloir? demanda-t-il en faisant un signe vers la porte. Ça va? Il ne t'a pas fait de mal?

Elle sourit timidement, ravie devant ces marques d'attention.

– Non, non, je vais bien mais je te remercie d'être arrivé si

192

vite. C'est vraiment gentil. Drôle de type. Tu ne me croiras pas, mais je me suis même inventé un pitbull couché dans la chambre.

Elle s'approcha pour l'embrasser sur la joue et fut surprise qu'il la prenne dans ses bras et la serre très fort en riant nerveusement. Il l'embrassa sur la bouche et elle ressentit une sorte de frisson, un tremblement chaleureux, très agréable. Il finit par s'écarter et rit de nouveau.

— Je ferais peut-être mieux de t'offrir un vrai pitbull au lieu de ce chat miteux. Ecoute, je suis mal garé, il faut que je me dépêche. Tu veux sortir ce soir? Aller au cinéma? Ou au restaurant?

Il avait retrouvé le contrôle de lui-même, était redevenu calme et amical. Claudia acquiesça d'un signe de tête.

— Oui, j'aimerais beaucoup. Attends un instant, que je donne un peu de lait à Boule, et puis, ce n'est pas un chat miteux, alors garde tes réflexions pour toi. Tu peux m'attraper mon sac? Il est sur la table.

— D'accord. Tu pourras me parler de ton étrange visiteur devant un verre. Tiens, c'est nouveau! Qu'est-ce que c'est? Un étui à cigarettes?

Jason prit la boîte et la retourna en tous sens.

Claudia haussa les épaules.

— C'est mon frère qui me l'a confiée pour que je la garde en sécurité. Il dit que c'est une assurance vie. C'est ce type qui me l'a apportée. Allez, sinon tu vas retrouver ta voiture à la fourrière.

Jason reposa la boîte sur la table.

— De Hongkong? Cela doit être bigrement important. Qu'est-ce qu'il y a dedans?

Il la regarda de nouveau, d'un air intrigué.

— Aucune idée. Mark m'a demandé de ne pas être trop curieuse. Attends, il faut que je prenne mon carnet de chèques. (Elle se précipita dans la chambre et fouilla dans son armoire.) Oh, je suppose que c'est une plaisanterie. Parfois, il est abominable. Il s'imagine sûrement que je vais passer des jours et des nuits à essayer de l'ouvrir pour finir par trouver un poisson d'avril! C'est tout à fait Mark, dit-elle en riant.

— Ecoute, Claudia, je vais à la voiture. Descends dès que tu es prête, cria Jason.

Elle se redressa et fronça les sourcils en entendant la porte claquer derrière lui. Ah, sa précieuse voiture, songea-t-elle, amusée. Elle ouvrit tous les tiroirs avant de trouver son carnet de chèques. Elle le glissa dans son sac, sortit et ferma soigneusement la porte derrière elle.

Plus tard, en revenant à l'appartement, elle ne remarqua pas que la boîte avait disparu. Elle n'y pensa plus avant quelques semaines et se dit à ce moment-là qu'elle avait été rangée quelque part et qu'elle la retrouverait bien un jour ou l'autre. Dans une lettre à Mark, elle affirma qu'elle l'avait mise en sécurité, et c'était sûrement le cas... quelque part. D'ailleurs, elle avait des choses plus importantes à l'esprit. Jason par exemple.

Ces dernières semaines, il s'était montré très attentionné et plus détendu qu'elle ne l'en aurait cru capable. Il arrivait en jean, une pizza à la main, ou bien tard le soir, proposait des promenades à bicyclette le long des ruelles de Westchester, ou des balades dans Central Park le week-end, à la place des théâtres ou des restaurants chics qui l'attiraient d'habitude.

Parfois, il la conduisait en dehors de Manhattan pour la journée et l'emmenait au Yacht-club de City Island, frais et pimpant comme un village de pêcheurs de Nouvelle-Angleterre, ou encore à Southampton ou à Fire Island. Là, ils se promenaient sur la côte presque déserte à l'approche de l'hiver et profitaient des vagues grises vrombissantes et du vent qui soufflait dans leurs cheveux. Ils parlaient et parlaient, se blottissaient l'un contre l'autre pour se tenir chaud, s'embrassaient parfois ou s'enlaçaient, mais rien de plus. Jamais rien de plus.

Jusqu'au jour où il proposa un week-end à Newport. Claudia sut alors que le moment de faire son choix était venu.

Le vendredi soir, au beau milieu des embouteillages, à côté de Jason, Claudia se sentit tendue. Pour une fois, elle fut incapable d'apprécier le confort de la BMW, la beauté de la ville dont les lumières scintillantes se réfléchissaient dans les flaques d'eau ou se diffusaient dans les nuages de vapeur qui montaient d'un sous-sol. En silence, perdue dans ses pensées, elle se laissait bercer par la musique de Mahler que Jason aimait écouter.

Une fois sortis des tentacules new-yorkais, ils suivirent l'autoroute, leurs phares éclairant les forêts couleur de cuivre, de bronze et de topaze, et Jason se pencha vers elle et lui prit la main. Il la trouva froide et raide, et la relâcha sans faire de commentaires.

Il était près de minuit quand ils arrivèrent à l'auberge, blottie dans les mélèzes et les conifères, au nom prude de « Repos du

Pèlerin », avec une palissade de piquets blancs qui brillaient dans la lumière des phares. Jason gara la voiture dans l'allée de graviers en faisant crisser les pneus. Les mains moites et nouées par l'angoisse, Claudia sentait son cœur tambouriner dans sa poitrine. Elle risqua un regard vers Jason.

– Tu es déjà venu? s'aventura-t-elle.

Le visage de Jason se contracta et elle crut l'entendre soupirer.

– Tu veux savoir si j'ai déjà amené des filles ici? Non, Claudia, jamais, dit-il d'une voix ferme.

Claudia rougit.

– Je ne voulais pas dire ça. Je me demandais simplement si l'hôtel était mieux que son nom ne le laissait penser.

Raide, irritable, elle descendit de la voiture.

La nuit était froide et claire, et Claudia frissonna en se dirigeant vers le porche. Sans attendre Jason, elle grimpa les marches et franchit la porte. Immédiatement le vent se calma. L'atmosphère était douce et intime, les abat-jour de parchemin diffusaient leur douce lumière, un feu grondait et éclairait les murs lambrissés, les rideaux tirés protégeaient du froid nocturne. A la réception, un homme lisait derrière le comptoir d'acajou. Il leva les yeux en souriant.

– Vous devez être les Hewitt? M. Hewitt est-il toujours dehors? Ah, non, le voilà. Allez vous réchauffer près du feu. Il fait froid, n'est-ce pas? C'est bientôt l'hiver.

Il hocha la tête, comme si l'affaire était réglée et prit les deux valises des mains de Jason.

Claudia le regarda brièvement.

– Je suis fatiguée, j'aimerais monter dans ma chambre.

– Bien sûr, mademoiselle, c'est exactement ce que je pensais. Vous voulez monter tout de suite. J'ai allumé le feu et les lits sont ouverts.

Le réceptionniste les accompagna.

La chambre de Claudia était spacieuse et confortable, avec un lit en métal, un dessus-de-lit de patchwork et des oreillers douillets qui n'attendaient qu'elle dans leur taie de coton blanc. Il y avait un fauteuil devant l'âtre et des tapis sur le plancher ciré. Sur le manteau de la cheminée, une mère puritaine tirée à quatre épingles lui lançait un regard désapprobateur. Claudia soupira de soulagement quand le réceptionniste déposa son sac et lui souhaita bonne nuit.

Jason, qui était resté à l'extérieur, suivit l'homme sans lui dire un mot. Claudia s'assit sur le lit, sentant légèrement les ressorts du matelas. Elle se demandait si Jason était tendu lui aussi. Mais non, pourquoi le serait-il? Ce n'était pas nouveau pour lui, il savait à quoi s'attendre. A contrecœur, elle défit ses bagages.

Il ne lui fallut pas longtemps. Elle patienta un instant, pensant que Jason pourrait venir lui dire au revoir mais, comme il ne se montrait pas, elle se déshabilla rapidement et enfila sa chemise de nuit. C'était un long fourreau de satin ivoire que Joaney lui avait offert pour son anniversaire et qu'elle avait gardé précieusement pour une grande occasion, pensa-t-elle, avec un rire presque amer.

Furieuse, elle se brossa les cheveux et se regarda dans le miroir, admirant les courbes du tissu soyeux qui lui moulait le corps. Tout était prêt pour la scène de séduction... sauf le séducteur, se dit-elle, moqueuse.

Elle éteignit la lumière et se glissa dans la douce chaleur du lit. Cinq minutes plus tard, elle sombrait dans le sommeil.

Elle fut réveillée par un mouvement du lit et le contact d'une main chaude sur ses hanches. Elle se raidit, on lui déposa un baiser derrière l'oreille et un corps d'une chaleur et d'une fermeté troublantes s'allongea contre le sien. Elle expira doucement.

– Jason?

– Oui, c'est moi. Ne t'inquiète pas. N'aie pas peur.

– Je n'ai pas peur, mentit-elle, en essayant de se décontracter. Je suis désolée pour tout à l'heure. J'ai été un peu brusque.

Il lui passa le bras autour du corps, l'attira vers lui, encastra son corps dans le sien. Une main se glissa doucement sur ses seins, se fit caressante sur la soie et peu à peu plus hardie puisque Claudia ne résistait pas.

– Je sais, c'est normal. Tu es encore jeune, c'est nouveau pour toi. C'est normal d'avoir peur.

Il hésita un instant.

– Tu sais que je t'aime?

Il sut qu'il avait eu raison lorsqu'il la sentit se détendre dans ses bras, et se blottir contre lui. Il lui embrassa l'épaule, le cou, les cheveux. Se reposant sur lui, Claudia appréciait ces douces explorations et les caresses qui glissaient sur son ventre, s'attardaient entre ses cuisses à travers le tissu soyeux et sensuel.

– C'est vrai? murmura-t-elle, heureuse, soulagée, le souffle un peu court. Je croyais que tu préférais les femmes plus expérimentées et plus sophistiquées.

Il rit doucement.

– Les femmes, oui, mais pas toi. Je veux que tu sois jeune et pure et toute à moi, chuchota-t-il.

Et elle trembla légèrement de plaisir, malgré le malaise que provoquaient ses paroles. Il la fit rouler sur le dos et s'étendit à demi sur elle, l'embrassant profondément, de manière presque agressive.

– Tu es à moi, Claudia? Rien qu'à moi? Il n'y a personne d'autre? demanda-t-il d'une voix troublée.

– Non, personne, dit-elle dans un souffle, se disant que ce n'était que la vérité.

Harry n'était qu'une chimère, un ami d'enfance qui devait être fort différent du garçonnet dont elle se souvenait. Et Bo... il faisait partie d'un passé désenchanté. Il n'y avait personne d'autre. Alors, pourquoi se retenir? Et Jason l'aimait.

Il écarta les bretelles de sa chemise de nuit, la fit glisser jusqu'à la taille tout en lui embrassant la gorge, tandis que ses mains effleuraient la douceur des seins, révélaient leur fragilité, soulignaient la courbe de la taille fine.

– Lève les bras au-dessus de la tête, ordonna-t-il. Oui, comme ça.

Il remonta la chemise de nuit jusqu'en haut des cuisses. Claudia se sentait tout alanguie sous la pression des mains fermes, qui s'enfonçaient dans sa chair, de la bouche humide qui se promenait sur ses seins et remontait sur sa gorge. Il l'embrassa passionnément sur la bouche tout en lui maintenant les bras au-dessus de la tête. Il lui mêla les mains aux barreaux de la tête de lit et les maintint en place sous un oreiller. Claudia se rendit vaguement compte qu'il voulait l'immobiliser.

Elle se débattit, protesta, mais il l'embrassa de nouveau et elle se détendit, se rendit au plaisir des caresses qui se glissaient entre ses jambes et jouaient avec elle, s'insinuaient dans la moiteur de son intimité, si bien qu'elle dut se retenir pour dissimuler l'intensité des sensations qu'il lui procurait.

Il la taquinait, la touchait, faisait monter la tension puis la laissait s'apaiser, lui embrassant les seins, collant son visage contre sa poitrine. Sûr de ses réactions, certain qu'elle appréciait sa manière de faire, il ne la regarda pas un instant. Et, à sa grande surprise, étourdie, Claudia aimait ce vide douloureux entre ses jambes qui commençait à l'envahir. Elle essaya de baisser les bras pour le caresser, mais il l'en empêcha et s'allongea sur elle. Elle se raidit en sentant son corps se presser contre le sien.

197

– Ne te crispe pas. Reste tranquille et mets tes jambes autour de moi. Cela va te faire un peu mal. Je n'y peux rien.

Et il serait temps que tu la ressentes cette douleur, pensa-t-il sauvagement, le cœur battant dans sa gorge, sa patience à bout, se contrôlant à peine. Il s'enfonça doucement et profondément en elle, sentant la barrière se briser alors qu'il plongeait dans sa chaleur moite. Il l'entendit crier faiblement, mais il était trop occupé à vivre son fantasme, le fantasme qui l'avait tenu éveillé nuit après nuit : la dominer, lui écarter les jambes et s'enfoncer en elle, la forcer malgré sa résistance.

Quand il jouit enfin, il poussa un cri et s'écroula sur elle, les doigts crispés sur ses seins, la bouche aspirant la peau de son cou jusqu'à y laisser la marque d'un suçon rouge. Sa marque. Il aurait voulu la marquer au fer, là, sur l'épaule. Propriété de Jason Hewitt. Lui imprimer son sceau. Un tatouage? Quelque chose qui montrerait à tous qu'elle lui appartenait.

Il se laissa glisser à côté d'elle et continua à l'embrasser bien qu'elle se tortillât en tous sens, en essayant de lui échapper. Son désir recommençait à monter, mais il se maîtrisa. Non, pas tout de suite, laissons-la dormir un peu avant de recommencer.

– Chuuut, ne te débats pas. Excuse-moi si je t'ai fait mal, mais c'est toujours comme ça la première fois. Cela ira mieux quand tu sauras te détendre.

Il la retint dans ses bras, l'empêcha de s'écarter.

– Chut, ne t'en fais pas, cela sera mieux la prochaine fois. Et je serai plus doux. Je t'avais attendue si longtemps. Je n'ai pas pu me retenir. Chut, chut.

Finalement, elle s'apaisa, son corps s'encastra à nouveau dans le sien, mais à présent, il était tout humide. Il l'immobilisa en lui passant une main entre les jambes, s'appropriant tout ce qu'il touchait. Le corps douloureux et meurtri, Claudia espéra qu'il ne la retoucherait jamais.

Mais il fut si gentil et si compréhensif le lendemain au réveil, il la serra si tendrement, lui caressant le visage, s'extasiant devant sa beauté, qu'elle se demanda si elle n'avait pas imaginé sa brutalité de la veille. Peut-être était-ce sa peur qui avait rendu les choses si douloureuses, si écrasantes. Il n'essaya pas de refaire l'amour et se contenta de la cajoler, de l'embrasser, de lui murmurer des mots doux.

Aux premières lueurs de l'aube, elle fut convaincue d'avoir réagi exagérément. Il avait peut-être été un peu rapide, un peu plus athlétique que nécessaire, mais il l'avait attendue pendant près de deux ans. Cela ne se reproduirait plus.

– Je vais retourner dans ma chambre, ma chérie. Je t'ai commandé un petit déjeuner au lit, et je ne veux pas que la femme de chambre nous trouve ici tous les deux, murmura-t-il en lui embrassant l'épaule avant de se lever et de glisser son corps musclé dans sa robe de chambre.

– Pourquoi? protesta-t-elle, voulant profiter des câlins du matin, du plaisir de partager le petit déjeuner. Nous sommes dans les années 80, Jason. Tout le monde s'en moque.

Mais il avait un air obstiné, légèrement paternaliste, comme si elle n'était pas en mesure de comprendre.

– Moi, je ne m'en moque pas. Ta réputation est en jeu, et il faut faire les choses correctement. Et puis, j'aime bien lire le journal tranquille le matin. Allez, profite bien de ton petit déjeuner.

Il embrassa tendrement sa bouche meurtrie, mais son regard se troubla quand il vit le lit en désordre, les draps qui avaient glissé, dévoilant une aréole de sein rose sur une peau translucide. Il dut faire un effort pour s'éloigner. Elle n'était pas encore prête.

Pendant quelques semaines, Claudia ne sut plus que penser de Jason, ni d'elle-même. Elle appréciait toujours sa compagnie, la douceur de ses caresses, ses airs protecteurs lors des cocktails où il l'emmenait à présent. La plupart du temps, elle appréciait leurs ébats amoureux, quand il se montrait tendre et attentionné. Mais parfois, comme s'il était la proie d'une humeur maussade, il devenait brutal et dominateur et la forçait à faire des choses qui la laissaient en larmes et couverte de bleus, tremblante de colère et de peur, d'une peur dont elle ne pouvait parler. Elle ne savait pas si le problème venait d'elle ou de Jason. Si seulement elle avait pu se confier à quelqu'un. Mais Joaney était la sœur de Jason, et elle n'avait aucun autre véritable ami.

Alors, elle cachait ses bleus et ses mains tremblantes, et se forçait à sourire et à faire comme si de rien n'était, espérant que Jason relâcherait peu à peu son emprise. Réduite au silence par les gens qui, la croyant heureuse, lui demandaient, un sourire en coin, pour quand était prévu le mariage, Claudia continua à sourire même quand Jason lui demanda de renoncer à son travail chez Succi et à ses études. Pourquoi aurait-elle besoin de faire carrière maintenant qu'elle allait devenir sa femme? Mais Claudia secouait la tête en disant qu'elle ne songerait pas au mariage avant l'obtention de ses diplômes et n'accepterait pas d'argent avant qu'ils aient conclu un engagement officiel.

Ce fut sa seule résistance, sa seule exigence, et Jason n'insista pas, sentant qu'il l'avait poussée aussi loin que possible. Il lui laissait jusqu'au mois de juin. Mais elle était à lui.

18

Hongkong
Nouvel An chinois, 1983

C'était l'année du cochon. Un énorme sanglier, illuminé par des milliers de lumières clignotantes, était suspendu à Chater Road, dans un quartier de Kowloon, éclairant brièvement la foule qui se pressait. Une femme, le visage tiré sous le poids de ses sacs trop lourds, s'arrêta un instant pour réajuster la position du bébé qu'elle portait dans son dos. Il dormait tranquillement, sa petite tête sombre et soyeuse appuyée contre elle, ses joues potelées toutes rouges sous le vent frais qui venait du port, les cils tremblants. Elle lui resserra les oreillettes de son bonnet sous le menton et le remit sur son dos.

A côté d'elle, un homme qui portait un petit kumquat presque en fleur, symbole d'abondance en cette nouvelle année, trébucha sur les sacs, renversant leur contenu. Il ne s'arrêta pas, marcha sur la nourriture et les vêtements bon marché, se dépêchant de rentrer chez lui pour rejoindre sa jeune épouse. La femme l'injuria et se pencha pour ramasser ses achats. Une autre femme, très âgée, en veste de soie matelassée, lui vint en aide.

Un crissement de pneus, des coups de Klaxon et des cris retentirent. Les deux femmes levèrent les yeux, ouvrirent la bouche pour crier en levant les bras comme pour se protéger du camion qui fonçait sur elles, soulevant la femme et son bébé contre le pare-chocs en métal. Le camion alla s'écraser dans une échoppe et s'arrêta contre le comptoir. Projetée au fond de la boutique, la femme atterrit sous une banderole rouge procla-

mant : « *Kung Hei Fat Choy!* Que la prospérité soit avec vous! »
Ni la femme ni l'enfant ne bougeaient.

A l'extérieur, le corps sanguinolent de la vieille attira une
foule fascinée. Le jeune homme, son petit arbre toujours à la
main, contemplait ce qui avait été sa jambe d'un regard incrédule. Livide, il implorait de l'aide, et ses mains ensanglantées
lâchèrent l'arbre qui tomba dans la mare rougeâtre et luisante
sous son genou. Sa plainte se transforma en cri.

Au moment où Tony arriva, le mari de la vieille dame était
venu voir ce que devenait son épouse partie acheter un poulet.
Il ne reconnut que sa veste, et le visage qui semblait simplement
préoccupé un instant auparavant se figea. L'homme tomba et se
raccrocha au pare-chocs arrière du camion. Il s'agenouilla près
des restes de ce qui avait été sa femme.

Tony regarda son caporal en faisant un signe vers le vieil
homme.

— Aidez-le. Demandez-lui son nom. Raccompagnez-le chez
lui. Ng, je veux que vous encordiez toute la zone, et faites
reculer ces gens, qu'il n'y ait pas de pillage. Relevez les noms et
les adresses de tous les témoins.

Il se détourna pour ne plus voir la douleur du vieil homme,
essayant d'y rester insensible, de fermer son esprit, de se
concentrer sur l'action.

— Voilà l'ambulance. Qu'on s'occupe du blessé d'abord. On
ne peut plus rien pour la femme de toute façon. Rejoignez-moi
à l'intérieur.

Il passa de l'autre côté de la façade en ruine, et regarda sous
les roues du camion. Une paire de jambes dépassaient, emprisonnées dans la vitrine, inertes. Elles appartenaient à un
homme et ne bougeaient pas. Il fouilla la cabine du camion,
mais personne n'y était resté coincé. En soupirant, il se retourna
vers les deux vendeuses qui, blotties l'une contre l'autre, pleuraient dans le fond. C'est à ce moment qu'il les vit.

La femme et le bébé étaient allongés l'un à côté de l'autre, la
petite bouche grande ouverte, comme sous le coup de la surprise, le bonnet toujours bien serré autour de ses joues. Sa mère
était couchée sur le côté, bras étendus, doigts crispés sur les
débris qui l'entouraient, le visage presque caché par ses longs
cheveux noirs.

Leurs deux corps étaient embrochés par un long tube de
métal qui devait provenir de l'auvent. Il brillait doucement,
changeant de couleur avec les décorations lumineuses suspendues au plafond, passant du vert à l'or et au rouge écarlate.

– Oh, mon Dieu, murmura Tony et, pendant un instant, il ferma les yeux, tentant de rassembler ses forces, de retrouver son sang-froid, se retenant de crier et de libérer la colère qui le rongeait.

Il resta immobile, tremblant sous la force de sa concentration, jusqu'à ce qu'il retrouve son calme.

Lentement, il les recouvrit avec un manteau suspendu à un crochet de la porte. Il se sentait envahi de pitié, et la rage lui tiraillait l'estomac, mais il se maîtrisa. Il en avait vu assez de ces boucheries ces dernières semaines, ce n'était qu'une de plus, se dit-il. Il essaya de ne pas regarder le visage du bébé quand il lui ferma doucement les paupières.

Il se retourna vers les filles et remarqua que l'une d'elles avait vomi.

– Ça va? Vous êtes blessées? demanda-t-il, mais les filles continuaient à sangloter.

Le sergent Chu passa la tête par la façade défoncée.

– Où est passé le chauffeur?

– Je ne sais pas encore. Ces filles doivent l'avoir vu, mais elles sont encore trop choquées pour l'instant. Il y a trois autres morts ici, répondit Tony, s'exprimant lui aussi en cantonais.

Chu regarda sous le camion et soupira.

– Il... il s'est enfui. Il portait un casque, comme pour faire de la moto, avec une visière noire et du cuir noir partout. Il est descendu en courant, et il est parti par la porte du fond, par là, dit soudain l'une des jeunes filles, son visage taché de larmes enlaidi par la terreur.

– Il y a combien de temps?

– Cinq minutes, dix peut-être. Il est parti.

– Bon. Chu, vérifiez les papiers, et communiquez le numéro par radio. Je veux savoir à qui appartient ce camion.

Mais Tony savait déjà qu'on découvrirait qu'il avait été volé. C'était le troisième cas d'accident de voiture ou de camion ce mois-ci. Les propriétaires qui refusaient de payer leur « protection » et tous ceux qui songeaient à faire de même recevaient un avertissement. Ça aidait les autres à se décider.

– L'homme sous le camion, c'est le propriétaire de la boutique? demanda Tony, et les deux filles hochèrent la tête.

– Il n'a aucun rapport avec vous?

Elles hochèrent de nouveau la tête.

– Bon, j'aimerais que vous veniez au commissariat, si cela ne vous dérange pas. Pour faire votre déposition, dit Tony gentiment en voyant la peur enflammer de nouveau le visage de la première fille.

L'autre continuait à pleurer. Le sergent Chu s'interrogea sur le comportement de Tony : se rendait-il compte de ce qu'il leur demandait? La première fille hocha la tête.

— Non, non, je n'ai rien vu. Je me suis trompée.

Elle avait les yeux obstinément rivés au sol et Tony soupira.

— Bon, nous savons tous ce qui s'est passé ici. Vous n'avez reconnu personne, alors vous nous raconterez simplement les détails...

— Non, non, je ne peux pas! Je risquerais plus que ma vie, si on me voyait avec vous! Vous ne comprenez pas? hurla-t-elle.

Tony se pencha vers elle, et la prit dans ses bras, sentant tout le corps trembler de terreur. Il la réconforta, et lança un regard empreint de détresse à son sergent qui haussa les épaules.

— Elle a raison, inspecteur.

— Je ne peux pas! gémit de nouveau la fille, que Tony serrait contre lui en silence.

Il observa la boutique détruite, le manteau qui dissimulait la mère et l'enfant, le sang qui maculait le comptoir. Quelque chose se figea en lui.

— Oui, murmura-t-il, je comprends.

New York, 1983
Le divorce de Michael Glendinning fut prononcé au printemps 1983 et il épousa Joaney quelques jours plus tard, au cours d'une cérémonie civile, avec Claudia et un couple d'amis pour seuls invités. Ils projetaient de donner une petite fête, afin d'annoncer la nouvelle à la famille Hewitt et aux amis.

Claudia était absolument opposée à cette idée, mais ils étaient sûrs que c'était la meilleure solution. Les Hewitt étaient de la vieille garde, ils n'oseraient jamais faire un scandale en public, d'ailleurs ils semblaient aimer Michael à présent, pour l'avoir si souvent vu au côté de Joaney, ils n'auraient aucune raison de protester, disaient les jeunes mariés, et Claudia fermait les yeux, exaspérée.

— Ce ne sont pas les parents qui m'inquiètent, répondait-elle, mais, sans tenir compte de ses objections, le jeune couple avait envoyé des invitations pour un cocktail, le samedi soir.

Le vendredi soir, estimant qu'il valait mieux que Jason soit prévenu à l'avance, elle se détourna de la fenêtre et tenta de prendre un ton léger.

— Il fait un temps superbe, dit-elle à Jason qui regardait la télévision. Michael dit que l'on se croirait à Londres au printemps, avec toutes ces jonquilles et les feuilles qui poussent sur les arbres.

Elle s'approcha de lui et se blottit sur le divan à son côté.

— Alors, pourquoi n'y retourne-t-il pas pour en profiter ? Ça nous ferait des vacances ! remarqua froidement Jason sans se retourner.

Claudia se mordit les lèvres.

— Oh, je crois qu'il commence à prendre racine, il va peut-être s'installer de façon permanente. Ce serait bien pour Joaney, tu ne trouves pas ? (Jason poussa un soupir d'exaspération.) Euh... ils sont très amour...

— Oh, nom d'un chien ! répliqua Jason d'une voix lasse, Michael n'est qu'un coureur de dot qui a mis Joaney à ses pieds, si bien qu'elle en perd sa raison. Il faudra sans doute que je m'en occupe moi-même, menaça-t-il, mais, toi, cela ne te concerne pas. Chasse-le donc de ton esprit.

Il commença à la caresser, promenant ses doigts nonchalants sur sa peau, tout en songeant à Michael, mais soudain Claudia se redressa avec un cri de peur et d'irritation. Elle s'éloigna du divan, les bras serrés autour d'elle, se demandant ce qu'elle fichait ici, pourquoi elle se laissait entraîner dans cette histoire, tout en sachant pertinemment qu'elle ne pourrait pas aller jusqu'au bout, qu'elle n'épouserait jamais Jason.

Il l'étouffait, il n'en faisait qu'une bouchée, il l'obligeait à se fondre dans son mythe de la femme parfaite. Même si elle aimait sa force, son attitude positive face à la vie, elle savait qu'elle ne l'aimait pas vraiment, qu'elle ne l'aimait pas du tout même, ces derniers temps. Son charme n'était que superficiel, et elle avait peur de ce qui se trouvait sous la surface. Il n'accepterait sûrement pas facilement son abandon, et la pensée d'avoir à lui dire la vérité devenait un cauchemar.

— Mais bon sang, qu'est-ce qui te prend ? s'exclama-t-il, abasourdi de voir qu'elle osait fuir ses caresses douloureuses. Reviens, Claudia, explique-moi ce qui ne va pas.

Elle trembla en entendant le ton de sa voix, mais soudain, elle prit sa décision.

— Jason, je dois y aller. Je te verrai demain, d'accord ? J'ai un devoir à faire et du travail à rattraper, et mes examens vont vite arriver. Il faut que j'y aille.

Elle se retourna et passa devant lui, mais il se leva pour lui barrer le chemin.

– Claudia, reviens et explique-toi! Ta conduite est un peu bizarre, si cela ne t'ennuie pas que je te le dise.

Jason essayait de paraître amusé, mais sa colère affleurait, telles des roches sous des vagues étincelantes. Claudia se retourna et le considéra, contrôlant le tremblement de ses mains en les serrant fermement l'une dans l'autre.

– Si, cela m'ennuie. Et je ne crois pas que ce soit *ma* conduite qui soit bizarre, si tu veux la vérité, répliqua-t-elle en ayant la satisfaction de voir son visage s'empourprer. A demain, bonsoir.

Elle sortit en refermant la porte doucement derrière elle. Sans attendre l'ascenseur, elle courut tête baissée dans l'escalier et héla le premier taxi qu'elle trouva dans la rue. Elle se jeta dedans et osa enfin regarder autour d'elle. Jason l'observait sur les marches du bâtiment. Elle s'enfonça dans son siège et donna l'adresse au chauffeur.

L'appartement était tout fleuri de freesias, de narcisses, de jacinthes blanches et de jonquilles dorées qui embaumaient; des bougies éclairaient judicieusement les petites tables et les meubles où des mets délicats étaient disposés. Des flûtes de champagne attendaient sur des plateaux d'argent, et les deux serveuses débouchaient les premières bouteilles de veuve-clicquot, la marque favorite de Michael. Une chance pour le traiteur! pensa Joaney en allumant les dernières bougies et en reculant pour admirer le résultat.

Claudia, qui s'appliquait un peu de blush pour réchauffer la pâleur de son visage, leva les yeux quand Joaney passa la tête par la porte.

– Tout est prêt. Ça va être fantastique, tu ne crois pas? demanda Joaney nerveusement, habillée de manière conventionnelle pour une fois, en robe de soie noire, qui mettait en valeur son diamant.

Claudia eut un sourire forcé.

– Ne t'inquiète pas, peu importe, tant que vous êtes heureux tous les deux, mais tu as raison, je suis sûre que cela va être fantastique.

Elle entoura la silhouette crispée de Joaney et la serra dans ses bras.

– Ce sera bientôt ton tour, dit Joaney avec un rire nerveux.

Elle sentit Claudia se figer et s'écarter, et attendit en silence que son amie lui réponde.

– Claudia? Ça va?

Evitant le regard de Joaney, Claudia mit d'énormes boucles d'oreilles en strass. Elle portait une robe gris pâle qui lui moulait le corps sans faire un pli. Elle poussa un profond soupir.

– Ecoute, Joaney, je suis désolée... mais je vais rompre avec Jason. Euh, ne t'inquiète pas, ajouta-t-elle en levant les bras, pas ce soir. Demain sans doute. Je voulais te prévenir, pour que tu ne te mettes pas dans la ligne de mire.

Elle fit une grimace et vit le visage troublé de Joaney.

– Ça vous libérera un peu, toi et Michael, tu devrais me remercier.

– Mais pourquoi? demanda Joaney, plus mal à l'aise que surprise.

Peut-être soupçonnait-elle de quoi son frère était capable. Mais elle poursuivit, le souffle coupé, et Claudia eut du mal à la comprendre.

– Ce n'est pas encore à cause de Bo? Je... je croyais que c'était fini.

– C'est fini, dit Claudia en s'efforçant de sourire. Crois-moi, cela fait partie du passé. C'est fini et oublié depuis longtemps. (Elle garda le silence un instant pour tenter d'organiser ses pensées.) Je crois qu'en fait je n'ai jamais aimé Jason. J'ai commencé à sortir avec lui parce que tu voulais le mettre de ton côté, et je crois que j'appréciais les pièges qu'il me tendait, j'aimais me sentir différente, surtout après avoir appris la vérité sur Bo. Avec lui, je n'étais pas la deuxième, je n'étais pas simplement un nouveau numéro sur la liste, j'avais l'impression d'être la femme de sa vie. Et il paraissait si fort, après la faiblesse de Bo. Je croyais que c'était ce que je voulais.

Elle marqua une pause et Joaney acquiesça d'un signe de tête.

– Et maintenant? C'est différent? Les émotions et les charmes se sont éteints?

– Oui..., sans doute. Et Jason a changé aussi. Il m'étouffe. Il ne m'accorde aucune liberté. Je ne peux pas parler à d'autres hommes sans qu'il se mette en colère. Je ne peux pas travailler tard ou aller faire des courses sans le lui dire, je ne peux même plus choisir mes vêtements. Et il...

Elle flancha, incapable de révéler toute la vérité à Joaney.

– Excuse-moi.

Joaney ferma les yeux un moment, en hochant la tête.

– Je connais la suite. Je croyais simplement que c'était différent avec toi. C'est moi qui suis désolée. Ma pauvre petite!

Joaney prit Claudia dans ses bras qui, luttant pour retenir ses larmes, pensa soudain : « Quelle idiote, je suis libre! C'est merveilleux. »

— Allez, ne restons pas ici à pleurnicher! dit-elle en riant et en se libérant de l'étreinte de Joaney. C'est le grand jour pour toi, et pour moi, c'est la libération, allons fêter ça!

Avec un sourire lumineux, Claudia prit Boule dans ses bras, car il tournait autour de ses jambes pour attirer son attention. Elle lui caressa la tête.

— Je crois qu'il t'aime plus que moi en ce moment. Tu devrais peut-être le garder, proposa généreusement Joaney, en cajolant la boule de poils qui se laissa transporter au salon sur l'épaule de Claudia.

— Non, c'est à toi que Michael l'a donné. Mais je le garderai quand tu iras en vacances. Il pourra venir me voir.

Elle caressa ses flancs lisses, lui taquina les moustaches et le laissa s'échapper et explorer les bonnes choses qui l'attendaient à la cuisine.

Michael arriva en même temps que les premiers invités; Joaney et Claudia s'occupèrent à faire les présentations et à s'assurer que tout le monde s'amusait. Les Hewitt se présentèrent en retard, alors que la soirée battait son plein, que les voix montaient et que le champagne et les canapés disparaissaient, signe d'une soirée réussie.

De fort mauvaise humeur, Jason portait un costume gris si sombre qu'il paraissait noir sur sa chemise d'un blanc de neige. Cela allait parfaitement avec ses cheveux, ses yeux et son cœur, pensa Claudia en l'observant amèrement.

A sa vue, il se fraya un chemin jusqu'à elle. Elle se tourna et lui lança son sourire le plus glacial.

Michael choisit ce moment pour demander le silence et attendit que tous les invités lui prêtent attention en se demandant ce qui allait se passer, souriant à Joaney, sûrs qu'il s'agissait de quelque chose d'important. Jason, tenant fermement le poignet de Claudia, bredouilla dans sa barbe, tandis que Michael prenait la parole.

— Je voudrais vous remercier d'être venus ce soir, d'être nos amis, et de boire autant de champagne (petits rires, large sourire de Michael), d'avoir toujours été là pour Joaney et pour moi au cours de ces deux années plutôt difficiles. Et ce soir, nous avons particulièrement besoin de vous et de vos bons vœux car nous avons quelque chose à vous annoncer.

Il prit la main de Joaney et la serra très fort, pour lui donner du courage.

– La plupart d'entre vous savent que mon divorce a finalement été prononcé il y a quelques semaines, et comme je ne suis pas un complet imbécile, même si certains de vous ont pu le croire dans le passé (autres rires, chuchotements, et respirations retenues dans l'attente), je voudrais demander la bénédiction de John et de Pattie Hewitt, car Joaney et moi nous nous sommes mariés il y a deux jours.

Les gens absorbèrent la nouvelle dans un silence de mort, puis une clameur d'applaudissements et de cris de joie retentit, la cinquantaine d'amis compensant largement le silence des trois Hewitt. Finalement, le calme se rétablit et John Hewitt s'avança, tenant fermement sa femme par la main pour l'empêcher de dire quelque chose d'impardonnable.

– Euh..., dit-il en s'éclaircissant la gorge et en se passant un doigt sur l'arête du nez, c'est visiblement une surprise. Nous savions que vous vous aimiez beaucoup (rires) mais nous n'imaginions pas à quel point. Et nous vous présentons nos meilleurs vœux.

Il était gentil et bon, et aimait beaucoup sa fille même si elle semblait souvent s'opposer à sa femme. Il ouvrit les bras et enlaça Joaney. Avec un sourire glacé, Pattie Hewitt embrassa Michael sur les joues.

Claudia entendit Jason suffoquer à côté d'elle, le teint gris de rage. Il n'entendait ni les rires ni les cris de joie, et ses traits semblaient tirés par la douleur. Lâchant le bras de Claudia, il se précipita vers sa sœur.

Seule Claudia comprit ce qui arrivait. Elle le suivit, mais avant qu'elle ait pu le rattraper, il arracha Joaney aux tièdes embrassades de sa mère et la projeta de l'autre côté de la pièce. Sans attendre de voir où elle était tombée, il se rua sur Michael avec un cri de rage.

Un cousin, plus proche que Claudia, le maîtrisa par-derrière, et plusieurs hommes s'approchèrent des deux combattants qui luttaient sur le sol, tandis que Pattie Hewitt criait et sanglotait, suppliant qu'on laissât son fils tranquille.

Penché sur Joaney, Michael la tenait dans ses bras, la consolait, caressait la marque rouge sur sa joue, alors que John Hewitt semblait déchiré entre le frère et la sœur. Finalement, il se tourna vers son fils, le visage fermé par la colère.

– Comment oses-tu ? Pour qui te prends-tu ? Sors d'ici, Jason, immédiatement. Je te parlerai plus tard. Sors d'ici! répéta-t-il, d'une voix éraillée alors que Jason hésitait.

Méprisant, Jason se libéra des mains qui le retenaient et se leva, réajustant sa cravate et sa veste. Il se lissa les cheveux, et chercha Claudia du regard.

– Viens, on s'en va. Je ne resterai pas ici une seconde de plus.

Il tendit autoritairement la main, mais Claudia hocha lentement la tête. Jason se figea.

– Je t'ai dit de venir! Claudia! répéta-t-il, en s'approchant comme pour l'entraîner de force, mais elle recula brutalement.

– Non, Jason, pas cette fois. Ni jamais, dit-elle durement.

– Qu'est-ce que ça signifie? demanda Jason, livide sous le choc.

Claudia se détendit, car une voix calme et lente vint à son secours derrière elle.

– Claudia ne veut pas venir avec vous, et comme on vous l'a déjà dit, votre présence n'est pas souhaitée ici, alors, vous feriez mieux de partir.

Claudia se retourna, reconnaissant la voix de Michael.

Les lèvres de Jason se crispèrent.

– Ah ouais, et en quoi ça te regarde? Fous-moi la paix!

– Jason! cria John Hewitt, mais Jason avait déjà lancé son poing vers Michael.

Michael esquiva le coup et saisit le bras de Jason qui continuait à s'agiter maladroitement. Il lui parlait lentement et soigneusement, comme si Jason était incapable de comprendre.

– Claudia n'est pas faite pour vous. Alors, fichez le camp.

Doucement, Michael raccompagna Jason vers la porte et ne le relâcha que lorsqu'il l'eut atteinte. Méfiant, il recula alors que Jason se massait le bras en jetant des regards noirs tout autour de lui et en dévisageant Michael comme s'il voulait le défigurer à jamais.

A travers la foule, il aperçut sa sœur qui pleurait sur l'épaule de son père. L'air qui venait de la fenêtre ouverte lui soulevait les cheveux. Il sentit quelque chose contre son mollet et, en baissant les yeux, il vit le petit corps de Boule. Souriant à demi, les lèvres un peu plus détendues, il se répétait intérieurement les mots de Michael, plein d'amertume : « Claudia n'est pas faite pour vous. » Ah bon, c'était comme ça?

– Eh bien, tu vas le regretter, Joaney. Et toi aussi, Claudia. Cela vous servira de leçon.

Avant qu'on ait eu le temps de l'arrêter, il se pencha,

s'empara de Boule qui se tortilla au-dessus de sa tête. Claudia fit un pas en avant.

– Non, Jason! Non, je t'en prie! s'exclama-t-elle, une main suppliante tendue dans les airs.

Jason sourit de nouveau et, lentement, jeta par la fenêtre le pauvre chat, qui hurla en disparaissant à la vue de tous. Personne ne bougea; sous le choc, les invités retenaient leur souffle.

– Non! Mon Dieu! hurla Claudia, une main devant la bouche. Nooooon!

Joaney tomba à genoux en criant comme une folle, tandis que son père se penchait vers elle et que Jason sourit à Michael avant de sortir par la porte.

Horrifiée, se reprochant d'avoir toujours su de quoi Jason était capable et de ne pas avoir eu la force de réagir, Claudia s'obligea à aller voir par la fenêtre.

Livide, tremblante, elle détourna le regard et partit s'enfermer dans sa chambre.

19

Judson
1985

— Maman, je ne serai pas toujours pauvre!

Deux ans plus tard, Claudia se faisait dorer au soleil sur la balancelle du porche, Todd endormi à côté d'elle. L'enfant murmura quelque chose dans son sommeil et elle lui sourit tendrement. La mère de Claudia était assise sur une chaise en face d'elle.

— Avec vingt mille dollars par an, tu ne vas pas te payer du caviar tous les jours. (Elles parlaient à voix basse pour ne pas réveiller Todd.) Et puis, Todd est très bien avec moi. Il se plaît beaucoup à l'école ici, il a grandi ici, il se sent chez lui.

— Oui, je sais, maman. Je ne parle pas de le prendre en permanence, mais simplement pour les grandes vacances. Toi aussi, viens si tu veux pendant tes congés. Je ne peux pas abandonner mon travail et je n'ai plus le temps de venir ici. Todd grandit sans moi, alors je pensais que..., dit Claudia, la voix pleine d'espérance.

— Tu as besoin d'un homme à toi et d'enfants à toi, Claudia. Todd et moi, on viendra te voir quand on pourra mais il faut que tu mènes ta vie. Ce qu'il te faut...

— Maman!

Claudia observa sa mère, si calme, avec sa peau claire et lumineuse qui commençait à se rider et ses yeux délavés insensibles à toute forme d'humour.

— J'ai un bon travail, mon premier roman est en route et... j'ai un appartement maintenant. Pourquoi aurais-je besoin d'un homme... surtout après la façon dont on t'a traitée.

Elle caressait les cheveux blonds de Todd avec détermination, sachant que sa mère ne croirait jamais à son succès. C'était au-dessus de ses forces de penser à Claudia autrement qu'à sa fille, une romancière mal payée, assez jolie, mais sans plus. Peu importait que son premier roman vienne d'être accepté par un éditeur, ou qu'elle ait eu le meilleur parti de New York à ses pieds pendant près de deux ans. Peu importait qu'elle ait eu son diplôme avec mention, qu'elle travaille à San Francisco pour l'un des plus prestigieux magazines économiques. Aux yeux de sa mère, Claudia n'était pas grand-chose parce qu'elle était seule. Sans homme. Mon Dieu!

— Parce qu'il le faut, que cela te plaise ou non. La façon dont on m'a traitée n'a rien à voir. Les hommes ne sont pas tous comme ça. Je sais que Gina a fait de son mieux, et qu'elle t'a présenté des tas de jeunes gens. Et le frère de Joaney, oui, je sais, c'est fini, mais cela ne devait pas être un mauvais parti..., dit-elle d'un air méprisant.

Claudia regardait tout autour d'elle, n'en croyant pas ses oreilles. Elle avait parlé de Jason à sa mère, et voilà toute sa réponse!

— Pas un mauvais parti? Maman, son père l'a envoyé à Tokyo pour l'éloigner de Joaney et de moi. Ce type est un vrai psychopathe. Je suis sûre qu'il adore toutes ces petites Japonaises soumises qui sont à ses pieds et se prêtent à ses petits jeux pervers.

— Claudia! Je ne veux pas entendre parler de cela ici.

— Moi non plus. Alors, arrête ces bêtises sur ce que j'ai raté. Et Peggy? Elle, elle n'en n'a pas laissé passer beaucoup, et tu vois où cela l'a menée, répliqua Claudia.

Sa mère soupira, forcée d'admettre la vérité.

— Bon, comme tu voudras, mais tu n'utiliseras pas Todd comme tampon entre toi et les hommes, comme prétexte pour ne chercher personne. Ce n'est pas juste, ni pour l'un ni pour l'autre.

— Ce n'était pas dans mon intention, protesta Claudia.

Pourtant, un vieux fond d'honnêteté l'obligea à se demander si sa mère n'avait pas raison. Elle écarta cette pensée et fit un geste brusque qui réveilla Todd. Il secoua la tête et se redressa en leur souriant.

— Qu'est-ce qu'il y a? Oh! là! là! j'ai faim! Je peux avoir une tartine de beurre de cacahuète, mamie? Je vais me la préparer, ajouta-t-il en voyant le visage de Claudia.

A huit ans, il devenait un petit adulte, et n'était plus un bébé.

Claudia souffrait de son absence en le voyant grandir ainsi. Elle soupira et lui passa la main dans les cheveux.

– Je ne suis pas fâchée contre toi, Todd, ne t'inquiète pas.

– Tu n'es pas fâchée contre mamie? Si?

Il la regarda d'un air accusateur, et Claudia s'efforça de sourire.

– Non, Todd, non, pas contre mamie non plus. Je suis un peu grincheuse en ce moment. Ne t'inquiète pas.

– Tu n'es pas heureuse? insista-t-il.

Claudia se retourna vers sa mère dont l'expression entendue semblait exprimer des certitudes troublantes. Elle hésita.

– Je suis un peu perturbée pour le moment, Todd, c'est tout. Vous me manquez tous les deux quand je suis en Californie et je crois que je ne suis pas à ma place, là-bas.

– Ici non plus, conclut sa mère, en se levant.

Elle lissa sa robe et tendit la main vers Todd.

– Il n'y a plus rien pour toi ici, Claudia, je me trompe?

Elle marqua une pause en voyant sa fille hésiter et en lisant la douleur dans ses yeux. Elle aurait fait tout ce qui était en son pouvoir pour l'aider, mais Claudia devait s'en sortir seule.

– Non, je ne crois pas. Où serais-je à ma place, maman? Où?

Pourtant, une conviction grandissait en elle. Encore deux ou trois ans, et, oui, elle pourrait enfin se l'offrir... Elle aurait assez d'expérience pour trouver un travail mieux payé. Elle eut un frisson de plaisir en pensant à Hongkong, Mark, Harry...

– Ce n'est pas à moi de te le dire. Tu te bats sans arrêt pour t'en aller, pour être différente. Eh bien, tu as réussi. Maintenant, il faut que tu t'en tires toute seule. Mais ce n'est pas la peine de te cacher derrière des accessoires, dit sa mère en désignant Todd, et Claudia baissa les yeux.

– Non, tu as peut-être raison.

Mais son ton manquait d'assurance. Ce dont elle avait besoin, c'était de travailler dur, d'aller de l'avant. Et s'il y avait une chose dont elle n'avait pas besoin, c'était bien les hommes.

Un camarade de Todd vint l'appeler pour jouer et ce dernier dégringola les marches sans même se retourner. Claudia et sa mère le regardèrent en souriant d'une manière beaucoup plus proche qu'elles ne l'auraient cru : heureuses pour lui, mais un peu chagrinées de le voir partir aussi facilement.

– Tu vois, il mène sa vie, il est parfaitement satisfait. C'est difficile d'être satisfait, et quand c'est le cas, il faut s'y accrocher, et ne laisser personne te faire changer d'avis.

La mère de Claudia croisa les bras et plissa les yeux sous le soleil.

– Et, toi, maman? Tu es satisfaite? demanda Claudia en lançant un rapide coup d'œil vers sa mère.

Celle-ci mit longtemps avant de répondre, comme si elle devait y réfléchir. Finalement, elle se tourna vers sa fille.

– A peu près, dit-elle en souriant, à peu près.

Hongkong
1987

Installé devant le bar oblong du California, Tony suivait distraitement une vidéo du coin de l'œil. Dans *Ben Hur*, Charlton Heston lançait son char sur la piste en un mouvement silencieux, le front luisant de sueur, la bouche crispée. Plongé dans ses pensées, Tony faisait tourner son whisky dans sa main.

A côté de lui, perchée sur son tabouret, Portia Hsu observait son profil bien dessiné et buvait rapidement son daikiri-banane. De temps en temps, elle levait les yeux vers lui, jaugeant ses vêtements, le pantalon et la chemise de toile, les cheveux courts, les doigts lourds et carrés qui jouaient avec le verre. Quand elle se pencha vers lui, une odeur de propre, de savon et d'after-shave très masculine monta vers elle. Un frisson de désir la parcourut.

La faune nocturne commençait à se rassembler au bar, à se répartir autour des tables et sur les banquettes, tandis que l'apéritif se changeait en dîner dans le plus célèbre restaurant de Lan Kwai Fong. Il était dirigé d'une main de fer par une jeune élégante qui portait un carnet de commandes à la main. Avec la tension de la journée qui se relâchait et les conversations joyeuses, le volume sonore était encore relativement modéré, mais Tony gardait obstinément le silence. Portia rejeta en arrière le rideau noir de sa frange et inspira profondément.

– Alors, tu peux m'expliquer? demanda-t-elle finalement.

Dans un sursaut, Tony tourna la tête, intrigué et perplexe.

– Pardon? Expliquer quoi?

– Pourquoi tu es perdu dans tes pensées. Tu te souviens de moi, Tony? Portia Hsu?

Il regarda la jolie silhouette en jean noir moulant et chemise de lin luxueuse, avec de longs cheveux noirs retenus par un serre-tête en écaille de tortue et des boucles d'oreilles en perles sur la douce peau ivoire. Légèrement surpris, il hocha la tête et un éclair de plaisir balaya ses idées moroses. Il sourit.

– Oui, bien sûr, je me souviens de toi, Portia. Je ne savais pas que tu avais autant grandi. Comment vas-tu?

Il observa les lèvres boudeuses et dut faire un effort pour ne pas se laisser hypnotiser.

– Je m'ennuie, dit-elle. J'attendais un ami. Tu veux bien me tenir compagnie?

Ses yeux sombres brillèrent d'une lueur inquiétante, ses sourcils se levèrent une fraction de seconde. Les yeux de Tony s'attardèrent sur le visage. Après un moment de doute, il sourit.

– Volontiers. Moi aussi, j'attendais un ami, mais il est très en retard, j'étais sur le point d'abandonner. Tu ne devrais pas être à l'université, quelque part aux Etats-Unis? Du moins c'est ce qu'on dit.

– On parle de moi? J'en suis flattée..., répondit-elle, un rire dans les yeux. Oui, j'étudie le management à Los Angeles. Papa veut que je reprenne l'affaire de famille après mon diplôme. Je suis là pour les vacances.

Cette pensée semblait la ravir.

– Comment va ton père? s'enquit Tony d'une voix soudain sèche.

– Ah, tu y penses toujours?

– A quoi? demanda-t-il en fronçant les sourcils.

– Ta mère et mon père, dit-elle en s'amusant de voir que Tony rougissait. Mais, Tony, cela fait des siècles! Maman est comme toi, elle n'arrive pas à oublier. Mais ce n'était pas important. Une petite aventure.

Pourtant, sa bouche crispée racontait une tout autre histoire.

– Oui, sans doute. Cela m'étonne que tu sois au courant. Cela fait un bail. Tu n'étais encore qu'un bébé.

En s'interrogeant sur le genre de relation qu'elle entretenait avec son père, il la regarda avec intérêt. Reginald Hsu. Rien que d'y songer, Tony en grimaçait. Il n'y avait pas grand-chose qui résistait à Reginald Hsu. Et Tony n'était pas obnubilé par les femmes.

– Papa et moi, nous sommes très proches, répondit-elle, devinant ses pensées, le visage figé, déterminé. Nous partageons tout. Presque tout. (Elle retrouva son sourire et son ton facile et complice.) Alors, qu'est-ce que tu ruminais tout à l'heure?

– Je ruminais? rétorqua-t-il en s'efforçant de rire. Je ne m'en rendais pas compte, je réfléchissais à mon travail, c'est tout.

– Oh, oui, les grandes affaires de la Triade? se moqua-t-elle.

Il baissa les paupières pour lui cacher ses pensées, tout en souriant avec calme.

216

– Non, sous-fifre à la brigade anti-Triade, c'est tout.

– Ce n'est pas ce qu'on m'a dit..., dit-elle et, se penchant vers lui, elle chuchota : Inspecteur. Et il paraît que tu es incorruptible. Plus blanc que blanc. (Elle ouvrit grands les yeux.) C'est possible, Tony?

De nouveau, elle lui lança un sourire moqueur et complice.

– Pourquoi? Tu as envie de me corrompre, Portia? questionna-t-il, amusé, tout en se demandant si ce n'était pas justement ce qu'elle avait à l'esprit.

Elle fit la moue et rit, secoua sa chevelure soyeuse et tapota son verre de son ongle vermillon.

– Parce qu'il faut te corrompre pour que tu m'offres un verre?

– Non, ni pour t'offrir un verre, ni même pour un dîner si tu veux.

Pendant un instant, Tony se demanda s'il avait l'initiative ou s'il était manipulé plus sérieusement qu'il ne le croyait. Portia pensait-elle vraiment que l'aventure de leurs parents n'aurait aucun effet sur leur relation? Il ne fut pas sûr d'apprécier qu'elle lui prît le bras.

– Dîner? Excellente idée. Mais pas ici. Allons dans un endroit plus tranquille, tu veux bien?

Sa voix se faisait plus douce, plus caressante. Elle ne fut pas surprise de voir Tony accepter, mais eut un sourire triste en se retournant vers la salle. Elle aperçut son père entre les tables, qui les regardait partir. Papa allait être déçu, pensa-t-elle, dans un instant de regret, tout en souriant à Tony qui lui ouvrait la porte. Tu ne t'intéresses pas à moi Tony, si? Ni à moi, ni à ce que j'ai à offrir. Son visage se raffermit et elle sortit dans la nuit.

Dans un coin sombre du Scottie, morose, Aidan vit passer Tony et Portia.

20

Kyoto, Japon
Janvier 1989

Assis en tailleur sur le sol, Jason regardait la boîte gravée, l'air absent. Elle n'avait plus de secrets pour lui. Il avait découvert depuis longtemps la série de panneaux coulissants qui permettaient de libérer le mécanisme du couvercle. Mais elle ne contenait que la photographie de trois hommes qui lui étaient totalement inconnus. Il avait remis la photographie en place, pensant qu'elle lui serait peut-être utile un jour, et il l'avait rangée.

Et à présent, six ans plus tard, son regard passait de la photographie à l'écran de la télévision. Un Chinois d'âge mûr, les cheveux grisonnants, partiellement chauve, en uniforme gris du Parti, était installé sur le podium d'une salle de conférences tout aussi grise et parlait avec les hommes d'Etat et la délégation britannique venue discuter de certains points problématiques de la fin du bail. Il était peut-être un peu plus rond que sur la photo et moins facile à distinguer de ses concitoyens en uniforme qu'en costume de ville. Mais Jason était sûr que c'était bien le même homme.

Soudain, l'affaire l'intéressa vivement, d'autant plus qu'il s'interrogeait sur la manière dont le frère de Claudia avait pu se procurer une photographie d'un haut fonctionnaire de la république populaire de Chine. Et qui étaient les deux autres? D'autres hauts fonctionnaires? Que signifiait leur rencontre et l'échange du paquet? Jason reposa son front sur ses doigts carrés qui, autrefois, faisaient si facilement vibrer la chair de Claudia. Il fit la moue et réfléchit.

218

Peut-être devrait-il en faire une reproduction? La mettre quelque part en sécurité afin d'éviter tout problème quand il chercherait l'identité des deux autres. Il essaya d'imaginer combien allait valoir cette photo, lorsque ceux qui y figuraient essaieraient de la récupérer. Il sourit. Oui, il y avait peut-être bien un marché pour une telle photo, tout cela dépendait de l'endroit où elle avait été prise et du pourquoi. Eh bien, c'est ce qu'il lui fallait découvrir!

Il se leva, se précipita vers le téléphone et composa immédiatement un numéro. « Japon Airlines? » lui répondit-on et Jason fit sa demande.

Hongkong
Avril 1989
Claudia s'enfonça dans son siège, étendit les jambes, mais quelque chose la gênait sous le siège avant. Valise? Sac de voyage? Peu importait en fait, pensa-t-elle, un peu agacée. Car à moins de faire un scandale auprès de l'hôtesse pour qu'elle demande à l'homme de déplacer son sac, elle n'y pouvait rien. Elle croisa ses jambes courbatues dans le petit espace qui lui restait et regarda par le hublot les nuages qui engloutissaient l'appareil.

Ils étaient à moins d'une heure de Hongkong, et elle n'avait pas envie de régler ce problème de place. Elle avait eu sa dose de disputes ces dernières semaines, pensa-t-elle en soupirant. D'abord, le coup de téléphone de Mark qui paraissait si bizarre, agité, peu sûr de lui, la voix presque brisée par l'angoisse quand il lui avait redemandé la boîte. Son assurance vie, avait-il répété, car elle ne comprenait pas de quoi il parlait. Et elle dut bien admettre qu'elle ne savait plus où elle était. Normal, après tout ce temps! Cela faisait des années qu'il la lui avait envoyée, au moins cinq ou six ans, et elle avait déménagé deux fois depuis, avait-elle protesté, agressive, mais se sentant coupable.

Quelque part au-dessus de la mer de Chine, elle sourcilla en pensant à la façon dont il l'avait traitée. Quel genre de peur pouvait provoquer une telle rage? s'interrogea-t-elle, troublée. Et pourquoi?

Mais Mark avait rappelé quelques jours plus tard pour s'excuser et expliquer qu'il avait espéré qu'elle l'aurait gardée et que cela lui avait fait un choc de s'apercevoir du contraire.

Il avait parlé d'une voix chaleureuse, énergique, pleine de bonne humeur, qui n'avait pas trompé Claudia une seule seconde. Mais cette fois, elle avait été prudente, avait feint de se laisser duper par son ton enjoué et avait exprimé sa surprise quand il l'avait soudain invitée à venir le voir à Hongkong. Pourtant, elle avait perçu les accents de panique dans sa voix, son appel impératif. Et elle avait accepté.

Son rédacteur en chef avait trouvé l'idée bonne et lui avait offert de couvrir ses frais en échange d'un reportage sur l'avenir économique de Hongkong à la fin du bail, en 1997. Tout lui était apparu soudain si facile après des années d'espérances, d'économies, pour un jour enfin... Et subitement, son rêve se réalisait.

Elle hocha la tête en se rappelant la réaction de maman. Hongkong! Un gémissement lui échappa quand elle revit cette scène épouvantable où sa mère avait parlé de trahison, lui avait lancé toutes ces horreurs, répétant incessamment qu'elle n'avait ni fils ni mari, comme un disque rayé. Et Claudia avait répliqué, l'accusant de nourrir des rancœurs injustes. Claudia ferma les yeux, tentant de repousser ce souvenir, mais il lui pesait lourdement sur la poitrine, comme une substance qu'elle n'arrivait pas à digérer et qui lui donnait des palpitations. Trop tard, maman, songea-t-elle, avec une grimace. Il n'y a plus moyen de faire demi-tour.

Le personnel avait commencé à débarrasser les plateaux du petit déjeuner, et, excités par l'approche de l'atterrissage, les passagers bavardaient et riaient. Quand le signal demandant d'attacher les ceintures s'alluma et quand l'avion se mit en position de descente, Claudia n'eut plus guère le temps de ruminer ses pensées. Pour la première fois, elle se sentit envahie par un frisson d'allégresse en évoquant Hongkong. Dans quelques minutes, elle y poserait enfin le pied, elle retournait vers Mark, elle rentrait... chez elle? Elle n'en était pas sûre. On verrait bien.

Son frère ressemblait énormément aux photographies qu'il lui avait envoyées au cours de ces années, tout en étant subtilement différent. Les clichés ne laissaient passer ni l'intelligence ni le sentiment d'insécurité qui se cachaient sous le masque d'indifférence. Ils ne transmettaient pas le timide ravissement qu'il tenta de dissimuler en la voyant, ni l'impatience que trahissait ce long menton saillant dont elle aurait dû se méfier, après avoir connu Jason. Ils ne révélaient pas son manque total de bon sens, ni son charme d'une folle insouciance dont il usait parfois avec ses amis proches. Claudia l'aimait beaucoup mais devinait que ce n'était pas un homme sur lequel on pouvait compter.

En poussant son chariot sur le tapis roulant, parmi les hordes qui attendaient l'être aimé en criant ou brandissaient des pancartes écrites à la main, Claudia reconnut Mark tout de suite. D'abord, il était plus grand qu'elle ne s'y attendait, seule tête blonde dépassant d'une mer de chevelures noires. Il se tenait à l'écart, essayant d'éviter la bousculade et de se ménager un espace à lui. Il leva les yeux en l'apercevant, et son visage lui fut immédiatement familier. Il lui ressemblait tant, pensa-t-elle, surprise. Elle arrêta son chariot près de lui et lui tendit une joue timide pour qu'il l'embrasse. A ce moment seulement, elle vit qu'il était accompagné.

A côté, comme abattu et sans le moindre sourire aux lèvres, quelqu'un la dévorait d'un regard sombre qui donnait l'impression d'en savoir long. Claudia éprouvait le vague sentiment qu'elle aurait dû savoir qui c'était, qu'elle aurait dû reconnaître cette peau dorée et ces cheveux noirs, ces yeux qui semblaient la connaître et souffrir. Ils la jugeaient, la comparaient à une autre image.

— Mark? Comment vas-tu? C'est gentil d'être venu me chercher.

Même à ses propres oreilles, sa voix semblait guindée et embarrassée.

— Claudia! dit Mark en souriant. Mon Dieu, comme tu as changé! Plus qu'en photo encore. Euh..., tu te souviens de Harry? Il est venu te souhaiter la bienvenue.

Bouche bée, Claudia se tourna à nouveau vers l'homme aux cheveux noirs, presque angoissée à l'idée qu'il s'agissait de Harry, lui qui lui avait tant manqué depuis des années, et qu'elle n'avait pas reconnu.

— Harry! Mon Dieu, Harry!

Soudain, les yeux moroses étincelèrent de joie. Harry ouvrit les bras, Claudia s'approcha et se laissa enlacer.

— Liddie, c'est toi! Au début, je n'en étais pas sûr. Je regardais une ravissante jeune femme, et tout ce que je voyais, c'étaient mes souvenirs.

Il l'embrassa en riant, et, de nouveau, elle sentit son odeur, retrouva le souvenir de cette forte senteur de citron et de quelque chose d'autre, qu'elle n'avait jamais pu définir, mais qui était associé à Harry. Grand et bien bâti, élégamment vêtu, cela aurait pu être n'importe quel bel étranger, mais cette odeur était celle du petit garçon qu'elle avait connu.

– Oui, c'est moi. Mon Dieu, regardez-vous! On vous a donné double dose de céréales, ou quoi? Comment cela se fait-il que vous soyez si grands et que je sois restée une demi-portion? s'exclama-t-elle en riant, incluant Mark dans ses salutations, un peu mal à l'aise devant le mécontentement qu'il avait manifesté en la voyant embrasser Harry.

– C'est bon d'être de retour.

Ils prirent ses bagages et allèrent vers le parking en parlant et en riant, ne cessant de s'interrompre mutuellement. Les parfums d'Orient, odeurs d'épices mêlées à la chaleur humide et poussiéreuse, aux senteurs cuivrées de la pollution, à celles, capiteuses, de la végétation en décomposition et des égouts, submergeaient Claudia qui inspirait profondément, profitant de toutes ces saveurs avant que son nez ne s'y habitue. C'était fort différent de l'Amérique, pourtant, dès le premier instant, elle se sentit chez elle.

Ils mirent les bagages dans le coffre, et elle s'assit sur les genoux de Harry, blottie contre la porte, sentant toute la chaleur du vent d'est, serrée dans les bras d'un être qu'elle avait aimé tendrement, et qui la maintenait fermement car Mark s'abandonnait librement à la vitesse.

Il faisait très chaud en cette fin d'après-midi, et Claudia était un peu étourdie par les rues bondées de touristes et de piétons, les banderoles et les enseignes, les bus qui crachaient des nuages de fumée grise, les voitures qui manœuvraient en klaxonnant, les peintures délavées et les murs lépreux qui cédaient peu à peu la place aux gratte-ciel étincelants.

Claudia était abasourdie et presque réduite au silence par les bruits qui l'assaillaient de tous côtés, chocs, tramways, sifflets, sirènes, klaxons, cris des gens qui s'interpellaient ou vantaient leurs marchandises. Elle ne s'était pas préparée au tourbillon qui l'engloutissait. Harry, conscient de sa confusion, la prit dans ses bras et la laissa s'habituer en restant muet. Quand il pouvait se permettre un instant de distraction, Mark les regardait, troublé, et remarquait la main de Harry autour de la taille de Claudia.

Il emprunta le tunnel du port avant de s'engager dans Gloucester Road, tout en présentant les lieux, la nouvelle

Bank of China encore en construction, l'Amirauté, et son navire de guerre, le *Tamar*; il coupa ensuite par les nouvelles rues, vers Cotton Tree Drive. Ils s'éloignèrent des gratte-ciel de béton de Central district et montèrent vers les quartiers plus anciens des Mid-Levels, où les bâtiments, dont les peintures défraîchies auraient eu besoin d'être rénovées, se dissimulaient derrière d'énormes arbres. Ils passèrent devant le premier arrêt de la ligne de tramway du Pic Victoria, et la route s'éleva plus abruptement le long des jardins botaniques et de leurs passerelles couvertes de fougères. Mark avait passé la seconde pour suivre un bus surchargé, vert et jaune, qui montait la pente, soufflant et crachant sous l'effort.

A l'endroit où Cotton Tree Drive donne dans Magazine Gap Road, qui monte jusqu'au Pic, là où elle devient Peak Road, Mark tourna à gauche vers la cour d'une résidence de trois immeubles, presque engloutis dans l'ombre des arbres. Une route sinueuse partait des immeubles et Claudia pensa un instant qu'ils allaient la suivre, mais Mark s'arrêta et se gara entre deux voitures. Il coupa le moteur.

Même en ce lieu abrité, loin de l'agitation et des distractions de Central en contrebas, Claudia entendait toujours du bruit : les voitures qui montaient la pente à petite vitesse, les cloches d'une église qui retentissaient au loin, une radio tonitruante dans un appartement du haut, des voix qui s'entrechoquaient, amusées ou colériques, elle n'aurait pu le dire. Le soleil lui chauffait toujours la tête, et elle resta à sa place, étourdie, jusqu'à ce que Mark, sourire aux lèvres, saute à l'extérieur de la voiture, par-dessus la portière.

– Nous y sommes, Liddie, tu as l'intention d'aller ailleurs ? plaisanta-t-il.

Aussitôt, elle prit conscience de la pression chaude et ferme du bras qui l'entourait, de l'épaule contre son dos. Elle se retourna et regarda Harry d'un air d'excuse, troublée par cette proximité, par la sensation de son corps. Elle passa les jambes par-dessus la boîte de vitesses, se glissa sur le siège de Mark et gagna l'arrière de la voiture d'un mouvement rapide.

Mark avait sorti les bagages du coffre et Harry descendit aussi. Tous trois se sentaient de nouveau gênés.

– Ce n'est jamais silencieux ici ? Il y a un endroit où l'on peut échapper à ce vacarme ? demanda Claudia, tout en éprouvant une tension qui lui nouait l'estomac, une incertitude qui englobait tout et tout le monde.

223

Harry et Mark se regardèrent en haussant les épaules.

– Oh, oui, tout en haut, sur le Pic, c'est calme. Il n'y a que le ciel et les nuages, et peut-être un ou deux faucons qui tournent en rond. Et de l'autre côté de l'île, à Deep Water Bay ou à Shek O. C'est calme, là-bas. Mais pas ici, Liddie. Nous sommes à Victoria, dit Mark, comme si elle en demandait trop.

Harry essaya d'adoucir les paroles de Mark.

– Quand on s'y habitue, ce n'est pas si terrible. On ne l'entend même plus. Tu filtreras les bruits, comme autrefois. Tu seras parfaitement à l'aise, avant même de t'en apercevoir.

Il sourit en la regardant avec chaleur, comme s'il lui intimait d'aimer Hongkong, de se sentir chez elle. Claudia lui rendit son sourire et haussa les épaules, un peu troublée par cet enthousiasme. Elle appréciait Hongkong, mais elle n'était pas encore sûre de vouloir y rester.

Harry consulta sa montre.

– Allez, dépêchez-vous, je dois partir dans une heure.

Il se retourna, prit un des sacs de Claudia qui observait sa silhouette, grande et décontractée, d'une puissance inquiétante. Il avait plus changé qu'elle ne l'aurait imaginé.

– Harry fait une grande émission de radio. La moitié de Hongkong change de station pour écouter le célèbre programme de Harry Braga. Tu t'adresses à une célébrité!

En riant, Mark les regardait à tour de rôle, de plus en plus mal à l'aise; il se demandait pourquoi il avait été pris de panique en la faisant venir. Qu'y pouvait-elle? Rien.

Il hocha la tête, les conduisit dans l'escalier, son rire flottant toujours dans l'air.

– C'est toujours mieux qu'un vrai travail, et je suis mieux payé, dit Harry.

Il était content et essayait pourtant de le dissimuler.

– Il faudra que j'écoute ça alors. Comment en es-tu venu à t'intéresser à la radio? demanda-t-elle alors qu'ils montaient vers le troisième étage.

Harry expliqua rapidement comment Aidan l'avait aidé. Claudia qui se souvenait de Poisson pour la première fois depuis longtemps en fut surprise.

– Je le prenais pour un pochard, comment a-t-il pu te procurer ce travail?

– Il n'a pas toujours été comme ça. Il était fonctionnaire, et il vient d'une vieille famille de Hongkong, très influente. Il connaissait toutes les ficelles à l'époque.

– Et maintenant?

– Maintenant? Il ne sait même plus qui il est, et moi non plus, répliqua Harry, de manière énigmatique, comme s'il se parlait à lui-même.

Mark jura en arrivant sur le palier encombré de meubles. La porte de l'appartement d'en face était ouverte et des voix s'en échappaient.

– Hé, madame Tsao? Qu'est-ce qui se passe? Je ne peux pas ouvrir ma porte. Il faut que vous me dégagiez ça, cria-t-il.

Surprise, Claudia remarqua ses tremblements de colère, ses doigts crispés sur l'un des meubles. Il avait du mal à se maîtriser, pensa-t-elle, désorientée. Etait-ce vraiment de la colère? Ou simplement de la peur, peut-être?

Une solide matrone apparut, en vêtements occidentaux, les cheveux retenus en queue de cheval. Elle sentait la laque et le parfum capiteux. Elle sourit, mais son visage exprimait l'indifférence, voire le mépris.

– Equilibre mauvais, pas en harmonie. Alors, nous appeler maître du *fung shui*, pour qu'il arrange mieux. Faire venir la chance, et chasser le mauvais sort, annonça-t-elle, alors que Mark grommelait.

– Mais vous l'avez déjà fait il y a quelques mois. Qu'est-ce qui a changé dans le vent ou l'eau, pour que vous déplaciez tous vos meubles?

– Poisson rouge mort, dit-elle radieuse. Mauvais sort tué poisson rouge, pas nous. De la chance, hein? (On aurait dit que sa large poitrine émettait un grognement.) L'autre *fung shui* pas bon, lui pas trouver équilibre, sinon, poisson rouge pas mort. Vous voyez? Celui-ci, mieux, plus de chance, plus de poisson mort, plus de mauvais sort pour nous. Attendez, nous enlever meubles.

Elle appela d'une voix sèche et deux jeunes gens emportèrent le fauteuil qui bloquait la porte. Mme Tsao regarda le visage pâle de Mark, luisant de sueur avant de se tourner vers Claudia, d'un air malin.

– Vous vouloir que le maître *fung shui* vient chez vous? Vous meilleur équilibre, vous mieux dormir, pas jouer musique toute la nuit. Pas mettre autant bouteilles dans poubelle, ajouta-t-elle, en la suivant de ses yeux brillants. Pas visiteurs au beau milieu de la nuit, qui arrivent en criant. Vous voulez?

S'adressant uniquement à Mark, elle semblait ne pas prêter attention au souffle court de Harry.

225

— Non, merci, madame Tsao, pas pour l'instant, dit Mark en se mordant les lèvres, comme s'il était bien déterminé à ne pas se mettre en colère, mais Claudia s'aperçut qu'il avait recommencé à trembler comme une feuille. Ma sœur est venue me voir. C'est assez de chance pour le moment, dit-il avec un sourire figé.

— Vous besoin poisson rouge, pour prendre mauvais sort, pour vous avertir, pas une sœur, répliqua-t-elle vivement, en faisant un signe vers Claudia, mais en ignorant totalement Harry. Vous beaucoup malchance si vous pas faire attention.

Elle disparut dans son appartement.

— Ce dont j'ai besoin, c'est de nouveaux voisins, cria Mark en ouvrant la grille de fer forgé, puis la porte intérieure en bois.

Il les fit entrer, ferma la porte, bloquant le passage aux imprécations de Mme Tsao, et resta un instant appuyé contre le chambranle.

Harry l'observait, comme s'il était impatient de le voir reprendre le contrôle de lui-même, et Claudia était terrifiée. Que se passait-il? Pourquoi Mark craquait-il à toutes les coutures? Et Harry? Pourquoi était-il si calme, si maître de lui? Claudia hocha la tête.

— Qu'est-ce que c'est que cette histoire d'eau, de vent et de *fung* je ne sais quoi?

Elle s'affala sur le divan de rotin et s'efforça de parler d'une voix légère en se débarrassant de ses chaussures. L'atmosphère était chaude et étouffante dans l'appartement. Ni Mark ni Harry ne semblaient en souffrir.

— Oh ça! s'exclama Mark en essayant de se reprendre. En Chine, tout doit être en harmonie avec la nature, avec les vents et le sens des courants.

Il fit un geste du bras indiquant les arbres devant la fenêtre qui bruissaient dans la brise du soir.

— On croit que certains hommes, les spécialistes du *fung shui*, du vent et de l'eau, comprennent cette science mystique et peuvent déterminer où il faut construire sa maison, placer les meubles, où enterrer un être cher, et même où mettre les ouvertures d'une nouvelle maison pour que la chance ne s'en aille pas par les portes et les fenêtres. Tu t'en souviens, non?

— Tu plaisantes! Mark, j'avais sept ans quand je suis partie. Et les gens y croient?

— Bien sûr. Regarde autour de toi, et tu verras des miroirs

au-dessus d'une porte ou d'une fenêtre, pour qu'ils réfléchissent le mauvais sort et l'empêchent d'entrer. Ce ne sont que des superstitions, bien sûr, mais ils y croient dur comme fer.

Il paraissait plus tranquille en allant porter les bagages dans la chambre, et Claudia ne lui posa pas de questions. Elle aurait le temps plus tard, quand il serait plus détendu, quand il commencerait à lui faire confiance.

– Demande à Harry, il te le dira, ajouta Mark, avec une certaine dureté dans sa voix, un mépris dont Claudia se souvenait depuis l'enfance.

Elle regarda Harry, intriguée, mais il se contenta de hausser les épaules.

– Ce n'est qu'un mélange de mysticisme et de remèdes de bonnes femmes. Tu en verras plus que n'importe où ailleurs. Enfin, ma mère croyait à des tas de bêtises, tout y passait, la couleur des vêtements, la nourriture. Elle avait un poisson rouge aussi, pour être plus sûre. C'est un peu comme emporter un canari dans la mine, il est touché par les gaz le premier et cela sert d'avertissement. Ce sont des bêtises, cela ne change rien, mais elle y croit.

– Et, toi, tu n'as ni poisson rouge ni canari et tu n'y crois pas ?

Elle plaisantait et souriait, mais Harry se crispa.

– Non, pas du tout. Pourquoi y croirais-je ? Je suis plus européen que chinois dans ma manière de penser. Pour moi, ta chance, c'est toi qui la fabriques.

Il lui sourit, sur le point de dire quelque chose, mais il se ravisa. Claudia sourit et le fixa droit dans les yeux.

– Harry se contente d'accrocher des lanternes bleues pour avoir de la chance. Pas vrai, Harry ? demanda Mark.

Le visage de celui-ci s'était fait méfiant, en constatant que le vieux lien entre Claudia et Harry vibrait à nouveau, essayait de se reconstituer. Il sourit d'un air entendu, tandis que Harry regardait de l'autre côté de la pièce.

– Non, Mark, dit Harry, dont la colère palpitait sous une calme apparence. J'ai travaillé pour ça. Et j'ai payé mes dettes.

Ils s'observèrent, et Claudia avala sa salive, ne sachant pas ce que cela voulait dire, mais persuadée qu'il s'agissait d'elle.

– Pas toutes, Harry, répliqua Mark tranquillement en s'asseyant à côté de Claudia.

Harry qui avait le front luisant de sueur garda le silence puis se leva et se dirigea vers la cuisine.

– De la bière, cela vous va?

– Oui, parfait, dit Claudia rapidement, pensant que ce n'était pas le moment de provoquer une dispute. Alors, Harry, tu es chrétien, bouddhiste ou quoi?

– Ni l'un ni l'autre. Je ne crois pas à ces conneries. Et Mark non plus.

Il revint avec trois bouteilles de bière et un décapsuleur.

– Exact. Et toi, Liddie? demanda Mark, surpris et amusé, comme s'il venait de s'apercevoir que sa sœur sortait tout droit de sa cambrousse.

Prise entre leurs regards, elle haussa les épaules.

– Je ne sais pas. Je crois que je suis chrétienne. Maman va toujours à l'église le dimanche et je l'accompagne quand je suis là.

– Et papa est devenu bouddhiste et il se promène chez lui en sarong, mais cela ne veut pas dire que, moi, je suis croyant, rétorqua Mark avant de se radoucir. Mais ne t'inquiète pas, je m'en moque, tant que tu n'essaies pas de me convertir. Je suis un grand pécheur, et j'aime la vie comme ça, alors n'essaie pas de me sauver, par la grâce de Dieu, de Bouddha ou de je ne sais qui.

Il se mit à rire, et elle l'imita, troublée, certaine que Mark venait de trouver par là un moyen de lui conseiller de ne pas se mêler de ses affaires. Elle regarda Harry qui souriait mais elle ne put lire aucun message dans ses yeux noirs.

C'était étrange de voir que son frère et celui qu'elle avait longtemps considéré comme son meilleur ami étaient devenus des inconnus. C'étaient de véritables étrangers, pensa-t-elle douloureusement.

A la fin de la première semaine, elle avait mangé dans des restaurants différents tous les soirs, bu plus que dans tout le reste de sa vie, et rencontré une multitude de personnes, amis de Mark ou de Harry, mais ne savait pas grand-chose de plus qu'au moment de son arrivée.

Oui, elle avait exploré Central et Wanchai, était montée jusqu'au Pic et avait regardé les grappes de gratte-ciel en contrebas, tandis que les trois amis se bousculaient pour avoir la meilleure place sur l'étroite bande de terre. Elle avait admiré Kowloon, de l'autre côté du port étincelant et les Nouveaux Territoires. Elle connaissait le parcours des tramways, elle était allée sur les marchés de Western district, s'était promenée dans les ruelles du quartier de Queens's Road où l'on vendait les vêtements dans des brouettes, avait fouiné dans les magasins d'antiquités de Wyndham et de Cat Street.

En bonne touriste, elle avait payé son tribut pour prendre le ferry de Kowloon et avait sillonné les rues commerçantes de Nathan et de Chatham, jusqu'à l'Ocean Terminal, avec ses petites boutiques de vêtements et ses bijouteries. Elle avait appris quelques maigres mots de cantonais, assez pour demander son chemin et remercier les gens, mais elle n'avait pas encore commencé à comprendre Hongkong. En tout cas pas ce qui se cachait derrière sa façade souriante, qui ne laissait rien transparaître aux yeux du visiteur.

Après sa journée de travail, Mark la rejoignait pour un verre à l'Admiral, et ils se promenaient pendant le reste de la soirée, prenant les choses comme elles venaient. Il semblait heureux de l'avoir près de lui, de présenter sa sœur à ses amis. Il aimait sa compagnie, disait-il. Mais ils n'étaient pas intimes par la pensée. Il était plus facile de prendre un autre verre, d'aller de bar en boîte de nuit jusqu'à épuisement avant de rentrer dormir. Le matin, il partait avant qu'elle ne se réveille. Elle n'avait pas non plus réussi à pénétrer l'armure de Harry, qui affichait ses origines occidentales et déniait sa culture chinoise. Il la tenait à l'écart quand elle essayait de fouiller le passé et l'interrogeait sur les années qui s'étaient écoulées depuis son départ, ne la laissant profiter de ses charmes que si elle acceptait l'image qu'il voulait bien montrer de lui : le vedettariat, les origines portugaises, l'être social qui était salué et admiré partout où ils allaient. Il ne creusait que peu ou pas du tout les raisons qui avaient permis à cette image de se forger, et même sur ce point, il censurait soigneusement ses propos.

Au bout d'un mois, malgré les efforts pour les cacher, les ennuis de Mark étaient devenus évidents et, plus elle en apprenait, plus elle s'inquiétait. Il buvait trop, fumait du hasch constamment, il avait peur, même s'il cherchait à le dissimuler. Et Mme Tsao avait raison : il dormait mal.

Il sursautait au moindre bruit, pétarades de moteur ou cris. Terrifié, il regardait autour de lui avant de se détendre et d'en rire. Elle essayait de ne pas s'immiscer dans ses problèmes, sachant qu'il se mettrait en colère et nierait tout, mais quelque chose ne tournait pas rond et cela devait être lié à la fameuse boîte qu'il lui avait envoyée. Son assurance vie, avait-il dit. Elle se maudissait de l'avoir perdue.

Quand ils parlaient sérieusement, ils se disputaient. Elle critiquait son mode de vie, il lui reprochait d'être incapable d'apprécier la vie et de fréquenter Harry.

Et Claudia lisait la jalousie dans les yeux de son frère, la jalousie et la terreur. Mais elle ne comprenait pas qu'il n'avait pas seulement peur pour lui.

Un samedi soir, au début mai, elle se sentit encore plus frustrée que d'habitude. Toute la journée, Mark s'était volontairement montré obtus, renfermé, mais elle devinait que le problème s'approchait dangereusement et qu'il était terrifié. Pourtant, elle ne pouvait rien s'il ne la laissait pas intervenir. La seule chose qu'elle pût faire, c'était de sortir avant que la situation ne s'envenime. Fâchée, elle enfila des vêtements propres, prit sa serviette qui commençait sérieusement à s'alourdir des documents qui l'aideraient à faire son prochain article, et écrasa son mégot dans le cendrier. Mark l'observait, troublé par ses sentiments contradictoires, colère et inquiétude.

— A plus tard, dit-elle, en passant la tête dans l'encadrement de la porte de sa chambre où il se reposait, dans un nuage de fumée doucereuse.

— Tu t'en vas? Tu vas chercher le scoop de la décennie, pour que ton patron te refile une augmentation? dit-il en plaisantant, les yeux plissés derrière le brouillard de fumée. Ou tu vas simplement rejoindre Harry? Ne fais pas ça, Liddie.

Pendant un instant, les yeux de Mark s'éclaircirent, comme lorsque les rides disparaissent subitement de la surface de l'eau et laissent apercevoir le fond.

— Ne fais pas quoi? Voir Harry? dit-elle, surprise qu'il pense une telle chose, et Mark essaya de trouver les mots justes.

— Tiens-toi à l'écart pour le moment. Harry n'est pas quelqu'un pour toi. Laisse-le tranquille, d'accord? Je ne veux pas que tu sois mêlée à tout cela.

Son visage devint grave, trahissant son angoisse, et ses yeux se rétrécirent quand il vit la moue obstinée sur la bouche de sa sœur.

— Etre mêlée à quoi, nom d'une pipe? Mark, si tu ne veux rien me dire, eh bien peut-être que Harry le fera à ta place.

Tu ne veux rien dire? (Il garda le silence.) Mark? S'il te plaît! Que se passe-t-il? Qu'est-ce qui ne va pas?

Il se redressa sur un coude et fit tomber les cendres de son joint du bout du doigt, sans répondre à sa question, malgré son envie d'appeler au secours, de la laisser intervenir en sa faveur. Et que ferait-elle si elle les savait condamnés, lui et Harry? Pourtant, ils étaient innocents, mais Yee était persuadé du contraire. Ils devaient payer, avait-il dit. Un jour, quelque part, ils paieraient. Pour quoi? Il ne le savait pas. Et Harry non plus.

Il regarda Claudia dans les yeux, et vit les étincelles noisette, l'iris vert foncé qui disaient leur souffrance et auraient fait n'importe quoi pour l'aider. Mais que pouvait-elle? Rien. Et puis, c'était plus sûr comme ça.

— Tout va bien, j'essaie seulement de te donner un bon conseil, Liddie. Ecoute-moi. Il y a des choses ici... des problèmes, des arrangements... que tu ne connais pas et avec lesquels tu n'as rien à faire. Harry essaie de s'en sortir, mais d'après ce que je vois, cela ne lui réussit pas. Je sais, c'était ton copain d'enfance. Mais il n'est plus le même. Cela fait vingt ans que tu ne l'as pas vu, et il a changé. Tu ne t'en rends pas compte?

— Je ne suis pas idiote, Mark. Bien sûr qu'il a changé. Il a vingt-neuf ans, pas neuf. C'est un adulte. Comme toi. Mais à l'intérieur, c'est toujours le même.

Pourtant, elle se posait la question. Il y avait tant de vides qu'elle ne pouvait combler, qu'il l'empêchait de combler. Mais c'était toujours Harry.

— Et c'est quelqu'un que j'aime bien. Que je veux aider.

— Quand on était gosse, tu me détestais, dit Mark d'un air sournois, mais avec une étincelle d'humour dans les yeux, une expression taquine sur les lèvres.

Claudia sourit à contrecœur.

— Et maintenant, je t'aime bien... Je veux t'aider.

Elle passa la main dans les cheveux de Mark, comme elle le faisait avec Todd, et fit la grimace quand il s'écarta.

— Ecoute, je vais à Lan Kwai Fong, s'exclama-t-elle, ayant soudain pris une décision.

Elle glissa la lanière de son sac sur son épaule.

— Tu vas voir qui? Silvia?

Mark leva les yeux, et Claudia sourit intérieurement, en remarquant l'intérêt que sa voix trahissait malgré lui.

– Oui, tu veux venir ? Je dois la rejoindre au Graffiti vers 19 heures. Tu me tiendras compagnie. Elle sera ravie de te voir, je lui ai dit que tu serais sans doute là.

– Peut-être, peut-être plus tard, répondit-il en hochant la tête, laissant errer ses pensées. J'attends quelqu'un.

– Qui ?

– Oh, quelqu'un. Il va venir. Tu devrais te dépêcher, il n'est pas loin de 19 heures, dit-il en regardant sa montre avant de se lever.

Claudia se retourna, pourtant son anxiété se refusait à retomber. Quelqu'un. Quelqu'un qui avait encore quelque chose... à vendre... ?

En voyant les côtes saillir sous sa peau et la pâleur de ses pupilles, elle se mordit les lèvres, se demandant si elle allait oser aborder le sujet, décida que non, et fut surprise d'entendre les mots s'échapper, comme de par leur propre volonté.

– Qui te refile cette cochonnerie ? Poisson ?

Poisson qui rôdait sans cesse, sourire aux lèvres, avec son œil inquisiteur, et qui la dégoûtait toujours profondément. Ah ! c'était facile pour un mort vivant comme lui, qui ne revenait qu'occasionnellement à la vie, grâce à son travail de correcteur d'un journal de seconde zone. Et ses amis ? Comment s'en sortaient-ils ? Harry, Mark et Poisson ! Dangereux trio ! Mark la regardait, lui interdisant de lire dans ses pensées.

– Peut-être. Qui était ton premier amant, Liddie ? Il était bon ? Tu en as eu combien ? Tu prends la pilule ? Tu as déjà été enceinte ?

Il se tut devant son expression outragée.

– Tu vois ? Personne n'aime les questions indiscrètes. Et moi moins que les autres. Je te l'ai dit tout de suite. Maintenant, tu ferais mieux de partir. Je te verrai plus tard.

Il la poussa presque vers la porte qu'il ouvrit sur la grille de fer. Elle se retrouva dans l'escalier avec les odeurs de cuisine des autres appartements mêlées à celle du désinfectant qui formait encore de petites mares sur le carrelage récemment lavé.

– Mark, viens avec moi. Ne reste pas ici, le supplia-t-elle, incapable d'expliquer pourquoi elle était si nerveuse, pourquoi ses pensées la troublaient et lui nouaient l'estomac.

Mais il hocha la tête, comme s'il avait du mal à croire ce qu'il voyait.

— Tu n'abandonnes jamais ? Je ne sais pas, tu devrais peut-être te trouver un appartement à toi. Cela ne va pas marcher si tu te mêles de ce qui ne te regarde pas.

Il parlait durement et ses mots la blessèrent. Elle se tourna en entendant la porte de Mme Tsao s'ouvrir et se refermer. Mais quand elle regarda de nouveau vers Mark, il avait déjà fermé la porte. Elle fixa des yeux le panneau de bois, puis dévala les marches. Le bus allait passer d'une minute à l'autre.

21

Samedi soir

Bill Ingram s'agrippa au récepteur en écoutant la voix qui murmurait.

— Alors, tu l'as? demanda-t-il avant de marquer une pause et de pousser un soupir exaspéré.

De l'autre côté de la pièce, Tony leva les sourcils. Quelque chose avait troublé son père qui n'était pourtant pas du genre à laisser transparaître ses émotions.

— Eh bien, débarrasse-toi de cette paperasse, et arrange-toi pour que la banque te laisse l'ouvrir, hurla Bill qui raccrocha brusquement.

Tony prit les deux verres de whisky et en tendit un à son père, sans dire un mot.

— Ah, merci, Tony.

Bill avala la moitié de son verre d'un large mouvement de gorge et s'enfonça dans son fauteuil favori. Otter retira sa patte avant de se réinstaller en grognant.

— Oh, quels bureaucrates, ces Japonais! grommela Bill, et Tony esquissa un sourire.

— Pire que les autres? demanda-t-il ironiquement, et son père acquiesça d'un signe des lèvres. C'est grave? ajouta Tony, d'un ton léger, supposant que son père ne lui dirait rien.

Il fut surpris quand ce dernier lui répondit sans y prêter garde, toujours en colère:

— Possible. C'est bien possible. Quelque chose que nous essayons de découvrir depuis longtemps. Mais nous n'aurons pas de preuves tant que nous ne saurons pas ce qu'il y a dans...

Il s'arrêta, se rendant soudain compte de son erreur et sourit en voyant le visage impavide de son fils.

– Tu n'as pas besoin de le dire, répondit Tony en buvant son verre.

Il devinait que son père, certain que Tony ne répéterait jamais quelque chose qu'on avait trahi par inadvertance, en parlerait malgré tout.

– Tu gâches tes talents dans ton métier, affirma Bill, à la surprise de son fils. Il serait temps de bouger, tu ne crois pas? (Il avait un regard amusé, évaluateur, que Tony croisa sans flancher.) Il faut que tu t'endurcisses, Tony. Il y a toujours une meilleure cause à servir.

– C'est comme cela que tu expliques la petite chute d'Aidan? demanda Tony, qui se posait réellement la question, étonné de lire la satisfaction sur le visage de son père au lieu du sentiment de culpabilité auquel il s'attendait.

Aidan serait-il meilleur acrobate qu'on ne l'aurait imaginé? Son père se leva brusquement et se retourna.

– Oui, sale histoire! fut le seul commentaire de Bill qui se versa un autre scotch.

– Plutôt. Il y a quelque chose que je devrais savoir, papa? s'enquit Tony d'une voix sèche. Quelque chose qui pourrait avoir des conséquences sur mon travail?

Il posait toujours la question et obtenait parfois un tuyau, parfois un indice, mais rien le plus souvent. Pourtant, il était patient et connaissait les contraintes de son père, bien que les deux hommes n'y fissent jamais allusion.

– Peut-être. Je ne peux pas en parler pour le moment. Cela dépend en fait de la façon dont nous voulons que ça tourne.

Bill regardait son fils, qui était dans l'impossibilité de comprendre, et répugnait à le laisser dans l'ignorance alors que Yee devenait de plus en plus puissant, impatient et... oui, dangereux. Très dangereux même, si cette affaire de Japon aboutissait. Il était injuste de bloquer l'enquête de Tony mais, pour le moment, il n'avait pas le choix, Yee leur était indispensable.

– A ta place, je garderais un œil sur Harry Braga. Et sur Mark Babcock. Tu sais sûrement que sa sœur est ici en ce moment?

Bill Ingram remarqua une expression inattendue sur le visage de son fils. De la surprise? De l'espoir? Autre chose?

– Non, je ne le savais pas. Je ne vois plus beaucoup Mark et sa bande. Est-ce que cette visite a des implications, à moins qu'elle ne tombe mal, tout simplement?

Tony devait lutter contre l'excitation qui le saisissait tout en se demandant pourquoi le retour de Claudia lui faisait un tel effet. Il s'éclaircit la gorge, attendant d'autres renseignements mais il fut déçu.

— C'est plus ton domaine que le mien, non? dit Bill en souriant, les yeux moqueurs, quand il vit Tony se mordre les lèvres, vexé de n'avoir pas réussi à le faire parler.

— Je ne sais pas, c'est pour cela que je te posais la question. Mais je crois que tu viens de répondre.

Tony eut l'impression qu'un mince rayon de lumière venait de tomber sur une plaie noire et impénétrable qui l'affligeait depuis longtemps.

— Je vais surveiller Harry et Mark. Merci pour le tuyau.

Il sourit, conscient que c'était la meilleure chose à faire.

Samedi soir
Lan Kwai Fong

Le quartier où les jeunes yuppies de Hongkong allaient dîner et se montrer était très animé le samedi à 19 h 30. Claudia se fraya un chemin dans la foule de Wyndham Street et prit une ruelle qui donnait sur D'Aguilar Street, ignorant les sifflets et les quolibets des quelques marins qui s'étaient éloignés de Wanchai. Devant chez Graffiti, la queue bloquait l'entrée, mais Claudia passa devant tout le monde en faisant un signe familier au barman qui lui indiqua le fond du restaurant. Elle ne fut pas surprise de voir Silvia Bateman qui tenait sa cour devant plusieurs jeunes gens.

— Bonjour, Claudia. Où est Mark? Je croyais que tu allais l'amener.

Silvia fronça légèrement les sourcils et ses yeux verts s'assombrirent un peu.

— Il viendra peut-être nous rejoindre plus tard. Il devait voir quelqu'un, ajouta Claudia en haussant les épaules à la pensée de leur dispute qui l'avait trop perturbée pour qu'elle ait envie d'en discuter plus longtemps.

Silvia soupira et s'enfonça dans son siège.

— Ah oui, ses provisions pour la semaine. Dieu sait comment il peut se payer tout ça. Il y a des rumeurs qui courent, Claudia. Il faudrait faire quelque chose.

Elle parlait sur un ton de reproche et Claudia ne savait comment réagir. Elle pensait parfois que Silvia ne s'intéressait à elle que parce qu'elle était la sœur de Mark. Mark, un beau parti, Mark, un drogué à demi alcoolique. Mon Dieu, qu'attendait-on d'elle?

— A t'entendre, on dirait qu'il est toxicomane! Silvia, tout le monde fume un peu d'herbe de temps en temps, répliqua-t-elle d'un ton léger.

— De temps en temps, oui. Mais pas à longueur de nuit, et pas toutes les nuits. Et ce n'est pas que de l'herbe, dit Silvia qui marqua une pause. Enfin, tant que cela n'a pas l'air de lui altérer l'esprit. J'ai entendu dire qu'il avait été nommé directeur financier du secteur Outre-mer. Pas mal pour son âge. Heureusement que son patron a décidé de s'occuper de la gestion du Trésor de Tobago!

Ce n'était pas exactement Tobago, mais autrement Silvia aurait manqué son allitération et elle n'avait guère le souci du détail.

Claudia hocha la tête.

— Hum, hum... Sans doute. Enfin, il n'est qu'à l'essai. Pour voir s'il s'en tire. Mais c'est une bonne nouvelle. Il sera payé en tant que coopérant et il devra travailler dur, il n'aura plus le temps de faire des folies, dit-elle en mettant l'accent sur ce dernier mot.

— Au moment où il pourrait se les payer! Plus besoin de dealer, alors!

Son ton indiquait qu'il s'agissait d'une blague, mais ses yeux étaient inquiets.

— Tu ne crois tout de même pas..., dit Claudia, avec une expression bizarre.

— Non, non. Mais il faut bien qu'il y ait quelque chose. Il n'y a pas d'autre moyen.

Silvia se mordit la langue, l'air coupable.

— Excuse-moi, Claudia. Je ne voulais pas me mêler de ce qui ne me concerne pas. Je me fais du souci pour Mark, c'est tout.

— Ce n'est qu'un peu d'herbe de temps en temps, Silvia. Il n'y a pas de quoi en faire un plat.

Claudia perçut la peur dans sa voix et se reprocha de ne pas mieux défendre son frère. Mais comment agir autrement, alors qu'elle réprouvait totalement son mode de vie?

— Tout le monde sait que l'herbe est très chère ici, et très difficile à trouver. Les gens se demandent comment il peut se le permettre, c'est tout. Bon, bon, n'en parlons plus, conclut Silvia en levant les bras comme pour repasser le flambeau à Claudia.

Ce soir, elle était trop énervée pour supporter l'anxiété de Silvia, mais n'était pas d'humeur à rester seule. C'était la faute de Mark. Il avait eu un drôle de comportement toute la journée. Des hauts et des bas, des sautes d'humeur. La drogue bien sûr. Mais quelque chose de plus, une sorte de désespoir dans son regard.

– Portia est passée te voir? demanda Silvia. Elle en avait l'intention.

– Portia Hsu? Non, pourquoi?

– Oh, rien, en fait. Elle avait un message pour Harry, mais comme elle n'arrivait pas à mettre la main sur lui, elle comptait sur Mark pour le lui transmettre. Elle était dans tous ses états. Je me demandais si tu étais au courant.

Les yeux verts de Silvia avaient la faculté de s'embrumer comme un jade laiteux quand elle était inquiète.

– Non, quel genre d'état?

– Troublée, nerveuse, hystérique. Mais Portia réagit comme ça pour un oui ou pour un non. Le gouvernement de Hong-kong est loin d'être parfait; ou alors : mon Dieu! c'est inimaginable, les employés de son père veulent fonder un syndicat! dit Silvia en imitant la manière de parler de Portia. Tu la connais, ajouta-t-elle, et elles sourirent toutes les deux en pensant à la véhémence de Portia.

– Oh, elle est jeune, dit Claudia, pour l'excuser.

Intérieurement, elle se demandait si en fait ce n'était pas mieux d'avoir des idées tranchées sur les grands sujets de la vie. Mais Portia semblait toujours faire du cinéma.

– Vingt-trois ans, ce n'est pas si jeune que cela à Hongkong. Au fait, il y a une soirée chez les Hsu vendredi prochain, si tu as envie de venir.

– Mark est invité, lui aussi?

– Bien sûr! Y a-t-il un endroit où Mark n'est pas invité? Ah, si les vieux savaient ce qu'il fait de ses loisirs! Je suis sûre qu'ils seraient moins béats d'admiration et qu'il y aurait moins de manigances pour le marier! Même ma mère le prend pour un être exceptionnel!

– Mais c'en est un! dit Claudia fermement, amusée par la moue de Silvia. Et d'ailleurs, toi aussi, tu en es persuadée, alors, arrête de jouer la comédie. Pourquoi n'arrivez-vous pas à vous entendre...

Elle s'arrêta en voyant Silvia rougir et détourner les yeux.

– Silvia?

– Je croyais que tu étais au courant. (Les sourcils se rejoignirent au-dessus du regard sombre.) Pour nous. Je croyais que Mark t'avait dit.

Ses yeux verts pleins de défi, Silvia lissa sa jupe sur ses cuisses, rejeta en arrière sa chevelure sombre et bouclée.

– Non. Il ne m'a rien dit. Il n'aime pas que je me mêle de ses affaires. On s'est disputés ce soir à ce sujet et il m'a vertement conseillé de m'occuper de ce qui me regardait, expliqua Claudia, troublée par l'évocation de cette scène. Alors, qu'est-ce qui se passe?

Intriguée, elle regardait l'autre fille tout en se demandant ce qu'on pouvait encore bien lui cacher. Vraiment, elle ne savait pas grand-chose.

– Cela fait longtemps maintenant. On se connaissait depuis des années, on allait l'un chez l'autre, et puis, on a commencé à sortir ensemble. Ce fut même assez sérieux pendant un moment, et d'un coup, il a tout cassé, en revenant de l'université, quand il a commencé à travailler. Il m'a dit que je ne l'intéressais plus, qu'il n'aimait plus les Occidentales, le genre d'âneries habituelles. On est trop autoritaires, trop grincheuses... Et c'était fini. C'est drôle quand même, j'ai toujours pensé qu'il racontait n'importe quoi, qu'il tenait toujours à moi, et qu'il jouait à un jeu stupide. Vraiment bizarre.

Silvia se détourna et chercha ses cigarettes.

Enfin, une des pièces du puzzle trouvait sa place. Et il y en restait neuf cent quatre-vingt-dix-neuf en désordre!

– Excuse-moi, je ne m'en étais pas rendu compte. Cela a dû te faire très mal.

Silvia haussa les épaules et gratta une allumette.

– Mark se moque de blesser les gens tant qu'il n'a pas à prendre de responsabilités dans la vie, soupira-t-elle. C'est moi qui te demande de m'excuser, je n'aurais pas dû dire cela.

C'était la vérité, et elles le savaient toutes les deux.

Claudia fit signe au serveur.

– Un sprizer, s'il vous plaît, et, toi, Silvia?

– Non, rien.

Silvia se débattait avec le walkman qu'elle avait apporté et ajustait les écouteurs. Elle n'avait pas fini de boire son verre. Claudia laissa partir le garçon.

– C'est pour quoi faire?

– Pour le programme de Harry. C'est déjà commencé. Il interroge les gens par téléphone sur ce qu'ils pensent de 1997. Il voulait qu'on appelle, pour animer la discussion. Je me demande s'il y a des gens qu'on connaît, à l'antenne.

Elle finit par brancher les écouteurs et en offrit un à Claudia. Elles écoutaient en s'amusant à crayonner la nappe en papier, souriant de temps en temps devant les commentaires les plus ineptes.

Le troisième appel les fit sursauter. Elles se regardèrent. C'était Mark. La voix douce de Harry se fit plus précise.

– Comment vous appelez-vous?

– Mark.

– Mark comment?

– Mark Antoine.

(*Rires dans l'équipe du studio. Harry ne répondit pas.*)

– Eh bien, Mark, que pensez-vous de l'avenir de Hongkong après 1997? Croyez-vous que le gouvernement chinois respectera la période d'adaptation de cinquante ans?

– A votre avis, combien de temps durera Deng Xiaoping? C'est lui qui a signé le traité. C'est tout ce que ça durera.

Silvia hocha la tête, comme si elle acquiesçait.

– Mais pensez-vous que cela tiendra jusque-là? Ne croyez-vous pas qu'il y aura une crise avant?

– Pas si tout le monde est correct et que l'argent coule à flot grâce aux joint-ventures en métropole. Vous connaissez la rengaine, on ne crache pas dans la soupe. La Chine a besoin de Hongkong, pour le moment du moins.

– Et le traité en lui-même? Quelle importance revêt-il aux yeux du peuple de Hongkong? Pas aux yeux des banquiers et des financiers, mais pour les petites gens, l'homme de la rue?

– Une plus grande importance que les Britanniques ne veulent bien l'admettre, mais nous ne resterons pas un port franc trois ans de plus et quant aux élections directes, je ne vois pas le gouvernement chinois accueillir cette idée à bras ouverts, et vous? Un instant, on frappe à la porte, ne quittez pas...

L'entretien prit fin abruptement et la voix de Harry, amusée et confiante, annonça à Mark qu'on allait le laisser là pour prendre un autre interlocuteur.

Et des cris retentirent.

Des cris de douleur, des cris déchirants. A les entendre, on aurait cru que Mark était plongé dans un tel état de terreur et de souffrance qu'à côté la mort apparaissait comme un tendre soulagement. « Non! Non! Nooooon! » Pendant quelques secondes insupportables qui semblèrent durer une éternité, ces hurlements de terreur se poursuivirent avant d'être brusquement interrompus.

Il y eut un long moment de silence, puis une musique apaisante et banale fut diffusée sur les ondes.

Le teint terreux, Claudia arracha l'écouteur de son oreille et regarda Silvia. Celle-ci chancelait, son corps semblait pris de convulsions, sa tête dodelinait sur son cou comme celle d'une marionnette. Elle avait la bouche ouverte, et ses lèvres vermillon tremblaient. Claudia se précipita sur le téléphone au fond du restaurant. Cela ne pouvait pas être Mark. C'était une blague, une mauvaise blague des studios. Ce n'était pas Mark qui avait crié, se répétait-elle, abattue malgré elle par cet événement qui n'annonçait rien de bon. Intérieurement, elle savait que c'était lui. Elle entendait encore les cris. Que se passait-il?

Le téléphone sonna, encore et encore. Finalement, Claudia raccrocha, et, les doigts tremblants, composa le numéro de la radio. Mais les lignes étaient encombrées par les autres auditeurs qui voulaient des nouvelles. Elle reposa le combiné, et, toute flageolante, s'appuya contre le mur, les larmes s'échappant de ses paupières fermées. Est-ce que cela continuait? Criait-il toujours? Etait-ce terminé? Elle reprit son souffle, essuya ses larmes et, la main sur le visage, comme pour se cacher les yeux, elle composa le numéro de la police.

La route fut longue jusqu'au Mid-Levels; blottie à l'arrière du taxi qui montait la pente abrupte en grondant, Claudia essayait de se défendre contre le froid qui la saisissait. Sa poitrine résonnait comme une caverne de glace. Quand le taxi entra dans la cour et s'arrêta, inquiète, elle regarda autour d'elle. Il y avait des lumières partout et des policiers en uniforme qui encordaient la zone. Le gyrophare d'une ambulance inutile, à la sirène éteinte, tournait lentement, par à-coups, comme si elle s'était résignée à avoir perdu son patient avant même de l'avoir soigné.

Claudia descendit lentement de la voiture et leva les yeux vers les fenêtres de l'appartement. Un visage apparut. Pas celui de Mark. Elle se fraya un chemin dans la foule et agrippa le bras d'un policier. Il n'avait pas de barrette rouge sous ses étoiles. Il ne parlait pas anglais.

241

Claudia balbutiait quelques mots de cantonais, essentiellement des phrases apprises par cœur pour naviguer dans les rues de Kowloon. Elle indiqua les fenêtres.

– *Cheng mahn bou ging?*

Puis-je parler à la police? voulait-elle dire. Elle vit que l'homme ne la comprenait pas et qu'elle avait dû écorcher la prononciation.

– Police, je dois la voir! S'il vous plaît! *Mgoi!*

Elle lui secoua le bras et lui montra les fenêtres puis elle-même. L'homme hocha la tête et la repoussa.

– Non, laissez-la passer. Amenez-la-moi.

Un policier européen en civil fit un signe des marches du bâtiment. Visiblement impatient, il ne cessait de se frotter les yeux, comme pour effacer ce qu'il venait de voir. Soulagée, Claudia s'approcha de lui, observa sa chevelure blonde et vigoureuse et son visage qui donnait l'impression qu'on pouvait compter sur lui.

– C'est mon frère. J'ai appelé. Mon frère Mark. C'est lui qui criait...

Sa voix s'éteignit devant la crispation de l'homme. Son regard, si indifférent un instant plus tôt, s'adoucissait, en signe de sympathie. A cet instant, Claudia comprit que Mark était mort.

Il la prit par le bras, la conduisit vers une voiture de police et l'y installa. Il s'assit à côté d'elle, en lui tenant la main. Elle avait le visage pâle d'une *gweilo*.

– Mademoiselle Babcock? Claudia? Excusez-moi, je suis l'inspecteur Ingram. Vous ne vous souvenez sûrement pas de moi mais nous nous sommes connus, il y a très longtemps.

Il avait une voix calme et réconfortante et semblait doué d'une patience infinie.

– Il est mort? C'est bien cela? Mark est mort?

Il n'hésita pas, ne recula pas devant le désagrément qu'il éprouvait à lui apprendre la nouvelle. Il hocha la tête et répondit immédiatement.

– Oui, je suis désolé. (Il marqua une pause pour qu'elle ait le temps d'assimiler la nouvelle.) Quand vous serez un peu remise, il faudra que je vous pose quelques questions, mais pour l'instant, vous feriez mieux d'aller chez des amis. Je peux appeler quelqu'un pour vous?

Elle hésita un instant, essayant de réfléchir calmement avant de répondre d'une voix morne, comme si elle s'était repliée sur elle-même.

– Comment? Comment a-t-il été tué?

D'un geste de la main, elle se couvrit le visage, mais elle ne pleurait pas. Elle se sentait sèche et calcinée à l'intérieur.

– Il a été poignardé, répondit Tony, d'une voix si tranquille que cela glissa presque sur Claudia qui faillit ne pas comprendre.

Il avait le visage fermé, et ses yeux gris ne laissaient rien passer.

– Par qui? Pourquoi? Personne n'a rien vu? On a bien dû entendre quelque chose? On entend tout derrière ces murs. Quelqu'un a dû voir ou entendre quelque chose. Mme Tsao en face? Elle doit savoir, elle sait toujours tout. Il criait! Il hurlait à la mort!

Il détourna le regard et respira difficilement, tant il se sentait impuissant devant sa douleur. Si seulement son père lui avait parlé de Mark plus tôt, la veille, une heure avant même, il aurait peut-être pu intervenir. Mais il était trop tard.

– C'est ce que nous cherchons à savoir, mademoiselle Babcock.

– Vous m'avez appelée Claudia... Vous m'avez dit que nous nous connaissions... Quand? Quel est votre nom, déjà?

– Ingram. Tony Ingram. J'avais le même âge que votre sœur aînée, Peggy. Je ne pense pas que vous vous en souveniez. Mark et moi, nous nous sommes vus un peu, au fil des ans. Ne vous inquiétez pas, j'ai pu l'identifier. Vous n'aurez pas à le faire.

Il lui tenait toujours la main. Elle contempla les doigts carrés puis leva les yeux vers l'homme en fronçant légèrement les sourcils.

– Vous m'avez donné une étoile de mer. Le jour où... Ce jour-là, à Repulse Bay. Je m'en souviens.

Elle essaya de faire correspondre l'image du garçon qu'elle avait connu avec l'homme qui était là. Les cheveux étaient un peu plus sombres, une sorte d'auburn éclairci par le soleil, comme du caramel, son visage large et régulier présentait quelques rides d'expression, il avait des yeux gris intelligents et un nez légèrement busqué. Pas vraiment beau, mais séduisant, rassurant. Elle lui lâcha la main.

– Je veux le voir.

– Je ne crois pas que ce soit une bonne idée. Vous allez souffrir pour rien. Souvenez-vous de lui tel qu'il était, pas tel qu'il est maintenant dans la mort. Cela ne servirait à rien.

– Je veux le voir.

– Claudia! S'il vous plaît. Vous êtes toujours sous le choc.

Il fit un signal derrière son dos et elle le toisa, sans sourciller.

– C'est mon droit. Je suis sa seule famille ici. C'était mon frère.

Elle passa devant lui et retourna vers le bâtiment. Deux hommes en uniforme blanc se trouvaient déjà dans l'escalier. Ils portaient un brancard. Elle regarda Tony qui haussa les épaules et leur donna l'ordre de la laisser passer.

Il la suivit, parla doucement aux policiers qui gardaient la porte. Il lui prit le bras pour la retenir.

– Claudia, il faut que vous vous prépariez. Le corps est très endommagé. Je préférerais que vous n'insistiez pas.

Elle observa ses yeux, se souvenant de son image sur la plage, le jour où il l'avait rattrapée pour lui donner l'étoile de mer. Il avait de grands yeux à l'époque, parsemés de paillettes noires emprisonnées dans l'iris clair, comme les rayures d'un tigre ou d'un chat. Ils reflétaient sa propre tragédie. Comme aujourd'hui. Elle lui serra la main et le devança.

L'appartement n'avait pas changé. Il n'était pas jonché de meubles et de vêtements. Rien n'avait été volé et il n'y avait que peu de traces de lutte. Mais les murs étaient éclaboussés et tachés de rouge, et, sur le sol carrelé, le sang formait des petites mares de bulles qui coagulaient. Claudia vacilla avant même de voir Mark. On avait recouvert le corps d'un drap, mais le sang avait traversé, formant des rayures pourpres. Son visage était étrangement calme malgré la violence de la scène. Les paupières closes, les lèvres serrées, Mark ne laissait plus rien transparaître des horreurs qu'il avait endurées. Il n'avait pas encore perdu sa couleur. Claudia s'accroupit près de son frère, tendit doucement la main vers lui et repoussa la mèche qui cachait le front. La peau était toujours tiède et les cheveux toujours doux.

Une profonde douleur lui transperça la poitrine.

– Oh, Mark, pourquoi n'es-tu pas venu avec moi? Pourquoi?

Sa voix n'était qu'un murmure. La figure de Mark ne bougea pas. Elle était si lisse, si pâle, si belle dans sa sévérité que cette vision était presque insupportable. Elle n'essaya pas de soulever le drap ni d'explorer l'appartement. Agenouillée près du corps, elle tentait d'imprimer dans son esprit l'image de ce visage qu'elle voyait pour la dernière fois. Elle ne voulait pas que son souvenir lui échappât.

– Claudia?

La voix de Tony Ingram vogua jusqu'à elle, comme à travers une épaisse couche d'eau, déformée et assourdie par la distance. Elle leva vaguement la tête.

– Qui a fait ça? Pourquoi?

– Nous trouverons. Ou nous essaierons.

– Essaierons?

Les yeux de Claudia paraissaient immenses sur son visage pâli.

– On dirait un meurtre rituel. La justice de la Triade. Normalement, c'est un châtiment destiné à punir une trahison liée à la cérémonie du serment. Mais ce n'est sûrement pas la véritable raison ici. Ils n'ont pas de *gweilos* dans la Triade. Pas à Hongkong.

Il se pencha et releva Claudia, la laissant s'appuyer sur lui et se réchauffer au contact de son corps, car ses forces l'abandonnaient.

– Venez dehors. Vous ne pouvez plus rien faire.

Cette fois, Claudia ne résista pas. Tony la conduisit jusqu'à la voiture et l'installa de nouveau à l'intérieur. Il s'assit à l'avant et donna un ordre au chauffeur.

La voiture s'éloigna à l'instant où la horde des journalistes arrivaient, assoiffés de sang et d'horreur. Cette fois, ils seraient servis.

– Où voulez-vous aller? Chez qui? demanda Tony, mais Claudia hocha la tête en silence, trop épuisée pour penser à quelqu'un.

Pas Silvia ni Harry, ils étaient trop proches du drame. Pas les « copains » qu'elle s'était faits au cours du dernier mois. Elle ferma les yeux.

– Je ne sais pas. Je m'en moque. N'importe où.

Le chauffeur reçut de nouvelles instructions et tourna vers Cotton Tree Drive, puis sur Queensway et sur Hennessy Road, à Wanchai. La circulation était fluide et la voiture qui roulait rapidement et se glissait habilement entre les autres s'arrêta à peine quinze minutes plus tard devant un bâtiment de Hennessy Road. Tony Ingram sortit, ouvrit la portière et aida Claudia à se lever avant de la conduire à l'intérieur.

Il y avait deux ascenseurs, l'un pour les étages impairs, l'autre pour les pairs. Tony tira la grille de l'un d'eux et l'aida à entrer car il semblait qu'elle risquait de tomber à tout instant. Cela sentait les légumes bouillis et l'encens, et une autre odeur, un peu répugnante, flottait sur le sol et les parois délabrées de l'ascenseur. Ils montèrent jusqu'au cinquième en silence.

Tony avait les clés de l'appartement et ils entrèrent tous les deux. Tony lui fit signe de s'asseoir. Elle obéit et s'installa sur un divan recouvert de toile, ne voyant que le mur en face d'elle. Une photographie en noir et blanc représentant trois enfants dans un cadre d'argent massif la regardait.

— Tenez, buvez cela.

Il lui tendit un ballon de brandy qu'elle cajola entre ses mains qui commençaient à trembler violemment après le choc.

— C'est chez vous ? demanda-t-elle enfin.

— Oui. J'habite seul, ne vous inquiétez pas, personne ne va arriver plus tard. Il y a un convertible dans la chambre d'amis. Vous pouvez rester aussi longtemps que vous le voudrez.

Il ne manifestait pas une sollicitude excessive, son ton n'était pas particulièrement compatissant, mais quelque chose en lui poussait Claudia à avoir envie de se libérer de la boule d'angoisse qui s'était formée dans sa gorge. Elle savait qu'il ne s'en offusquerait pas, qu'il essaierait de comprendre, si possible. Mais elle se contenta d'avaler sa salive.

— Il faut que j'appelle ma mère. Que je la mette au courant, dit-elle d'une voix rauque.

— Demain. Vous n'êtes pas en état de supporter le chagrin d'une autre personne. Vous avez besoin d'un bon remontant, de manger un peu et de dormir.

— Il n'y aura pas de chagrin.

Tony se tourna vers elle, le visage impavide, méfiant. Prise de nausées, Claudia haussa les épaules.

— Ma mère se moque complètement de Mark. Il a décidé de rester avec mon père, au moment de la rupture. Elle ne le lui a jamais pardonné. Nous avons eu une terrible dispute quand j'ai décidé de venir ici.

Elle avala une longue gorgée de cognac et leva de nouveau les yeux vers lui.

— Mais il faut que je le lui dise de toute façon. Elle saura comment joindre mon père. Pour lui, c'est important.

Pendant la longue pause qui suivit, Tony se demanda si Mark avait compté pour elle, et à quel point. Mais il ne pouvait pas encore lui poser la question. Elle était encore sous le choc, elle avait les traits tirés, et clignait les yeux, troublée par ses pensées.

Ce fut elle qui rompit le silence, hésitante au début, mais de plus en plus sûre d'elle. Tony écoutait calmement, et l'horreur de ces dernières heures l'incita à faire des confidences auxquelles elle ne se serait jamais laissée aller normalement. Tony l'observait, lui posant des questions de temps à autre.

– Mark m'a toujours manqué. Pendant des années. Même s'il n'était pas très gentil, s'il me faisait des farces ou me houspillait... Il me manquait. On s'écrivait de temps en temps, mais cela ne marchait pas vraiment. Je ne le connais que depuis un mois en fait. Ce n'est pas très long. Et ce soir, nous nous sommes disputés avant que je sorte... (Sa voix se brisa.) Oh, mon Dieu! Je n'arrive pas à croire qu'il soit mort, et pourtant, c'est vrai, je ne le verrai jamais plus. Jamais, poursuivit-elle, malheureuse.

– Savez-vous qui aurait pu le tuer, et pourquoi?

– Non, non... Mais il avait peur, tout le temps, comme s'il était au bord de la panique. Il fumait beaucoup, mais c'est courant par ici, non? Il buvait aussi et il pouvait être... difficile quand il était défoncé... Mais pas assez pour qu'on le tue. Il m'a dit qu'il attendait quelqu'un. Je pensais que c'était un dealer. Vous pourriez demander à Poisson ou à Harry. Ils auront peut-être des idées.

Elle repoussa ses cheveux en arrière, éprouvant soudain un horrible malaise. Prise de haut-le-cœur, elle se mit à transpirer. Tony lui prit le verre des mains et la conduisit promptement à la salle de bains, où il lui tint la tête au-dessus du lavabo. Il était brusque, très efficace, mais ses mains se firent douces quand il lui essuya le visage avec un linge humide. Il y avait une sorte d'équilibre chez lui qui était plus réconfortant que de simples mots de sympathie. Elle se réinstalla sur le divan, et le laissa lui relever les jambes avec des coussins.

– Excusez-moi.

Si elle s'était sentie moins mal, elle aurait été plus gênée. Elle ferma les yeux.

– C'est normal. Vous allez être secouée pendant quelques jours. Détendez-vous. Vous avez parlé d'Aidan Lockhart, c'est bien cela? Poisson.

– Oui, vous le connaissez?

– Oui. Enfin, je le connaissais. Et, Harry, c'est Harry Braga, si je ne me trompe?

– Oui.

Harry, à qui elle avait follement envie de parler, malgré ce qu'elle risquait d'entendre, ce qu'elle risquait d'apprendre. Harry, qui avait ses secrets.

– Claudia, vous le connaissez bien? Que savez-vous de son passé?

Tony semblait lire dans ses pensées. Elle vacilla, en comprenant qu'il avait deviné cela aussi.

– Oh, des bribes par-ci par-là, pas grand-chose. C'était le fils de notre *amah*. Il est eurasien. Il jouait avec moi ce jour-là sur la plage. Vous vous souvenez de lui?

Tony se replongea dans le passé et revit le garçon aux cheveux noirs qui, désespéré, regardait la voiture s'éloigner.

– Hum, hum... Que lui est-il arrivé quand vous êtes parties?

– Je ne sais pas vraiment. Harry ne veut pas en parler, ou il y fait de vagues allusions, alors, il faut que je devine. Il a vécu chez des parents éloignés pendant un moment et, quand sa mère s'est remariée, il est retourné habiter chez elle. Mais après, jusqu'à ce qu'il commence à travailler à la radio, il y a un grand vide dont il ne veut jamais parler. Je ne sais pas ce qui s'est passé. Cela peut vous être utile?

– Je ne sais pas, peut-être.

– Harry n'a rien à voir avec la mort de Mark.

Claudia regarda Tony qui esquissa un sourire.

– Je n'ai pas dit le contraire.

Mais il garda longuement le silence en se rappelant le garçon qui l'avait frappé dans un bar et maniait le couteau d'une main experte.

– Comment êtes-vous devenu policier? Euh... Votre père n'avait-il pas un poste important dans l'Administration? Qu'est-ce qui vous a donné l'envie d'être policier?

Claudia sortait de sa rêverie. Il la regarda, un sourire fugitif sur les lèvres. Elle s'était recroquevillée sur le divan, les mains autour des genoux, son short de soie retombant en souplesse sur ses cuisses. De belles jambes, un joli corps, mince, avec des courbes là où il le fallait, mais rien d'extraordinaire tant qu'on n'avait pas remarqué ces yeux noirs. Tout son charme tenait à ce regard, à ces paroles allusives, réservées. Il l'observa un moment, mais elle ne lui rendit pas son sourire.

– Oh, je n'ai sûrement jamais grandi. J'aimais jouer aux gendarmes et aux voleurs, et y a-t-il meilleur terrain de jeux que Hongkong?

– J'imagine que vous devez parler cantonais. Ce doit être obligatoire?

– Non, cela aide, mais la plupart des Européens aux postes importants ne font guère que baragouiner un peu de chinois. J'étais dans l'armée avant.

Sa surprise l'amusa.

– A quel grade?

– Lieutenant, pour l'essentiel. Je l'ai quittée juste après avoir été nommé capitaine et j'ai voyagé un moment en Europe et aux Etats-Unis. Je m'entendais bien avec les Américains. Ils sont ouverts et chaleureux. Cela changeait. Et ensuite, je suis revenu ici, et je me suis engagé dans la police de Hongkong.

– Vous avez une spécialité, ou vous êtes un simple policier?

– Au début, j'étais policier, mais maintenant, j'ai une « spécialité », comme vous dites. Je suis affecté au bureau de la Triade. Il a été créé pour lutter contre la menace criminelle. Parfois, je me demande qui lutte contre qui.

Il avait une expression résignée qui le faisait paraître fatigué. Claudia le remarqua avec une certaine inquiétude.

– Nous avons eu quelques problèmes de corruption, admit-il, un peu raide.

– Pourquoi la Triade? Qu'est-ce qu'ils ont de si particulier? Pourquoi ont-ils un service pour eux?

– Parce qu'ils se développent très rapidement et ce sont sans doute les criminels les plus dangereux au monde. Personne ne sait rien sur eux ou presque, on refuse même souvent de reconnaître leur existence et personne n'a jamais réussi à s'infiltrer dans une de leurs loges. Vous tenez vraiment à connaître la vérité?

Elle acquiesça d'un signe de tête, se demandant à quoi cela servirait, maintenant que Mark était mort, mais il fallait qu'elle sache.

– Bien. Hongkong est la base principale, mais Dieu sait qu'ils sont partout. Dites un nom, et s'il y a un Chinois dans la région, je vous garantis qu'il y a une loge de la Triade. Vancouver, Amsterdam, Londres, Sydney, San Francisco, New York, partout... Ils peuvent être réunis en une sorte d'organisation d'entraide, une sorte de syndicat officieux, mais en tout cas ils sont là et ils ne tardent jamais à « accrocher la lanterne bleue », et à faire monter la pression, à développer le trafic de drogue, à proposer leur protection, et c'en est fini pour nous, une fois de plus.

Il semblait las et désillusionné, et Claudia s'interrogea sur la raison de son état.

— Qu'est-ce que cela veut dire « accrocher la lanterne bleue » ?

Quelque chose lui revint en mémoire, quelque chose que Mark avait dit. Elle plissa les yeux pour se concentrer mais n'arrivait pas à se souvenir du contexte. Sur le moment, elle n'avait pas compris.

— Certains disent que c'est ainsi qu'on désigne la cérémonie d'initiation, mais d'après ce que j'ai compris, cela serait plutôt une sorte de permis de conduire provisoire. Vous êtes à l'essai, et si vous réussissez, vous avez le droit de participer à la cérémonie et vous devenez un véritable frère de sang, un membre de la Triade à part entière. Mais il vous faut d'abord gagner le respect des autres, prouver que cela vaut la peine qu'on accroche une lanterne bleue pour vous. Et ensuite, il n'y a plus d'issue possible, à part la mort. Quand on entre dans la Triade, c'est pour la vie.

— C'est pour cela que vous étiez chez Mark ? Vous avez dit que c'était une sorte de crime rituel ? Comment le savez-vous ?

— On m'a appelé parce que... Ecoutez, ce n'est pas très agréable.

— Dites-le-moi, je veux savoir.

Elle était si déterminée, avec son menton en avant, qu'il trouva inutile de tergiverser.

— « Mort sous une myriade d'épées... » Cela décrit la façon dont la victime est poignardée, à maintes reprises, avec un couteau de boucher ou un couperet à viande, dans tous les muscles vitaux. Là, là, dit-il d'une voix impersonnelle, en désignant ses avant-bras et ses biceps, ses mollets et ses cuisses. Parfois sur la tête aussi. C'est une sorte d'avertissement pour ceux qui seraient tentés de briser l'un des trente-six vœux qu'ils ont prononcés. Ça ou être tué par cinq coups d'éclair.

— Cinq coups d'éclair ? Qu'est-ce que c'est ? Une arme à feu ? (Livide, elle leva les yeux pour chercher une confirmation mais il haussa les épaules.) Et c'est comme cela que Mark est mort ? Sous une myriade d'épées ? (Elle crut être de nouveau malade, mais elle s'efforça de se contenir.) Comment savez-vous tout cela ? Si personne n'y a jamais survécu pour le raconter ? Et Mark n'a pas prêté serment.

— Non, effectivement. Nous avons découvert cela en fouillant une loge. Une liste de règles... Mais ils n'auraient pas accepté que Mark en fasse partie, cela c'est sûr, dit Tony, le front plissé par la réflexion. Il savait peut-être quelque chose qu'il était sur le point de révéler, ou qu'il a révélé à quelqu'un. A moins qu'il n'ait vu quelque chose qu'il n'était pas censé voir. Ou qu'on l'ait utilisé, et qu'il ait trahi. Comme je vous l'ai dit, c'est un avertissement. Ça au moins, je le sais.

En la voyant pâle et moite, il jura entre ses lèvres.

– Je suis désolé.

– Non, c'est moi qui ai demandé. Je voulais... Il fallait que je sache. Mais je ne comprends pas! Pourquoi se serait-il mêlé à ça? (Elle ferma les yeux.) C'est trop injuste. Il venait juste d'avoir une promotion, j'étais à peine arrivée, tout aurait dû alors bien se passer. Enfin, c'est lui qui m'a proposé de venir, il devait donc avoir envie que je sois ici. Mais il avait peur, il disait qu'il ne voulait pas me mêler à ses histoires et il se taisait. Dernièrement, il m'effrayait de plus en plus. C'est peut-être ma faute, parce que j'ai perdu sa boîte... Je ne sais pas...

Sa voix se perdit dans un grognement indistinct et elle hocha la tête.

– Quelle boîte? dit Tony.

Elle lui raconta brièvement l'histoire, sans oublier la colère de Mark au moment où elle lui avait avoué l'avoir perdue. Mais Tony haussa les épaules, ne semblant guère y prêter attention. Il posa un verre d'eau et deux cachets sur la table devant elle.

– Non, ce n'est pas votre faute, alors ne commencez pas à vous faire des reproches. Vous devriez avaler ça. Cela atténuera les choses et les rendra plus faciles à supporter. J'ai mis un duvet et un oreiller sur le convertible, et il y a des draps propres sur le matelas.

Il marqua une pause, lui repoussa une mèche de cheveux du visage, et nota qu'elle paraissait très jeune à présent que son maquillage avait disparu. La dernière fois qu'il l'avait vue, elle était très malheureuse, et cette fois, vingt ans plus tard, la situation se reproduisait. Comment pouvait-on croire qu'il y avait une justice dans la vie, qu'à la fin, on remettait les comptes à zéro?

– Claudia, je suis vraiment désolé pour Mark. Je ferai de mon mieux pour découvrir ce qui s'est passé. Mais avec la Triade, on ne peut jamais rien garantir. (Il regarda sa montre.) Bon, excusez-moi, il faut que je reparte. Je veux que vous alliez vous coucher et que vous dormiez un peu. Ça va?

Elle agrippa son bras et il s'agenouilla à côté d'elle.

Maladroitement, elle sourit à travers ses larmes.

– Vous êtes vraiment obligé de partir? Cela ne peut pas attendre jusqu'à demain?

Elle tremblait de nouveau et il lui serra la main.

– Non, c'est impossible. Mais vous êtes en sécurité ici. Je vous ferai apporter des vêtements demain. Allez, dormez un peu, et essayez de ne penser à rien. Nous en reparlerons demain matin.

Il se leva et l'embrassa sur le sommet de la tête avant de lui lâcher la main.

– Et n'ouvrez pas la porte. A personne. J'ai mes clés, et personne n'a besoin d'entrer. Je vous verrai plus tard.

Il lui adressa un bref sourire et sortit. Claudia l'entendit verrouiller la porte de l'extérieur.

22

Dans son fauteuil de cuir pivotant, Harry Braga songeait à sa propre mort. Une mort lente et douloureuse, pensa-t-il en faisant la moue. Yee y tiendrait absolument. Surtout pour un homme de main, un « Pilier rouge ». Ce n'était pas la mort qu'il craignait. Un jour, il y avait très longtemps, il s'était cru capable de supporter la douleur, mais pas la prison. A présent il savait qu'il ne supporterait ni l'une ni l'autre. Du moins la mort de Mark avait-elle été rapide. Enfin, relativement. De nouveau, il serra les lèvres de peur et de dégoût.

Mark se serait-il mouillé de toute façon, même sans son intervention, s'interrogeait Harry qui aurait aimé le croire, pour soulager le sentiment de culpabilité qui lui tordait les entrailles. Mais il ne s'était jamais voilé la face. Cela ne servait à rien.

Il faisait nuit à présent. Près de 23 heures. Il avait quitté son poste à 21 heures et n'avait plus d'excuse pour s'attarder encore. Déjà, ceux de la deuxième équipe, les journalistes, la production le regardaient de travers, se demandant combien de temps il allait encore rester.

Il se leva en soupirant. Peut-être était-ce un nouveau petit jeu de la part de Yee. Un avertissement pour le remettre dans le droit chemin. Ils paieraient, leur avait dit Yee, Mark et lui, ils paieraient un jour ou l'autre... A présent que Mark était mort, c'était peut-être suffisant? A moins qu'il ne s'amuse à le terroriser avant de l'achever, à lui faire vivre des milliers de morts imaginaires avant la dernière? Subtil. Une légère courbe, que les autres auraient prise pour un sourire s'ils l'avaient vue, s'imprima sur ses lèvres.

Il se demanda où était Claudia. Chez Silvia peut-être? Il l'appellerait en rentrant. S'il rentrait. Il enfila sa veste, une fine veste de lin, noire fort heureusement, et passa la courroie de son sac sur son épaule. Ses notes pour l'émission du lendemain. Quelle importance? On ne le laisserait pas la faire. Pendant des années il s'était cru libéré de l'emprise de Yee, pour finir par s'apercevoir qu'on s'était joué de lui, comme d'une marionnette, en lui attribuant un rôle inconnu. Harry fit un signe à l'équipe du soir, dut subir quelques plaisanteries de mauvais goût et s'éloigna, les épaules raides, boitant légèrement, incapable de la moindre souplesse, les muscles contractés comme s'il sentait déjà les coups de poignard et s'y préparait. Personne ne fit attention à lui dans la rue. Ce n'était qu'un homme parmi d'autres dans la foule. Il monta dans le tramway qui se balançait sous les enseignes au néon et s'assit sur un siège de bois, le dos courbé.

Il habitait Happy Valley, au dernier étage d'un immeuble, près du champ de courses, dans un appartement plus vaste et plus confortable que la plupart de ses congénères. Mais à l'époque, il savait obtenir ce qu'il voulait. Yee le lui avait appris.

Et s'il ne s'était pas enfui? En serait-il là où il en était à présent? Serait-il devenu un simple paysan, vivant avec sa boniche de mère et son *gweilo* de mari à Cheung Chau, à écouter les pleurs des enfants, les cris des femmes et les radios tonitruantes des voisins, à travailler à la conserverie de poissons, à sentir la graisse et la marée et à redouter les attouchements trop mous et trop prolongés de son beau-père? Il ferma les yeux pour ne plus voir les lumières de Wanchai, qui s'estompaient dans le noir, somnolant presque avant de s'éveiller en sursaut et de regarder autour de lui. Il se leva et tira sur le cordon.

Il paya son trajet et descendit rapidement du tramway au moment où celui-ci s'écartait déjà du trottoir. Si on l'avait suivi, personne n'aurait eu le temps de sauter derrière lui. Il inspecta les alentours, mais personne ne lui prêtait attention. Il était descendu à l'arrêt précédant le sien, et les marchands qui ne le connaissaient pas ne le saluèrent pas bruyamment. Au pas de course, ou presque, il rejoignit Wong Na Chung Road, traversa Sports Road, malgré la circulation dense et bifurqua dans Queen's Road. Il n'y avait rien d'anormal ni devant ni derrière lui, bien qu'il eût fait de multiples détours et se fût approché de son immeuble selon un itinéraire compliqué.

S'ils voulaient vraiment l'avoir, ils l'attendraient à l'intérieur.

C'était comme ça qu'ils pratiquaient. Ils auraient soudoyé la vieille qui tenait lieu de concierge et seraient entrés dans l'appartement. Oui, s'ils le voulaient, c'est comme ça qu'ils procéderaient. Il surveilla attentivement la concierge, mais elle mangeait et ne s'intéressa pas à lui. Pourtant, quand la grille de l'ascenseur se ferma, elle leva lentement les yeux sur les voyants qui s'allumaient. Oui, son regard s'anima quand l'ascenseur s'arrêta, deux étages trop tôt. La vieille femme esquissa un sourire.

Yee enverrait d'abord un bleu, un nouveau un peu benêt, qui s'entraînait pour le rôle de « Pilier rouge » chez les Lames de Rasoir. Quelqu'un dont on pouvait se passer facilement et qui aurait pour mission de jauger Harry, d'essayer de lui inspirer un faux sentiment de sécurité, pour voir comment on pouvait s'y prendre avec lui. Harry savait parfaitement comment fonctionnait l'esprit de Yee. Mais il n'y avait qu'un imbécile pour penser qu'il entrerait par la porte.

Et l'homme était un imbécile. Harry le repéra bien avant de s'introduire par la porte-fenêtre et de se dissimuler dans l'ombre de la pièce. Cela avait été un jeu d'enfant de monter sur le toit et de se laisser glisser sur le balcon. L'homme aurait dû s'en apercevoir, mais c'était un imbécile, et on pouvait se passer facilement de lui. Harry maudit Yee.

Que faire ? Le tuer ? Le blesser et le renvoyer là d'où il venait, la tête basse ? De toute façon, il en mourrait. Mais Harry ne voulait plus avoir de sang sur les mains, plus jamais. Il en avait bien assez versé comme ça. Et de toute façon, ce n'était qu'un gosse, vingt ans, pas plus, avec ses cheveux longs, maigrichon dans son jean et sa chemise de contrefaçon. Personne ne lui avait jamais conseillé de s'habiller en noir la nuit ?

Harry en aurait soupiré bruyamment, mais quand même, le jeune ne pouvait pas être nul au point de ne rien entendre. Le petit visage mince et pervers éclairé par la lueur de la lune emplit Harry d'une infinie tristesse. C'était lui, dix ans plus tôt. Et lui non plus n'avait pas vraiment survécu.

Il avait contourné le jeune homme à présent, se faufilant dans l'obscurité, connaissant la disposition de la pièce comme un somnambule. Pas de choc, pas de tintement, pas le moindre bruit provoqué par un geste imprudent. Il était à moins d'un mètre du jeune qui n'avait toujours pas songé à se retourner, à observer les ombres. L'imbécile !

Il était difficile de l'imaginer en meurtrier, en assassin. Ce n'était qu'un gosse terrifié qu'on avait envoyé contre un ancien homme de main, contre un maître de la tuerie. Il savait avoir affaire à plus fort que lui. Il le sut, malgré la douleur qui lui déchira le pouce, qui lui arracha le bras, se propagea si vite qu'il ne put plus bouger. Terrifié, haletant, il jura en heurtant le sol qui venait brusquement de lui sauter à la figure. Il poussa un cri de rage et de douleur, de douleur surtout.

Harry tira plus fort sur le pouce en lui imprimant un mouvement vers la gauche qui arracha un hurlement au jeune homme. Le bras fit un drôle de bruit, comme une tige de bambou que l'on brise sur ses genoux. Le garçon tomba et resta immobile. Et soudain, Harry comprit que c'était lui, l'imbécile, pas ce pauvre jeune, car il ne lui était même pas venu à l'esprit qu'ils pouvaient être deux. Un jeu à l'intérieur du jeu, un piège plus subtil qu'il ne l'avait imaginé. Yee méritait des félicitations.

Ce fut un souffle léger sur sa joue qui le mit en alerte, un courant d'air provoqué par un mouvement rapide. Il roula par terre tandis qu'un rayon de lumière argentée balayait la nuit, cherchant son chemin au bord du clair de lune. La lumière s'approcha de lui plus vite qu'il ne l'aurait cru. Il ressentit une brûlure à l'avant-bras.

Celui-ci, ce n'était pas un imbécile. Pas le moindre bruit, pas de halètement laborieux, rien qui pût trahir sa présence. Sa vitesse et son silence étaient terrifiants.

Harry s'accroupit, se réfugia entre le mur et l'étagère, sa respiration commençant à siffler dans sa gorge et dans ses oreilles, bien qu'il s'efforçât de la contrôler. Le jeune garçon devait avoir un couteau, un stylet, une lame ou quelque chose d'autre, mais il ne pouvait pas prendre le risque de s'approcher du corps inanimé. Il aurait été obligé de traverser le clair de lune. Tristement, il fouilla dans le noir, il fallait absolument qu'il touche du bois, et vite! Soulagé, il s'empara de quelques échardes.

L'homme s'approcha à nouveau de lui, se précipita pour lui donner un coup précis dans la jambe en un mouvement rapide qui monta vers la cuisse, puis il disparut à nouveau, courant d'air dans la nuit. Harry tâtonna encore et trouva enfin ce qu'il cherchait. Il se détendit, s'immobilisa un instant, puis se déplaça doucement vers l'étagère. La prochaine attaque, qui ne tarderait plus, ne lui laisserait pas le temps d'atteindre le mur opposé. Un éclair de lumière plus intense, plus dangereux, jaillirait, une lame glaciale et pointue se réchaufferait en pénétrant dans sa chair tendre. Et il ne pouvait pas prendre le risque d'être gravement blessé, d'être obligé de se faire soigner ensuite. Il fallait qu'il tue rapidement son adversaire.

Pas un instant, il ne lui vint à l'esprit que c'était lui qui risquait de mourir. Avant, oui, quand il avait eu le temps de se lamenter sur son sort, mais plus maintenant, plus au cœur de l'action. Il ne pensait qu'à tuer, et non à craindre la mort.

Tandis que l'homme se précipitait sur lui, il passa le bras gauche autour de l'étagère, s'empara de quelques objets et les jeta sur la trajectoire de son adversaire. Il y eut une esquive, un faux pas et l'homme disparut à nouveau. Sans un bruit. Il était très fort.

De l'autre côté de l'étagère, un petit cylindre de plastique entre les doigts, Harry hésita un instant, lui donna une chiquenaude et, soudain, un éclair de lumière inonda la pièce, car l'homme se jetait une nouvelle fois sur lui. Harry leva le bras droit, plia deux fois l'index ; immédiatement, deux petits « plof » arrêtèrent son adversaire qui tourna sur lui-même avant de tomber doucement sur le sol. Harry souriait.

– Beau joujou, dit-il, nonchalant, mais ses jambes commençaient à flageoler, et il voyait trouble.

Il s'agenouilla près de l'homme, visa encore et lui tira une autre balle dans la tête. Harry alla à la salle de bains et prit une serviette pour se bander la cuisse.

Personne n'avait pu entendre les coups de feu, pas avec le silencieux. Il prit une autre serviette et retourna au salon en boitant. Il se pencha vers l'homme, lui emballa la tête dans la serviette pour éponger le sang. Ce serait facile de le traîner sur le carrelage, et plus facile encore de nettoyer après. Il poussa les fenêtres du balcon, tira le corps de l'autre côté. Avec un grognement, il le souleva en une sorte de danse macabre, enleva la serviette et le balança par-dessus la balustrade. Il atterrit dans un bruit sourd dix étages plus bas. Un chien s'enfuit en hurlant.

Quand il retourna au salon, le jeune était parti, pour sauver sa vie peut-être, pour aller présenter des excuses là où l'on n'en accepterait aucune. Ou pour s'enfuir, tout simplement. Bien, un de moins à s'occuper. Harry verrouilla la porte et s'y appuya un instant, haletant. Il lava le sol et rapporta les serviettes à la salle de bains, les fourra dans la machine à laver avec ses vêtements avant de lancer une lessive à l'eau froide. Il faudrait qu'il jette tout cela plus tard, mais sans qu'il y ait de taches de sang, cela risquerait d'attirer l'attention.

Nu, il passa son bras sous l'eau. Cela piquait, mais la coupure

257

était superficielle. Il se sécha avec des Kleenex et se fit un bandage avec de la gaze et du sparadrap. La blessure de la jambe, plus profonde laissait voir des lambeaux de chair obscènes. Il lui fallait des points de suture. Demain, il trouverait quelqu'un pour s'en occuper. Il lava la plaie, banda sa cuisse, avala quelques cachets d'analgésiques et jeta les mouchoirs dans les toilettes. Ensuite, il revint sur ses pas, examinant la pièce d'un œil scrutateur. Rien ne le trahissait. Rien qu'un cadavre dans la ruelle en contrebas. Mais ça pouvait venir d'ailleurs.

Le revolver était déjà démonté, les pièces lavées et jetées ou dissimulées dans la gouttière. Il avait un autre revolver, d'une marque différente, caché quelque part. Avec un peu de chance, personne ne le trouverait non plus. A moins qu'on ne fouille la pièce de fond en comble, mais là, on découvrirait tout. Avec un soupir d'épuisement, Harry ferma la grille du balcon, éteignit les lumières et se coucha.

Il dormait quand la police frappa à la porte.

Les draps étaient frais, mais, agitée, Claudia en fit une boule. Elle les poussa sur le côté et s'assit, suffoquant dans cette petite pièce. Le clair de lune s'infiltrait à travers les lattes des volets et elle se leva pour observer les ruelles sombres en contrebas, son corps nu rayé d'ombre et de lumière.

Assis dans le noir, Tony l'apercevait par la porte entrouverte. Il tirait sur sa cigarette, inhalant profondément. Il ne prit pas la peine de regarder l'horloge accrochée au mur, il devinait qu'il était plus de 3 heures. Rentré depuis une heure, il fumait et laissait son esprit dériver. Elle ne savait rien, ça, il en était sûr. Rien qu'elle crût savoir en tout cas. Les circonvolutions de sa pensée le firent sourire dans le noir. Il devenait plus chinois que les Chinois!

— Vous voulez boire quelque chose? proposa-t-il, regrettant immédiatement son intervention, en la voyant disparaître.

Il se leva et se mit près de la porte.

— Claudia?

— Depuis combien de temps êtes-vous là? demanda-t-elle d'une voix calme.

— Une heure, à peu près. Ça ne va pas? Vous n'arrivez pas à dormir?

Il entra dans la pièce et s'assit sur le lit à côté d'elle. Elle resserra les draps sur elle.

— Il fait chaud. J'étouffe, mais la fenêtre est déjà ouverte.

– Attendez.

Il se pencha sur elle, appuya sur un interrupteur, et le venti-lateur du plafond se mit à tourner lentement. Claudia tremblait sous la brise.

– Qu'avez-vous fait? Il est tard.

– Oh, posé des questions, rempli des papiers. Les morts nous donnent beaucoup de travail.

– Les meurtres, vous voulez dire. Vous avez vu Harry?

Instantanément, elle comprit qu'elle avait posé la question qu'il ne fallait pas. Il continua à fumer, mais son corps se crispa.

– Oui. Il prétend ne rien savoir. Il dit qu'il ne sait pas de quoi Mark avait peur.

Mais son pyjama était taché de sang, et Harry n'était pas du genre à porter des pyjamas. Et on avait retrouvé un cadavre qui avait fait une chute, juste en bas de chez lui. Deux morts dans la même nuit. Harry semblait impliqué dans les deux. Tony se mordit les lèvres et éteignit son mégot.

– Et Poisson?

– Il étanche sa soif chez Scottie. Il y a passé toute la soirée, il y était déjà avant la mort de Mark. Il ne manque pas de témoins. Il ne savait rien et il était trop soûl pour s'en soucier.

– Oh!

Ce n'était qu'un tout petit bruit, mais plein de mépris, ce qui n'échappa pas à Tony.

– Vous savez déjà ce que vous allez faire? Vous préférez res-ter ou retourner aux Etats-Unis?

Elle dirigea sur lui de grands yeux qui ne trahissaient rien. Il aurait aimé mieux la comprendre, mais elle avait toujours été réservée, même enfant.

– Pas encore. Je ne veux pas rentrer tout de suite. Je trouve-rai un endroit où loger. Silvia veut quitter ses parents, nous trouverons peut-être un appartement à partager.

– Silvia? Je ne crois pas que ses parents seraient très contents. Vous pouvez rester ici tant que vous voudrez.

Bien qu'il la connût à peine, cette proposition lui paraissait normale. D'une certaine manière, il lui semblait la connaître depuis toujours.

Pourtant il rougit quand elle leva les yeux vers lui, le visage immobile.

– Vraiment? C'est très gentil. Mais je partirai dès que pos-sible. Je suppose que vous avez de bonnes raisons de vivre seul.

Elle avait des épaules menues, et les ombres accentuaient les creux de ses clavicules. Il aurait aimé se pencher vers elle et caresser sa peau nue, mais il s'allongea simplement sur le lit, un bras sous sa tête.

— Je n'ai pas des horaires très pratiques. Ce n'est pas facile de vivre à plusieurs. Pas à long terme.

— Avec personne ? Vous n'avez pas d'amie ? Vous ne voulez pas vous marier ? A moins que cela, non plus, ne soit pas compatible avec le travail de policier ?

Ils étaient allongés côte à côte, en toute camaraderie, et Tony ferma les yeux, revoyant dans son esprit le corps marbré d'ombre et de lumière, les courbes des hanches et des seins. Cela faisait longtemps qu'il n'avait pas fait l'amour, songea-t-il surpris, et il était encore plus surpris de s'apercevoir à quel point il la désirait. Il chassa cette pensée.

— Un jour, peut-être. Mais je n'ai pas encore rencontré l'âme sœur, dit-il après un silence.

A côté de lui, Claudia ressentit un pincement de déception, mais elle sourit à sa propre stupidité. Pourtant, cela lui aurait fait du bien de sentir ses bras rassurants autour d'elle.

— Et vos sœurs, elles sont mariées ?

En âge, elles étaient de chaque côté de Tony, Plum et Hattie, toujours sûres d'elles, vives et rieuses, parfois un peu bêtes, mais toujours charmantes. Elles avaient su s'attirer les bonnes grâces de beaucoup dès leur plus tendre enfance.

— Oui, bien sûr. C'est ce qu'elles voulaient toutes les deux. C'est ce que mon père voulait pour elles.

— Et votre mère ?

— Elle est partie avec un autre homme... je ne me souviens même plus lequel. Elle l'a laissé tomber assez rapidement pour épouser son mari actuel. Hamish Sheridan. Un type bien, en fait. Nous les voyons tous les deux aux mariages et aux enterrements, mais guère plus.

Calme et indifférent, mais peu convaincant, pensa Claudia. Ce rejet l'avait beaucoup fait souffrir autrefois. Il en souffrait peut-être toujours.

— Comme mon père. Il s'est remarié aussi. Elle s'appelle Joyce. Ils vivent à Singapour.

— Elle est chinoise ?

— Oui. Il aimait... il aime les Chinoises, je crois. Il aime leur gentillesse, leur joliesse, ça existe ? dit-elle en marquant une pause. Mark aussi.

— Et votre sœur ? Peggy ? Elle doit être mariée maintenant ?

– Oui.

La sécheresse de son ton indiquait bien que le sujet lui était désagréable. Elle se tourna vers lui et la petite vallée entre ses seins s'approfondit. Il s'efforça de ne pas regarder, pas seulement parce qu'il avait du tact, mais parce qu'il estimait que ce serait injuste, à un moment où elle était si vulnérable.

– Mais pas vous. Quel âge avez-vous? Vingt-cinq?

– Vingt-sept. Et je ne suis pas pressée, c'est le moins qu'on puisse dire. D'après ce que j'ai vu, le mariage, ce n'est pas la panacée.

– Non. (Il s'éclaircit la gorge.) Vous écrivez? Pour un journal? Un magazine?

– Le supplément économique d'un trimestriel. C'est comme cela que j'ai pu venir ici. Tout le monde a envie de savoir ce qui va se passer en 1997, à la fin du bail.

– C'est tout? Pas de roman en chantier?

Il plaisantait, mais de nouveau, le regard calme de Claudia le troubla. Peut-être s'était-il aventuré en terrain dangereux. Il n'avait aucun moyen de savoir, si elle ne le lui disait pas.

– Si, quelques-uns. Mais pas de best-sellers. J'y arriverai peut-être quand je serai vieille et que je saurai ironiser sur les faiblesses des autres.

– C'est plus amusant de vivre d'abord, dit-il d'un ton neutre, mais avec un sourire qui plut à Claudia.

Elle appréciait de plus en plus la présence de Tony, malgré les moments noirs qui passaient comme si un nuage obstruait le soleil et lui rappelait pourquoi elle était là. Elle en eut le corps noué et la voix qui tremblait.

– Bien sûr. Comment écrire sur les gens sans les comprendre totalement? Cela doit être merveilleux d'avoir été méprisée toute votre vie et d'être considérée comme une grande figure par la génération suivante.

– Pas la suivante. Celle d'après. La suivante sera trop occupée à condamner.

– Exact. Je n'y avais pas pensé.

– C'est pour cela que vous condamnez Peggy?

Tony se demandait si sa question allait l'embarrasser. Il baissa le bras et l'observa. De nouveau, elle s'était refermée.

– Peggy? Je ne la condamne pas. Je... (Elle réfléchit un instant, se demandant si la vérité était acceptable.) Je ne l'aime pas. Elle est stupide. Ce n'est pas pour se révolter contre un interdit qu'elle a des aventures, elle est volage, tout simplement.

Elle se jette sur tout ce qui ressemble à un homme, n'importe lequel, sans distinction. (Elle se tordit les lèvres.) Oh, elle ne peut sans doute pas s'en empêcher, mais cela ne me fait pas l'aimer pour autant. Vous avez dû vous en apercevoir, même quand elle avait onze ans. Les autres garçons le voyaient.

Il haussa les épaules, mais savait qu'elle disait vrai, que Peggy avait toujours été très sensuelle, qu'elle était très consciente de ses charmes, même s'il n'en avait pas profité. Pas étonnant que sa mère l'ait obligé à se tenir à l'écart!

— Vous aussi. Non, pas l'aspect mangeuse d'hommes, corrigea-t-il en la voyant sourciller. Mais la sensualité. En moins ostensible, mais quand même. Vous devez le savoir.

— Hum... mais je ne suis pas ma sœur. Je ne veux pas me laisser piéger avec un enfant avant d'avoir la chance de vivre ma propre vie. Ce n'est pas que Todd n'en vaille pas la peine. C'est un brave gosse. Il mérite mieux que Peggy.

Leurs voix étaient assourdies dans le noir, ils murmuraient des mots qu'ils n'auraient pas prononcés dans la lumière crue du jour.

— Et Mark? Comment était-il? Comme Peggy, ou comme vous?

— Plus comme Peggy, je suppose. Mais c'était un garçon, alors personne ne le condamnait pour cela. Parfois, il avait même du mal à se souvenir que j'étais sa sœur. Quand je le surprenais à m'observer, il avait soudain un regard intrigué et coupable, et il se détournait. Enfin, il avait du mal à me considérer comme sa sœur, puisqu'il ne m'avait pas revue depuis mes sept ans.

Pendant un instant, Tony fut envahi par un éclair de colère et de dégoût. Mais Claudia était si détachée, si indifférente à sa remarque, qu'il fut obligé de considérer la situation objectivement, un peu comme elle.

— Et vous? Vous aviez du mal à le considérer comme votre frère?

Il la sentit hocher la tête, amusée.

— Non, ce n'était pas mon type. J'aime les gens... Plus...? Plus responsables, plus fiables, plus tendres. Les gens sur lesquels on peut compter.

Elle n'avait jamais trouvé les trois à la fois, alors comment pouvait-elle savoir? Tony remarqua son omission, mais ne la poussa pas plus loin.

— Mais vous, vous étiez le sien. La joliesse peut-être?

– De toute façon, pas la gentillesse, dit-elle en riant franchement, et il ne put s'empêcher de l'embrasser.

Elle avait les joues salées.

– Vous êtes triste? demanda-t-il doucement.

Elle fit un signe de tête et le laissa la prendre dans ses bras, la serrer contre lui. Il resta ainsi jusqu'à ce qu'il lui devienne impossible de cacher son trouble. Doucement, il se libéra.

Claudia soupira, souhaitant prolonger leur étreinte. Mais c'était trop exiger si elle n'avait pas plus à offrir. Elle le vit hésiter et se demanda s'il allait tenter quelque chose. Mais il était trop avisé. Il hocha la tête, sourit et l'embrassa sur la joue, avant de s'écarter.

Pas maintenant, ce n'était pas juste. Plus tard, peut-être, si l'occasion se présentait. Mais à présent, ce n'était pas juste.

Il se leva et se pencha légèrement pour effleurer ses lèvres. Il sentait l'encre, la sueur et son odeur de mâle, mais c'était agréable, et Claudia inspira profondément. Elle aimait sa réserve, sa maîtrise de soi. Il était... fiable. Oui. Et c'était une qualité assez rare pour qu'on l'apprécie.

– Au revoir, Liddie, dit-il en s'éloignant, pieds nus.

Elle se tourna sur le côté, percevant les ressorts sous sa hanche. Son corps était mince et plat, virginal sous la main qui caressait sa peau.

– Bonne nuit, Tony, faites de beaux rêves, dit-elle.

Nu près de son lit, avec tout son corps qui protestait, Tony jura silencieusement.

23

Dimanche matin

Claudia se réveilla avec un tel sentiment de soulagement qu'elle se leva immédiatement, enfila une chemise et se dirigea vers la porte de Tony en s'écriant, ravie :

– Tout va bien, c'était une erreur. Tony, vous avez dû vous tromper, Mark va bien...

Mais au moment où elle prononçait ces mots, la réalité revint, le rêve s'évanouit, et elle vacilla. Non, non, cela ne pouvait pas être vrai ! Elle l'avait tenu dans ses bras, elle avait caressé la douce chevelure, la chair tiède et l'infirmière qu'elle ne connaissait pas avait souri en disant : « Non, il n'est pas mort. C'est stupide, c'était une erreur, il s'en sortira... » Elle était si sûre d'elle.

Mais à présent, une noirceur terrifiante l'envahissait et elle comprenait son illusion. Mark était bel et bien mort, rien ne pourrait le faire revenir, et elle ne pouvait pas lui faire revivre plus agréablement ces derniers jours, ces dernières heures. Toujours près de la porte, s'accrochant aux pans de sa chemise qu'elle lissait sur ses hanches, elle avait la tête vidée par la douleur.

Allongé sur le dos, la bouche entrouverte, la respiration lente et lourde, les mains sur les draps qu'il tordait autour de ses doigts, Tony ne s'était pas encore réveillé. Claudia le regarda longuement. Elle avait envie de libérer ces doigts, de lisser les rides qui creusaient son visage sous l'emprise du rêve. Mais elle s'éloigna.

Avec ses murs peints en blanc et décorés de peintures et de

photographies de gens qui riaient et s'amusaient dans des endroits chics, l'appartement paraissait plus petit qu'elle ne l'avait cru la veille. Elle passa d'une pièce à l'autre, s'en imprégnant, essayant d'absorber la vie privée de Tony, de bloquer le désespoir qui s'était encore accentué après son bref soulagement illusoire. Elle se tourna vers le salon, regarda le divan couvert de toile avec ses coussins confortables, le vieux tapis sur le plancher qui la fit sourire tant il appartenait au monde des photographies et de la foule élégante, même s'il était râpé. Mais le reste était fonctionnel : une table de verre, quelques chaises, des livres. Elle ne s'ennuierait pas, s'il devait s'absenter un moment.

Pas de bagages émotionnels, c'est ce qu'elle avait essayé d'expliquer à Mark, quand il lui avait reproché d'aller voir Harry ; elle essayait de ne pas s'encombrer de bagages émotionnels, ni humains, ni matériels. Mais ce n'était plus vrai, et elle ressentait ce besoin plus durement que jamais, elle avait besoin de quelqu'un qui s'occupe de tout, qui prenne en charge ses douleurs et son désespoir, elle avait besoin d'un chez soi, où elle pourrait passer des heures à se pomponner, à se bichonner, besoin d'un endroit sûr où se réfugier. Bon, elle n'avait personne, mais un endroit ?

Oui, c'est ce qu'il lui fallait. Elle regarda autour d'elle, soudain décidée : oui, elle chercherait un endroit où habiter, tout de suite, aujourd'hui même. Fran Clements, la vieille amie de ses parents qui avait presque été une mère pour Mark après leur départ, avait offert de lui louer sa « maison flottante » quand Claudia était arrivée et qu'elle ne savait pas encore comment Mark l'accueillerait. Ce n'était qu'une petite maisonnette, une sorte d'appartement de domestique, près de l'eau, à l'écart de la villa, au bout du jardin qui s'étirait nonchalamment entre les deux et qui faisait beaucoup d'envieux. Les Clements l'avaient achetée, vingt ans plus tôt, à une époque où Stanley n'était pas autant à la mode et ne changeait pas aussi souvent de mains. A présent, ils jouissaient de cette splendeur et souriaient gentiment à ceux qui avaient eu moins d'intuition et s'étaient laissé piéger dans la spirale des augmentations de loyer qui grignotaient sans cesse leur pactole d'expatriés.

C'était vieux, cela demandait un peu d'aménagements, avait dit Fran, mais le loyer était dérisoire, et le cadre inimitable. C'est ce qu'il lui fallait, elle appellerait Fran aujourd'hui, tout de suite, pourquoi pas? Jambes nues, dans sa chemise trop large, elle se précipita vers le téléphone et appela avant de changer d'avis. Allez, bouge, va de l'avant, ne réfléchis pas. C'était ça, la solution.

Quand Tony sortit de sa chambre en se frottant le crâne, les cheveux hérissés, Claudia était déjà habillée et prête à partir. Elle sursauta, un peu coupable, comme si elle se sauvait.

– Vous partez déjà?

Il s'arrêta, ses bras retombèrent, et son regard exprima clairement toute une série d'émotions, surprise, inquiétude, regret, soulagement. Claudia eut un petit pincement, mais elle sourit et se dit que cela n'avait pas d'importance, que c'était simplement un gentil garçon qui s'intéressait surtout à sa vie, à son travail. Comme elle devrait le faire. Elle l'aimait bien mais sans plus. Cela n'irait pas plus loin.

– Oui, j'ai trouvé une chambre à louer. J'ai laissé l'adresse et le numéro de téléphone. Si vous avez des nouvelles, vous me le ferez savoir? Enfin, pour le corps... il va bien falloir faire quelque chose. Le faire incinérer, je suppose? Il m'a dit un jour que les cadavres étaient un gâchis de place et d'argent, je crois qu'il préférait la crémation. (Elle marqua une pause, repoussa ses cheveux derrière les oreilles, et essaya de maîtriser le tremblement de sa voix.) C'est peut-être ce que nous ferons. Je vais faire venir mon père. C'est sans doute la meilleure solution, vous ne trouvez pas?

– Je l'appelle, si vous voulez. Je peux obtenir son numéro assez facilement.

Tony qui la voyait frissonner avait envie de s'approcher et de l'enlacer, de tout prendre en charge pour elle. Mais elle n'était pas du genre à accepter.

– Oh, non, c'est maman qui devrait s'en charger, il me semble. Je me débrouillerai, ne vous inquiétez pas. Mais merci, merci pour tout.

Elle sourit, un peu embarrassée de le voir en robe de chambre, se souvenant de la nuit précédente, où il aurait pu se passer quelque chose si tous les deux avaient été différents. Ils s'étaient sentis proches, ils avaient partagé des pensées si intimes qu'elle avait de nouveau l'impression d'être une étrangère, une étrangère pas tout à fait inconnue, mais rien de plus. Cette sensation bizarre la déséquilibrait et la troublait.

– Il faut que j'y aille. J'ai dit que j'arriverai à 9 heures.

Fran doit sortir plus tard, et elle veut me montrer l'endroit et me donner la clé.

– Fran? Fran Clements? Oh, oui, c'était une amie de votre mère, il y a très longtemps, c'est cela? Elle venait d'arriver, et elle était assez nerveuse. On se moquait d'elle, étant gosses. (Il sourit à ce souvenir.) Mais elle est gentille. Bon, je suis content que vous ayez trouvé quelque chose. Je reste en contact avec vous.

Froidement, de manière impersonnelle avec un sourire amical, il la congédiait et lui ouvrait la porte. Claudia sourit elle aussi, sortit rapidement, appuya sur le bouton de l'ascenseur, et dut attendre une éternité avant qu'il arrive, tandis que Tony se tenait poliment près de la porte. Elle disparut en faisant un signe avant qu'il ne se referme.

Tony retourna chez lui, pieds nus sur le plancher où le soleil formait une entaille rectangulaire. Il faisait chaud et doux. Il resta immobile, sans réfléchir.

En sortant du ferry, Claudia prit un bus pour Stanley, descendit à l'arrêt et marcha vers la plage sur un sentier parallèle au village, mais en hauteur. Les véliplanchistes profitaient déjà de leur dimanche aussi énergiquement qu'ils vivaient leur semaine, sans perdre la moindre minute. Elle remarqua un garçon d'une dizaine d'années qui vira de bord à toute allure avec une précision extraordinaire avant de filer de nouveau vers la pointe. Il faisait une chaleur écrasante, c'était le matin idéal pour se promener, sans but précis. Une journée idéale pour mettre ses problèmes en sourdine et se laisser aller.

La maison des Clements s'élevait derrière la plage, le long d'une route résidentielle ombragée, protégée par un grand mur et un portail de fer. L'*amah* se précipita pour venir lui ouvrir, mais Claudia eut du mal à se souvenir de son nom.

– Dorothea, comment allez-vous?

Par chance, le prénom lui revint au dernier moment et l'*amah* inclina la tête, contente qu'on ne l'ait pas oubliée.

– Bien, merci, ma'mzelle. Miz Clements est à la maison flottante. Je vais vous conduire.

Elle avait un accent chantonnant, avec des intonations américaines. Claudia la suivit le long du sentier qui contournait un banian et un bosquet d'hibiscus. Près de la petite maison de pierre, se trouvaient des vasques en forme de dragon chargées de bougainvillées, dont le parfum se mêlait à l'odeur sèche et poussiéreuse des meubles en osier jetés au petit bonheur la chance sur les dalles envahies par les herbes.

– Claudia! (Fran Clements sortit de la maison flottante et, sans réfléchir, s'essuya les mains sur sa tenue de tennis blanche qui se marqua d'une traînée de poussière.) Vous me prenez la main dans le sac! Mon Dieu, et dire qu'on pensait vous laisser cet endroit dans un état pareil! Regardez! C'est le désastre. Ma chérie, il faudra que vous restiez chez Mark encore un moment, pendant que j'arrange tout ça.

Ses cheveux, coupés à hauteur de menton, étaient gris à présent, elle était ridée comme une peau tannée, mais elle n'avait pas perdu son accent bostonien. Elle sourit d'un air incertain devant la pâleur de Claudia.

– Qu'est-ce qu'il y a, ma chérie? Mark vous a mise à la porte?

– Je croyais que vous saviez.. Il me semblait... Eh bien, le bouche à oreille ne fonctionne pas très bien à Hongkong.

Prise d'un rire bref et rauque, Claudia s'arrêta immédiatement et mit la main devant sa bouche, comme pour empêcher les sons de sortir.

– Savoir quoi? Que se passe-t-il? C'est Mark? Qu'est-ce qui ne va pas?

Elles virent Jack, le mari de Fran, courir vers elles. Il ralentit en apercevant Claudia, et son sourire habituellement avenant se figea.

– Claudia! Je viens juste de l'apprendre. Tony Ingram m'a appelé. Je suis désolé.

Il leur fallut un certain temps pour comprendre la nouvelle et la digérer, pour consoler et cajoler Claudia et décider que, finalement, elle s'installerait immédiatement. Ils étaient si profondément émus que Claudia se souvint une fois de plus qu'ils connaissaient Mark mieux qu'elle. Fran Clements avait été très gentille, elle avait aidé Frank quand Lucille était partie, et Mark quand Frank était parti lui aussi. C'était elle la plus peinée des deux, celle qui avait besoin de l'affection qu'elle essayait de donner.

– Laissez-moi y habiter. C'est exactement ce qu'il me faut. Je nettoierai, je repeindrai, je rendrai l'endroit agréable. Ce n'est que justice, le loyer est si dérisoire..., protesta-t-elle en les repoussant gentiment pour rester seule dans son nid avec son chagrin.

Son nid, c'est comme ça qu'elle l'envisageait : un sol carrelé et frais, des murs sombres, des vitres sales couvertes de bougainvillées et d'autres plantes, deux pièces jonchées de débris et de meubles brisés dont on ne voulait plus dans la grande maison, d'outils de jardinage et de feuilles.

Elle examina l'endroit avec un ravissement empreint de tristesse.

Elle ouvrit les fenêtres, rabota le bois gonflé avec un ciseau qu'elle trouva parmi les outils, et repoussa les plantes pour faire entrer la lumière. Elle jeta les débris à l'extérieur et en fit une pile bien nette sur les dalles. Le mousse avait habité là, autrefois, quand les Clements en avaient eu un, et en fait, il y avait tout ce qu'il fallait. Un lit de métal, dont le matelas avait malgré tout besoin d'être remplacé, quelques meubles qu'on pouvait recouvrir, une table, avec un pied plus court que les autres, une commode.

La salle de bains avait besoin de réfections, mais Jack disait qu'il avait l'intention de s'y attaquer depuis longtemps. Il voulait préparer la maison pour leur fille quand elle reviendrait de son université américaine. Mais comme elle n'était qu'en première année, ils avaient le temps.

Claudia se mit à frotter et à laver, à balayer et à brosser dans un élan d'énergie furieuse jusqu'à ce que la maison fût aussi propre que possible et que son bras commençât à trembler de fatigue. Son short était si sale qu'il était irrécupérable, mais elle n'avait pas la moindre intention de le porter à nouveau. Il faisait partie d'un souvenir qu'elle voulait chasser de son esprit, comme la poussière de la cuisine. Mark était mort, une partie d'elle-même hurlait de douleur, mais l'autre partie était secrètement enthousiasmée par sa nouvelle maison et se sentait un peu coupable qu'une telle émotion fût possible alors que son frère n'était mort que depuis la veille. Elle repoussa cette pensée.

Jack revint à l'heure du déjeuner avec un plateau-repas et une cruche de limonade qu'il posa sur le muret de pierre menant à la baie. Il admira son travail, lui promit de lui apporter de la peinture et un nouveau matelas immédiatement et se précipita vers la maison, soulagé de pouvoir enfin se rendre utile. Et, comme promis, malgré la journée du dimanche, la peinture et le matelas arrivèrent à peine deux heures plus tard. Hongkong dans toute sa splendeur.

Sans prendre la peine d'enduire les parois ou de poncer le

bois, Claudia étala le liquide tiède et crémeux sur les murs, essuyant les gouttes qu'elle laissait tomber, car elle tenait à éclaircir la pièce le plus rapidement possible. Dorothea lui apporta du produit pour lustrer le carrelage et promit de s'en charger dès que la peinture serait terminée.

C'était presque le crépuscule lorsque Claudia prit le temps de contempler les ombres qui rampaient sur le sol, le ciel orangé qui plongeait dans la mer sombre derrière les fenêtres étincelantes, avec leurs vitres toutes propres. Elle alluma la lumière et admira son œuvre, satisfaite.

— Vous avez appelé vos parents? demanda Tony, ses cheveux clairs brillant sous la lumière.

Il s'appuyait sur le chambranle de la porte et semblait à mille lieues de son ravissement, qu'il semblait même désapprouver. Claudia sursauta.

— Oh, mon Dieu, j'ai oublié! Je ferais mieux de demander à Fran si je peux appeler de chez elle. J'en avais l'intention, mais elle semblait si bouleversée et si occupée à essayer de rendre cet endroit vivable.

Tony avait retrouvé sa réserve habituelle.

— Ce n'est pas la peine de vous excuser.

Mais elle avait baissé dans son estime, pensa-t-elle.

— Ce n'étaient pas des excuses, du moins pas pour vous. Pour moi peut-être. Qu'est-ce qui vous amène?

— Ceci, dit-il d'un ton égal en lui tendant sa valise et un sac de voyage.

Pourtant, il avait remarqué la sécheresse de Claudia.

Qu'est-ce qui l'amenait en fait? Il aurait pu lui envoyer un agent.

— J'ai apporté tout ce qu'il ne me semblait pas nécessaire de garder dans l'appartement, dit-il, marquant une pause et s'efforçant de poursuivre sur un ton calme et efficace.

C'était une affaire professionnelle, pas plus; à peine aidait-il une relation.

— Et la voiture? Vous allez la garder?

— Je ne sais pas. J'ignore si Mark avait un testament. Tout revient peut-être à mon père, ou à un ami.

Elle paraissait agitée, et il se demanda pourquoi. Mais finalement, il n'était pas content de lui, de ses questions. Elle avait parfaitement le droit d'être nerveuse. Il lui rappelait la tragédie.

— Non, il n'en avait pas. J'ai vérifié. Il n'y a rien à Hongkong. A l'étranger, peut-être, mais c'est peu probable. Et dans ce cas, au regard de la loi, vous pouvez prendre tout ce que vous voulez. (Il leva les sourcils et son intonation marqua presque l'interrogation.) Je suis sûr que le reste de la famille ne contestera pas.

— Non, sans doute pas. (Elle le regarda puis détourna les yeux.) De toute façon, je ne veux rien. Pas après ce qui s'est passé. La voiture peut-être, elle risque de m'être utile. Mais le reste...

Un frisson lui parcourut les épaules quand elle repensa aux taches de sang sur les murs, sur les chaises. Tony s'efforça de rester neutre.

— Alors, je m'arrangerai pour le faire vendre.

Voilà, le ton parfait de l'efficacité professionnelle. Il déglutit difficilement.

— Vous pourrez récupérer l'argent, cela vous sera plus utile.

Il était froid, son attitude avait beaucoup changé depuis la nuit précédente, pensa Claudia, déçue.

— Ecoutez, Claudia, vous ne pouvez pas continuer à différer les choses. Mark est mort, et il faut prévenir les gens. Pourquoi n'appellerais-je pas votre père? Cela fait plus de vingt-quatre heures maintenant, et il faut prendre des dispositions. Je sais que vous n'avez pas envie de vous en occuper. Laissez-moi m'en charger, d'accord?

Les yeux gris semblaient plus sombres et plus décidés.

— Oui, vous avez raison. J'aurais dû le faire plus tôt.

Mais tant que personne ne savait rien, elle pouvait presque dénier la réalité. Cette pensée la remplit de culpabilité, et elle la repoussa.

— Oui, occupez-vous-en, vous voulez bien?

Elle se retourna, regarda sa nouvelle maison, impatiente de poursuivre son travail, d'oublier toute cette laideur.

Elle refusait de parler à sa mère, de sentir sa souffrance et de l'entendre répéter malgré tout qu'elle n'avait pas de fils; elle refusait d'appeler son père, qui n'avait pas jugé bon de lui donner des nouvelles depuis vingt ans. Elle refusait de penser à la mort de Mark et aux funérailles. Elle voulait oublier. Si seulement Tony avait la bonne idée de s'en aller, avec son regard presque accusateur.

— Oui, bien sûr. Je vous tiendrai au courant.

Lisant ses pensées, il déposa les sacs dans la pièce et tourna les talons avant qu'elle eût le temps de le remercier ou de lui dire au revoir.

Il s'éloigna d'un pas rapide et ferme, sans hésitation.

Immobile, elle était furieuse contre elle, furieuse contre Tony, qui l'avait mise dans cet état. Elle se sentait malheureuse. Elle ramassa son rouleau et se remit à peindre.

Tony, se frayant un chemin dans les sombres méandres du jardin, attrapa une fleur morte au passage et l'arracha dans un craquement sec.

24

Dimanche soir

La nuit tomba bien avant que Claudia eût fini de peindre et qu'elle reposât son rouleau dans l'essence de térébenthine près de la porte. En s'essuyant les mains, elle regarda tout autour d'elle.

Les deux lampes à abat-jour de bambou éclairaient la pièce d'une chaude lueur et reflétaient contre le mur blanc le rouge vif des bougainvillées qu'elle avait cueillies. La durée d'un éclair, les fleurs lui rappelèrent le sang dans l'appartement de Mark, et elle faillit crier. Se sentant nerveuse derrière les fenêtres noires, avec le vent qui battait les carreaux, elle regretta que Tony fût parti.

Quelqu'un avait été assez mauvais, assez pervers, non elle devait voir la réalité en face, assez diabolique, pour lacérer le corps de Mark et pour continuer à le frapper jusqu'à la mort, malgré la peur et la souffrance dont il était le témoin impitoyable. Elle ne savait pas pourquoi on la chercherait elle, ni même si on la chercherait. Distinguant faiblement la silhouette des arbres dans la nuit, elle était incapable de contrôler les tremblements qui l'envahissaient.

Elle hocha la tête et se prépara à faire le lit avec les draps que Dorothea lui avait apportés. Elle n'avait pas revu Fran, mais elle passerait peut-être dans la matinée.

Quand elle eut terminé de laver et de ranger la vaisselle du dîner, elle se rendit dans la salle de bains et tourna le robinet de la douche. Un mince filet d'eau froide récalcitrant se mit à couler, mais après quelques grognements et quelques secousses, il se transforma en un abondant courant d'eau chaude fumante. Elle se déshabilla et se glissa sous la douche.

Elle lissa ses cheveux mouillés en arrière, laissant l'eau couler sur son visage, essayant de ne réfléchir à rien. De chasser les pensées qui la hantaient, la tourmentaient, et qu'elle voulait nier. Harry n'avait rien à voir avec la mort de Mark, non? Etait-ce possible? Et pourquoi n'était-il pas intervenu pour l'empêcher? Tony n'aimait pas Harry. Cette idée lui vint à l'esprit, parfaitement formulée, et elle en resta clouée sur place. Ne l'aimait pas et ne lui faisait pas confiance. Et elle, pouvait-elle lui faire confiance?

Ce furent les coups réguliers à la porte qui la sortirent de sa rêverie, et elle quitta à contrecœur la chaleur réconfortante de la douche pour enfiler une robe de chambre et aller répondre.

— Fran? C'est vous?

Même elle était capable de percevoir l'inquiétude de sa propre voix, étouffée dans sa gorge.

— C'est moi, Harry. Claudia, laisse-moi entrer. Je t'en prie!

Pendant un instant, Claudia ferma les yeux, lutta contre son envie de le chasser. Elle n'avait pas envie de le voir, elle n'avait pas envie de lui poser les questions qui l'effrayaient tant. Et elle avait encore moins envie d'entendre ses réponses.

Les coups se poursuivirent et, en soupirant, elle tripota nerveusement le loquet. Mais non, c'était Harry, se dit-elle sévèrement. Elle l'avait déjà abandonné une fois enfant, même si elle n'avait pas eu le choix à l'époque, elle ne pouvait pas recommencer à présent que la décision lui appartenait.

— Attends un instant.

Elle se débattit avec le verrou, le tourna avec difficulté car il était collé et ouvrit la porte. Harry se précipita à l'intérieur et referma aussitôt.

— Harry? Qu'est-ce qui t'amène? Comment as-tu su où me trouver? dit-elle, tâchant de cacher ses réticences derrière ses questions.

— Laisse-moi d'abord entrer. Mon Dieu, pas de rideaux? Eteins ces saletés de lumière, tu veux bien?

Il donnait des ordres sèchement, et Claudia obéit sans protester. La pièce plongea dans un monde d'ombres et de clair

274

de lune, et l'obscurité mouvante du dehors redevenait tangible. Sa silhouette se détacha un instant sur le mur avant qu'il ne s'écroule sur le divan avec un profond soupir.

– Liddie, assieds-toi et raconte-moi ce qui se passe. Pourquoi tu ne m'as pas appelé? Pourquoi tu ne m'as pas dit où tu étais? Il a fallu que je téléphone à la moitié de Hongkong pour te retrouver.

Il semblait exaspéré et... blessé.

– Alors comment l'as-tu su?

Claudia s'installa sur un petit tabouret, les bras autour des jambes, toute recroquevillée.

– Silvia est dans tous ses états, poursuivit-il sans répondre à sa question. Ses parents ne savent pas quoi faire. Ils ont appelé le médecin, elle va sûrement encore entrer en clinique. Tu lui as parlé?

– Non, non. Je n'ai parlé à personne. Comment m'as-tu trouvée?

– Pas grâce à Ingram, en tout cas. Il m'a dit qu'il te transmettrait un message si je voulais. Que tu avais besoin de rester seule un moment. Quel salaud! (Il cracha ce mot avec une telle virulence que Claudia ferma les yeux, sous la force de l'émotion que son ton trahissait.) C'est Portia qui me l'a dit. Sa mère l'a appris par Sally Freeman, qui connaissait la nouvelle par Fran. Cela aurait été plus facile si tu me l'avais dit toi-même.

Il s'enfonça dans les coussins du divan, avec un grognement de soulagement.

Il avait horreur du noir, horreur de se trouver dehors la nuit quand il savait qu'il n'y était pas seul. En fait, il était un peu comme un chat, il aimait les promenades nocturnes tant qu'il faisait beau mais avait envie de se pelotonner à l'intérieur dès qu'arrivait le mauvais temps. Il observa Claudia.

– Excuse-moi, dit-elle en se levant pour aller mettre la bouilloire sur le feu.

Elle se cogna les orteils contre la bouteille de gaz et jura entre ses dents. Il y eut un moment de silence.

– Tu ne crains rien, Liddie. Ce n'est pas à toi qu'ils en veulent, finit par dire Harry.

Il parlait d'une voix neutre et sûre, et Claudia lutta contre l'impression de soulagement que ces mots lui apportaient.

– Je n'ai jamais cru que je risquais quelque chose, répondit-elle, feignant l'indifférence. Et comment le sais-tu? demanda-t-elle en lui faisant face.

– Parce que c'est moi qu'ils recherchent.

Elle se raidit immédiatement, refusant d'accepter ce qu'elle venait d'entendre.

– Ils? Qui ça, ils?

– Yee, en fait.

Il la regarda, et, devant son visage inexpressif, il se détendit et sa voix se fit plus douce.

– C'est lui qui m'en veut. Il a des ambitions. Le reste... ce n'est qu'une petite loge de la Triade. Ils obéissent aux ordres de Yee. Mais lui, il essaie de se lancer.

– Quoi? De quoi parles-tu? Qu'est-ce que tu as à voir avec la Triade?

Elle semblait bizarre, méfiante, comme si elle n'avait guère envie de connaître la réponse.

– Je me suis laissé entraîner là-dedans il y a longtemps. J'étais jeune, j'avais peur, et je n'avais personne d'autre vers qui me tourner. Mais ça fait des années que je suis clair. Je te le jure, Liddie.

– Alors, pourquoi ont-ils tué Mark?

Elle avait une voix rauque et faible. Harry lui prit la main, l'attira vers lui et passa le bras autour de ses épaules. Il ne voulait pas qu'elle le regarde dans les yeux, qu'elle lise en lui à livre ouvert, comme à son habitude. Pour son bien à lui, pour son bien à elle, il fallait qu'elle croie ce qu'il lui racontait, qu'elle s'en tienne à sa version des faits.

– Parce qu'il a essayé de les rouler. Ils l'utilisaient comme courrier. Tous ces voyages aux Philippines ou en Thaïlande. Comment crois-tu qu'il se les offrait? Et le hasch? (Elle hocha la tête et il lui adressa un sourire interrogateur.) Tu t'en doutais. Forcément. Ne hoche pas la tête comme ça, Liddie, tu n'es pas complètement idiote.

– Il n'y est allé qu'une fois depuis que je suis là, et je croyais que c'était exceptionnel. On n'aurait pas dit un voyage de routine. Je croyais que c'était parce qu'il n'y était pas retourné depuis des années, depuis qu'il y avait passé Noël avec mon père.

– Eh bien, non, la contredit Harry. Il y allait souvent. Mais il les roulait. De faibles sommes. Mais en plusieurs voyages, il pouvait satisfaire ses petits vices.

– Mais il ne fumait que de l'herbe. Ce n'était pas un

camé. Il n'avait pas de marques sur les bras. J'ai vérifié. Il ne se droguait pas à l'héroïne.

Elle semblait épouvantée et, même à ses propres oreilles, ses dénégations paraissaient bien hésitantes. Elle s'était déjà posé la question, oh que oui!

– T'as déjà entendu parler de la sniffe? Tu prends un papier d'aluminium, tu chauffes la poudre dessus, et ensuite tu inhales avec une pipette ou un morceau de papier roulé. C'est moins efficace qu'un fixe, mais cela ne laisse pas de traces. C'est la dernière mode en ce moment. (Il alluma une cigarette et inspira profondément, comme pour donner un exemple.) Il y a d'autres méthodes. Mark était sur une pente savonneuse, et il ne pouvait plus s'en passer. Il prétendait qu'il n'était pas accro, mais c'était faux, il le savait.

– Il disait la même chose de toi. Que tu essayais de te sortir de quelque chose et que cela ne marchait pas. Quelque chose comme cela.

Elle ne voulait pas l'accuser, mais Harry se figea.

– Peut-être, mais je ne suis pas mort.

Il détourna les yeux et observa la baie qui scintillait sous le clair de lune, froide et indifférente à leurs petits problèmes.

– Mais ils sont après toi. Pourquoi? La drogue, toi aussi?

Elle écarta légèrement la tête pour le regarder, tout en essayant de lui cacher à quel point cette question lui faisait de la peine.

– Non, non! Plus maintenant. A l'époque, je n'avais pas le choix quand je travaillais pour Yee, mais je m'en suis sorti. Je suis entré à Commercial radio par moi-même, Liddie, comme tout le monde. Pas de coup de pouce de la Triade, pas de ficelles tirées par je ne sais qui. (Il haletait, se demandant s'il disait la vérité ou si Yee avait estimé que Harry pourrait lui être précieux à ce poste. Il tenta de chasser cette pensée avant qu'elle ne pourrisse tous ses aveux.) Et au moment où je me croyais enfin sauvé, ils sont revenus me demander un service. J'ai refusé.

Etait-ce là ce qui avait scellé le sort de Mark, se demanda-t-il? Y avait-il quelque chose d'autre? Yee était dans une telle fureur quand il leur avait dit qu'ils paieraient, en fait il semblait surtout terrifié. De quoi Yee avait-il peur?

– Quel genre de service? Servir de courrier?

Il se mit à rire, pourtant il n'y avait pas la moindre étincelle de gaieté dans ses yeux.

– Non, Claudia, j'étais courrier quand j'avais seize ans. Ils veulent autre chose. Je ne peux pas t'en parler. Ils n'auraient sans doute pas tué Mark pour avoir un peu pioché dans la caisse, si cela n'avait pas pu me servir d'avertissement. Il leur était utile.

– Utile! Mon dieu! C'est tout ce que tu trouves à dire! Mark est mort. Tu n'as pas vu ce qu'ils lui ont fait, mais moi, si. Il est mort parce qu'il ne leur était plus « utile » et qu'ils voulaient s'en servir comme d'un avertissement? Il n'avait pas plus de valeur que ça? s'exclama-t-elle d'une voix horrifiée qui le lacéra.

– Ce n'est pas ce que je voulais dire. Non, Liddie, il valait beaucoup plus que ça. Pour moi, du moins. Mais eux, ils ne voient pas les choses comme ça.

Il la serra très fort contre lui pour réprimer ses tremblements. Peu à peu, elle se calma, et sa voix se radoucit car elle voyait qu'il se sentait coupable.

– Alors, maintenant que tu as eu ton avertissement, ils vont te tuer, toi aussi, ou te donner une autre chance?

Harry devait reconnaître qu'elle réagissait vite. Claudia comprenait que cela ne leur servirait à rien de le tuer s'ils voulaient lui demander un service. Un service! De la propagande anticommuniste! Autant signer un arrêt de mort pour 1997, moment où Hongkong passerait sous le contrôle de la Chine. A moins que Yee ne l'ait eu avant.

Mais peut-être la colère de Yee s'était-elle apaisée, cette colère contre Mark et lui, cette peur qui s'était exprimée avec une telle fureur? Peut-être Mark avait-il commis une erreur dont Yee s'était aperçu? Il espérait bien que c'était le cas. Il espérait bien que Yee ne verrait plus de raison de le tuer, tant qu'il n'irait pas trouver la police. C'est pourquoi l'arrivée de ce salaud d'Ingram la veille, c'était un peu comme brandir un drapeau rouge et crier : « Venez, je suis là! » Pourtant Ingram n'était pas un imbécile. Il connaissait pertinemment les risques qu'il lui faisait courir, mais il s'en fichait. A moins qu'il ne l'eût fait exprès, pour voir les fourmis sortir de la fourmilière dans laquelle il avait donné un coup de pied.

– Je ne sais pas, répondit Harry en toute sincérité. Me donner une autre chance, j'espère. Les choses bougent en Chine, c'est pour cela qu'ils ont besoin de moi.

Claudia ne comprit pas très bien ce qu'il voulait dire, tant il restait allusif. Parce que avec son travail, il avait une influence sur les informations? C'était ça, le service qu'ils voulaient?

— Je croyais que la Triade était une organisation criminelle, qu'elle ne se mêlait pas de politique.

Elle vit son sourire et aperçut un instant les dents blanches dans la nuit.

— Bravo. Mais il y a toujours des interférences, cela donne une bonne raison de provoquer des troubles politiques. Regarde les révoltes de 1956. Normalement, elles opposaient les nationalistes et les communistes, mais elles étaient attisées par la Triade qui en profitait pour piller, voler et s'en prendre aux flics. Les gens ont peur que la même chose ne se reproduise.

— Tu crois? souffla Claudia en avalant difficilement sa salive.

— Il va se passer quelque chose. Mark avait tort, tu sais. A la radio, la nuit dernière. Ils ne laisseront pas la situation en l'état. Il y aura des troubles avant la fin, l'anarchie peut-être, dit Harry d'une voix neutre, mais sûr de lui.

Claudia sentit le froid l'envahir.

— Qui, ils? Tu ne pourrais pas être un peu plus clair pour une fois? Tu dis toujours « ils » comme si cela recouvrait toute une multitude d'individus.

— Eh bien, c'est cela.

— Et tu ne pourrais pas être plus précis?

— Ah, j'oublie toujours que tu es journaliste! Des faits, c'est cela que tu veux? Tu veux faire un article avec la mort de ton frère? Te faire un peu de fric avec tout son sang et ses tripes, et peut-être bien parler de moi aussi? Comme ça, je n'aurais plus à me faire de souci, ça c'est sûr.

Soudain, il était devenu si dur et si sarcastique que Claudia s'éloigna de lui et alla vers la bouilloire qui sifflait.

— Harry, pourquoi es-tu venu? dit-elle enfin, une fois qu'elle eut maîtrisé le tremblement de ses mains. Tu as quelque chose à me demander? C'est ça?

Il se leva et s'appuya sur le mur, écrasant sa cigarette dans une soucoupe. Il l'observait attentivement, et elle se tourna vers lui, chacun jaugeant l'autre, essayant de se remémorer les enfants qu'ils avaient été, s'accrochant désespérément à leurs souvenirs.

— Je suis venu voir si tu allais bien.

— Bon, je vais bien, répliqua-t-elle, s'efforçant de paraître calme.

— Qu'est-ce que tu peux être froide par moments, Liddie! Dure même.

Il prononça cette phrase sur le ton d'une remarque anodine, mais il vit qu'elle était touchée, en colère.

— Venant de toi, cela fait plaisir. Toi, le plus impénétrable d'entre tous. Tu essaies de devenir chinois, maintenant?

— Je suis chinois.

— A moitié, répondit-elle pour lui rendre la peine qu'avaient provoquée ses mots.

Froide, dure. Etait-elle ainsi?

— Exact, dit-il, en la prenant par le bras et en la secouant. Moitié ci, moitié ça, et on me reproche d'être les deux. Ce n'est pas un avantage d'être eurasien. Cela n'aide pas. Je n'ai pas eu le choix.

Il cessa de la secouer en voyant que son regard passait de la peur à la compassion.

— Et si tu l'avais eu? demanda-t-elle doucement.

Il la relâcha et s'écarta d'elle, donnant un violent coup de pied dans un objet quelconque.

— Inutile de poser la question. Je n'avais pas le choix.

Il s'assit lourdement sur le divan.

— Excuse-moi, Harry. Je n'aurais pas dû te dire ça.

Elle s'était approchée de lui; elle se pencha pour l'enlacer, posa sa joue contre la sienne, ses cheveux mouillés frôlant l'épaule de Harry.

— Tu m'as fait mal avec tes questions de journaliste. J'essayais de me venger sans doute. Excuse-moi.

Elle l'embrassa sur la joue et se serait écartée s'il ne l'avait pas attirée vers lui, si bien qu'elle s'assit sur ses genoux, en le tenant toujours dans ses bras. Harry soupira.

— Parfois, c'est difficile de voir les choses de la même façon quand on vient d'endroits différents. Regarde Portia. Elle connaissait bien Mark, aussi bien que Silvia, beaucoup mieux que toi, et elle n'a pas encore compris qu'il était vraiment mort. Elle voit ça comme une sorte de jeu un peu dangereux et très excitant. Cela vient de son éducation superprotégée. Elle ne regarde pas la réalité en face, la réalité dans toute sa laideur. (Il marqua une pause.) Et puis, il y a toi. Toi, tu vois la réalité, mais tu ne veux pas y être mêlée, c'est cela? Tu prends la fuite. Tu aimais bien Mark, mais pas assez pour chercher à savoir qui l'a tué. Tu ne veux pas être impliquée. C'est bien ça, Liddie, non? (Comme il n'obtenait pas de réponse, il poursuivit.) Tu essaies toujours de t'enfuir devant les choses désagréables. De croire que cela n'a pas existé. Qu'est-ce qui t'a rendue comme ça? Toi et moi, nous sommes un peu pareils. Mais, moi, je l'ai appris de la manière forte. Et toi?

Il la sentit basculer dans ses bras, s'écarter, et il la laissa partir.

– Et Silvia? Comment analyses-tu sa réaction à la mort de Mark? Tu la trouves hyperémotive ou normale? dit-il. Pour moi, c'est la seule qui ait eu la bonne réaction. Pleurer. Hurler parce que Mark est mort, et qu'il n'y a plus rien à faire. Il est parti, et toutes ces années, tous ces efforts, c'est fini. Comme ça! (Il claqua les doigts.) Alors, je suis content que Silvia sanglote. Je regrette de ne pas pouvoir faire la même chose.

Ils gardèrent le silence pendant un long moment. Claudia s'occupa du thé et déposa deux tasses sur la table. Les lèvres pincées, Harry voulait lui avouer à quel point il aimait Mark lui aussi, mais il était incapable de se confier.

– C'est toi qui leur as présenté Mark? A la Triade? A Yee? C'est toi qui l'as mouillé?

La question était posée calmement, mais elle le mettait dans la balance, et Harry s'y attendait. Et il savait très bien mentir quand il le fallait. Il hocha la tête.

– Non. Ce sont eux qui l'ont contacté. Il était en voyage quelque part, je ne me souviens plus où, et il a trouvé un mot dans sa chambre quand il est revenu. Ils opèrent de manière très officielle maintenant. Ils font tout dans les règles de l'art. Signez ici, donnez-moi le numéro de votre passeport, et tout le tintouin. Ils t'avertissent même, dans un beau jargon officiel, que tu risques gros si tu les laisses tomber. Et une fois qu'on signe, c'est pour la vie. Mark ne m'avait parlé de cela qu'il y a quelques mois, et je suis allé voir Yee pour tenter de le tirer de là, d'enrayer la machine. Mais Yee m'a fait remarquer que j'étais toujours vivant, et il a voulu mettre la pression sur moi. Paradoxal, non? Mark serait peut-être toujours en vie si je n'avais pas essayé de l'aider. Moi, je trouve ça drôle, dit-il, amer en constatant que Claudia ne riait pas.

Avait-il réussi à la convaincre? C'était difficile à dire.

Pourtant, que pouvait-il avouer d'autre? Oui, c'est moi qui ai mouillé Mark, mais c'était lui ou moi, et je n'avais pas imaginé que cela puisse finir ainsi? Mark était déjà camé à l'époque. Je n'avais pas pensé que nous allions devenir amis, que je l'aimerais autant. Je suis désolé, Liddie... Non, il ne pourrait jamais lui dire la vérité. Elle ne comprendrait pas. Il n'était pas sûr de comprendre lui-même.

– On peut faire quelque chose?

– A propos de Mark? Non, rien. (Il soupira.) Fais-moi simplement une promesse, Liddie. Reste en dehors de tout cela. La vie continuera comme avant, une fois que j'aurai réglé mes problèmes. Mais personne ne peut rien pour moi. A part Ingram, peut-être. Mais personne n'osera lui en parler, n'est-ce pas? Yee n'est pas du genre à laisser les gens témoigner contre lui.

Sa voix était mélancolique et Claudia eut envie de pleurer. Elle s'éclaircit la gorge.

– J'ai passé la nuit chez Tony, hier soir. Il m'a dit qu'il était passé chez toi, mais il était très nerveux, et il n'a pas voulu m'en parler. Que s'est-il passé?

Elle ne vit pas le mouvement inattendu qui lui rejeta la tête en arrière ni la colère qui lui enflamma le regard.

– Il m'a réveillé en plein milieu de la nuit, et je n'étais pas très content. C'est tout.

Il y eut un long silence qui dura plusieurs battements de cœur.

– Je vois. Harry, il est tard, et je suis fatiguée. Tu veux dormir ici?

Elle avait remarqué qu'il avait eu peur en arrivant et qu'il ne cessait d'épier le noir des fenêtres. Elle ne voulait pas le renvoyer dehors.

– Si cela ne te dérange pas. Ils n'ont peut-être pas encore affiché ma lettre de licenciement, mais je préfère me déplacer de jour, dit-il avec un demi-sourire.

– Quoi? demanda Claudia, sévèrement.

– Mon licenciement de la loge de la Triade. Elle est affichée dans toute la ville. En général, cela signifie une exécution. Je n'ai pas encore eu d'écho.

Non, à part un assassin ou deux qui le guettaient dans le noir. Mais il avait survécu, et maintenant on lui accorderait un sursis. On le contacterait, on lui redonnerait une dernière chance, et tout le monde savait qu'il accepterait. Il fallait bien.

Elle paraissait malade, avec son visage pâli, presque enlaidi par une bouche trop large qui ressemblait à une blessure et des yeux plus sombres que jamais, noircis par les cernes. Il l'attira tout près de lui et la sentit trembler, d'un tremblement léger, presque maîtrisé, mais néanmoins perceptible.

— Et pour Mark? On l'avait affichée? demanda-t-elle dans un souffle.

— Non, les *gweilos* ne reçoivent pas d'avertissement, parce qu'ils n'appartiennent jamais vraiment au clan. Ils restent des étrangers, quoi qu'ils fassent.

Elle soupira et Harry comprit qu'elle se demandait ce qu'elle faisait ici, dans un monde qui ne l'accepterait jamais réellement, un monde de cruauté et d'hypocrisie, dissimulé sous une façade de gentillesse. Elle rentrerait bientôt. Oui, bientôt. Elle en avait de la chance d'avoir un endroit où aller.

— Tu crois qu'on t'a suivi?

Elle leva les yeux, visiblement effrayée. Pour lui, pour elle.

— Non, non, personne. Je te le promets. Et je crois que Yee va rester tranquille pendant un moment. Il réfléchit, il fait des plans. Ne t'inquiète pas, tu ne risques rien. (Il l'embrassa sur le front, songeur.) Quel âge as-tu, Liddie? Vingt-sept? (Elle hocha la tête.) Alors, viens dormir avec moi, et on fera comme quand on était petits, on chahutera sous les couvertures.

Il sourit, et, la vue brouillée par les larmes, Claudia regretta de ne pouvoir retrouver ces jours insouciants. Mais elle était devenue adulte à sept ans et Harry à neuf. Ce n'était pas facile de retourner en arrière.

— Bon, d'accord. Mais n'en parle plus, Harry. Ne me fais plus peur.

Il l'embrassa, doucement, rapidement, s'allongea sur elle, comme pour la réduire au silence.

— Ta maman ne serait pas contente! Elle ne m'a jamais aimé. Je ne sais pas pourquoi, lui murmura-t-il à l'oreille, se moquant de lui tout autant que d'elle.

Elle lui caressa la joue en souriant.

— Mais ma mère n'a aucun goût, c'est bien connu.

Ils se mirent à rire. Un rire intime qui leur rappela un soir de leur enfance où Harry s'était sauvé de sa chambre et était allé rejoindre Claudia dans son lit, pour chahuter et chuchoter. Il glissa la main le long de son bras, se faufilant sous le peignoir pour toucher les os délicats des épaules et caresser la peau.

Les rires se turent, laissant place à un silence troublé par leur respiration, tandis qu'ils s'observaient, se rapprochaient, s'écartaient.

– Cela fait des années que j'en rêve... que tu reviens et que nous nous retrouvons. Je n'aurais jamais cru que cela pourrait arriver. C'était juste un rêve.

Harry qui parlait doucement vit les lèvres de Claudia trembler et former une courbe si révélatrice qu'il en resta étonné. Il plaça sa bouche sur cette courbe, en effleura les contours et les plis avec sa langue, goûtant la peau fraîchement lavée qui sentait le savon et dont l'odeur se mêlait à la sienne.

Ses doigts passèrent des épaules sur son dos, et il lui caressa la nuque et les omoplates. Il lui embrassa la gorge; doux mouvement de la peau contre la peau auquel elle répondait, en appuyant la tête sur son bras, lèvres entrouvertes. Elle libéra ses mains qui étaient bloquées contre sa poitrine pour les glisser autour de son corps et l'enlacer.

Quand il ouvrit son peignoir, cela parut presque accidentel, tant le geste était doux et naturel. Claudia poussa un soupir d'exaltation, et il lui effleura les seins.

Auparavant, elle avait eu du mal à imaginer en adulte l'enfant qu'elle avait si bien connu, mais soudain, comme si on avait fait tourner un kaléidoscope, elle retrouva leur vieille amitié, leur vieux monde de secrets partagés, de murmures, de rires et de tendresse qui les avait tant aidés pendant leur enfance. C'était étrange qu'un acte d'adulte, dont ils ignoraient jusqu'à l'existence à l'époque, puisse faire revivre leurs anciens liens, pensa Claudia dans les bras de Harry qui la portait dans la chambre, alors que ses pensées s'embrouillaient.

Il lui enleva son vêtement, s'arrêtant pour lui embrasser les membres, au fur et à mesure qu'il les découvrait. Allongée sur le côté, sans le moindre embarras, Claudia le regarda passer sa chemise par-dessus sa tête, ôter son jean, qu'il rejeta d'un coup de pied ainsi que ses espadrilles. Il ne portait pas de sous-vêtements, et elle regarda les jeux d'ombre et de lumière sur son corps musclé, se demandant ce que recouvrait le pansement blanc sur la jambe.

Sans cacher ses fesses hautes et dures, il se dirigea vers la fenêtre. Rassuré, il revint vers elle et s'allongea sur le lit, l'enlaça, la serra très fort contre lui.

– C'est dans des moments comme ceux-là que je dois choisir qui je suis. Je ne suis pas chinois, lui murmura-t-il à l'oreille, et elle essaya de maîtriser son sursaut de surprise. Pas vraiment. Intérieurement, je suis européen. Comme mon père. Tu me crois, Liddie?

Il la serrait si fort qu'elle ne pouvait pas s'écarter pour le regarder. Elle comprit simplement qu'il cherchait à être rassuré, et elle le serra aussi.

Dehors, la pluie battait les carreaux et le vent se renforçait.

25

Dimanche soir

Tony Ingram guidait ses hommes sur une pente escarpée, toute glissante de boue et de détritus, leurs jurons se perdaient dans la puanteur des égouts, de la végétation en putréfaction et des flaques d'eau. L'obscurité dissimulait les pontons et les sampans en contrebas, prêts à lever la passerelle à la première alerte. Mais le vent qui hurlait et la pluie drue jouaient en leur faveur, car seuls les plus résistants ne s'étaient pas réfugiés à l'intérieur. Il n'y aurait que peu de monde pour les apercevoir, et encore moins pour les observer dans les mares de boue. En silence, ils poursuivirent.

Sous la pluie qui trempait son visage, dans le vent qui sifflait à ses oreilles et l'odeur de moisi qui envahissait ses narines, Tony était vaguement conscient de ressentir une impression qu'il n'avait pas connue depuis des années. La perte. Sans savoir pourquoi, il se sentait triste, une lourdeur dans sa poitrine l'obligeait à se demander pourquoi il se donnait tant de mal, quelle serait sa récompense pour toute cette infamie. Furieux, il repoussa ce sentiment et se concentra sur sa mission. La patrouille dépendait de lui, elle aurait besoin d'un guide dans une situation qui ne tarderait pas à s'envenimer, et lui, il rêvassait! Il jura en enfonçant un pied dans la boue, ce qui faillit lui faire perdre sa botte.

— Vous n'avez pas changé d'avis, patron? demanda doucement le sergent Chu.

Tony remit sa botte et fit signe à ses hommes.

— Cernez-les des deux côtés, comme prévu, Chu, et ne me

rendez pas les choses plus difficiles. Comment imaginez-vous qu'on puisse approcher du but autrement?

Ils n'auraient pas osé parler par temps calme, mais avec le vent et la pluie, ils ne risquaient pas d'être entendus.

– Ce n'est pas mon travail. C'est vous le patron, répondit le sergent avec un sourire ironique, et Tony ne put s'empêcher de sourire lui aussi.

– Comme ça, ce sera moi le dindon de la farce, si on ne trouve rien, c'est cela?

– Affirmatif, patron. A tout de suite.

Le sergent s'éloigna en faisant des signes et en chuchotant des ordres à ses hommes qui se déplaçaient maladroitement dans la boue. Ils s'éloignèrent et, rassemblant son équipe de deux hommes, Tony se cacha près d'un ponton, et attendit les autres.

Il espérait avoir eu de bonnes informations et ne pas être l'objet de la risée générale pendant toute une semaine. Mais la chance d'assister à une cérémonie d'initiation était si rare que cela valait la peine de risquer cette humiliation. Allongé, il attendit patiemment que ses hommes le rejoignent et tous rampèrent sur le radeau de bois en s'efforçant de ne pas faire bouger les plumes laissées par les poules dans leur mue et de rester parfaitement silencieux.

Tout était exceptionnellement calme et sombre; la pluie battait les sampans, aucune lumière ne s'allumait, personne ne se montrait aux portes. Ils se mirent en position, encerclant le sampan à la proue en forme de dragon d'or et attendirent sous la pluie, les yeux fixés sur leur montre, le visage ruisselant. Finalement, Tony inspira profondément, sortit son arme de sous sa veste, s'assura que le cran de sécurité était bien débloqué. Il fit un signe de tête aux deux autres, vérifia le loquet de l'écoutille principale en le soulevant légèrement du doigt. Il réussit à l'actionner.

Il recula d'un pas, fit un dernier signe et ouvrit le loquet avec le pied, se précipitant immédiatement dans le trou en contrebas. En dessous, surpris, un homme sursauta et se serait échappé par le hublot ou l'écoutille si les hommes de Tony n'avaient bloqué toutes les ouvertures possibles. Atterrissant lourdement, Tony tomba sur l'homme qu'il plaqua immédiatement sur le fond de la cale. Ce dernier gigotait et se débattait, diffusant une odeur désagréable.

Tout autour, dans la confusion et les cris, parmi les hommes qui le heurtaient, lui marchaient dessus et se débattaient comme des rats d'égout dans la boue, claquèrent quelques coups de feu. Venant de diverses directions, les balles allèrent se planter dans le bois qui s'effrita en formant des longues échardes effilées. Tony baissa la tête et s'accrocha à l'homme qu'il avait attrapé, s'attendant à en recevoir une. Près de lui, un cri de douleur retentit; Tony jura.

L'homme s'agitait toujours sous lui, se faufilait et glissait d'un côté à l'autre; pourtant Tony réussit à le maintenir en place et à lui passer les menottes, mais au prix d'un grand coup de coude dans la joue.

Quelqu'un avait renversé une lampe à pétrole et un petit feu se déclara dans le noir. Tenant toujours d'une main son prisonnier, Tony tenta d'éteindre le feu avec un vêtement, jusqu'à ce qu'un de ses hommes vienne prendre la relève, tapant sur les flammes et les étincelles volantes, étouffant le tout dans l'eau sombre et nauséabonde de la cale qui clapotait autour d'eux. Tony perçut l'odeur des poils grillés et la peau de sa main lui sembla rugueuse. Difficilement, il souleva l'homme pour le mettre en position assise.

Les hommes de Tony connaissaient leur travail, ils avaient été entraînés pour cette tâche, surentraînés même : encercler les hommes de la Triade, les immobiliser. Quelques coups s'échangeaient encore dans les coins sombres mais, peu à peu, en sifflant et grognant de fureur, les hommes de Tony prenaient le contrôle de la situation. Tony essuya la sueur de son visage, chancela un instant en se redressant, et sa tête heurta le plafond.

Il tenait son revolver braqué sur le plus âgé des hommes qui se trouvait devant l'autel et, en inspectant l'endroit, il ressentit un étrange sentiment de satisfaction. Oui, effectivement, il était rare de s'introduire dans une cérémonie d'initiation! Il retourna son attention vers les prisonniers, car il avait décelé un mouvement derrière lui.

La plupart étaient jeunes, à peine sortis de l'adolescence, avec leurs yeux noirs et leurs allures de durs, leur bandeau sur le front et leurs torses nus. Tony regarda derrière eux, reconnut le maître de l'Encens à sa robe, à sa coiffure et à la sandale d'herbe de son pied gauche. Le petit qui se tenait à côté de lui, à la large poitrine, au regard méfiant et aux yeux mi-clos était sans doute le chef de la loge, le Shan Chu, le Big Brother, le parrain. Tony l'observa attentivement.

L'autel consistait en une simple coupe d'encens, décorée de

différentes bannières avec quatre oranges disposées selon un motif particulier, trois portraits, quelques bougies et quelques bols contenant du thé semblait-il. Il y avait aussi des morceaux de papier rouge marqués de symboles. Une petite cérémonie minable de mauvais goût, qui ne laissait pas transparaître le sérieux avec lequel la prenaient les initiés.

Pour eux, c'était le symbole de leur propre mort, et chacun renaîtrait en héros. La cérémonie était la force qui les lierait à jamais à la loge, leur imposerait secret, discipline et loyauté jusqu'à la mort. Tony fit signe au sergent de prendre des photos.

— Des blessés? demanda Tony qui eut pour toute réponse quelques grognements venant du fond de la cale.

— Oui, Ng, patron. Il a reçu une balle dans la main. Il faut l'emmener à l'hôpital le plus vite possible. Pas d'autres blessés graves, patron, dit le sergent Chu, et Tony poussa un soupir de soulagement.

— Bon, caporal Ch'en, appelez des renforts, s'il vous plaît. Et dites à Fu d'emmener Ng en haut. Nous nous occuperons des autres.

Tony s'exprimait rapidement en cantonais, langue que tous les hommes étaient censés comprendre, même s'ils parlaient un autre dialecte. Tony remarqua que le chef de la loge l'observait, les yeux à demi fermés dans l'ombre, mais son regard avait quelque chose de menaçant.

— Vous, comment vous appelez-vous?

Feignant l'indifférence, l'homme cracha dans l'obscurité.

— Sergent, vous l'avez déjà fouillé? dit Tony en indiquant l'homme. Vous leur avez lu leurs droits?

Le sergent hocha la tête en souriant.

— Dans tous les dialectes imaginables, patron. Ils ont compris.

— Bien. Levez-vous.

Tony s'adressait au chef, mais celui-ci ne bougea pas. Toujours assis, il se recroquevillait dans sa coquille comme une tortue. Excédé, Tony s'approcha et se pencha vers lui. Soudain, un éclair de feu jaillit, Tony ressentit une brûlure au visage et recula, la main sur les yeux, la douleur lui mordant la peau. Il ne voyait plus rien, mais il sentit les hommes s'agiter autour de lui, il entendit des grognements et des bruits de lutte et, alors que la douleur devenait insupportable, il tomba à même le bois de la cale. Il se rendit à peine compte qu'il sombrait dans l'obscurité.

Lundi matin

— Eh bien, vous vous êtes fait remarquer! dit Claudia près du lit de Tony.

Les mots ne révélaient pas le soulagement qu'exprimait son regard, à présent qu'elle savait que tout irait bien. Tony tourna son visage bandé vers elle.

— On va croire que je l'ai fait exprès, murmura-t-il tristement, et elle posa la main sur la sienne, surprise de voir les doigts de Tony s'enrouler autour des siens, comme s'il avait besoin d'être rassuré.

Il avait une main bandée, la peau paraissait à vif au-dessus de la gaze, et il avait un hématome tout noir sur la mâchoire. Les doigts de Claudia hésitèrent un instant, comme si elle avait eu envie de chasser la douleur par ses caresses, mais elle les retira.

— Un vrai dur à cuire! plaisanta-t-elle. Vous m'avez fait drôlement peur quand je vous ai vu tout emballé comme une momie. L'infirmière a presque été obligée de me faire respirer les sels.

Ils sourirent tous les deux, et il y eut un silence gêné pendant qu'ils cherchaient quelque chose à dire.

— Qui vous a prévenue? finit par demander Tony.

— Je vous ai appelé ce matin... pour m'excuser d'avoir été si difficile hier, et c'est le sergent de service qui me l'a annoncé. Il n'aurait peut-être pas dû, mais je lui ai forcé la main. Comment vous sentez-vous?

Claudia eut un frisson en repensant à ces quelques secondes de terreur qu'elle avait ressenties quand le sergent de service avait esquivé ses questions. Elle haussa les épaules, mal à l'aise.

— Plutôt bête. Je savais que c'était le chef, j'aurais dû me méfier. Mais je me suis imaginé... ça, ce n'est pas très bon, s'imaginer. Cela ne vous attire que des ennuis, répondit Tony avec un sourire gêné. Il m'a envoyé une sorte de poudre phosphorescente au visage. Les médecins disent que j'ai de la chance de ne pas avoir perdu la vue. On ne va pas enlever les bandages tout de suite, mais je crois que j'ai fermé les yeux juste à temps. C'est ce que les médecins disent, en tout cas.

Il sentit trembler légèrement la main qu'il tenait toujours serrée dans la sienne. Elle se demanda si elle serait capable de garder son calme dans une situation identique. Devenir aveugle, pour quelqu'un comme Tony... Elle n'osait y penser.

— Ça ira. Les médecins savent ce qu'ils font.

Elle marqua une pause, cherchant désespérément quelque chose qui pourrait lui changer les idées.

– Il a réussi à s'échapper? Le chef? demanda-t-elle d'un ton compatissant.

– Oui, répondit Tony en soupirant. Avec la moitié de ses fichus initiés... Mes hommes étaient si inquiets pour ma vie qu'ils les ont laissés partir. C'est ma faute.

Elle aurait peut-être dû dire quelque chose de réconfortant mais elle pensa que Tony s'accablait de reproches plus souvent qu'il ne le méritait et ne se contenterait pas de platitudes.

– Je ne suis pas au courant des détails, dit-elle, mal à l'aise. Mais personne ne se moque de vous. C'était quelque chose, non? Et la moitié, c'est toujours mieux que rien. J'ai entendu dire que cela n'avait pas été facile.

Elle le vit tourner la tête selon un angle très marqué, comme s'il essayait de la voir à travers les bandages.

– Ils ne parleront pas. C'est ceux que nous avons perdus qui comptent. Je tenais Yee, Claudia, dit-il doucement, et elle se figea, lui serrant la main à lui en faire mal. Vous savez qui c'est?

Il parlait calmement, mais on sentait sa déception. Elle eut un gémissement exaspéré.

– Oui, Harry m'en a parlé. Il est venu hier soir, et il m'a parlé de ce Yee. C'est le chef des Lames de Rasoir. Celui qui se servait de Mark comme courrier et avec lequel Harry était lié. Je n'avais pas besoin de vous le dire, vous le saviez déjà. Il y a autre chose?

Percevant la douleur qui se cachait derrière ses paroles, Tony adoucit sa voix.

– C'est pour me dire cela que vous m'aviez appelé ce matin? demanda-t-il, presque sur un ton d'excuse.

– Oui, répondit-elle avec un soupir, en repoussant les cheveux de son visage et en fermant les yeux. Tout le monde me répète sans arrêt que je ne veux pas m'impliquer, que je me fiche de tout tant que cela ne me touche pas directement. Je ne cesse de me le répéter. Mais je suis impliquée, Mark était mon frère, poursuivit-elle d'une voix hésitante. Alors je me demande qui est le coupable, et pourquoi.

– Et Harry? Qu'est-ce qu'il ressent?

– Il a peur.

Elle s'assit au chevet de Tony, lui tenant toujours la main; elle lui raconta tout ce que Harry lui avait dit la veille. Presque tout. Tony grommelait de temps en temps, comme s'il essayait d'enregistrer tous les détails.

– Cela vous surprend? Que Harry soit un membre de la Triade?

– Non, ça fait un bon moment que je le sais.

Il s'installa plus confortablement sur les oreillers, et pensa à toutes les choses dont Claudia ne lui avait pas parlé. Il se demanda si Harry était resté, mais se moqua immédiatement de lui. Cela ne le regardait pas.

– Est-ce que cela peut vous être utile? Cela vous donne plus d'indices? demanda-t-elle rapidement et, à contrecœur, il la laissa retirer sa main. Je l'espère en tout cas, puisque je risque peut-être ma vie à vous le dire, dit-elle avec un rire forcé qui s'interrompit brusquement quand elle vit qu'il ne la suivait pas.

– Peut-être. Rien d'extraordinaire, rien qui pourrait avoir un effet immédiat, mais on va continuer. De toute évidence, Harry ne va pas venir témoigner, et nous n'avons aucune preuve. Ecoutez, je veux que vous restiez en dehors de tout cela. Si Harry vous dit quelque chose et que vous estimez que c'est important, faites-le-moi savoir. Mais appelez-moi, ne venez pas en personne. Et je préférerais que vous évitiez Harry dans la mesure du possible. C'est dangereux.

– Oh, Tony... Il est seul, il souffre et il est peut-être en danger. (...Et je l'ai abandonné, il y a longtemps, je ne peux pas recommencer, se dit-elle intérieurement.) Je ne peux pas lui fermer la porte au nez.

Elle parlait si bas qu'il la comprit à peine, mais il regrettait presque d'avoir entendu. Et lui? Il n'était pas seul? Il ne souffrait pas? Mais très vite, il écarta cette pensée de son esprit.

– Alors, soyez prudente, Claudia. D'accord? S'ils essaient de l'avoir, je ne veux pas que vous vous trouviez sur leur chemin.

– Il dit que non, mais ne vous inquiétez pas, je ferai attention.

Incapable de se retenir, elle se pencha sur lui et lui embrassa la joue, comme si cela pouvait l'aider.

– Et vous aussi. Plus de justicier dans la nuit, d'accord? Cela ne me servira à rien de retrouver les assassins de Mark si vous vous faites tuer par la même occasion.

Elle s'efforçait de parler d'un ton léger et lui prit le bras avant de se lever.

– Combien de temps allez-vous rester ici?

– Pas très longtemps, deux ou trois jours. Merci d'être venue.

De nouveau, il la congédiait, pensa Claudia, se mordant les lèvres pour retenir les mots qui avaient failli lui échapper. Il n'avait besoin de rien, de rien qui venait d'elle en tout cas. Elle lui dit au revoir et s'en alla.

Soudain, elle fut attirée par un bruit, près de la porte : les infirmières s'écartaient du chemin et une femme élégante, la cinquantaine, se précipitait vers elles. Claudia la reconnut immédiatement.

– Tony, Mon pauvre petit! Qu'est-ce que tu t'es fait? Mon Dieu, je savais que tu n'aurais jamais dû t'engager, je t'avais prévenu, mais tu ne veux jamais rien écouter. Comment ça va, mon chéri?

La femme se pencha sur Tony, l'embrassa et ne cessa son flot de paroles que lorsque Tony l'interrompit.

– Je vais bien, maman.

Il semblait tendu, les rides autour de sa bouche s'étaient creusées. Etait-ce là, la faille dans son armure, son talon d'Achille, ce qui expliquait sa méfiance et son détachement? Claudia comprit immédiatement qu'elle avait visé juste. Elle attendit dans un silence embarrassé.

– Qu'est-ce que tu fais là, maman? Hamish est avec toi? demanda Tony en s'efforçant d'avoir l'air naturel.

Joanna, à la vue de Claudia, plissa les yeux un instant, intriguée.

– Il est rentré à l'hôtel. J'ai pris le premier avion dès que j'ai su. Tu es sûr que tes yeux se remettront? On pourrait faire venir un spécialiste. Nous ne sommes là que pour quelques jours, mais je pourrais changer mes réservations..

– Non! Non, répéta Tony plus calmement, mais il se tordait les mains dans les draps à en avoir les articulations toutes blanches. Tout va bien, maman. Ne modifie pas tes projets pour moi. Je sors demain ou peu après. Il n'y a aucune raison de s'affoler. Claudia? Vous êtes toujours là?

Elle comprit que c'était une supplication, même s'il faisait tout pour le cacher.

– Oui, je suis là, Tony. Bonjour, madame Ingram, ou plutôt... euh, comment allez-vous? Cela fait longtemps que...

Les interrogations de la femme se transformèrent soudain en méfiance.

– Claudia? Vous n'êtes pas... la petite Claudia? La fille de Lucille Babcock? Grands dieux! Il me semblait bien vous avoir vue quelque part. Qu'est-ce qui vous amène?

Devant les mots cinglants et l'expression méprisante des sourcils, Claudia se crispa.

– La même chose que vous, Tony, évidemment! répondit-elle mue par une sorte de malice, mais elle vit le regard de Joanna s'enflammer de colère.

– Oh, je ne savais pas que vous étiez amis, dit-elle après une pause que ni Tony ni Claudia ne réussirent à déchiffrer. En fait, je ne savais même pas que vous étiez encore ici. Votre mère n'a pas disparu dans un trou perdu du Sud en vous emmenant toutes les deux avec elle? Vous vous êtes échappée de la poussière et des bottes de foin? dit-elle avec un rire qui ne semblait pas du tout amusé.

– Il y a un bon moment, madame.... Excusez-moi, je ne crois pas connaître votre nouveau nom.

– Madame Sheridan, ma chère. Vous disiez?

– Il y a longtemps que j'ai quitté la poussière et les bottes de foin. Depuis neuf ans, je vis à New York et à San Francisco.

En mentionnant le nom du magazine économique où elle travaillait, elle eut la satisfaction de voir la mère de Tony écarquiller les yeux.

– Grands dieux! Une intello! Je ne vois pas ce que vous faites près de mon Tony! Le terrifier avec votre intelligence sans doute, dit-elle en tapotant l'épaule de son fils qui se raidit.

– Je te remercie de me faire une telle confiance. Mais pour l'instant, ma matière grise m'a au moins permis de comprendre Claudia, dit-il d'un ton badin, acceptant la nature de cette étrange relation.

Claudia eut envie de frapper la mère.

Tony était peut-être assez adulte pour savoir comment la prendre, mais Claudia n'était pas sûre d'en être au même point.

– Ah bon? Même avec son accent? s'exclama Joanna.

Claudia lui sourit.

– Parfaitement, tu vois jusqu'où on peut aller quand on est motivé?

Claudia prit la main de Tony et la serra très fort, sentant ses doigts s'accrocher aux siens.

– Au revoir, mon chou, dit-elle, en exagérant son accent. Bye bye. Faut que j'y aille.

Elle lança un sourire à la mère de Tony.

La poitrine enflammée de colère, elle traversa la salle en balançant son sac à main. Elle entendit Joanna exprimer sa déception alors qu'elle franchissait les portes battantes.

– Tony, ce n'est pas possible!

Et Tony éclata d'un long rire d'allégresse.

Portia Hsu fit un grand signe à Claudia, ralentit sa décapotable, et se fraya un chemin vers l'angle d'Ice House Lane, au milieu des klaxons et des insultes. Elle s'arrêta, Claudia la rattrapa et monta dans la voiture, soulagée.

— Portia! Quelle chance de te rencontrer! Cela fait une demi-heure que j'essaie d'avoir un taxi! Personne ne fait donc jamais la queue à Hongkong?

Elle embrassa rapidement la jeune fille alors que celle-ci, insouciante, se relançait déjà dans la circulation. Portia remarqua la pâleur de sa camarade et ses yeux cernés. Et le visage fin que Harry semblait beaucoup trop admirer. Elle pinça les lèvres.

— Il faut apprendre à jouer des coudes, Claudia, sinon, tu n'y arriveras jamais. Comment ça va? J'ai essayé de te joindre.

Dans le flot de la circulation de Queens Road et de Pedder Street, Portia se faufilait entre les autres voitures comme si elle conduisait une vieille charrette et non son dernier cadeau d'anniversaire, une BMW décapotable. Elle rejeta son épaisse chevelure noire derrière ses épaules. Son visage bien dessiné et son large front étaient encore mieux mis en valeur par un serre-tête. Des sourcils en forme de papillon et de longs cils encadraient les yeux noirs qui regardaient Claudia, tentaient fébrilement de jauger son humeur. Claudia détourna volontairement la tête.

— Tony est à l'hôpital, Harry est pratiquement en cavale et Mark est mort, dit-elle platement. Voilà comment je vais.

Du coin de l'œil, elle remarqua que Portia s'enfonçait dans son siège et se concentrait sur sa conduite.

— Et Tony? Il est gravement blessé?

— Brûlé, simplement, répondit Claudia en essayant de paraître détachée.

Tony allait bien, Tony irait bien, elle en était sûre. De plus, il n'avait nulle place dans sa vie pour s'occuper des inquiétudes de Claudia ou de celles de sa mère.

— Il va bien alors?

— Oui, je crois. Mieux que Harry de toute façon.

— Harry s'en sortira. Ne t'inquiète donc pas pour lui. Il connaît les règles du jeu, dit Portia froidement, et Claudia se demanda si son amie ne savait pas plus de choses qu'elle.

Mais il lui semblait qu'en fait, Portia avait raison. Harry était capable de s'occuper de lui-même. Il était de la race des survivants.

— Et Poisson? Tu l'as vu? Et Silvia? demanda Claudia.

— Il se noie dans l'alcool, et Silvia va entrer en clinique à

Macao. Ses parents pensent que c'est le mieux. Si tu veux la voir, c'est aujourd'hui, après ce sera trop tard.

Portia pressentait que Claudia n'en avait pas la moindre envie, mais vraiment pas la moindre; elle était néanmoins impatiente d'entendre sa réponse.

— Oui, sans doute.

Claudia regardait Chater Gardens, où des milliers de têtes noires se balançaient devant leur déjeuner, telle une colonie de joyeux corbeaux. Elle avait peur d'affronter la douleur de Silvia, qui risquerait de briser les barrières qu'elle avait érigées autour de la sienne. Le brouhaha du quartier de Central en plein midi la frappait avec la force d'un coup de poing. A contrecœur, elle demanda :

— Elle va s'en remettre?

— Je ne sais pas. Silvia a toujours été fragile et elle aimait beaucoup Mark. Pour toi, c'est plus facile, tu le connaissais à peine.

Cela semblait dit sans malice, mais Claudia manqua défaillir.

— Oui, je le connaissais à peine.

Silvia habitait à Branksome, sur Tregunter Path. En chemin, elles passèrent devant l'appartement de Mark, et les deux jeunes filles détournèrent les yeux pour ne pas voir la foule toujours agglutinée dans la cour : la police, la télévision et la presse à sensation. Portia appuya sur l'accélérateur, et la voiture grimpa vers Magazine Gap Road en ronronnant.

— La mère de Tony est là. Elle a déboulé à l'hôpital comme si elle était en pays conquis, et elle essayait de réconforter Tony avec ses propres angoisses et ses remarques désobligeantes! Il n'avait vraiment pas besoin de ça. Tes parents les fréquentent toujours? demanda Claudia, pour dire quelque chose.

Portia se mit à rire, mais d'une voix suraiguë.

— Oh, oui, papa est toujours fou de Joanna. Maman fait comme s'il ne s'était jamais rien passé et qu'ils étaient de vieux amis, mais tout le monde connaît Joanna. Tu as rencontré son nouveau mari, Hamish? Il est adorable.

— Non pas vraiment, répondit Claudia en hochant la tête, légèrement amusée. Tony s'entend bien avec lui, je crois? demanda-t-elle, incapable de cacher sa curiosité.

— Il fait comme si. Peut-être même qu'il aime bien Hamish, mais il a du mal à se détendre quand ils sont dans les parages. A moins que cela ne soit la faute de Joanna. Pourquoi?

– J'essaie simplement de comprendre pourquoi il est si... indifférent, je crois. Il sort avec des filles? Il m'a dit qu'il n'avait guère le temps...

– Effectivement, mais il s'arrange bien pour ça. J'ai essayé avec lui un jour, répondit Portia avec un sourire pincé devant la surprise de Claudia. Qu'est-ce qu'il y a? Cela te choque?

– Me choquer? Non. Cela m'étonne que tu en parles. Et, franchement, cela m'étonne aussi qu'il n'ait pas voulu, ça ne doit pas t'arriver souvent.

– Effectivement, s'exclama Portia en riant. Tony a de trop hautes valeurs morales, c'est dommage pour lui. Il n'arrive pas à oublier que mon père et Joanna ont eu une liaison.

Il y avait une nuance de regret dans sa voix. Un vague souvenir de Reginald Hsu sur la plage, en pleine discussion avec Joanna, ce jour-là à Repulse Bay revint à l'esprit de Claudia, qui hocha la tête d'un air absent.

– Ah, je vois. Ce doit être important, non? (Apparemment, pour Portia, cela n'entrait pas en ligne de compte.) Alors, il n'a personne?

– Ben, dis donc, on dirait que cela t'intéresse!

Portia se mit à rire alors que Claudia hochait la tête pour protester. Non, elle était curieuse, tout simplement. Mais Portia n'y prêta pas attention.

– Eh bien, si tu veux tout savoir, on m'a dit qu'il avait des filles de temps en temps, mais en passant. Il ne laisse personne s'incruster et propager des ragots sur lui, si tu vois ce que je veux dire.

– Quels ragots?

– Oh, il y a toujours eu des tas de rumeurs sur les Ingram. Les gens s'intéressent à ce que fait vraiment son père, se demandent si le nouveau mari de Joanna est vraiment riche, si Tony va attraper un autre baron de la drogue ou s'il va suivre les traces de son père. Les gens ont toujours envie de savoir ce qu'ils font. Toute la famille les passionne.

– Et quelles sont les théories sur Bill Ingram? demanda Claudia, intéressée malgré elle, bien que cela ne lui plût guère de poser de telles questions à Portia.

Celle-ci mit son clignotant pour tourner dans May Road, et, sans même ralentir, se faufila entre les files de voitures. Claudia expira lentement et se rendit compte qu'elle avait retenu son souffle.

– Renseignements, dit Portia, énigmatique, en se dirigeant vers la côte escarpée de Tregunter Path.

Claudia réfléchissait sur ce mot, intriguée.

— Ils vont rester longtemps? demanda-t-elle, passant du coq à l'âne.

— Qui? Joanna et Hamish? (Claudia hocha la tête.) Seulement s'ils modifient leurs projets et qu'ils restent pour Tony. Sinon, ils étaient censés aller voir bientôt des amis à Singapour. Dis donc, ton père va sûrement venir?

Portia s'arrêta dans la cour de la résidence Branksome et se gara entre une Rolls-Royce blanche et une Mercedes dorée.

— Je ne sais pas. Je voulais demander à Tony, mais j'ai oublié... je suppose que oui. Papa viendra au moins pour l'enterrement.

Elle ouvrit sa portière et descendit en écartant sa chemise de soie de son dos et en réarrangeant les plis de sa jupe. Portia portait un jean rose moulant, un tee-shirt blanc et des boucles d'oreilles en diamant. Claudia l'observa, se souvenant soudain de ce que Silvia avait dit le jour de l'assassinat de Mark.

— Tu sais quelque chose sur la mort de Mark, Portia? Tu avais quelque chose d'urgent à dire à Harry ou à Mark ce soir-là. Qu'est-ce que c'était?

Elle se tourna pour regarder Portia droit dans les yeux, et remarqua l'expression de colère qui se mua instantanément en sourire.

— Oh, non, c'était à propos du cocktail de maman, c'est tout. Pourquoi?

— Silvia a dit que tu avais l'air bouleversée et agitée.

— Oh, Silvia! Elle comprend tout de travers! Non, il n'y avait rien d'important.

Le sourire s'évanouit et les yeux noirs étudièrent Claudia, bien forcée de faire semblant de la croire si elle ne voulait pas la fâcher.

— Comme tu veux, Portia, dit négligemment Claudia, mais elle trembla en entrant dans le hall climatisé où Portia appela le gardien.

Silvia était installée sur le balcon quand elles entrèrent, et une autre fille, blonde et mince, en short de tennis, s'appuyait sur la rambarde, les jambes croisées. L'*amah* fit entrer Claudia et Portia. Quand Silvia se retourna, Claudia fut bouleversée par le changement qui s'était produit en quarante-huit heures. La fille qui riait et badinait deux jours plus tôt n'était plus qu'une vieille femme, avec des rides de douleur qui lui creusaient le visage, une bouche pincée et amère. Elle les regarda, haineuse.

– Qu'est-ce que tu veux? cria-t-elle, et Claudia recula, se figea, bouche bée, ne sachant que dire.

– Non, pas toi, Claudia. Elle. Je ne veux pas la voir. Fais-la sortir. (Son regard passait de l'*amah* à Portia.) Portia, fiche-moi le camp! Va-t'en!

Sa voix qui ne cessait de monter se termina en un cri de rage et de douleur. Portia pivota, faisant signe à Claudia de la suivre.

– Non, reste, Claudia. J'ai à te parler. Mais qu'elle s'en aille.

Gênée, Claudia raccompagna Portia jusqu'à la porte et s'excusa.

– Elle n'est plus elle-même. Je vais lui parler. Viens me voir ce soir, si tu veux. Viens dîner à la maison.

De nouveau, elle vit un éclair de colère sur le visage de Portia, qui disparut aussitôt, remplacé par l'inquiétude.

– Méfie-toi de Silvia. Elle a perdu la tête. Ne crois pas ce qu'elle raconte. Ce n'est pas la première fois qu'elle divague. Essaie de la calmer un peu.

– Oui, merci, j'essaierai. A plus tard.

La Chinoise s'en alla, et Claudia, de plus en plus étonnée et méfiante, rejoignit les deux filles sur le balcon. La blonde la regardait gravement.

– Silvia? Qu'est-ce qui se passe? Pourquoi as-tu chassé Portia? Elle était venue prendre de tes nouvelles.

Claudia s'assit à côté d'elle, lui prit la main et remarqua que son visage était devenu tout mou à présent que la colère s'était dissipée. Silvia haussa les épaules.

– Elle aurait pu sauver Mark. C'est ce que pense Silvia, dit la blonde en continuant d'observer Claudia.

– Portia savait. Elle en sait toujours plus qu'elle ne devrait. Je ne sais pas comment, pourtant c'est vrai. Mais elle ne pensait qu'à Harry, Mark ne comptait pas pour elle.

– Elle savait quoi? Sur la Triade?

Le regard de Claudia passait de l'une à l'autre, de plus en plus incrédule.

– On va étouffer l'affaire. Ça monte trop haut, et personne ne veut faire chavirer le navire pour l'instant. Mark était une erreur, et quelqu'un paiera sûrement pour ça. C'est rare qu'ils tuent des Européens, cela crée trop d'ennuis, dit la blonde d'un ton égal, mais Claudia perçut la colère qui se cachait sous cette attitude.

– Qui êtes-vous? Comment le savez-vous?

– Oh, excuse-moi, Liddie, interrompit Silvia, sa bonne éducation reprenant le dessus, comme si elle était passée en pilotage automatique. Je te présente Phil. Philippa Purdey. C'est une vieille amie à moi... et à Mark aussi, ajouta-t-elle, en avalant sa salive, comme pour se forcer à prononcer son nom. Elle était à Auckland le mois dernier, c'est pour cela que tu ne la connais pas.

Phil se pencha en avant et tendit la main, une expression triste sur le visage.

– Je ne suis rentrée qu'hier. Je suis désolée pour Mark. Tout le monde le regrette.

Claudia hocha la tête en lui prenant la main et parla avec difficulté.

– Oui, j'aurais aimé mieux le connaître. Mais qu'est-ce que vous disiez? Que ça montait trop haut? Que c'était une erreur? Je croyais que c'était une affaire de drogue. Comment cela peut-il aller trop haut?

Le visage des deux filles se ferma. Phil haussa les épaules.

– Oh, Hongkong est dirigée par la Triade. Pas tout, bien sûr, mais la plupart des grosses sociétés chinoises et des entreprises commerciales ont commencé comme ça, et elles ont gardé des liens. En Europe aussi, d'ailleurs. L'opium, pour commencer, et l'héroïne. La drogue, ce n'est pas une petite affaire en Orient. C'est ce que je voulais dire.

Elle s'était repliée sur elle-même, le bon sens l'emportait à présent sur la colère qui l'avait poussée à des confidences aussi imprudentes.

– Vous êtes de Hongkong? C'est pour cela que vous en savez autant? demanda Claudia.

Elle sentait le soleil sur ses membres nus mais, en se recroquevillant sur sa chaise, elle tremblait toujours de froid.

– Je suis ici depuis cinq ans. Mon père travaille à Hongkong et j'ai démarré ma propre société. On en apprend beaucoup quand on se lance. Hongkong est sur la brèche en ce moment, et personne ne sait combien de temps cela va durer. Cela rend les gens nerveux; ils veulent amasser de l'argent rapidement et s'en aller.

– Comme Mark? C'est ça? demanda Claudia qui essayait de comprendre.

– Non, lui voulait rester. D'autres gens. Les gros bonnets qui veulent partir pour éviter que les communistes leur tombent dessus avant qu'ils aient eu le temps de faire sortir leur fortune. Les gens qui ont des biens immobiliers, par exemple, dit Phil avec une moue qui rappelait celle de Portia.

Claudia se sentait mal à l'aise.

– Je vais à Macao demain, tu le savais? annonça Silvia, pour briser le silence.

– Oui, on me l'a dit. Tu vas rester longtemps?

Question bien maladroite, songea Claudia qui n'avait pas su se retenir à temps.

– Le temps qu'il faudra. Je m'en moque. Ce sont mes parents qui veulent que je m'en aille. Ils ont peur que je me fiche en l'air, dit-elle avec un rire pointu. Mais je ne le ferai pas, pas avant de savoir la vérité sur la mort de Mark. Portia le sait, et elle a peur... elle a peur de moi.

Sa voix devint venimeuse; Claudia et Phil s'agitèrent, mal à l'aise; Phil passa le bras sur l'épaule de Silvia, comme pour la calmer. Silvia baissa les paupières un instant avant de relever la tête et de fixer Claudia.

– Harry doit savoir, non? Il doit savoir ce qui se cache derrière tout cela, Claudia. Tu ferais mieux de faire attention à lui avant qu'on le découpe en morceaux.

Mais de nouveau, les sanglots reprirent; Phil prit Silvia par l'épaule et la conduisit doucement à l'intérieur. Dans le soleil éclatant, Claudia gardait les yeux fixés sur ses mains.

26

Quand Claudia rentra chez elle, épuisée par l'émotion, le bruit, la chaleur et la foule, elle trouva un mot glissé sous sa porte. Elle le ramassa distraitement, entra dans sa petite maison, et jeta son sac sur une chaise. Il faisait bon dans la maison flottante; le sol que Dorothea avait astiqué étincelait, et la verdure protégeait du soleil les fenêtres limpides. L'eau clapotait sur l'embarcadère et, parfaitement immobile, Claudia se laissait bercer par ce rythme apaisant.

Finalement, elle regarda la lettre et la retourna plusieurs fois avant de l'ouvrir.

Chère Claudia.
Suis arrivé ce matin à l'hôtel Mandarin, chambre 515. Tony Ingram est à l'hôpital, et tu es sortie. Appelle-moi tout de suite. Je dois savoir ce qui est arrivé.
Baisers,

Papa.

Fran lui avait fait installer une ligne de téléphone le matin même, et elle froissa la lettre entre ses doigts tout en notant le numéro. Elle le composa immédiatement et attendit avec impatience qu'on lui passe la chambre.

— Papa?

— Claudia! Ce n'est pas trop tôt! Cela fait des heures que je t'attends! (Il y eut une pause pendant laquelle Frank Babcock essaya de réorganiser ses pensées, de se souvenir que Claudia était sa fille.) Ecoute, ma chérie, excuse-moi de m'être emporté, mais je n'arrive pas à y croire. Mark est vraiment mort?

Sa douleur transparaissait de manière si intense que Claudia en ferma les yeux.

– Oui, papa, il est mort! Mon Dieu!

Et tous les efforts qu'elle avait fournis depuis deux jours pour se maîtriser s'évanouirent en un instant, et elle sanglota.

Frank Babcock n'avait pas beaucoup changé, il était toujours grand et bien bâti, ses cheveux courts accentuaient encore la mâchoire puissante et le cou épais. Dans le hall du Mandarin, il regardait toutes les jeunes femmes comme s'il était sûr qu'il s'agissait de sa fille. Quand Claudia lui posa la main sur le bras, il se retourna, surpris de ne pas l'avoir reconnue.

– J'ai toujours été brune, papa, tu ne t'en souviens plus? dit-elle sévèrement, car elle l'avait vu observer une rousse d'un regard indécis.

– Claudia! Je n'étais pas sûr. Je ne m'imaginais pas à quoi pouvait ressembler une fillette de sept ans aujourd'hui. Comment vas-tu? Tu as l'air désemparée.

Lui aussi, remarqua-t-elle à présent qu'elle s'était approchée. Ses yeux gonflés étaient injectés de sang, et la peau était distendue sous le menton. Il paraissait malade.

– Je suis fatiguée et un peu nerveuse. Nous pouvons aller quelque part?

– Oui, bien sûr. Je me demandais si je devais aller le reconnaître ou...

Sa voix se brisa. Il renifla bruyamment et leva les yeux au plafond.

– Non, ça va, ce n'est pas la peine. Viens, je t'expliquerai une fois que nous serons en haut.

Elle le conduisit gentiment vers les ascenseurs, un peu en colère de s'être sentie vexée parce qu'il ne l'avait pas reconnue. Comment en aurait-il été capable? Il avait d'autres choses en tête.

Ils parlèrent pendant plusieurs heures dans la chambre carrée, regardant les eaux du port à travers les vitres teintées. Ils burent du café mais ne touchèrent pas aux sandwichs que son père avait tenu à commander. Il restait assis, sous le choc, incapable de croire à la mort de son fils. Mais il n'avait pas encore vu le corps, se souvint Claudia, qui revivait douloureusement tous les événements et voyait son père se recroqueviller sur lui-même, si bien qu'il paraissait de plus en plus petit. Dans sa détresse, elle le regardait rétrécir mais ne pouvait rien pour lui.

— Ta femme ne t'a pas accompagné? demanda-t-elle, quand il sembla avoir enfin compris et être prêt à passer à l'étape suivante.

Son regard mort semblait être celui d'un vieillard.

— Non, elle a voulu rester avec les enfants. Elle ne s'entendait plus très bien avec Mark dernièrement. J'ai pensé qu'il valait mieux que je vienne seul.

— Mieux pour qui? demanda vivement Claudia qui soupira et dirigea sa colère contre Joyce.

Elle prit la cafetière et fit un signe à son père. Il acquiesça d'un hochement de tête.

— Et ta mère, Claudia? dit-il après un moment. Je l'ai appelée quand j'ai appris la nouvelle, mais elle n'était pas au courant. Pourquoi ne l'as-tu pas prévenue?

Le visage tendu, elle reposa la cafetière sur le plateau. Elle leva les bras, comme pour essayer de s'expliquer, mais les laissa immédiatement retomber. Elle était si fatiguée, si désespérément épuisée qu'elle avait du mal à parler.

— Je ne savais pas quoi lui dire. Je ne voulais pas l'entendre répéter qu'elle n'avait pas de fils, je ne voulais pas affronter sa douleur et son sentiment de culpabilité.

Elle leva les yeux vers son père, mais il semblait ne pas comprendre.

— Tu devrais l'appeler maintenant. Elle attend de tes nouvelles.

Il prit le téléphone et le lui tendit. A contrecœur, Claudia composa le numéro. Elle attendit longtemps avant que sa mère réponde.

— Allô?

La voix de sa mère paraissait distante, désorientée, comme si elle espérait et redoutait en même temps la voix qui allait lui répondre. Claudia hésita, ouvrit la bouche, mais aucun son ne sortit.

— Allô? répéta la voix, plus fort à présent.

— Maman?

Le mot s'étrangla dans sa gorge et il y eut un long silence avant la réponse.

— Claudia? C'est toi? (La voix paraissait étouffée, comme si on avait posé une main sur l'émetteur.) C'est elle, dit-elle à quelqu'un.

Claudia fronça les sourcils en percevant des tremblements dans sa voix.

– Oui, c'est moi. Maman, excuse-moi de ne pas t'avoir appelée plus tôt.

– Ça va, Claudia? Tu n'as pas l'air bien. Ton père est déjà avec toi?

– Oui, maman, il vient d'arriver. Je suis désolée pour Mark.

– Chut. Tu n'as pas de regrets à avoir. C'est moi qui suis désolée. Je ne voulais pas que tu partes, mais je ne pensais pas que cela serait aussi horrible. Je suis contente que ton père soit là. Tu n'as pas à endurer cela toute seule. (Il y eut un moment d'hésitation, comme si sa mère faisait des efforts pour poser la question.) Comment est-il mort?

Cette phrase la surprit douloureusement, et Claudia ne savait trop que répondre.

– Il a été poignardé. Quelqu'un l'a tué. Il était mêlé à une histoire de drogue, je crois. Je ne sais pas très bien.

– Oh, Claudia! J'ai su que cela n'allait pas dès que Mark t'a demandé de venir, tant il avait l'air inquiet. Je le savais. Je ne sais pas quoi dire. Ne quitte pas.... Quoi?

Elle parlait à quelqu'un, et, secouée de courts sanglots, Claudia ferma ses yeux embués de larmes chaudes. Elle essayait désespérément de les maîtriser.

– Allô? Liddie? C'est moi, Todd. Comment ça va? Qu'est-ce qui se passe?

Le changement de voix surprit Claudia qui éclata en sanglots.

– Todd? Qu'est-ce que tu fais à cette heure?

Mais il avait douze ans, il était assez grand pour offrir son aide.

– J'ai entendu le téléphone sonner. On attendait ton appel. Tu es sûre que tout va bien?

– Hum... hum... oui, ça va. (Sa voix devenait suraiguë, car elle essayait de ravaler ses larmes. Elle s'éclaircit la gorge et descendit d'une octave.) Papa est là et nous allons essayer de nous en sortir. Ça va. Ne t'inquiète pas. Et ta mamie?

– Ça ira. Elle est bouleversée pour l'instant, mais elle s'inquiète surtout pour toi. Moi aussi. Tu n'es pas blessée? Tu n'étais pas là?

– Non, non, répondit-elle, soudain prise d'une envie de parler. Mais j'ai tout entendu. Je l'ai entendu crier, dit-elle, sachant pourtant que ce n'était pas la peine d'accabler un enfant avec de telles horreurs. Ecoute, il faut que je te quitte, Todd. Occupe-toi

305

bien de mamie. Tu lui fais des grosses bises de ma part, et je t'embrasse très fort. Je rappellerai demain, d'accord?

– Oui, d'accord. Attends.... Mamie dit qu'il faut que tu appelles Joaney. Je crois que c'est urgent.

– Joaney? Bon, d'accord.

– Fais bien attention à toi, Liddie. On t'aime beaucoup, tous les deux, tu sais?

Elle sourit douloureusement en entendant ce ton d'adulte. Le petit Todd se faisait du souci pour elle. Il grandissait.

– Oui, merci. Au revoir.

Elle raccrocha sans écouter la réponse. Près de la fenêtre, son père regardait le port. Il pleurait.

– Maman t'embrasse, dit-elle, maladroitement.

Il hocha la tête.

Mercredi

Les funérailles eurent lieu deux jours plus tard. Frank Babcock loua une jonque, assez grande pour y loger la trentaine de personnes qui vinrent assister à la cérémonie. Ils sortirent du port, longèrent le détroit de l'île de Lantau où ils dispersèrent les cendres de Mark, qui s'envolèrent sur les eaux d'un vert profond tandis que le vent emportait l'oraison du prêtre dont seuls quelques mots restaient audibles. Le cœur gonflé de chagrin, Claudia observait les poussières grises qui s'éloignèrent et s'évanouirent. Elle regarda l'assistance.

Elle connaissait quelques personnes, comme Harry et Poisson, Philippa Purdey, Portia Hsu, Fran et Jack Clements, Tony, qui semblait faible et fatigué après son séjour à l'hôpital. Bill Ingram était là, lui aussi. Les autres lui étaient étrangers, mais son père les connaissait et tâchait de leur sourire en les remerciant d'être venus. Il ne manquait que Silvia, pensa Claudia. Mais Mark aurait su à quel point elle tenait à lui de toute façon.

Son père s'était chargé des documents officiels, certificat de décès et autres formalités, et Claudia avait essayé de le soutenir de son mieux. Mais il voulait à tout prix en finir le plus vite possible et retourner près de sa femme et de sa nouvelle famille. Claudia savait qu'il songeait à peine à elle, et qu'il se sentait toujours coupable. Une culpabilité à laquelle il avait autant envie d'échapper qu'à son chagrin. Elle haussa les épaules et essaya de se montrer compréhensive.

La journée était fraîche, et la jonque s'enfonçait dans les

creux et montait maladroitement sur les crêtes des vagues. Pâle, les yeux pleins d'embruns, Claudia regardait Harry en se demandant s'il pensait à elle, si lui aussi s'interrogeait sur leur relation. Mais il fixait les collines vertes de Lantau, comme si son corps uniquement était présent, et non son esprit. Elle était surprise qu'il eût pris le risque de venir, mais peut-être avait-il réussi à éclaircir la situation avec Yee. Il faudrait qu'elle le questionne plus tard, quand ils seraient seuls. Si elle le voyait. Pauvre Harry, il avait l'air si bouleversé, si... coupable. Comme s'il était responsable. Elle soupira.

Elle ne remarqua pas que Tony l'observait, inquiet de la voir si fatiguée. Elle ne remarqua pas qu'Aidan et le père de Tony murmuraient doucement, à l'autre extrémité du pont. Pas plus que Phil et Portia, qui échangeaient des regards furieux et observaient les vagues. Elle ne voyait que le profil de Harry, qui détournait la tête.

Elle se sentit soulagée quand la jonque rentra au port et qu'ils firent leurs adieux à ceux qui avaient pris la peine de venir. Harry la regarda à peine avant de s'éloigner à la hâte ; Tony serra sa main dans la chaleur de la sienne, comme pour lui communiquer un peu de sa force. Elle lui sourit d'un air gêné, appréciant son tact et sa discrétion, mais incapable de s'extirper du chaos où Harry l'avait plongée. Tony avait murmuré un au revoir avant de partir qui la laissa plus désemparée que jamais.

Elle se sentit plus soulagée quand elle put faire ses adieux à son père. Elle rentra dans sa petite maison flottante et ferma la porte.

Ce ne fut qu'à ce moment, en poussant un soupir de satisfaction et en repliant ses pieds sous elle, qu'elle repensa à Joaney. Elle décrocha le téléphone et composa le numéro en essayant de calculer le décalage horaire.

Mon Dieu, comme Joaney lui manquait ! Et Michael aussi. Tous les deux en fait. Peut-être devrait-elle songer à rentrer. Qu'est-ce qui la retenait ici ? Harry ? Non, il n'avait pas vraiment besoin d'elle, et aucun d'eux n'avait vraiment trouvé ce qu'ils cherchaient dans les bras l'un de l'autre. Ce n'était qu'un souvenir d'enfance, un fantasme de retrouvailles qu'ils avaient entretenu pendant toutes ces années. Mais en fait, c'était une erreur, s'avoua-t-elle, en hochant douloureusement la tête. Une erreur pleine de bonnes intentions. Je ne t'aime pas, Harry, pensa-t-elle à regret. Tout ce temps perdu, et je ne t'aime pas. Et toi non plus, tu ne m'aimes pas.

C'est pour cela que tu n'as pas appelé? Que tu n'es pas venu? A moins que tu aies peur de m'affronter? C'est ça, Harry?

La sonnerie qui semblait se prolonger indéfiniment fut enfin interrompue.

– Joaney?

– Claudia? C'est toi? dit-elle, et Claudia sourit en songeant à la tête que faisait généralement son amie avant midi.

– Oui, c'est moi. Que se passe-t-il? On m'a dit qu'il fallait que je t'appelle, que c'était urgent, mais je n'ai pas pu avant. La situation est un peu délicate ici. (Il y eut une longue pause.) Joaney?

– Oui, je pensais qu'il fallait que tu le saches. Jason. Il a été tué.

Il y eut un long silence pendant lequel Claudia essaya d'assimiler la nouvelle. C'était impossible, pas Jason, lui aussi. Non, c'était impossible!

– Quand?

– La semaine dernière. On va rapatrier le corps. Mes parents sont là-bas.

– Que s'est-il passé?

– Il a été... poignardé, je crois. Personne ne semble savoir pourquoi.

Claudia entendit la voix de Joaney trembler et savait que la dernière rencontre entre le frère et la sœur avait été un échange de monstruosités et de propos haineux. Et il n'y avait plus moyen de revenir en arrière.

– Oh, Joaney... je suis désolée. Mais c'est impossible... C'était un cambriolage?

– C'est ce que la police croyait au début, parce que l'appartement était sens dessus dessous, mais on n'a rien volé. C'est bizarre, gémit Joaney, et Claudia ferma les yeux, incapable d'en entendre davantage, pas maintenant en tout cas.

– Mark a été tué il y a quatre jours, finit-elle par dire, et elle entendit Joaney s'étrangler.

Elle expliqua rapidement la situation, essayant de comprendre une coïncidence aussi sinistre, aussi invraisemblable. Mais c'en était trop pour elle. Elle raccrocha et regarda ses mains en silence.

Ensuite, elle appela Tony.

– Papa, enfin, tu veux m'expliquer ce qui se passe?

Les coudes sur les genoux, la tête dans les mains, Tony était assis sur le tabouret près de la fenêtre. Ses yeux, qui n'étaient plus protégés par les pansements, étaient irrités par le vent, et la colère provoquée par les propos de Claudia, plus désorientée que jamais, n'était pas encore retombée. Il regarda son père bourrer sa pipe, presser le tabac du pouce et l'allumer.

– A quel sujet?

– La mort de Mark. Une autre mort, un ou deux jours avant, à Tokyo. Un certain Jason Hewitt. Cela te dit quelque chose? Il est mort de la même manière.

Tony comprit que son père feignait l'incompréhension quand il demanda :

– Quelle manière?

– Inutile de me faire tourner en rond. Dis-moi ce qui se passe.

– Qu'est-ce qui te fait croire que je sais quelque chose sur ce Jason... comment déjà? dit Bill Ingram en regardant les yeux gris de son fils, toujours furieux.

– Parce qu'il y a un lien entre les deux. Mark Babcock a envoyé une boîte à Claudia, pour qu'elle la mette en sécurité. Il disait que c'était son assurance vie. Elle a disparu de son appartement, et la dernière personne qu'elle ait vue avec, c'est ce Jason Hewitt. Elle ne l'a plus jamais revue. Et ce Jason Hewitt s'est installé au Japon. Tu sais où c'est, le Japon?

Tony s'éclaircit la gorge, gêné par l'odeur âcre du tabac de son père.

– Je n'ai rien à voir avec les affaires de la police, Tony...

– Si, quand cela a un rapport avec ce dont tu t'occupes. Tu m'avais bien prévenu, au sujet de Harry Braga et de Mark Babcock. La nuit où Mark a été tué en fait. Et cela avait un rapport avec Yee Fong Lo. Ce nom doit bien te rappeler quelque chose, non? Dieu sait que j'ai eu assez d'ennuis avec ton bureau quand j'ai voulu enquêter sur lui.

– Peut-être. Mais je ne vois pas où cela nous mène, Tony.

Son père avait un ton réprobateur, et Tony pinça les lèvres. Il n'obtenait jamais que les informations que son père voulait bien laisser échapper, songea-t-il, furieux.

– A un lien, papa. N'essaie pas de me mener en bateau. Tu sais ce qui se passe, ou tu en as au moins une petite idée. Et Aidan? C'est lui qui a apporté la boîte à Claudia. Il savait ce qu'il y avait dedans?

– Aidan ne travaille plus pour moi, répondit Bill sur un ton égal.

— Oh! Voyons! Pour une fois, disons que c'est confidentiel. Si Aidan a eu la boîte en main, il a fait tout son possible pour savoir ce qu'elle contenait. Claudia pense le contraire, parce qu'il avait l'air déçu et las quand il est parti, mais tu dois bien avoir quelques soupçons. C'était une preuve qui incriminait Yee? Quelque chose qui le liait à tes grosses affaires?

— Tu as l'air d'avoir une haute opinion des implications de mon travail, Tony, dit Bill avec un petit rire embarrassé. J'ai bien peur de ne pouvoir rien te dire.

— Pouvoir, ou vouloir? (Tony se leva brusquement en regardant froidement son père.) Je ne t'ai jamais rien demandé avant, mais cette fois il s'agit....

Il s'arrêta, ne sachant trop ce qu'il allait dire. Il ne voulait pas se laisser aller à des sentiments qu'il préférait refouler. Bill Ingram eut un sourire ironique.

— De?

— N'essaie pas de me piéger. Donne-moi des éléments utiles. S'il te plaît!

— Je ne sais que ce que je lis dans les journaux, ou ce que raconte la rumeur, mais il me semble que si quelqu'un sait ce qui se passe, cela ne peut être que Harry Braga. J'irais le lui demander, à ta place. Ensuite, tu pourras me raconter, répondit tranquillement Bill en reprenant son briquet et en aspirant sur sa pipe jusqu'à ce qu'elle devienne incandescente.

Tony le regarda pour qu'il relève les yeux.

— Et c'est tout?

— Il me semble. Pas à toi?

Tony sortit sans répondre.

27

Fin mai 1989

— Claudia, vous devriez essayer de vous amuser un peu, dit Fran, installée sur l'un des fauteuils d'osier de la terrasse, et en considérant la jeune femme d'un œil inquiet.

Cela faisait plus de quinze jours que Mark était mort et enterré et que Frank était reparti, mais Claudia ne semblait pas encore sortie de sa torpeur.

— Venez avec nous sur la jonque, samedi. Nous irons au Frog 'n' Toad, à Lamma. Ce sera amusant, cela vous sortira un peu. Regardez-vous! Blanche comme une employée de bureau! Vous devriez avoir honte, avec ce beau soleil.

Elle marqua une pause et Claudia esquissa un vague sourire.

— Et Tony? Vous l'avez revu? demanda Fran, mais Claudia fit signe que non.

— Pas depuis les funérailles. Je l'ai appelé une fois ou deux. Il est très occupé.

— Il a eu une sacrée chance avec ses yeux. Il a des cicatrices?

Claudia essaya de se souvenir de quoi il avait l'air mais son image vacilla et s'évanouit. Il lui avait paru triste.

— Je crois qu'il pelait, mais il ne devrait pas garder de cicatrices. Ça va aller. Il n'a pas besoin que quelqu'un vienne faire du cinéma autour de lui.

— Surtout pas si c'est Joanna! répliqua Fran, qui lisait presque les pensées de Claudia. Chaque fois qu'elle se montre, il se rétracte dans sa coquille. C'est un gentil garçon, mais elle a failli le détruire. Je me demande quel genre de fille pourrait briser l'armure qu'il s'est forgée. Peut-être une femme qui aurait besoin de lui, qui aurait besoin qu'on s'occupe d'elle. (Un regard vers Claudia, qui ne laissa rien paraître.) Il ne fait pas confiance aux femmes. Dommage.

— A trente et un ans, ce n'est plus un petit garçon, répondit calmement Claudia, au fond d'accord avec les remarques de Fran.

Failli le détruire? Ou déjà détruit? Elle se mordit les joues, pensant à tout ce gâchis. Mais c'était la vie, et plus les gens étaient gentils, plus ils étaient vulnérables.

— Pour moi, les moins de quarante ans sont tous des gosses! dit Fran en riant, d'un rire sec et profond.

Elle fit glisser ses lunettes de soleil dans ses cheveux et regarda la mer en plissant les yeux.

— On passera vous prendre à 9 heures. N'oubliez pas votre maillot de bain.

— Mais, je..

— 9 heures. Je ne veux pas de refus. Cela vous fera du bien.

Fran se leva aisément et s'engagea sur le sentier, arrachant une mauvaise herbe au passage ou étêtant une rose fanée. Claudia entendit faiblement le téléphone sonner et alla répondre en se demandant si c'était son rédacteur en chef à San Francisco. Elle lui avait promis un article pour la semaine précédente mais ne l'avait faxé que la veille. Il allait être fou de rage.

— Claudia? C'est Phil Purdey. Comment ça va?

— Phil? Ah, oui, excuse-moi. Je m'attendais à quelqu'un d'autre. Je vais bien, merci. Et toi?

— Bien. On s'inquiétait pour toi, personne ne t'a revue depuis les funérailles. On peut faire quelque chose pour toi?

« On »? Qui était ce « on »?

— Non, j'ai travaillé. J'avais des délais à respecter. Heu... comment va Silvia?

— Pas de nouvelles. Ses parents disent qu'elle va mieux. Au fait, Portia est plutôt en colère contre toi, elle dit que tu l'as invitée à dîner et que tu n'étais même pas chez toi.

— Oh, mon Dieu, j'ai complètement oublié! C'était le soir où mon père est arrivé, et je suis allée le rejoindre à l'hôtel. Il faudra que je l'appelle.

— Elle croit que tu t'es laissé influencer par Silvia. Elle n'est pas dans de bonnes dispositions. (Il y avait une sorte d'avertissement dans la voix de Phil, qui mit Claudia sur ses gardes.) Alors, quand est-ce qu'on te voit? Poisson a demandé de tes nouvelles.

Claudia eut un sourire crispé.

– Poisson? Ah bon? Tu peux lui dire que je serai au Frog 'n' Toad samedi. Fran insiste pour que je les accompagne.

– Pour le bain de boue? Bien, c'est très drôle. Nous y serons tous. Ne mets pas de vêtements trop élégants, tout serait abîmé. On avait pensé dîner à Cheung Chau après, tu veux venir?

Phil semblait toujours avoir les pieds sur terre et être maîtresse de la situation, pensa Claudia. Après tout, cela lui ferait peut-être du bien.

– Qui c'est, « on »? Quelqu'un que je connais?

– Oh, toute une bande! Mais je crois que tu ne connais que Poisson et Portia. Harry viendra peut-être aussi. Ce n'est pas sûr encore. (Il y eut une pause.) Et Tony Ingram aussi, peut-être. Tu le connais, non? Il est dans la police. Et puis, les fans de rugby, bien sûr. On prendra le sampan pour aller à Cheung Chau, et une des jonques pour rentrer. C'est plus facile.

Elle paraissait si enthousiaste que Claudia se laissa prendre par ses paroles. Après tout, tout le monde allait s'amuser. Pourquoi serait-elle la seule à pleurer? Mais immédiatement, elle se sentit coupable et intérieurement s'excusa auprès de Mark. Phil poussa un soupir exaspéré.

– Ecoute, Claudia, si cela avait été dans l'autre sens, si c'était toi qui avais été tuée, tu peux être sûre que Mark serait venu. Cela ne l'empêcherait pas de te regretter, mais il ne s'enfermerait pas dans son trou pour autant. C'est malsain. Allez, viens, la pressa-t-elle, et Claudia fut surprise d'avoir été comprise aussi facilement.

Phil avait raison, Mark ne serait pas resté seul.

– D'accord, mais il faut que je demande à Fran d'abord. Ce n'est peut-être pas très poli de les abandonner en cours de route.

– Bon, tu leur demandes et tu nous donneras ta réponse samedi. Je réserve un couvert de plus, de toute façon. Avec autant de monde, cela n'a pas beaucoup d'importance. A bientôt, alors. Oh, au fait...

Il y eut une pause et Claudia eut l'étrange impression que Phil allait enfin lui donner la véritable raison de son appel.

– ... tu sais que Portia a des visées sur Harry, non?

C'était une remarque faite en passant, mais qui eut de profonds échos.

– Non, je ne savais pas. Pourquoi me dis-tu cela? demanda Claudia, essayant de paraître amusée et indifférente, mais sentant pointer les questions à l'autre bout de la ligne.

– Tu ne l'as pas vu dernièrement?

– Non.

– Oh, je pensais que tu aimerais le savoir. Le père de Portia n'est pas d'accord, bien sûr, pour tout un tas de raisons. (Il y eut une pause pendant laquelle Phil se demanda si elle allait s'expliquer, mais elle décida le contraire.) Oh, de toute façon, elle a toujours tout ce qu'elle veut.

– Mon Dieu, est-ce que Harry le sait au moins? dit Claudia en riant amèrement et en regrettant que la vie ne soit pas aussi simple que Portia semblait le penser.

– Oui, Harry sait toujours tout, répondit Phil d'une voix sèche.

– Comme toi, tu veux dire? répliqua Claudia d'un ton léger, mais il y eut une pause encore plus longue.

– Je ne sais pas tout. Pas tout à fait. A samedi.

La communication fut coupée.

Il y a plus d'habitants au kilomètre carré à North Point que nulle part au monde. La ville grouille de corps, plusieurs familles vivent dans une unique pièce, les gens se partagent les lits à tour de rôle, on fait la cuisine et on mange dans les couloirs ou sur les balcons des immeubles; pendue à des piquets de bambous, la lessive grimpe jusqu'au ciel.

Installé devant la fenêtre du White Pearl, Yee mangeait lentement des *dim sum* luisants qui fondaient dans la bouche, tout en écoutant son compagnon lui raconter les révoltes étudiantes en métropole. Il leva les sourcils d'un air méditatif en apprenant que Li Peng et Zhao Ziyang rendaient visite aux grévistes de la faim et écoutaient leurs doléances. De temps à autre, il levait le nez et esquissait un sourire entendu.

Harry, qui lui rapportait que le personnel de la Nouvelle Agence chinoise s'était joint à celui du *Quotidien du Peuple* lors d'une manifestation en faveur de la liberté de la presse, jouait avec sa nourriture sans rien avaler. Il avait horreur de la façon dont Yee faisait claquer ses lèvres et murmurait : « Bien, bien. Encore mieux que prévu. »

Le chariot chargé de petits paniers de bambous fumants circulait entre les tables et Harry marqua une pause pendant que Yee choisissait un autre mets. Il poursuivit.

– Il y a une manifestation prévue pour mardi prochain qui démarrera près de Queensway. Je ne suis pas encore sûr du lieu. Vers midi, certains travailleurs iront la rejoindre. Je ferai une annonce officielle dans mon émission de lundi soir. Et il y aura un « Concert pour la démocratie en Chine » sur le champ de course de Happy Valley, le 27 mai. Ça aussi, je l'annoncerai. C'est le mieux que je puisse faire.

Il parlait d'un ton déterminé, mais Yee sourit de nouveau, en hochant la tête.

— Oh, que non, ce n'est pas le mieux que tu puisses faire! Une manifestation contre l'intégration à la Chine communiste, un concert pour la démocratie, et le mieux que tu puisses faire, ce serait de les annoncer? (Sa voix montait et descendait au rythme des questions et des affirmations. Il fit la moue.) Non, tu peux y participer, Harry, tu peux aller au concert, et dire au public que tu y seras. Il y a beaucoup de monde qui écoute ton émission, et tu es très respecté. Si tu défiles avec les manifestants, si tu assistes au concert, ils iront, eux aussi. Tu comprends ça?

Un morceau de calamar roulé dans une feuille de vigne fut englouti peu délicatement par la bouche de Yee qui le savoura bruyamment.

— Ma réputation va en souffrir, Yee. Je serai marqué en 1997. Je ne pourrai plus rester à Hongkong. Et qu'est-ce que je pourrai faire d'autre, sans qualification, sans argent? demanda Harry.

— Si tout le monde fait son boulot correctement, répondit Yee en haussant les épaules, il n'y aura aucun changement en 1997. Tu vois bien ce que font les étudiants chinois depuis deux mois? Ils se battent en leur propre nom, peut-être pour retourner à l'ordre ancien, peut-être pour conquérir un peu plus de démocratie. Zhao en a les larmes aux yeux, Harry! Tu comprends ce que cela signifie?

Yee sourit joyeusement, en tapotant son gros doigt contre la nappe, comme s'il riait à l'une de ses petites plaisanteries.

— Ils vont créer un pont entre la vieille Chine et la nouvelle Hongkong. Et qui sait, peut-être qu'on aura un changement de gouvernement avant de s'en apercevoir? Alors, cela ne sera plus un problème pour toi, pas vrai! Ni maintenant, ni en 1997. Tant que tu fais bien ton boulot. Tu connais les autres possibilités, Harry, n'est-ce pas?

Pendant un long silence pénible, Harry réfléchit et Yee continua à manger.

— Yee, qui se cache derrière tout cela? D'où vient l'argent? Un homme d'affaires? De l'argent de la drogue qu'on blanchit en promouvant la révolution? C'est ça? Et toi? Quel est ton rôle? demanda Harry qui ne fut pas surpris de voir Yee se contenter de sourire.

De toute façon, Harry avait déjà sa petite idée sur le qui; quant au pourquoi, ce n'était pas très difficile à deviner quand on savait que les membres de la Triade avaient fui la Chine et les persécutions communistes à la même époque que les nationalistes de Tchang Kaï-chek. Ils n'avaient pas la moindre envie de retomber sous un régime communiste. D'ailleurs, à Hong-kong, c'était bien la dernière chose qu'on voulait. Pourtant, cela viendrait.

— Cette histoire de cérémonie d'initiation, il y a quelques semaines, dit Yee, comme si Harry n'avait jamais posé de question. Il y a eu un informateur. Tu ne serais pas au courant, par hasard? demanda-t-il d'une voix profonde et égale, mais Harry sentit les poils se redresser sur sa nuque et sa peau se hérisser.

— Ce n'est pas moi, Yee. D'ailleurs comment aurais-je pu savoir où et quand cela se passait? Je ne m'occupe plus des affaires de la loge. Je ne suis plus au courant.

— Non, mais tu pourrais le savoir, si tu voulais vraiment, non? C'est quand même une drôle de coïncidence que ce soit Ingram qui ait conduit le raid.

Avec une grande concentration, Yee retira une petite tache de sauce sur sa cravate. Il leva les yeux, et lut la surprise sur le visage de Harry.

— Tu ne savais pas que je connaissais Ingram? Le fils, pas le père? Il nous a tellement cassé les pieds ces dernières années, comment pourrais-je ne pas le connaître? (Yee hocha la tête devant le silence de Harry, et son sourire s'évanouit.) Ce type aux cheveux jaunes qui a failli, vraiment failli, me foutre en taule, qui a coincé la moitié de mes hommes... Si je n'avais pas été aussi rapide... Enfin, c'est déjà de l'histoire ancienne. Ingram nous pose vraiment un problème mais j'ai l'habitude, pas vrai Harry? dit Yee en soupirant profondément.

Harry l'observait fixement, sans même ciller des paupières.

— Je sais que tu le connais, Harry. Je sais qu'il t'a rendu visite, l'autre soir. Tu es bien sûr de ne pas avoir confié quelque petit secret à ce cher inspecteur? dit-il d'une voix douce et amusée, mais Harry eut du mal à avaler sa salive tant sa gorge était nouée.

— Et pourquoi? J'ai déjà reçu un avertissement, je n'allais pas risquer de m'en attirer un autre.

– Oui..., effectivement. Et tu as vu ce qui arrive à ceux qui me trahissent? Mark était un imbécile. J'espère vraiment que ce n'est pas ton cas. (Yee marqua une pause, apparemment convaincu, mais Harry croyait que ce n'était qu'une feinte. Une traînée de sueur lui coulait entre les omoplates et descendait le long de son dos.) Tu te souviens du premier jour où tu es venu me trouver? Tu te rappelles cet adolescent en colère qui voulait quitter sa famille et gagner de l'argent? Tu t'en souviens? poursuivit Yee sur un ton nostalgique dont Harry se méfiait.

Harry serra ses baguettes entre ses doigts et Yee observa les articulations qui blanchissaient.

– Oui, bien sûr, je m'en souviens. Tu m'as pris avec toi, répondit Harry, sur un ton impassible.

– Exact. Je t'ai pris avec moi et tu as juré de toujours faire ce que je demanderais, tu m'as juré une loyauté à toute épreuve. Et grâce à moi, tu es devenu quelqu'un, Harry, je t'ai appris tout ce que tu avais besoin de savoir pour survivre, je t'ai appris à réfléchir.

Oh, mon Dieu, voilà donc où il voulait en venir!

– Et tu m'as récompensé en te débarrassant de moi, en te séparant de ta nouvelle famille, en oubliant tes devoirs et tes obligations. Mais comme je t'aimais, je t'ai laissé partir.

Yee semblait triste, et Harry gardait les yeux fixés sur les motifs de la nappe blanche damassée, toute tachée de sauce, car Yee n'était pas très adroit.

– Et je dois répondre devant ceux qui se sont montrés bons avec moi, poursuivit Yee, sur le ton de la conversation banale. Quand ils ont besoin d'un service, je le leur rends. Comme ça, dit-il en claquant des doigts. Ou je subis un sort désagréable. Pour toi, c'est pareil, si j'ai besoin d'un service, tu le rends, car ma patience a des limites. Tu ne poses pas de questions, tu ne donnes pas ton opinion, tu rends le service qu'on te demande, un point, c'est tout.

Tout d'un coup, son visage s'était vidé de toute expression, comme s'il était formé de morceaux de chair accolés les uns aux autres. Il pointa le doigt.

– Et maintenant, fiche le camp!

D'un geste de colère, Harry repoussa sur le côté le bol qui se trouvait en face de lui et lâcha un profond soupir de lassitude.

– Tu ne m'as jamais rendu ma liberté, Yee, jamais. Alors, inutile de raconter des histoires, dit-il, sur un ton qui signifiait qu'il avait atteint la limite.

Il replia sa serviette et la jeta sur la table avant de partir. Yee l'observa de ses yeux noirs qui voulaient lui transpercer le dos, pénétrer dans ses pensées. Il hocha la tête et alluma une cigarette.

Tête baissée, se frayant un chemin à travers la foule pour rejoindre la station de métro de North Point, Harry se rendit compte qu'il n'avait pas le choix.

Allongée au soleil sur le pont supérieur de la jonque, les cheveux tirés en arrière, le corps huilé, Claudia ne concevait pas de meilleure façon de passer la journée du samedi. La mer calme étincelait au soleil, et la jonque était maniée par un équipage de trois hommes souriants. Claudia but une gorgée de son gintonic en se demandant si c'était bien en ce même endroit que cohabitaient tant de violence et d'hypocrisie.

Et elle se demanda aussi pourquoi elle n'était pas encore rentrée. Son rédacteur en chef s'était montré compréhensif et lui avait dit que, puisqu'ils avaient un article, si elle le voulait, elle pouvait en rester là. Alors, qu'est-ce qui la retenait? Harry? Ou la mort de Mark qui la hantait toujours, qui la hanterait jusqu'à ce qu'elle découvre ce qui s'était passé. A moins, pensa-t-elle avec plus d'honnêteté qu'elle n'en avait manifesté depuis longtemps, qu'il n'y eût rien pour l'inciter à rentrer.

— Oh, regarde! (Fran se redressa sur son siège, son chapeau de paille à grands bords en équilibre sur sa tête.) C'est la jonque des Hsu!

Elle indiqua une embarcation blanche qui les dépassait rapidement, avec des tas de jeunes gens sur le pont. Une main lui fit un signe, et Fran répondit. Claudia aperçut de loin Portia en bikini, mince et pleine d'allure, qui parlait avec un homme. Sans avoir à regarder deux fois, elle sut que c'était Harry. Portia sourit largement et agita son écharpe. Harry se retourna et laissa la jonque s'éloigner derrière eux sans faire le moindre geste.

— C'était bien Harry Braga, à côté de Portia? Beau jeune homme, non? La rumeur raconte qu'ils forment un couple, mais j'avais toujours pensé que les Hsu auraient mis le holà rapidement. Etrange qu'ils l'aient invité, vous ne trouvez pas? commenta innocemment Fran, et Claudia sentit le sang se retirer de ses joues.

— Pourquoi? Il n'est pas assez bon pour eux parce qu'il est eurasien? répliqua Claudia.

Fran souleva ses lunettes et la regarda fixement.

– Non, pas pour les Hsu, il me semblait. Ils sont originaires de Shanghai, vous savez. Il y a beaucoup d'argent dans la famille. Je pensais qu'ils viseraient plus haut pour Portia.

– Ils assurent peut-être leurs arrières, rétorqua Claudia sur un ton acide. Une petite célébrité locale dans la poche, au cas où les choses tourneraient mal en 1997. A moins qu'ils n'envisagent de quitter le pays, eux aussi?

Mais elle savait qu'elle avait donné un coup d'épée dans l'eau, et Fran en était également consciente.

– Les Hsu? Je n'arrive pas à l'imaginer. L'essentiel de leur fortune repose sur l'immobilier et les usines textiles. Il leur sera difficile de faire sortir leur argent avant d'être au pied du mur. Je suppose qu'ils espèrent établir de bonnes relations avec les communistes.

Enjouée, Fran buvait son gin-tonic et observait de temps en temps Claudia qui semblait bien morose soudain. Elle n'était tout de même pas amoureuse de Harry Braga, elle aussi? se demanda Fran, légèrement inquiète. Non, impossible, Claudia était trop raisonnable pour cela.

Claudia se souvenait des paroles méprisantes de Philippa Purdey chez Silvia. Quelque chose sur les gros bonnets qui ne pourraient pas faire sortir leur argent à temps...

Ils jetèrent l'ancre au large de Picnic Bay et se rendirent au débarcadère en canot à moteur. Déjà, la baie était parsemée de jonques et de voiliers, et une foule de gens montait vers la plage et le pub. Le Frog 'n' Toad se trouvait assez loin derrière les dunes, sur un champ de riz auquel on accédait par un long sentier d'herbe haute bordé de buissons. On voyait un auvent battre paresseusement dans la brise, au-dessus des algues.

Un public joyeux et chahuteur bordait un champ à droite du pub, et, en s'approchant avec ses amis le long du sentier surélevé, Claudia s'aperçut que celui-ci était tout boueux. Se détachant sur la jungle, une petite tribune érigée de l'autre côté tremblait sous le poids des matrones et des enfants. Sur le toit en terrasse du pub, un groupe un peu mieux habillé, ou peut-être plus soigneux, encourageait les participants en contrebas. En regardant les hommes et les femmes couverts de boue, Claudia en reconnut plusieurs. Un homme leva la main vers elle en souriant. On ne voyait plus que ses yeux bleu pâle sous la couche de terre qui lui recouvrait le visage, les cheveux et le corps. Claudia lui sourit largement et lui rendit son salut.

L'équipe de la police était deuxième, en bonne position, devancée seulement par les Ventres Voraces, une équipe de canailles, constituée d'agents de change, de joueurs de rugby et d'un échantillon d'autres professions. Claudia se hissait avec précaution sur les planches lorsque des concurrents éliminés, crottés, s'approchaient dangereusement d'elle.

Fran et Jack s'étaient attardés à bavarder avec des amis, et elle se retrouva seule dans la foule excitée et enjouée dont elle partageait l'allégresse. C'était bon de côtoyer des gens qui ne savaient rien d'elle, qui n'éprouvaient ni inquiétude ni commisération à son égard. Elle sourit à Tony qui, pour la nouvelle épreuve, poussait une de ses collègues dans une brouette sur la piste boueuse.

— Je ne savais pas que tu allais venir, lui dit Harry sur un ton de reproche, en se glissant près d'elle.

Claudia se retourna. Le regard inquiet, sans la moindre étincelle de joie, Harry observait son entourage. Il ne semblait guère amusé par les épreuves loufoques.

— Tu essaies toujours d'en savoir plus sur ton cher Tony Ingram?

— Tu ne m'avais rien dit non plus, répliqua-t-elle sur un ton mitigé, un peu rougissante après les allusions de Harry.

Etait-ce l'influence de Portia? Et puis, qu'est-ce que cela pouvait lui faire qu'elle aime bien Tony. Il le méritait, même s'il ne lui rendait pas son sentiment. On ne pouvait peut-être pas en dire autant de Harry.

— Cela fait un moment que je ne t'ai pas vu, je suppose que ceci explique cela.

L'accusation était suggérée, même si elle n'était pas formulée.

— Ecoute, j'ai eu des problèmes, je ne voulais pas t'y mêler.

Il ne tenta pas d'exposer ces problèmes et Claudia eut une sorte de demi-rire. Elle se retourna vers le spectacle.

— C'est pour ça que tu es ici, à frayer avec les Hsu? C'est comme cela que tu essaies de les résoudre?

— Liddie! Il faut que je trouve un moyen de m'en sortir. Si tu ne veux pas m'aider, je n'aurai aucun endroit où aller.

Il cria si fort que plusieurs personnes se retournèrent vers ce grand jeune homme, et ceux qui l'avaient reconnu échangèrent des regards intrigués.

— Bon, allons à la plage, il faut que je te parle.

Il la prit par le bras, et, à contrecœur, elle se glissa dans la foule pour rejoindre le chemin. Fran eut un sourire inquiet en voyant Claudia avec Harry.

– Nous allons nous baigner. Il fait un peu trop chaud, dit Claudia d'une voix faible, mais elle vit Fran hocher la tête et retrouver ses amis, visiblement troublée.

Ils marchèrent dans le sable et disparurent derrière les dunes. Harry l'entraîna hors du sentier, entre des arbres rabougris. Ils s'assirent sur le sable chaud et Claudia essuya la sueur de son visage d'un revers de la main.

– Liddie, les choses tournent mal, commença immédiatement Harry. Yee devient impossible, il a trop d'exigences. Je ne peux pas me permettre d'y répondre et risquer de rester ici, et je ne peux pas partir.

Il marqua une pause et, alors qu'il tremblait de peur en allumant sa cigarette et que la toux lui arrachait la gorge, Claudia lui prit la main.

– Que puis-je faire pour toi? s'enquit-elle en pensant que Tony pourrait peut-être les aider.

Mais les paroles de Harry transformèrent bientôt les dunes étincelantes en un nuage de brume, de lumière et de chaleur.

– M'épouser. (Il l'observa farouchement, jetant sa cigarette à peine allumée dans le sable.) Je pourrais demander la nationalité américaine et quitter le pays. Liddie! S'il te plaît! Ce n'est tout de même pas trop exiger, si? demanda-t-il d'un ton suppliant.

Elle revit le petit garçon qui l'implorait de ne pas partir, elle revit la même peur et la même tristesse dans le regard. Elle avala sa salive.

– Et après?

– Après, on partira, on ira en Amérique. Je serai en sécurité là-bas. Je trouverai du travail dans une autre station de radio, je m'installerai. Seul, cela me serait impossible.

– Non, ce n'est pas ce que je voulais dire. Je voulais savoir où tu pensais que ce mariage allait nous conduire. Tu envisagerais qu'on reste ensemble, une fois que tu aurais obtenu ta carte verte?

Elle avait la gorge nouée, comme si elle était prise d'une sévère angine. Harry la regarda.

– Et toi, qu'est-ce que tu préfères?

Il semblait calme, les yeux posés sur la ligne des vagues à l'horizon. La brise s'engouffrait dans sa chemise. Claudia lui adressa un sourire douloureux.

– Nous tenons l'un à l'autre, Harry. Nous sommes de vieux amis. C'est pour ça que je veux bien essayer de t'aider. Mais tu n'es pas amoureux de moi, si?

Il reporta son attention vers elle, le masque de son visage se détendit un peu, ses yeux reprirent un peu de chaleur.

– Non, Liddie. Pas plus que tu ne l'es de moi. Je crois que nous nous sommes manqués pendant des années, mais qu'il n'y avait pas plus que cela.

Elle hocha la tête et sourit à nouveau, triste, embarrassée, mais soudain rassurée. Ce qui était le plus étrange dans leur relation, c'est qu'au plus profond d'eux-mêmes, ils la savaient faussée. Ils ne s'aimaient pas. C'était aussi simple que ça. Et rien ne l'empêcherait d'aider Harry à part... Non, ce n'était qu'un rêve idiot, un petit béguin, comme celui qu'elle avait éprouvé pour Bo il y avait si longtemps. Tony ne songeait même pas à elle en ces termes. Et ce n'était pas une raison suffisante pour sacrifier Harry.

– Bon, si c'est le seul moyen... Je suis d'accord, Harry. Que pourrais-je te dire d'autre?

Elle se sentit soulagée qu'il n'essaie pas de l'embrasser ni de la prendre dans ses bras. Ils étaient amis, rien de plus mais il leur avait fallu un moment pour s'en apercevoir, pour replacer les sentiments qu'ils éprouvaient autrefois dans un nouveau contexte. Il soupira et hocha lentement la tête avec un sourire crispé.

– Merci, Liddie.

Elle s'éclaircit la gorge et se retourna en entendant des bruits. Elle reconnut la voix plaintive de Portia.

– Euh... tu veux que cela se passe quand, Harry?

– Bientôt. Il faut que j'aille à Pékin. Yee veut que je couvre la révolte étudiante, que je la soutienne, que je m'associe aux manifestations pour la liberté de la presse. Dès mon retour, je suppose.

Il sourit, et Claudia s'efforça de faire de même.

– Dis-moi, qu'aurais-tu fait, si j'avais refusé? demanda-t-elle en se redressant et en enlevant le sable de ses jambes.

– Portia veut que je parte avec elle. Quelque part. N'importe où, cela n'a pas d'importance. Elle en a marre que son père surveille tous ses faits et gestes, répondit Harry en se levant aussi. Mais elle ne m'aime pas.

– Je vois. Et Portia n'a pas de double nationalité, je parie?

Claudia se contracta quand elle aperçut Portia qui sautait dans les vagues.

– Elle essaie de devenir canadienne, répondit sèchement Harry.

– Ah... Et l'argent? Comment supportera-t-elle la vie sans les millions des Hsu.

– Elle fait des économies depuis des années. Elle a tout ce qu'il lui faut.

Visiblement, Harry n'avait guère envie d'en discuter, mais, curieuse, Claudia ne pouvait s'empêcher de l'interroger.

– Est-ce que Portia t'a trouvé la nuit où Mark a été tué? Elle t'avait prévenu?

Harry vacilla, ses yeux assombris se firent impénétrables. Il hocha la tête et se tourna vers l'horizon.

– Non, Claudia! pas cela! Cela te fait du mal de chercher des indices et de jouer les détectives en herbe. Tu ne connais pas la vérité, tu ne la connaîtras jamais.

Claudia sentait la colère monter en elle, pourtant elle voulait aller plus loin, même s'il avait les lèvres crispées.

– Comment savait-elle, Harry? Comment?

Mais Harry se contenta de s'éloigner.

28

Sur la plage, des jeunes firent de grands signes pour appeler Harry. Il courut vers eux en riant, la tête rejetée en arrière, comme s'il n'avait pas le moindre souci au monde. Claudia essuya la sueur de son front et remonta le sentier qui menait au pub. La chaleur formait des nuages de vapeur sur le sable et sur les herbes hautes, de petites mouches voletaient dans l'air avec des bruits de papier froissé. Un buffle solitaire dans un champ de riz sur la gauche la regarda passer tristement.

Pendant un instant, alors que le sentier plongeait dans un creux, elle s'imagina se trouver à des lieues de tout être vivant, seule parmi les herbes, écrasée de chaleur dans les dunes.

Elle aimait la solitude, les espaces vides; elle profita de ce moment de répit et s'attarda un instant à l'abri de ce creux. Il y avait un arbre tombé, un peu à l'écart du chemin, près d'un buisson. Il était presque entièrement couché, et elle s'assit sur le tronc lissé par les intempéries pour écouter le silence et se laisser rafraîchir par la brise légère. Et pour réfléchir à son mariage avec Harry.

Avant longtemps, la solitude devint oppressante; l'herbe, les feuilles sèches des quelques arbres rabougris bruissèrent dans son dos, de manière inquiétante. De plus en plus anxieuse, elle regarda derrière elle. Elle se leva et examina soigneusement les environs. Rien ne bougeait, pourtant elle était de plus en plus mal à l'aise. Un oiseau solitaire lançait incessamment son cri perçant et monotone. Soudain, il lui sembla qu'elle devait partir immédiatement, que sinon il allait être trop tard. Elle hésita, puis s'en alla en toute hâte.

Une silhouette apparut au-dessus d'elle, à la bordure du creux, Claudia poussa un cri étouffé et, sous l'effet de la peur, ses jambes se mirent à courir. Elle se retourna et vit l'homme s'arrêter brusquement. Soudain, la fuite de Claudia fut entravée par un corps qui se pressait contre le sien, par un homme qui lui bloquait le passage. Un cri s'échappa de sa gorge nouée, et elle lutta contre les mains qui la retenaient.

– Claudia? Claudia, c'est moi, Tony!

Elle entendit les mots à travers le flux de la peur qui sembla la submerger et elle hésita un instant avant de lever les yeux. Tony fronçait les sourcils et regardait la silhouette derrière elle. Mais déjà, l'homme s'éloignait et retournait vers la plage. Immobile, Tony l'observait toujours, tout en serrant Claudia dans ses bras. Pendant un instant, Claudia ferma les yeux, heureuse de se reposer dans ses bras tant qu'il voulait bien l'accepter, mais elle le sentit s'éloigner et fit un pas en arrière.

– Oh, Tony, excusez-moi, dit-elle dans un petit rire ; mais elle avait toujours la gorge serrée et elle s'étouffa. J'ai eu peur, je crois... C'est un chemin solitaire...

Elle se tut car Tony ne l'écoutait pas.

– Hein? Quoi?

Abruptement, il la fixa de ses yeux pailletés, assombris par l'inquiétude et lut les signes de la peur.

– Qu'est-ce qui se passe? demanda Claudia lentement.

– Qui était-ce? Derrière vous?

Il paraissait inquiet.

– Je ne sais pas. J'ai eu peur, sans savoir pourquoi. Soudain, j'ai ressenti le besoin de courir comme une folle. (Elle était un peu moins gênée à présent que Tony semblait vaguement soucieux. Sa peur revenait.) Vous le connaissez?

– Oui, je crois.

Ses pensées défilaient à toute vitesse ; il lui prit fermement la main et l'entraîna soudain vers le pub.

– Venez, je crois que nous ferions mieux de rejoindre les autres. Tout va bien?

Elle hocha la tête, le visage grave, car Tony paraissait vraiment inquiet. Il lui sourit presque tendrement, et soudain son cœur se fit encore plus lourd.

Il marchait d'un pas rapide, sans courir, mais il couvrait rapidement le terrain et Claudia le suivit sans protester. Il avait la tête inclinée et un peu raide, et le regard incertain. Pendant de longues minutes, on n'entendit plus que le bruit de leurs pas et de leur respiration, lente et contenue.

325

Brusquement, Poisson apparut sur le sentier. Lui aussi semblait tendu, méfiant. Il se décontracta en les apercevant.

– Aidan!

Tony fut lui aussi soulagé, et son sourire soudain montra qu'il s'était contrôlé plus que Claudia ne l'avait pensé; elle sentit la pression se relâcher sur son bras. Tony lui passa la main derrière la taille et la guida gentiment, comme s'ils étaient en promenade. Poisson arbora un large sourire, tout à fait approprié à un fêtard, mais ne correspondant pas du tout à l'homme qui s'était précipité vers eux.

– Ah, te voilà! Ton sergent Chu m'a demandé d'aller te chercher. Il veut te parler. Il s'est passé quelque chose.

En regardant Claudia, Poisson inclina légèrement la tête. Tony haussa les épaules.

– Mieux vaut aller voir, je suppose.

Il parlait d'un ton calme, mais il ne remercia pas Aidan de lui avoir transmis le message, remarqua Claudia. Comme s'il avait lu dans son esprit, Tony lui reprit le bras.

– Venez, Claudia. Mieux vaut que vous restiez près de moi pour l'instant. Je n'aimerais pas que vous vous perdiez dans la foule.

La foule, de plus en plus agitée sous l'effet de la bière et de la chaleur, poussait allégrement tout le monde dans la boue. De nouveau, Tony sourit, les yeux plissés par la joie qui vient après la peur.

– Avec ces zozos, mieux vaut ne pas vous éloigner. Je pourrais alors vous débarrasser d'eux s'ils dépassent les bornes.

– Ça me convient parfaitement, murmura Claudia, mais il n'entendit pas tant il était occupé à se frayer un chemin parmi le public chahuteur.

Collée à lui, Claudia devait lutter contre son envie de dire à Harry d'aller en enfer et de tenter sa chance avec Portia. Mais c'était impossible, elle avait donné sa promesse.

Ils pressèrent le pas et trouvèrent bientôt Chu et quelques agents de police dans la cour arrière du pub. Assis sur le béton, ils jouaient aux dés en riant et en claquant des doigts, une bouteille de bière à la main. Chu leva les yeux et s'approcha de Tony.

– B'jour, patron, je me demandais où vous étiez passé, murmura-t-il en cantonais, tout en regardant Claudia.

– Elle ne comprend pas. Que se passe-t-il?

Tony sentait toujours son cœur se précipiter dans sa poitrine, et la transpiration lui collait la chemise à la peau, bien qu'il se fût lavé quelques minutes plus tôt. Il se retourna et vit qu'Aidan se mêlait à la foule. Claudia l'observait attentivement, essayant de comprendre ce qui se disait et réprimant son envie de le prendre par la taille, de le rassurer.

— Il paraît que Yee trouve que tu lui crées trop de soucis. Il veut se débarrasser de toi, dit Chu en lançant un regard noir à Claudia avant de se tourner vers Tony. De toute façon, cela lui sera facile.

— J'ai vu son homme de main sur le sentier, près de la plage. Je croyais me tromper, enfin j'espérais me tromper.

— Harry Braga est là, lui aussi. Je l'ai vu avec cette jeune dame. Je les ai vus bavarder, on aurait dit qu'ils parlaient de choses sérieuses, si vous voyez ce que je veux dire.

Chu avait un visage impavide, mais en entendant son nom et celui de Harry, Claudia regarda Tony intensément. Il paraissait... chagriné, semblait-il. Chu continuait à l'ignorer.

— Il aura sûrement reconnu l'homme de Yee, non?

— Très certainement. Mais je le vois mal venir me prévenir, il ne m'apprécie guère, tu sais bien, Chu.

Tony eut un sourire ironique et son sergent éclata de rire.

— Il n'a pas aimé qu'on vienne le réveiller en plein milieu de la nuit?

— Cela ne fait jamais plaisir à personne. Bon, Chu, garde l'œil ouvert et préviens les hommes. Je reste là, à la vue de tous.

A peu près aussi invulnérable qu'un mouton compté quand le loup rôde près du troupeau, pensa-t-il. Chu fit un signe de la main et se replongea dans son jeu de dés.

— Que se passe-t-il, Tony? Je ne me trompais pas, là-bas? Quelque chose ne va pas? dit Claudia en prenant le bras de Tony qui se retourna vers elle.

— Vous êtes allée à la plage avec Harry?

Il s'exprimait sur un ton neutre, comme s'il voulait simplement retracer les faits. Pourquoi se sentait-elle donc sur la défensive?

— Oui, nous avons bavardé un moment, mais il a décidé d'aller rejoindre Portia et les autres, alors je suis revenue seule.

— Qu'est-ce qui vous a poussée à courir quand vous avez vu ce type sur le sentier? Pourquoi aviez-vous si peur? demanda-t-il soudain, les yeux plissés, la regardant avec une telle intensité qu'elle crut qu'il savait exactement ce que Harry lui avait demandé et quelle avait été sa réponse.

– Je ne sais pas. J'ai été... prise de panique, je suppose. Terrifiée. J'avais l'impression qu'on m'observait, qu'on me voulait du mal..., dit-elle en haussant les épaules, troublée, et cet homme...

– C'était l'homme de main de Yee. Son tueur, si vous voulez, dit-il en soupirant et en pesant ses mots, car il se demandait toujours si elle connaissait la vérité sur Harry, toute la vérité.

Soudain, il fut pris d'une envie de lui parler, de l'éloigner du danger. N'était-ce que cela? lui murmura intérieurement une voix moqueuse. Rien de plus?

– Celui qui a tué Mark? demanda-t-elle d'une voix fluette et aiguë, comme si elle manquait d'air.

Il lui passa le bras autour des épaules, incapable de se retenir et la serra contre lui.

– Je n'en suis pas sûr... C'est probable.

– Il voulait s'en prendre à moi? Oh, mon Dieu! Harry est sur la plage!

Tony eut un pincement de douleur en l'entendant exprimer son inquiétude et il expira lentement pour se calmer.

– Ça ira, ça ira. Ce n'est pas à Harry qu'il en veut, je vous le promets, et puis Harry est assez grand pour se défendre tout seul, ajouta-t-il d'une voix dure.

Claudia se libéra de son étreinte.

– Pourquoi tout le monde ne cesse de me dire la même chose, exactement sur le même ton? Comme si... (Sa voix se brisa, et il attendit qu'elle avale sa salive et qu'elle le regarde de nouveau, les yeux enflammés de colère.) Vous voulez dire que c'était ce que Harry faisait pour Yee? Qu'il était son tueur?

Non, pas Harry! C'était impossible! Harry était incapable de tuer, incapable de lacérer quelqu'un de coups de couteau jusqu'à ce qu'il en meure, comme Mark! Elle en était sûre.

– Je ne vous crois pas.

Elle dévisagea Tony d'un air rebelle et il détourna la tête un instant, clignant les yeux sous le soleil avant de la regarder à nouveau.

– Claudia, écoutez. (Tony se passa la main dans les cheveux et scruta la foule.) Ce serait aussi bien que vous retrouviez Jack et Fran et que vous demeuriez avec eux pour le reste de la journée. Ne vous éloignez pas, dit-il en insistant sur les mots.

– Pourquoi est-il là, ce tueur? Vous dites que ce n'est pas pour Harry. Alors pour moi? Pour vous? (Elle le vit écarquiller les yeux et comprit la vérité avant qu'il ait eu le temps de dissimuler ses pensées.) Parce que vous avez failli arrêter Yee? Il vous considère comme une menace?

Il hocha la tête brièvement, les lèvres serrées.

— Alors, pourquoi son tueur ne s'est-il pas attaqué à vous, sur le sentier? Il n'y avait presque personne.

— J'imagine qu'il préfère se réserver un effet de surprise. Il n'avait pas l'intention de m'attaquer de front.

— Je vois. (Elle essaya de maîtriser sa peur.) Tony, qu'allez-vous faire?

— Eviter de m'affoler, dit-il en souriant. Ce n'est pas la première fois que je cause des soucis à quelqu'un, et on a déjà tenté de se débarrasser de moi. Mais je suis toujours là. (Il voulait la rassurer, mais s'aperçut qu'il n'y réussissait pas.) C'est ainsi que ça fonctionne ici. Mais je ne suis pas seul, Claudia, dit-il en montrant ses hommes. Chu gardera l'œil ouvert. Ne vous inquiétez pas.

— Et ce soir, et demain, ou après? Que se passera-t-il? (Soudain une pensée lui traversa l'esprit.) Est-ce que ce type voulait m'utiliser comme otage? C'était ça?

Elle aperçut Aidan qui faisait des signes et elle fronça les sourcils, se demandant...

— Il vous connaît, il a dû vous voir avec Mark. Je crois que vous étiez une cible facile. C'est pour cela que je préférerais que vous restiez avec Fran. C'est plus sûr pour nous deux. Je n'ai pas envie qu'on vous utilise contre moi, répéta-t-il en indiquant l'endroit où se trouvaient Fran et Jack, sur le toit du pub.

De nouveau, Claudia soupira.

— Quand tout cela va-t-il se terminer, Tony?

Son regard exprimait l'inquiétude, une fermeté qui ne voulait pas se laisser ébranler; Tony réussit même à puiser un sourire au plus profond de lui. Soudain, elle comprit qu'il valait mieux que dix Harry, ou que la plupart des hommes qu'elle connaissait. Pour sa gentillesse, son honnêteté. Pour des milliers de raisons. Mais il ne s'en rendait pas compte, et il n'accepterait pas qu'elle le lui dise.

— Je ne sais pas, Claudia. Bientôt, j'espère. Mais surtout, restez à l'écart, ne vous approchez ni de Harry ni de moi. Partez quelque part pendant un moment. Jusqu'à ce que cela soit terminé.

Il la guida rapidement dans l'escalier et elle avança sans protester, sachant qu'il s'en sortirait mieux sans elle. Partir pendant quelque temps? Mais où? Et soudain, elle eut une idée et respira avec force, mue par l'enthousiasme et la peur.

Pékin
Jeudi 1er juin 1989

Agenouillée sur son petit balcon, Claudia écoutait sa radio portative tout en observant la manifestation dense et rapide qui défilait dans les rues brumeuses. D'une voix nerveuse, le reporter parlait de la peur qui n'avait fait que monter au cours de la journée, des chars de la vingt-septième armée qui se regroupaient à l'extérieur de la ville, des rumeurs qui prétendaient que Li Peng avait l'intention de mettre un terme à la révolte étudiante. Claudia repoussa les cheveux de son visage et écouta les informations, tout en couchant ses premières impressions sur le papier.

Pendant un instant, l'estomac noué, elle se demanda si elle avait raison de rester. Et si l'affaire tournait mal ? Serait-elle en danger ? Devrait-elle partir tout de suite, quand c'était encore possible ?

Pourtant son rédacteur en chef avait vibré d'enthousiasme à l'idée de ce reportage, de plus, le magazine avait payé le voyage à Hongkong, et jusque-là, on s'était montré très compréhensif bien qu'elle n'eût envoyé qu'un seul article ; elle ne se sentait pas le droit de partir. La plupart des journaux étrangers venaient d'envoyer de nouvelles équipes et Harry était à Pékin lui aussi. Depuis quatre jours, elle écoutait son émission tous les soirs. Le pire qu'il pouvait arriver c'étaient quelques balles de caoutchouc, des gaz lacrymogènes et une multitude d'arrestations. Les journalistes étrangers seraient expulsés. Il n'y avait rien à craindre.

Pourtant, elle avait peur. L'enthousiasme qu'elle avait ressenti ces derniers jours commençait à s'émousser. Au début, elle avait circulé dans les rues pour se rendre compte de la situation par elle-même mais à présent, elle écoutait de plus en plus souvent la radio. En soupirant, elle rentra à l'intérieur avec son petit transistor qu'elle appuya contre un pilier.

Rien ne l'empêchait de partir, rien, à part sa propre nervosité, comprit-elle soudain. Et brusquement, elle sut ce que Harry traversait, ce qu'il continuerait à endurer si elle n'intervenait pas. Cela l'aida à résoudre l'inconfortable dilemme qui lui troublait l'esprit, à surmonter le malaise que provoquaient les milliers de questions qu'elle se posait sur Harry. Peu importait, en fait. La seule chose dont il avait besoin, c'était de s'enfuir. Elle l'épouserait, elle l'aiderait à sortir de ce bourbier. C'était le moins qu'elle puisse faire.

Puis, comme elles ne cessaient de le faire depuis quelques jours, ses pensées se tournèrent vers Tony. Le front plissé, Claudia s'inquiétait pour lui, se demandait s'il était en sécurité. Sa peur montait en spirale comme elle réfléchissait à ces divers problèmes : la situation à Pékin, Harry, Tony... Quand cela finirait-il?

Elle alla à la salle de bains, se lava les mains et se nettoya les ongles. Les bouleversements politiques engendrent des bouleversements économiques, se dit-elle en apercevant dans le miroir les yeux cernés qui la regardaient. Et c'était son domaine, les problèmes économiques. Qu'elle oublie donc tout le reste pour le moment, elle ne pouvait rien faire d'autre. Autant se concentrer sur son travail.

Une pétarade retentit dans la rue, et elle s'efforça de ne pas sursauter. Il n'y avait pas de quoi s'affoler. Pas encore. Et puis, elle devait voir ce qui se passait de ses propres yeux.

Mais pourquoi son interprète ne s'était-il pas présenté ce matin, contrairement à ce qui était prévu? Il s'était montré bien hésitant la veille, quand elle lui avait demandé ce que les gens pensaient des chars et de l'armée. Elle s'essuya le visage avec une serviette avant de la reposer. Allons, Claudia, se dit-elle en se regardant dans le miroir, qu'est-il arrivé à la journaliste intrépide qu'elle croyait être, toujours sur la brèche pour obtenir un bon article. Mais en fait, elle ne chassait que dans le milieu de la finance, protesta une petite voix peureuse, et elle ne connaissait rien au métier de correspondant de guerre. Et dehors, c'était bien à cela que cela ressemblait... A la guerre.

Bon, eh bien, c'était le moment d'apprendre, se dit-elle. Fini de jouer les peureuses, il fallait affronter la rue. Se battre contre quelque chose pour une fois, et ne pas se contenter de fuir. Après tout, pourquoi pas?

Hongkong
Vendredi 2 juin
Tony en avait assez de toujours regarder derrière son épaule. Si Yee voulait lui briser les nerfs, c'était du beau travail. Cela faisait une semaine qu'on l'avait prévenu, et il ne s'était rien passé, il n'avait rien remarqué, malgré sa vigilance et celle de ses hommes. Et il ne pouvait rien contre Yee, si celui-ci ne bougeait pas. Frustré, Tony soupira et referma brusquement le tiroir de son bureau.

Il était tard, et il était censé faire partie de l'équipe de jour en ce moment. Il était temps de rentrer et de récupérer un peu ce temps de sommeil qu'il gaspillait à guetter dans le noir, à épier les bruits de pas que, de toute façon, il n'entendrait pas. Les hommes de Yee n'étaient pas des amateurs.

Il salua le sergent de service, qui le taquina parce qu'il sortait seul le soir, et affronta la nuit fraîche. Si Yee voulait sa mort, il choisirait son lieu et son heure, et Tony n'y pourrait rien. Pourtant, il ressentit un frisson désagréable dans le dos lorsqu'il ouvrit la portière de sa voiture, et son estomac se noua horriblement quand un chat jaillit des poubelles, renversant le couvercle métallique. Il monta et referma la portière sur lui.

Il conduisait vite, pour rentrer le plus tôt possible et en finir avec cette journée. Dieu qu'il était fatigué! L'épuisement lui brouillait la vue, si bien que les lumières de Wanchai s'étiraient en longs rubans de lumière argent, vert et rouge. Rouge! Il enfonça la pédale de frein, fit crisser ses pneus sur la route et dérapa légèrement avant de s'arrêter. Un vieil homme, qui dormait dans l'encadrement d'une porte, leva des yeux soupçonneux, et Tony s'efforça de respirer normalement, de reprendre ses esprits. Il n'y avait personne d'autre sur la route. Il fut tenté de presser sur l'accélérateur pour fuir ce regard scrutateur.

Il tapotait en rythme sur le volant tout en observant le feu de signalisation. Allez, allez! En général, il n'était pas impatient, mais il n'arrivait pas à expliquer la nervosité qui vibrait en lui. Dans son rétroviseur, il distingua une voiture qui approchait lentement et qui glissait sur la voie d'à côté. Une Toyota, vitres baissées, avec des dés en peluche qui se balançaient sous le rétroviseur. Une radio chinoise hurlait dans la nuit.

Tony se retourna, ses cheveux brillant dans la lumière, tandis qu'il surveillait la voiture à sa droite. Il écarquilla les yeux en voyant un bras se lever et une arme le viser.

Au moment où la vitre explosa, il se jeta sur le côté, tandis qu'un bruit de tonnerre éclatait au-dessus de lui. File! File! se dit-il. Il enfonça la pédale de l'accélérateur, et la voiture bondit en avant. Il passa la seconde et, la respiration haletante sous la colère et la peur, il prit le risque de lever le nez vers le pare-brise.

Une autre explosion venant de l'arrière retentit, et il braqua brusquement à gauche, prit son virage trop rapidement et monta sur le trottoir avant de redresser. Il dérapa sur la route mouillée et tourna la tête pour regarder derrière lui.

La voiture qui le suivait rata le virage et continua tout droit, et soudain, aussi vite que cela avait commencé, tout fut terminé. Il était seul dans la rue, haletant, roulant trop vite. Il freina légèrement en remarquant les ordures glissantes laissées par les marchands des étals fermés pour la nuit et essaya de ne pas sombrer dans le silence qui l'oppressait. Il n'y avait toujours rien derrière lui. Rien.

Respirant par saccades, il ralentit et inspecta le bout de la ruelle. Rien. Le vent s'engouffrait dans les vitres brisées et il sentit quelque chose d'humide sur sa joue. Tremblant, il y passa un doigt et examina le sang. Une coupure de verre, se dit-il, et il repoussa les morceaux de vitre restés sur le siège.

Etait-ce la conception que Yee avait d'une bonne soirée? Intimidation, terreur... Tony observa la ruelle silencieuse et resta immobile jusqu'à ce qu'il retrouve sa maîtrise de soi. Il savait ce qu'était la peur, il savait comment Yee l'utilisait pour abrutir et anéantir les gens. Il se jugeait stupide de l'avoir laissée agir. Soudain, il se sentait furieux de s'être laissé avoir aussi bêtement.

Quelques instants plus tard, il reprit la route, mais au lieu de rentrer chez lui comme il en avait l'intention, il se dirigea vers Old Peak Road. Il était temps de rendre à Yee la monnaie de sa pièce. Et qui d'autre savait mieux ce qui se tramait que ce bon vieux Bill Ingram? Mais cette fois, son père lui devait bien quelques explications, non?

Pékin
Samedi 3 juin
Les banderoles rouges battaient au vent, exhibant leurs caractères dorés, les manifestants scandaient des cris de liberté et des appels à la démocratie, face aux chars qui entraient sur la place et se dirigeaient vers l'hôtel de ville. Les étudiants montaient sur les monuments et les statues des héros révolutionnaires pour que les caméras de la presse étrangère puissent mieux les voir. Avenue Changan, près de l'hôtel Jianguo, Harry se figea, fasciné comme les autres, par la vue d'un homme en chemise blanche, qui s'avançait seul vers la colonne de chars. Il brandit un tissu blanc puis se tint parfaitement immobile. Les chars s'arrêtèrent.

Espèce d'imbécile, pensa Harry. Pourtant l'homme resta à sa place, jusqu'à ce que Harry se détourne de cette vision insupportable. Il murmura quelques mots dans son petit magnéto-phone, tout en observant la foule qui l'entourait. Mal à l'aise, il descendit rapidement l'avenue pour se diriger place T'ien an Men.

Il était déjà tard quand il retrouva sa bicyclette qu'il avait enchaînée à une barrière. Il la détacha des cinquante autres qui étaient venues la rejoindre comme par miracle. Il avait faim, il était fatigué et n'avait plus de cassettes. Il irait passer une heure à l'hôtel avant son reportage du soir.

La nuit était lourde de chaleur, la brise n'était plus qu'un faible murmure incapable de dissiper les nuages. Harry pédala tout le long de Nanchizi, se glissant dans la circulation de plus en plus réduite, percevant la tension monter autour de lui. Il aurait souhaité être à des kilomètres de là, des milliers de kilomètres, loin de la peur et de la colère qu'il lisait sur le visage des vieux, loin de l'enthousiasme et de l'espoir qu'il lisait sur celui des jeunes. Cela allait leur retomber dessus, il le savait. Il le devinait.

Il arriva à l'hôtel à 21 heures et entra dans le hall avec sa bicyclette, de peur de ne pas la retrouver s'il avait besoin de se déplacer rapidement, et s'approcha du comptoir. Là, hésitante, une jeune fille en jean noir et chemise blanche se leva. Elle paraissait épuisée, comme lui. Claudia.

— Mon Dieu, qu'est-ce que tu fiches ici?

Il était blanc de colère, et, devant son expression, le sentant prêt à éclater, Claudia vacilla.

— Je suis arrivée mardi. Mon rédacteur en chef veut des informations de première main. J'ai passé toute la journée dehors, dit-elle en montrant la rue où l'orage menaçait. Je pensais que nous aurions pu aller voir dans les rues ensemble ce soir.

Il serra les mains sur son guidon de manière troublante.

— Non.

C'était tout, pas de discussion.

Elle ferma les yeux un instant et respira un grand coup avant de le regarder.

— Je sais que la situation est difficile, Harry, mais je suis là, et autant dire ce que je vois. Je vais sortir ce soir, et je préférerais ne pas être seule. C'est comme tu veux.

— Et je préférerais que tu ne mettes pas le pied dehors. Tu devrais rester à l'hôtel, en attendant de savoir ce que va faire la vingt-septième armée. D'ailleurs, je n'ai pas envie de sortir non plus, mais je n'ai pas le choix. Toi, si.

Il prit sa bicyclette sur son épaule et se dirigea vers l'ascenseur, sans s'occuper des gesticulations du portier. Il poussa le vélo dans la cabine et attendit que Claudia vienne le rejoindre.

— Il faut que je voie ce qui se passe, Harry. Je ne veux pas me retrouver dans vingt ans et me dire, oui, c'était le grand tournant, et je n'ai rien vu, pourtant j'étais à Pékin, au cœur des événements, mais j'avais trop la frousse pour mettre le nez dehors.

Quand la porte se ferma, elle entendit Harry dire d'un ton inattendu :

— Ne fais pas l'idiote. Cela n'a rien à voir avec l'héroïsme. C'est de la bêtise, c'est tout.

Elle le toisa lentement, le faisant presque rougir. Sa voix s'adoucit.

— Je ne veux pas que tu sois blessée. Tu es ma seule porte de sortie, Liddie, je ne veux pas qu'il t'arrive quelque chose.

Il souriait, mais il n'y avait aucune gaieté ni dans ses mots ni dans ses yeux. Elle éprouva un sentiment de perte. Où était passé son Harry? Qu'était-il arrivé pour qu'il devienne ainsi? Elle n'en avait pas la moindre idée.

— Eh bien, tu ferais mieux de prendre soin de moi pendant que c'est possible, non? dit-elle en s'efforçant de sourire, parce que rien ne pourra me retenir.

Ils arrivèrent sur la place vers 23 heures et s'aperçurent immédiatement que les choses allaient bientôt atteindre leur point culminant. Assis par terre, main dans la main, les étudiants défiaient les soldats qui jouaient avec leurs fusils et les observaient d'un œil dur et anxieux. Harry expliqua à Claudia la conduite à tenir, lui recommanda de ne jamais se trouver à un endroit d'où elle ne pourrait pas fuir, de toujours rester au bord de la foule, de ne pas s'éloigner de lui. Mais il avait peur pour elle. Il avait peur pour eux deux.

Ils se dirigèrent vers le côté est, près de l'avenue Changan et de l'hôtel de Pékin où il lui avait conseillé de se réfugier en cas d'incident. Ils s'arrêtaient parfois pour poser des questions, pour essayer de comprendre ce qui se passait. Certains disaient que les chars étaient là pour les protéger contre Li Peng, d'autres que le reste de l'armée allait venir à leur secours contre la vingt-septième, d'autres encore racontaient que soldats et policiers étaient complètement drogués, parlaient de folles histoires d'épidémie et de trahison, annonçant qu'il y aurait des morts cette nuit-là, mais que les étudiants gagneraient.

Pourtant, quand la mort arriva, ce fut si inattendu que ni Harry ni Claudia ne furent assez rapides. Soudain, on entendit le crépitement des mitrailleuses, et Claudia fut entraînée par la foule qui se précipitait pour voir ce qui se passait. Elle perdit Harry de vue immédiatement.

Au loin, devant elle, elle apercevait vaguement des milliers de têtes, des rangées d'étudiants qui se formaient en face des soldats. D'autres crépitements de mitrailleuses, une autre ligne se levait, mais bientôt, elle n'entendit plus les coups de feu, couverts par les hurlements qui montaient dans l'air.

Désespérément, elle chercha le visage de Harry dans la foule, criant son nom. Quand les chars avancèrent, prise de panique, elle se mit à courir comme tout le monde et, au milieu de l'agitation et de la fumée, elle s'enfonça dans la foule qui l'engloutit.

Les tirs venaient de toutes les directions à présent, et, ne sachant où aller, elle tournait en rond quand un homme à lunettes la jeta à terre alors que des coups de feu retentissaient au-dessus de leur tête. Elle essaya de se relever, mais il la plaqua au sol en criant, la bouche pleine d'écume. Elle sentit quelque chose d'humide et souleva la paume de sa main, rouge et gluante de sang.

Elle ne voyait plus Harry nulle part; mais soudain, l'homme la releva et l'entraîna avec lui, tout en regardant derrière son épaule. Claudia vit un char rouler sur le corps d'une femme, l'écraser sous son énorme masse, faisant éclater la tête avec un son de cloche qui résonne dans le vide. Elle se retourna et courut, perdant l'homme qui l'avait aidée. Elle apercevait l'angle de la place, où des policiers et des soldats, par centaines, par milliers, frappaient les manifestants avec leurs bâtons et leurs poings, les forçant à dégager la place.

Le visage et les vêtements couverts de sang, des gens tombaient, piétinés par la foule, mais les soldats armés de baïonnettes les obligeaient à se relever. Terrifiée, incapable de réfléchir, Claudia courait.

Des branches et des pierres jaillirent dans un coin, et Claudia vit un groupe de manifestants déchirer la chemise d'un soldat, lui tirer les cheveux, lui donner des coups de pied. Il fut sauvé de justesse par une troupe de policiers qui avançaient, et les manifestants s'enfuirent en hurlant dans la rue.

Ceux qui avaient des bicyclettes filaient vers l'avant, pour avertir les autres, et Claudia savait parfaitement ce qu'ils criaient, bien qu'elle ne comprît pas le chinois. Les chars attaquent! Les chars attaquent!

En approchant d'un carrefour, elle se rendit compte qu'elle se retrouvait sur l'avenue Changan et ne devait plus être bien loin de l'hôtel. Mais la police bordait la rue et ne laissait passer personne. Elle courait, courait, empruntant les ruelles latérales en même temps que la foule, reculant dans les impasses, fuyant la fumée, les coups de feu et la mort qui ravageaient la place T'ien an Men.

Epuisée, étourdie, elle s'appuya contre le mur d'un bâtiment et scruta les rues inconnues, sombres et plus calmes à présent. En boitant, pieds nus car elle avait perdu ses chaussures, elle continua à marcher jusqu'à une guérite, où, livide, le visage décharné dans la lumière, un marine montait la garde. On entendait toujours le bruit des coups de feu dans le lointain.

– Où suis-je? Où puis-je trouver refuge? demanda-t-elle.

Le garde hésita un instant, puis il s'approcha d'elle et la prit par le bras.

– Vous êtes devant l'enceinte de Jianguomenwai, dit-il avec un accent du Sud infiniment rassurant après les cris et la terreur de la nuit. Vous êtes en sécurité ici. C'est là que vivent les diplomates et les étrangers. On ne viendra pas vous chercher ici.

Rassurée par ces mots, elle se redressa et regarda autour d'elle, comme prise dans un brouillard.

– Vous êtes journaliste? lui demanda-t-il, et elle hocha la tête.

En silence, le marine observa le sang sur sa chemise et ses mains et remarqua qu'elle avait l'air perdu. Il prononça quelques mots dans un talkie-walkie.

– J'ai perdu Harry, dit-elle. Il est toujours là, quelque part. Vous pouvez le retrouver?

Mais le marine la poussa sur le côté, pour qu'elle libère le passage, et il leva la barrière. Il fit un salut officiel, la tête droite, sans l'écouter, sans s'occuper de Harry.

Quand Claudia se retourna, une voiture glissait sous la barrière, toute brillante dans la nuit. A l'arrière, pendant un instant, elle vit un homme aux cheveux noirs, en costume, le teint terreux, mais bien rasé. Les yeux sombres la reconnurent et se détournèrent. Elle le regarda, ouvrit la bouche et cria : « Poisson! Poisson! » Puis sa voix se changea en murmure et elle ajouta : « Espèce de salaud! »

La nuit sembla tourbillonner autour d'elle, et la voiture plongea dans les ténèbres.

29

Hongkong
7 juin

La tête appuyée sur une main, Claudia relut son article sur son ordinateur portable, en touchant machinalement les hématomes de ses joues.

« Est-ce la fin d'une époque? La Chine réformatrice des années 80, dont le commerce avec les entreprises étrangères avait atteint un chiffre de vingt-cinq millions de dollars en joint-ventures, est-elle prête à céder aux tenants de la ligne dure et à revenir sur les réformes économiques? A moins que, malgré le massacre de la place T'ien an Men, la Chine ne se tourne à nouveau vers les investisseurs étrangers une fois que la poussière sera retombée et que nos oreilles auront oublié les cris? »

Elle soupira, effaça tout le paragraphe et contempla la baie scintillante.

— Je vous dérange? Vous voulez que je m'en aille? demanda Tony en levant les yeux de son journal.

C'était son jour de congé, et, depuis qu'il était allé la chercher à l'aéroport à son retour de Pékin, il avait l'impression qu'elle n'avait plus envie de rester seule. Elle était fragile, meurtrie, physiquement et moralement, et elle avait besoin de réconfort. Il avait envie de rester près d'elle, si elle acceptait.

— Non, non, ce n'est pas ça, dit-elle avec un pâle sourire, en scrutant le visage soucieux mais doté d'une force tranquille qui voulait lui venir en aide.

La présence de Tony était rassurante, un peu comme une

couverture contre le froid. Elle s'habituerait facilement à se sentir ainsi protégée, se dit-elle, mais elle fit immédiatement taire cette idée.

– Je n'arrive pas à expliquer les mécanismes économiques ni les risques que l'inflation pourrait faire courir. Tout ce dont je me souviens, ce sont les cris et les corps qui tombaient comme des mouches. Je ne vois pas comment Harry aurait pu survivre à cela. Je ne sais pas comment j'ai fait. Cela fait trois jours maintenant, et nous n'avons toujours aucune nouvelle.

– Je sais, dit-il, devinant son chagrin, mais la situation est toujours très confuse là-bas. Vous avez eu de la chance de pouvoir rentrer si vite.

Il aurait pu lui dire qu'on racontait que les blessés avaient été chassés des hôpitaux, qu'on les avait entassés dans des trains et qu'on les avait emmenés quelque part. Pour les tuer, peut-être. Mais elle n'était pas encore prête pour cela. Et de toute façon, il ne croyait pas à la mort de Harry.

En silence, ils réfléchissaient aux horreurs, mais étaient encore incapables d'y croire vraiment. Dehors, dans les rues de Hongkong, la peur et la douleur se lisaient sur tous les visages, des rubans noirs étaient accrochés aux antennes des voitures, le bâtiment de la Bank of China était ceint d'une banderole noire demandant « Sang pour sang ».

La Bourse avait perdu vingt-deux pour cent le lundi qui suivit le massacre, et les gens se tournaient vers les banques chinoises de métropole. On estimait que les prix de l'immobilier allaient baisser de dix à vingt pour cent au cours des mois à venir. Et personne n'avait d'endroit où aller.

– Tony, qu'est-ce que Poisson faisait là-bas? Qu'est-ce qu'il fait? Et je ne parle pas de son prétendu travail de correcteur. Qu'est-ce qu'il fait *vraiment*? dit Claudia en mettant l'accent sur le dernier mot.

Immédiatement, la connivence qui les liait disparut, Tony la regarda, les traits tendus. Il tirait sur les morceaux de sparadrap qu'il avait encore sur les joues.

– Il était à Pékin? demanda-t-il, le front plissé. Vous en êtes sûre?

Mais avant même qu'elle le lui confirmât, il savait qu'elle disait vrai. Son père lui avait donc menti. Ce n'était guère surprenant. Tout le monde essayait d'étouffer l'affaire, son père comme les autres.

– Oui, absolument sûre.

– Peut-être la même chose que vous, ou que Harry? Il cherchait des informations.

– Des têtes plutôt. Il était dans une voiture diplomatique. Il ne cherchait pas ses sources dans la rue.

– Aidan a ses propres sources. Vous savez qu'il a été fonctionnaire?

Il parlait d'une voix hésitante, car il avait horreur de ces tergiversations, surtout devant elle!

– Fonctionnaire? C'est bien pratique comme appellation! dit Claudia en regardant Tony droit dans les yeux.

Il y eut un long silence, et Claudia commença à croire qu'il ne répondrait à aucune de ses questions.

– Il y a des choses qu'il vaut mieux ne pas trop creuser, dit-il de manière inattendue, et Claudia fut sidérée.

– Tony, vous pensez vraiment ce que vous dites? Je ne l'aurais jamais cru. De la part de Harry, oui, ou de votre père, peut-être...

Elle lui lança un regard las et désillusionné qu'il interpréta parfaitement. Il se posait les mêmes questions, depuis si longtemps qu'il avait presque abandonné tout espoir de comprendre jamais ce qui se passait. Mais il avait beaucoup lu entre les lignes en parlant à son père, et il avait deviné le reste.

– Et si je vous disais ce que j'en pense? Vous l'imprimeriez? dit-il en montrant son portable. Vous en parleriez avec d'autres gens? Vous leur diriez que c'est mon opinion?

Il y avait une note d'avertissement dans sa voix qu'elle encaissa en silence.

– Non, je veux savoir, c'est tout, dit-elle.

Il inspira profondément, regarda ses mains, la tête baissée.

– Ce ne sont que des... hypothèses. Pas de noms, pas de faits. Rien que de la théorie. Des probabilités. (Elle hocha la tête pour encourager Tony à s'ouvrir à elle, à lui faire confiance.) Bon, il y a quinze ans, quand tout le monde a compris comment allaient tourner les choses, un criminel très ambitieux a pris le pouvoir. Avec quelques autres, il s'est rendu compte que, lorsque Hongkong repasserait sous le contrôle de la Chine, certaines choses allaient changer. La criminalité, par exemple. La Triade ne serait plus la bienvenue.

Un autre personnage, grand propriétaire et industriel du textile, s'est aperçu lui aussi qu'il n'arriverait pas à faire sortir sa fortune à temps. Pour ces deux hommes, la meilleure solution, c'était que la Chine ne reprenne jamais le pouvoir.

L'industriel, le riche Taipan, a rencontré le chef de la Triade et ils ont fait des affaires ensemble. Le commerce de la drogue s'est développé, et l'argent était blanchi dans des entreprises légales. Vous me suivez? demanda Tony en la dévisageant. Bon, le Taipan avait également des relations en métropole. Il connaissait un homme politique, très ambitieux, lui aussi, qui désirait devenir le chef de file des réformes, démocratiques si possible. Alors, un certain pourcentage de l'argent de la drogue blanchi est passé dans la poche du politicien qui a commencé à fomenter la révolte.

Tout se serait bien passé, si un personnage mineur, un junkie qui servait de courrier au chef de la Triade, n'était tombé sur une de leur réunion et n'avait pris une photographie des trois hommes. (Il marqua une pause devant la surprise de Claudia.)

Exact. Et quand il a compris qui étaient les hommes de la photo, le junkie a pris peur et l'a envoyée à sa sœur. Malheureusement, un second personnage mineur, peu scrupuleux, a volé la photographie à la sœur et l'a emportée au Japon. Finalement, il a découvert qui étaient les trois hommes et il a essayé de faire chanter le chef de la Triade, le Taipan, et... le gouvernement britannique sans doute.

– Pourquoi le gouvernement britannique?

– Parce qu'il s'était rendu compte que celui-ci paierait pour savoir ce qui se tramait, dit Tony en se frottant lentement les mains, la voix de plus en plus hésitante, ou qu'il paierait pour étouffer l'affaire, parce qu'il était déjà au courant.

– Parce que... Oh, mon Dieu! Et le maître chanteur? demanda Claudia, livide.

Tony la regarda droit dans les yeux pour lire ses pensées, tandis qu'elle avalait sa salive malgré sa gorge nouée.

– Continuez.

– Bon, ce qui s'est passé ensuite n'est pas très clair. Il est probable que le chef de la Triade a envoyé quelqu'un pour tuer le maître chanteur et reprendre la photographie. (J'aimerais y croire, j'aimerais croire que c'est vraiment Yee, pensa Tony, mais il n'en était pas entièrement convaincu.) Il a réfléchi et il en a déduit que c'était soit le courrier, soit un de ses anciens hommes de main qui avait pris la photo. Alors, il a ordonné leur mort.

Il parlait d'une voix douce, pourtant Claudia dut fermer les yeux pour retenir ses larmes. Il se tut, mais elle hocha la tête.

– Ça va, allez y.

– Le courrier est mort, mais l'ancien membre de la loge a survécu.

Soudain, avec une étonnante précision, Claudia se souvint du pansement sur la jambe de Harry.

– Ensuite, le Taipan est entré en jeu pour demander qu'on sauve la vie de l'ancien homme de main. Il pouvait leur servir pour promouvoir la révolution, pour obtenir des supports... De plus, il était l'amant de la fille du Taipan. Et elle avait beaucoup d'influence sur son père.

Claudia avait relevé la tête, et elle lança sur Tony des yeux rouges et furieux. Il lui rendit son regard, et elle expira lentement, comme pour avaler la vérité.

– Et ensuite?

– Il me semble que le gouvernement britannique avait compris ce qui se préparait, car il avait eu des informations depuis des années par un ancien membre d'une loge. Et même s'il n'appréciait ni la Triade ni le Taipan, cela l'arrangeait de voir qu'une révolution était en route. Alors, on a bloqué certaines enquêtes de police, dit Tony d'une voix amère. Et le gouvernement a plus ou moins favorisé les ambitions du politicien. Je crois même qu'il espérait un retour de flamme contre les réformes démocratiques, pensant, à tort, que cela provoquerait un tel carnage que le peuple chinois dans son entier se révolterait et renverserait le régime. Cela arrivait bien en Europe, pourquoi pas en Chine?

Mais il avait surestimé les facultés de révolte du peuple Chinois. Soudain leur politicien ambitieux a disparu, et les conservateurs se sont retrouvés en force au pouvoir. Ce qui signifiait que le chef de la Triade était devenu inutile, et le Taipan aussi. Et qu'on les jetterait aux loups, conclut Tony en souriant calmement à cette pensée.

– Et Poisson? Enfin, l'ancien fonctionnaire?

– Je crois qu'il a toujours été employé par le gouvernement. Il a fourni des... informations utiles. Et il les a propagées....

– En Chine?

– Partout où c'était nécessaire.

– Et l'ex-membre de la Triade? Que va-t-il lui arriver s'il revient?

Tony haussa rapidement les épaules.

– Rien. Si l'on se débarrasse du chef avant. Sinon, il ne fera pas de vieux os. Mais cela vous fera peut-être plaisir de savoir que Portia Hsu est partie passer quelque temps à Vancouver, selon les dires de sa mère. Et la compagnie aérienne affirme qu'il y avait deux billets au nom de Mlle Hsu. Je n'en sais pas plus, mais c'est intéressant, vous ne croyez pas?

Soudain, le visage de Claudia se crispa, sa bouche se ferma.

— Vous allez arrêter Yee? Vous pouvez? Vous avez assez de preuves contre lui?

Contrairement à la règle établie, sa langue avait fourché, et elle avait cité un nom, mais il ne la reprit pas, fatigué de ce jeu stupide.

— Oui, enfin. Il y a des tas d'informations qui étaient bloquées avant et dont je vais pouvoir disposer. Je ne serais pas surpris qu'on l'arrête d'un jour à l'autre à présent.

Et Tony songeait au classeur que son père venait enfin de lui donner. Des informations fournies par Harry et transmises par Aidan. Pour Harry, c'était sa seule chance de rester en vie, avait dit Bill, et Harry avait fini par parler, car Yee l'avait poussé trop loin. Et il avait poussé Tony trop loin.

— La seule chose qui nous reste à faire, c'est de démontrer qu'il y a des liens entre le chef de la Triade et le Taipan. Et d'une certaine façon, je ne crois pas que ce sera facile. Ce Taipan n'est pas un imbécile.

Il se leva et alla vers la fenêtre pour regarder l'île opposée et les eaux noires qui s'engouffraient entre les terres, tout en s'efforçant de rester insensible au silence qui planait dans la pièce. Mais il n'y parvenait pas. Claudia avait-elle pris sa décision à présent? Savait-elle si elle partirait et quand? Il s'obligea à ne pas bouger, à étouffer son sentiment de perte car, si elle partait, il devait se préparer au vide qu'elle ne manquerait pas de laisser derrière elle. Il aurait aimé mieux la connaître. Plus que cela même.

Il l'entendit s'approcher de lui plus qu'il ne la vit, et sa respiration devint difficile.

— Et vous, Tony? Vous êtes en sécurité maintenant?

— Je le serai bientôt. Pour le moment, Yee est bien trop occupé à chercher un moyen de se sortir de cette impasse pour s'intéresser à moi. Et c'est moi qui l'aurai le premier, dit-il avec un sourire indéchiffrable.

Alors elle hocha la tête, presque tristement.

— Vous aimez beaucoup votre travail, non? Il n'y a que cela qui compte, pour vous? Vous n'avez pas de temps à consacrer au reste?

Troublé, il marqua une pause.

– Je pourrais toujours essayer de faire de la place si...

Il était incapable de continuer. Claudia fronça les sourcils.

– Si quoi?

– D'abord, je voudrais savoir quelque chose. Etes-vous toujours amoureuse de Harry?

Stupéfaite, elle leva les yeux et ouvrit la bouche dans un rire. Immédiatement, son expression changea et elle redevint grave.

– Non, non. Je ne crois pas l'avoir jamais été. C'était un fantasme, que nous avons entretenu tous les deux depuis l'enfance, mais nous nous sommes rendu compte qu'il n'y avait rien de plus. Je tiens toujours beaucoup à lui, mais je ne lui fais pas confiance, je ne me sens pas en sécurité avec lui, et je ne veux pas qu'il fasse partie de ma vie. J'espère qu'il est parti avec Portia. Ce serait bien qu'il ait une chance de s'en tirer enfin.

Essayant d'y voir clair à travers ses émotions, elle parlait d'une voix pensive et se serait bien sauvée par la fenêtre si Tony ne l'avait fermement retenue par le bras.

Il eut du mal à dissimuler son soulagement et sourit largement. Claudia rougit et baissa les paupières.

– Je sais que ce n'est guère le moment, mais je ne veux pas que vous partiez sans savoir qu'il y a d'autres possibilités. (Il marqua une pause et sa voix se fit encore plus calme.) Je me demandais... je voulais savoir, si par hasard vous pourriez finir par bien m'aimer un jour?

Il n'en exigeait pas plus et se montrait aussi posé et aussi doux qu'il l'avait toujours été; Claudia sentit encore son admiration grandir. Elle se demandait pourquoi elle n'avait jamais éprouvé ces sentiments avec les autres hommes dont elle s'était crue amoureuse. Elle ne s'était jamais sentie en sécurité, bien à l'abri, elle n'avait jamais éprouvé un tel respect... Notion bien démodée et archaïque, mais très importante pour elle.

– Oh, Tony, je vous aime déjà plus que bien! Vous ne le savez pas? Mais... j'ai peur... (Elle cherchait désespérément les mots qui lui permettraient de s'expliquer, de se faire comprendre.) Je n'ai pas eu beaucoup de chance avec les hommes, et je ne sais vraiment pas si c'est ma faute ou la leur. Je ne sais peut-être pas comment conduire de telles relations... Tony, je ne voudrais pas faire des promesses inconsidérées et finir par vous faire du mal... ou par me faire du mal. (Elle

ivement, et remarqua ses iris pailletés, telle une
nit lissée par les eaux. Je ne veux pas te perdre,
-t-elle, non, je ne veux pas. Mais ses paroles furent
s.) Je veux bien essayer. Cela vous ira? Pour le

caressa doucement la joue, puis se pencha et lui
a les lèvres. Elle se souvint de cette première nuit, après
ort de Mark, alors qu'il était allongé sur le lit, à côté
le, et que tout aurait pu se passer, s'il l'avait voulu. Ses
vres étaient douces et fraîches, et elle se serra contre lui. Puis
ls s'écartèrent l'un de l'autre en souriant et en riant doucement.

– Cela me va, Claudia. Je sais ce que vous ressentez, et je
crois que nous avons besoin d'avancer prudemment tous les
deux. Nous n'avons pas eu beaucoup de chance par le passé.
Je crois que j'ai besoin d'un peu de repos, moi aussi.

Et ainsi, j'aurais peut-être tout ce que je veux un jour, se
dit-il. Il sentit la chaleur de la main qui prenait la sienne et la
portait à sa joue.

– Oh, Tony, je ne sais pas ce que je ferais sans vous.

Elle vit ses pupilles s'assombrir et les petites rides autour
des yeux se creuser; elle se demanda comment elle avait pu
rester aveugle à la délicatesse de Tony et se laisser séduire par
les charmes superficiels de Harry. Tout ce qui brille n'est pas
or!

– Vous pourriez convaincre votre rédacteur en chef de vous
laisser rester encore un moment?

– Oui, sans doute, une fois que je lui aurai envoyé mon
article. Et je pourrais peut-être essayer de me relancer dans un
roman bientôt. Cette fois, j'aurais peut-être quelque chose à
raconter.

– Sur la Chine?

– Oui, aussi.

En souriant, elle appuya sa tête contre sa poitrine.

En rentrant chez lui, Tony sentit une forte odeur de tabac et
rétrécit les yeux. Mais il n'y avait personne. Pourtant, sous la
photographie noir et blanc des trois enfants, on en avait accro-
ché une autre. Tony la détacha soigneusement du mur et la
regarda longuement. Elle était accompagnée d'un petit mot, de
l'écriture de son père.

« La boîte de Pandore nous réserve toujours des surprises. »